Marion Schreiner

Brief an Kind 14

Die Kale-Hatfield-Story

Der etwas andere Thriller

25 Jahre Autorin

Marion Schreiner wurde 1963 in Hilden im Rheinland geboren und lebt und schreibt seit 2016 an der englischen Küste von West Somerset.

1996 ging die Autorin zum ersten Mal mit ihren Texten an die Öffentlichkeit, gründete einen Kleinverlag, eine Literaturgruppe und begann für die Fachzeitschrift »Kanada aktuell« zu schreiben. Ihre Spezialität sind Thriller besonderer Art, die sie nach dem Opfer-Täter-Prinzip verfasst. Sie gewährt den Lesern einen tiefen Einblick in die Seelen von missbrauchten Menschen, die später zum Täter werden.

Ihre erste Trilogie wurde sofort zum Bestseller und ihr Erstroman »Die Scheune« bekam 2014 eine Nominierung für den »Indie Author Award« auf der Leipziger Buchmesse, wo sie fünf Jahre infolge Gast war. All ihre Bücher wurden bisher zu Bestsellern bei Amazon.

Bisher in der Serie
Die Kale-Hatfield-Story
erschienen:

Es blieb nur dieser Blick
Lydias Haus
Rachels Zimmer

Die Geschichte von Kale Hatfield ist frei erfunden. Es hat nie einen solchen Vorfall gegeben. Ähnlichkeiten mit lebenden oder toten Personen sind unbeabsichtigt und wären rein zufällig.

Marion Schreiner
Brief an Kind 14

ISBN: 9798736821396

Independently published

Coverdesign: Marion Schreiner
Coverbild: Lizenzen by Shutterstock and Pixabay
Technische Umsetzung/Layout: Michael Schreiner

www.marionschreiner.com

Die multiple Persönlichkeitsstörung, auch dissoziative Identitätsstörung (DIS) genannt, ist dadurch gekennzeichnet, dass verschiedene Persönlichkeitszustände abwechselnd die Kontrolle über das Denken, Fühlen und Handeln eines Menschen übernehmen. Sie entsteht in den meisten aller Fälle durch Vernachlässigung, Missbrauch oder Misshandlung während der Kindheitsjahre. Eine Abkapselung von Gedächtnisinhalten entsteht und wechselnde Identitäten kommen. Die abgespaltenen Identitäten verfügen über eigene Charaktereigenschaften, Verhaltensweisen, Fähigkeiten, Wahrnehmungs- und Denkmuster. Ebenso unterscheiden sie sich durch unterschiedliche Stimmen, Mimik, Gesten und Handschriften.

Hinter der Mauer

Sie war massiv und riesengroß. Dahinter schmissen sich die Kinder wirre Blicke zu. Getrieben von Angst und Sorge fanden sie keine Ruhe. Ihre kleinen Körper rannten, ihre Arme flehten um Hilfe, dabei waren sie doch selbst diejenigen, die helfen sollten. Sie schämten sich für das, was sie getan hatten. Also versteckten sie sich hinter der Mauer. Die würde keiner so schnell durchbrechen, weil niemand, außer Kale Hatfield, von ihnen wusste. Man hörte sie dahinter nicht einmal jammern.

In der Klinik

Rachel rannte den breiten Gang der Bakersfield Behavioral Healthcare entlang. »Wo liegt er?«, rief sie.

Neben ihr lief Liam, ein Pfleger. »In Nummer vier. Eine Schutzperson sitzt bei ihm im Zimmer.«

»Ist es ein Isolierzimmer?«, fragte Rachel aufgeregt. Sie war wie eine Irre in die Klinik gerast, als Kales Chef bei ihr angerufen hatte. »Es gab einen Vorfall«, hatte er gesagt. »Kale ist in eine Klinik gebracht worden.«

»Vorfall?«, hatte Rachel gefragt. »Welcher Vorfall?«

»Das wird man Ihnen dort erklären.«

»Hatte er einen Unfall? Ist er verletzt?«

»Nein. Man wird Ihnen alles erklären, Rachel.«

»Von welchem Vorfall reden Sie, verdammt noch mal!«

Er konnte ihr nicht erklären, was vorgefallen war, denn es war zu grausam gewesen, was sich heute Nachmittag in seinem Unternehmen abgespielt hatte.

Die Bakersfield Behavioral Healthcare war eine Psychiatrie. Für Rachel stand fest, dass sich wieder eine von Kales Multiplen gezeigt haben musste. Und es gab nur eine von seinen fünf Persönlichkeiten, die Schwierigkeiten bereitete: Tristan. Wegen ihm war er schon einmal weggesperrt worden. Doch nachdem Dr. Temerowskis Therapie erfolgreich gewesen war, hatte Kale sie im Griff.

Nun rannte Rachel erneut über die Flure einer Klinik und suchte ihren Mann in dem Irrgarten von Zimmern und Patienten.

»Hier«, sagte Liam, »hier liegt er.«

Rachel blieb aufgeregt vor dem Zimmer Nummer vier stehen. »In welchem Zustand befindet er sich?«, fragte sie.

»Er ist ruhiggestellt.«

»Ist er fixiert?«

»Soweit ich weiß, ja. Professor Raymond hat schon mit ihm gesprochen.«

»Gesprochen?«, fragte sie. Woher sollte dieser Professor wissen, mit wem er wirklich gesprochen hatte? Kale besaß drei männliche Multiple – Carl, Joey und diesen gewalttätigen Tristan. Zurzeit würde sich wohl kaum die 5-jährige Lydia oder die ordnungsliebende Sybille zeigen.

Liam erklärte: »Professor Raymond muss sich erst ein umfassendes Bild von Ihrem Mann verschaffen. Wir haben hier keinen Schwerpunkt für diese Art von Persönlichkeitsstörungen. Es muss ein Kollege angefordert werden, der sich damit auskennt.«

»Was ist denn passiert?«, fragte sie noch einmal, doch keiner wollte ihr eine Antwort darauf geben.

»Ich weiß nur, dass es einen Vorfall gab, den sein Vorgesetzter der Polizei meldete. Man veranlasste sofort eine Einweisung in unsere Klinik. Die Krankenakte Ihres Mannes weist auf eine psychiatrische Erkrankung hin. Deswegen ist er bei uns erst einmal am besten aufgehoben. Alles Weitere wird sich in den nächsten Tagen entscheiden.«

Rachel nickte aufgeregt. Wie schlimm mochte der Vorfall gewesen sein? »Wissen Sie denn gar nichts von dem Vorfall?«

Natürlich wusste Liam Bescheid, doch er durfte nichts sagen, und schüttelte den Kopf. »Nein.«

Rachel atmete tief durch, als Liam die Tür öffnete.

Ein bewaffneter Deputy saß im Zimmer und erhob sich, als er sie sah. »Rachel Hatfield?«, fragte er.

Sie nickte aufgeregt und sah an dem Mann vorbei zum Bett, in dem Kale lag. Sie sah sein dunkelblondes Haar, das wirr um seinen Kopf lag, als hätte er einen Marathonlauf hinter sich. Sein Gesicht war zur Wand gerichtet.

Der Schock saß tief, ihm nach all den Jahren wieder in einer Klinik zu begegnen. Er trug noch seine Kleidung, die er heute Morgen aus dem Schrank genommen hatte, bevor er duschen ging – eine Jeans und ein weißes Hemd. Der Tag war heiß, er hatte die Ärmel bis zum Ellbogen hochgekrempelt. Rachel sah Blutspritzer daran. Der Deputy hielt sie fest, als sie sich ihm nähern wollte. »Bitte nicht zu nahe kommen«, bat er.

Rachel sah ihn verständnislos an. »Er ist mein Mann!«, fuhr sie ihn an und sah, wie Kales Körper beim Klang ihrer Stimme kurz zuckte.

»Trotzdem, ich darf keinen an ihn ranlassen.« Er wies ihr einen Stuhl im Zimmer zu, auf dem sie nervös Platz nahm. Sie hatte gedacht, dass sich die vielen Jahre der Therapie und die jetzige Eingliederung in die Gesellschaft mithilfe von Jake Temerowskis Projekt auszahlen würden und dieser Tristan verbannt wäre. Doch Kales jahrelange Arbeit an sich selbst und die Vorbereitungen auf einen Job im Büro einer Maschinenbaufirma waren mit diesem Vorfall wohl dahin. Er hatte nur knapp zwei Jahre durchgehalten. Endstation Geschlossene.

Sie sah, wie unruhig sein Atem ging. Wie gut, dass er nicht ihre Tränen sah, denn sie hätte nicht gewusst, wie sie darauf reagieren sollte. Daheim wartete die kleine Eve, ihre gemeinsame Tochter. Mrs. Cooper, eine Nachbarin, war so freundlich und passte auf sie auf. Wie sollte Rachel ihrer Tochter nur erklären, wo ihr Daddy nun blieb? Konnte man einer Einjährigen überhaupt diese Situation erklären?

»Ist er ansprechbar?«, fragte Rachel den Pfleger.

»Das ist schwer zu sagen. Versuchen Sie es mal.«

Sie erhob sich, doch der Deputy bat sie, wieder Platz zu

nehmen. »Ich möchte seine Augen sehen«, sagte sie. »Und seine Hand.«

»Seine Hand?«, fragte der Deputy.

Rachel nickte. »Er hat in der Therapie gelernt, im Bett immer eine Hand auf seine Stirn zu legen, wenn er gegenwärtig ist. Liegt sie nicht dort, kann sich gerade eine Multiple zeigen.«

Der Deputy näherte sich vorsichtig dem Bett. »Wir haben ihn fixiert. Er wird mit Medikamenten versorgt. Das reicht aus.«

»Medikamente nützen nichts. Sie verhindern nicht, dass die Multiplen erscheinen. Wenn er mich hört, möchte ich sicher sein, dass er es selbst ist, mit dem ich spreche.« Ihr Herz raste.

»Tut mir leid, ich werde ihn nicht losbinden«, sagte der Deputy. »Ich muss Sorge tragen, dass ihm keiner zu nahe kommt.«

»Weshalb ist er denn fixiert?«

Nun mischte sich Liam ein. »Professor Raymond befürchtet, dass eine seiner Multiplen hervorkommen könnte. Er will vermeiden, dass es zu einem weiteren Vorfall kommt.«

»Wo kommt das Blut her?«, fragte sie und spürte die Angst, die sich in dieser Frage verbarg.

»Wie gesagt«, antwortete Liam, »das wird der Professor Ihnen erklären.«

Rachel wendete sich ihrem Mann zu. »Kale?«, fragte sie leise und sah, wie sich sein Kopf bewegte, als würde er nicken.

»Ich bin es, Rachel. Ich bin so schnell wie möglich gekommen.« Wieder nahm sie ein angedeutetes Nicken wahr.

»Ist ER wieder da?«, fragte sie ihn.

Sein Atem beschleunigte sich. Sie wollte den Namen nicht aussprechen, um ihn nicht zu rufen, und sah, wie er seine rechte Hand bewegte, um sie an die Stirn zu führen. Das Zeichen, dass · selbst gegenwärtig war. Doch es ging aufgrund der Riemen

»Ist ER wieder da?«, fragte sie noch einmal. Sie sah, dass er nicht reagierte. Wusste er überhaupt, was vorgefallen war oder stand er genauso unter Schock wie sie?

Tristan war eine in sich abgekapselte Multiple, die nicht mit Kale kommunizierte, doch Kale hatte gelernt, sein Erscheinen immer kurz vorher zu spüren und ihn zurückzudrängen. Er kommunizierte mit keiner seiner abgespaltenen Persönlichkeiten, doch einige verbanden sich manchmal untereinander. Besonders dann, wenn er sich in ernster Gefahr befand. Nur Tristan mieden alle. Selbst Carl, der Nörgler, wagte sich an dieses Monster nicht heran.

Rachel sah, wie er den Kopf andeutungsweise schüttelte, was sie erleichterte. Nein, Tristan war nicht aufgetaucht. Dann konnte es nicht so schlimm gewesen sein. Die anderen richteten keinen Schaden an. Demzufolge wollte man Kale nur schützen. Er würde hier vielleicht ein paar Tage zur Erholung bleiben und dann wieder nach Hause kommen.

Sie sah den Deputy an. »Haben Sie das gesehen?«, fragte sie. »Ich glaube, er hat meine Frage verneint.«

Der Mann sah sie ratlos an. Er hatte nichts gesehen.

»Aber Sie haben es gesehen«, sagte sie nun an Liam gewandt.

Er hielt sich bedeckt. »Könnte sein. Hab es nicht wirklich gesehen.«

Rachel wandte sich wieder an Kale. »Weißt du, was passiert ist?«, fragte sie. Er nickte leicht. Das erleichterte sie, weil es dann kein Problem mit den Multiplen gegeben hatte. Sie verursachten Gedächtnislücken seines Handelns. Es war also nur ein kleiner, vielleicht auch völlig unbedeutender Vorfall gewesen.

»Darf ich mich ihm jetzt nähern?«, fragte sie den Deputy. »Sie sehen doch, dass er gegenwärtig ist. Dann ist er völlig ungefährlich.«

Der Deputy haderte und sah Liam an. Der deutete ein Nicken an. »Aber nur kurz.«

Sie trat an sein Bett und sah eine Träne über seine Wange laufen, die auf die Bettdecke tropfte. War das ein gutes Zeichen? Erleichterung oder Angst?

»Kannst du reden?«, fragte sie.

»Seine Zunge ist geschwollen«, mischte sich der Pfleger ein. »Die Medikamente.« Er sah betroffen zu Boden. Dieses Anschwellen nach der Einnahme von starken Beruhigungsmitteln war widerlich.

»Von wem erfahre ich, was passiert ist?«, fragte Rachel und sah den Deputy an.

»Wenn Professor Raymond kommt, wird er alles erklären.«

»Sie wissen was«, unterstellte sie ihm, »nicht wahr?«

»Mrs. Hatfield, ich darf nichts sagen.«

»Aber Sie wissen was.«

Er sah weg.

»Wann kommt der Arzt?«, fragte sie.

Liam sah auf seine Uhr. »Ich schätze in zehn Minuten. Seine Runde müsste gleich zu Ende sein.«

Rachel nickte beruhigt. Sie wandte sich wieder an Kale. »War es schlimm?«, fragte sie ihn. Er deutete ein Nicken an.

»Dann ist er doch wieder da«, erklärte sie sich selbst, doch er schüttelte erneut ansatzweise den Kopf. Das brachte sie durcheinander. Wenn es nicht Tristan gewesen war, wer war es dann gewesen, der diesen Vorfall verursacht hatte?

Rachel sah Kale sorgenvoll an. Er war doch nicht etwa selbst gewalttätig geworden? Professor Raymond erschien, stellte sich kurz vor und bat Rachel in sein Büro.

Der Vorfall

»Nehmen Sie bitte Platz«, bat der Professor.

Rachel sah sich um. Die Zimmer der Psychiater glichen sich ein wenig und so war ihr diese Umgebung nicht fremd. Wie oft hatte sie mit Kales Therapeuten Jake Temerowski in seinem Büro gesessen, um sich für das Leben mit einem Menschen wie Kale Hatfield trainieren zu lassen. Es stand nicht nur die Persönlichkeitsstörung im Raum, sondern auch das Asperger Syndrom, von dem Kale zusätzlich betroffen war. Eine Form im Autismusspektrum, was alles noch schwieriger machte. Doch da auch Rachel von diesem Syndrom betroffen war, verstand sie ihn wenigstens in dieser Hinsicht.

Temerowskis Projekt, Menschen mit Persönlichkeitsstörungen in die Gesellschaft einzugliedern, war ein großer Erfolg. Es hatte Kale und Rachel dazu verholfen, nach langen Anfangsschwierigkeiten, zusammen zu leben, bis sie soweit trainiert waren, um das Projekt zu verlassen und in der Gesellschaft gemeinsam Fuß zu fassen.

Nachdem Kale sein Studium des Bauingenieurwesens erneuert und erfolgreich abgeschlossen hatte, hatte Jake Temerowski ihm eine Stelle in einem Unternehmen in Bakersfield besorgt. Den Leiter des Unternehmens, Kenneth Coward, hatte er zuvor umfassend über Kales Probleme aufgeklärt. Der Arzt begleitete all seine Patienten, deren Partner und Kinder und die Arbeitgeber. Er beriet bei Problemen und bot lösungsorientierte Strategien an. Eine lange Zeit war alles gut gegangen und niemand hatte mehr an einen Rückfall geglaubt. Kale Hatfield hatte diesen Tristan so gut unter Kontrolle, dass kein Zweifel mehr daran bestand, dass er sich je wieder zeigen würde. Doch Temerowski wusste natürlich, dass Multiple niemals für immer verschwinden, und wies Rachel und Kales Vorgesetzten darauf hin, ihn vor dauerhaftem Stress oder starken Emotionen zu schützen.

Kenneth Coward führte seit 16 Jahren ein erfolgreiches Unternehmen, das sich mit Konzeption, Planung, Entwurf, Konstruktion, Berechnung, Herstellung und dem Betrieb von Bauwerken des Hoch-, Verkehrs-, Tief- und Wasserbaus beschäftigte. Er hatte sich für Kale Hatfields Projekt interessiert, weil er im Bilde darüber war, wie effizient Autisten ihre Arbeit erledigten. Er stellte ihm gemäß den Auflagen ein separates Büro zur Verfügung und hielt sich an die Vorgabe, ihn vor dem Druck der Kollegen zu schützen. Kale hatte sich schnell als gewinnbringende Kraft des Unternehmens gezeigt. Er war still, konzentriert und tüchtig, pflegte keinerlei Kontakt zu anderen Kollegen und kam stets pünktlich im Betrieb an. Kenneth Coward war zufrieden. Seit einem Jahr lief das Arbeitsverhältnis einwandfrei, ebenso Kales und Rachels Privatleben. Beide hatten einen Weg gefunden, mit seinen Persönlichkeiten klarzukommen, weil eine tiefe Liebe sie verband, die sich in ihrer Tochter Eve widerspiegelte. Beide liebten das Kind. Es hatte Kales Augen und Rachels Mund.

Natürlich forderte seine Persönlichkeitsstörung immer wieder therapeutische Sitzungen ein, denn das Erlebte, was die Störung einst ausgelöst hatte, ließ sich nicht löschen. Kale versuchte, Rachel vor diesen Sitzungen zu schützen, indem er nichts erzählte. Sie liefen gut und gaben ihm mehr Sicherheit. Dass er nie ein normales Leben führen würde, waren ihm und Rachel klar, doch seine Persönlichkeitsstörung war unauffällig, sodass es kaum einer bemerkte. Sie bewohnten ein kleines Haus in einer ruhigen Vorstadtsiedlung von Bakersfield. Ihre Tochter wuchs heran, und nichts hatte darauf hingewiesen, dass sich ein tragischer Vorfall ereignen könnte. Nun saß Rachel Professor Raymond gegenüber und sah ihn fordernd an.

Er sortierte die Papiere auf seinem Schreibtisch und zeigte kurz auf eine Kaffeemaschine, die auf einem Sideboard stand. »Wenn Sie etwas trinken wollen, bedienen Sie sich bitte«, sagte er und sortierte ungestört die Papiere weiter. Er war ein älterer Mann. Seine Schultern waren leicht gekrümmt, als leide er an Osteoporose. Das Haar war schütter und dunkelbraun gefärbt, was unpassend wirkte und ihn ein wenig merkwürdig aussehen ließ. Er stand kurz vor der Pension und war mit den technischen Anforderungen in den letzten Jahren überfordert, mochte es, die Unterlagen noch in der Hand zu halten und nicht im Computer zu suchen. Deswegen hatte seine Sekretärin ihm Kales Diagnosen ausgedruckt und den Bericht der ersten polizeilichen Ermittlung dazugelegt. Das alles sortierte er durch und legte es auf seinem Schreibtisch zurecht. Dann sah er Rachel an, ergriff zwei Blätter und erklärte: »Dies ist der vorläufige Polizeibericht. Und hier sind die Diagnosen von Ihrem Mann und die Auflistung seiner Multiplen.«

Rachel sah unverwandt auf die Berichte. »Was ist passiert, Professor?«, fragte sie. »Dieser Vorfall . . . niemand sagt mir etwas. Was ist mit meinem Mann vorgefallen?«

»Ja richtig, der Vorfall, Mrs. Hatfield.«

»Rachel«, unterbrach sie ihn und lächelte kurz.

»Joe, bitte«, antwortete er. »Professor Joseph Raymond. Schön, Sie kennenzulernen.« Er war überfordert und holte scharf Luft, denn dieser Umstand war alles andere als schön. Wie nur sollte er dieser jungen Frau erklären, was sich heute im Leben ihres Mannes zugetragen hatte? Das Überbringen von schrecklichen Nachrichten machte ihm immer wieder zu schaffen. Rachel nahm seine verspannten Gesichtszüge wahr. Sollte der Vorfall doch nicht so unbedeutend gewesen sein? Sie hörte den Professor sagen:

»Ich habe mir die Multiplen Ihres Mannes einmal näher angeschaut und muss eingestehen, dass ich nicht genug auf diesem Gebiet informiert bin. Ich betreue den Schwerpunkt Psychosen und Paranoia.«

»Kale wurde in seiner Jugend zunächst als schizophren diagnostiziert«, erklärte Rachel. »Man gab ihm Medikamente, doch sie halfen nicht.«

»Das passiert öfter, weil die Störungen und Erkrankungen manchmal fließend ineinander übergreifen oder ähnliche Symptome zeigen. Wie ich den Berichten entnehmen konnte, steht die Diagnose der dissoziativen Identitätsstörung fest. Bei Ihrem Mann wurden fünf Persönlichkeiten ermittelt. Hier steht weiter, dass Erinnerungslücken zu Ereignissen oder persönlichen Informationen auftreten, die nicht mehr durch gewöhnliche Vergesslichkeit erklärbar sind. Er kann sich praktisch an nichts erinnern, wenn eine seiner Multiplen aktiv war.«

»So ist es«, bestätigte Rachel. »Aber seit einigen Jahren hat sich keine mehr gezeigt. Er deutete mir eben an, dass er sich erinnern konnte. Hat der Vorfall denn etwas mit seiner Störung zu tun?«

Der Professor sah sie mit ernster Miene an. »Ja, leider. Sonst wäre er nicht hier eingeliefert worden. Natürlich hat die Polizei den Vorfall ihm gegenüber schon erläutert. Vielleicht weiß er deswegen Bescheid. Ich muss eine passende Klinik für ihn finden.«

»Eine passende Klinik? Was ist denn passiert? Warum sagt mir niemand, was passiert ist?« Sie dachte wieder an das Blut an seinem Hemd.

Joseph Raymond räusperte sich. »Es gab einen Vorfall im

Büro Ihres Mannes.«

»Im Büro? Was kann in seinem Büro denn so Schlimmes passiert sein?«

Der Professor schniefte verlegen. »Hat Ihr Mann in letzter Zeit von Problemen bei der Arbeit erzählt?«

»Nein. Er redet nicht über seine Arbeit.«

»Hat er mal einen Mitarbeiter namens Bryan erwähnt?«

»Bryan? Nein, nicht dass ich wüsste.«

Der Professor sah auf den Polizeibericht. »Ihr Mann hat heute Morgen seinen Arbeitskollegen Bryan Hayden getötet.«

Rachel setzte der Atem aus. Ihr kam ein verzweifelter Laut über die Lippen. »Das glaube ich nicht! Mein Mann würde niemals einen Menschen töten!«

»Das wollte ich auch nicht damit sagen, Rachel. Er hat die Tat nur ausgeführt. Wahrscheinlich ist eine seiner Multiplen dafür verantwortlich.« Der Professor sah auf die Auflistung der Identitäten. »Tristan käme als Einziger infrage.«

»Der ist seit Jahren verschwunden!«, rief Rachel. »Außerdem habe ich Kale eben danach gefragt und er signalisierte mir, dass Tristan nicht erschienen war.«

»Ich habe mit Ihrem Mann gesprochen, als er eingeliefert wurde. Stimmt, er kann sich an nichts erinnern, außer, dass es nicht dieser Tristan war.« Nun war auch dem Professor die Verwirrung anzusehen. »Ein schwieriger Fall. Er sagt, er kenne die Vorzeichen, wenn Tristan sich zeigen würde, aber die waren nicht vorhanden gewesen. Es muss im Bruchteil einer Sekunde passiert sein, dass Ihr Mann weggeschaltet wurde. Welche seiner anderen Persönlichkeiten würde eine solche Tat ausüben? Es sei denn . . .« Er sprach es nicht aus.

»Kale selbst würde es niemals tun!«, entfuhr es Rachel. »Nie!«

»War ihm in den letzten Wochen denn nichts anzumerken?«

»Nicht, dass ich mich erinnern könnte. Er war immer schon ruhig.«

»Wirkte er denn nicht gestresst oder aggressiv?«

»Nein.«

»Und er hat wirklich nie erwähnt, dass er mit einem Arbeitskollegen namens Bryan Probleme hatte?«

Rachel dachte nach. »Er wirkte etwas mehr in sich gekehrt, aber von Problemen weiß ich nichts. Außerdem arbeitet er doch isoliert von seinen Kollegen. Das sieht das Programm, in dem er sich befindet, vor. Wie sollte er dann Probleme mit einem Kollegen haben?« Sie schüttelte nachdrücklich den Kopf. »Vielleicht war es ein Unfall. Wie ist denn dieser Bryan zu Tode gekommen?«

»Ihr Mann hat ihm den Schädel zertrümmert.«

Rachel erwachte in einem sterilen Raum. Eine fremde Frau saß an ihrem Bett, als sie die Augen öffnete. Was war passiert? Sie hatte etwas von einem zertrümmerten Schädel gehört und war daraufhin ohnmächtig geworden.

Die Frau reichte ihr ein Glas Wasser. »Sie haben das Bewusstsein verloren«, sagte sie. »Trinken Sie etwas. Das wird Ihnen guttun.«

Rachel nahm das Glas entgegen, trank ein wenig und wünschte sich, das Bewusstsein würde sie wieder freigeben. In ihr spielte sich ein entsetzliches Chaos ab. Sie sah ihre kleine Tochter, ihren Mann, ihr Haus, ihr Leben und ihre Existenz in einem schwarzen Loch verschwinden. Nichts konnte sie von dem Sog fernhalten. »Wo ist Professor Raymond?«, fragte sie.

»Auf der Station. Er wollte noch einmal mit Ihrem Mann reden. Eine schreckliche Sache. Die Herren von der Polizei sind auch da.«

»Ich will zu ihnen.«

»Das wird nicht möglich sein, Mrs. Hatfield.«

»Aber ich muss! Da stimmt was nicht! Ich muss dabei sein, wenn mein Mann mit denen redet!«

»Die werden Sie nicht dazulassen.«

»Kann ich irgendwo warten, bis sie fertig sind?«

Die Frau half Rachel aus dem Bett und führte sie aus dem Zimmer. »Kommen Sie mit.«

Rachel wartete zwei Stunden auf dem Flur, bis sich die Tür des Zimmers öffnete, in dem das Verhör stattgefunden hatte. Drei Männer des Police-Departments verließen den Raum und nickten ihr kurz zu, ehe sie ihre Dienstkappen wieder aufsetzten. Sie sah durch die offene Tür einen weiteren Mann des Departments mit Professor Raymond reden. Kale lag in seinem Bett und starrte an die Zimmerdecke. Sie sah, dass sie ihn immer noch fixiert hatten und sein Hemd so schrecklich voller Blut war. Warum gab man ihm keine saubere Kleidung?

»Joe!«, rief sie.

Der Professor sah zur Tür. »Ich habe gleich Zeit für Sie«, rief er zurück.

»Ist sie das?«, hörte Rachel den uniformierten Mann fragen.

»Ja, das ist seine Frau, Rachel Hatfield.«

»Ich müsste mit ihr später noch reden.«

Der Professor verstand. »Ich stelle mein Büro gerne zur Verfügung.«

Der Mann verabschiedete sich, legte seine Hand kurz auf Kales Arm und sagte: »Danke soweit, Mr. Hatfield.« Daraufhin verließ er das Zimmer und ging auf Rachel zu. »Ich müsste gleich mit Ihnen reden.« Dann ging er den Gang der Station entlang und verschwand durch eine Sicherheitstür.

»Rachel«, rief Joe Raymond und winkte sie ins Zimmer. Kale

starrte weiterhin an die Decke.

»Er steht unter Schock«, erklärte der Arzt.

Rachel trat an sein Bett und bat: »Sag ihnen, dass ER es war.« Verzweiflung klang in ihren Worten mit.

Seine Augenlider erzitterten. »ER war es nicht«, flüsterte er.

»Wer soll es denn sonst gewesen sein?«, fragte sie.

Der Professor mischte sich ein. »Es ist zu früh, um Rückschlüsse zu ziehen. Wir müssen Schritt für Schritt die Situation aufklären. Die Polizei wird später noch ausführlich mit dem Chef Ihres Mannes und seinen Kollegen reden.«

Rachel sah ihren Mann an. »Kale, sag mir, wer dieser Bryan war!«

Er schloss die Augen.

»Rachel«, sagte der Professor. »Überlassen Sie die Fragen der Polizei.« Er ergriff ihren Arm und wollte sie aus dem Zimmer bringen, doch sie schüttelte seine Hand von sich und sagte: »Ich will wissen, was dieser Bryan mit meinem Mann gemacht hat!«

Der Arzt versuchte, sie zu beruhigen. In diesem Moment öffnete Kale seine Augen und sah sie an. »Das willst du nicht wirklich wissen«, flüsterte er.

Die Kale-Hatfield-Stiftung

Es hatte so vielversprechend begonnen . . .

Dr. Jake Temerowski hatte das große Gelände in St. Barbara/Kalifornien nach langen Verhandlungen mit dem Bezirk für sein Projekt erschlossen. Es wurde von einer Stiftung mitfinanziert, die Julia und Brian Morgan ins Leben gerufen hatten, die Kinder von Ian Morgan. Ihre Fassungslosigkeit war unbeschreiblich groß gewesen, als sie von dem jahrelangen Missbrauch seitens ihres Vaters an seinen Schülern erfuhren. Er war ein Lehrer, geschätztes Gemeindemitglied einer kirchlichen Institution und Chorleiter eines Kinderchores gewesen. Angesehen, wohlhabend und gut aussehend. Es war ein Skandal gewesen, als die Taten von Ian Morgan ans Tageslicht kamen, besonders die an seinem Schüler Kale Hatfield, den er vom ersten Schuljahr an missbraucht hatte. Doch Morgan konnte die Folgen nicht einschätzen. Dieser Hatfield entwickelte eine Persönlichkeitsstörung und spaltete fünf Persönlichkeiten von sich ab, um den Missbrauch und die zusätzliche Gewalt im Elternhaus zu ertragen.

Es war Rachel, die ihn als jungen Mann auffing und zu lieben begann. Sie war der Grund, weshalb er in die Klinik von Dr. Blendheim kam, einem Psychiater, der neue Therapieansätze vertrat und praktizierte, und der Jake Temerowski damals ausbildete. So traf Jake auf seinen ersten außergewöhnlichen Patienten. Außergewöhnlich in dem Sinne, dass dieser Kale eine gewaltbereite Persönlichkeit in sich trug. Die Motivation war groß gewesen, als sich die ersten Erfolge bei Kale einstellten und er diesen Charakter unter Kontrolle bekam. Doch es kam zu einer anderen Tragödie, die das gesamte Team der Klinik damals erschütterte …

Dr. Blendheim erfuhr über seinen Patienten von dem Täter Ian Morgan. Anstatt direkt die Polizei einzuschalten, suchte er ihn persönlich auf, um sich ein Bild von dem Mann zu verschaffen, der Kale dies angetan hatte. Er sah es als einen Teil seiner Recherche für seine neue Therapie an und wollte das Täterprofil intensiver erforschen. Blendheim fand ihn, einen Vater, Ehemann und Lehrer. Er fand damit auch seinen Mörder, denn Morgan kam ihm schnell auf die Schliche, tötete ihn und ließ ihn verschwinden. Dr. Temerowski wusste damals nicht, was vorgefallen war. Er übernahm Kales weitere Therapie und trainierte auch gleichzeitig Rachel, um mit seiner Persönlichkeitsstörung klarzukommen.

Kales erster Freigang wurde Ian Morgans zweiter Versuch, einen Menschen zu töten, und er hätte es fast geschafft, wenn er Tristan nicht auf den Plan gerufen hätte. Der hatte die Rollen vertauscht und wurde zu Morgans Mörder. Die Tat blieb als Gedächtnislücke in Kale Hatfield zurück. Morgans Leiche wurde Jahre später im Kofferraum eines Wagens im Wald gefunden.

Ian Morgans Ehefrau beging Selbstmord, als sie von den Taten ihres Mannes erfuhr. Ihre Scham vor der Gesellschaft war so unerträglich, dass sie sich im 1. Stockwerk ihres Hauses erhängte, während sich die Nachbarn des Ortes vor Entsetzen die Hände vor den Mund hielten. So ein guter Mann, ein Vorzeige-Ehepaar und eine vorbildliche Familie!

Die erwachsenen Kinder Morgans, Julia und Brian, sahen sich außerstande, das luxuriöse Haus ihrer Eltern zu übernehmen, und nahmen Kontakt zu Dr. Jake Temerowski auf, der bereits die ersten Pläne für ein außergewöhnliches Projekt auf dem Tisch liegen hatte. Er wollte eine Art Stadt und zugleich Therapiezentrum gründen, in denen Betroffene, die an einer dissoziativer Identitätsstörung leiden, trainieren konnten, um ein eigenständiges Leben zu führen. Dieses Projekt sollte eine kleine Infrastruktur erhalten, damit auch Partner oder ganze Familien der Betroffenen dort leben konnten, bis sie den Einstieg in die Gesellschaft fanden. Die Stadt sollte die Klinik ersetzen, die die Familien meist trennte.

Jake Temerowski erhielt die Baugenehmigung des Projekts und finanzierte kleine Häuser und Versorgungsgebäude auf dem Gelände. Julia und Brian sahen in ihrer Mithilfe und finanziellen Unterstützung eine Art Wiedergutmachung für ihre eigenen Seelen, die furchtbar litten. Als sie hörten, dass Kale Hatfield selbst in dieses Projekt zur Therapie eingebunden wurde, gründeten sie die Stiftung und überraschten Kale und Rachel am Tag ihrer Ankunft damit.

Kale schloss dort erfolgreich die Erneuerung seines Studiums als Maschinenbauingenieur ab und lernte, gemeinsam mit Rachel unter einem Dach zu leben und Verantwortung zu übernehmen. Auch Rachel fand in diesem Projekt Unterstützung und Hilfe für ein unabhängiges Leben mit Kale Hatfield. Sie wollten nur in Ruhe gelassen werden und ihrer Arbeit nachgehen. Ein Wunsch, der nicht zu anspruchsvoll war.

Dr. Jake Temerowski begeisterte den Unternehmensleiter Kenneth Coward für Kales Fähigkeiten als Maschinenbauingenieur, der sich im Gegenzug für das Projekt und einen autistischen Mitarbeiter interessierte. Es wurden Auflagen und Regeln ausgehandelt, die Kale soweit schützen sollten, dass er erfolgreich und stressfrei arbeiten konnte. Das Ziel war es, sein und Rachels Leben zu finanzieren. Immerhin wurden beide bald Eltern. Eine große Herausforderung, doch durch die gemeinsame Kraft und den Willen, es zu schaffen, trat Kale die Stelle an und überzeugte Coward schnell von seinen Fähigkeiten.

Sicher, es gab anfangs einige Probleme mit den Kollegen von Kale, die ihn als merkwürdig empfanden, weil er nicht mit ihnen redete, sich nicht ihren Gepflogenheiten hingab, sich für keinen interessierte und ständig zu Boden sah, wenn man mit ihm sprach. Er wollte sich auf keine Konfrontation einlassen, um keine seiner Persönlichkeiten zu reizen. So hatte Jake ihn trainiert. Und so hatte der Arzt es Kenneth Coward und dem Team erklärt.

Kale und Rachel bezogen ein kleines Haus in der Ashe Road am Rande der Stadt Bakersfield und begrüßten einige Monate später ihre erste Tochter. Eve hatten sie sie genannt, frei nach der Geschichte der Bibel, es als erstes Mädchen auf der Welt bei sich aufzunehmen. Rachel war dem Glauben an Gott mehr zugetan als Kale. Also hatte er bei der Namenswahl nachgegeben. Für ihn war es plötzlich unbegreiflich, eine eigene Familie zu haben, wo seine Vergangenheit der reinste Krieg gewesen war. Sein Entschluss, alles hinter sich zu lassen, trieb ihn an und ließ ihn endlich den Mann sein, den er sich immer herbeigesehnt hatte. Er hatte es geschafft, letztendlich dank der Hilfe von Jake Temerowski, der nie den Glauben an ihn verloren hatte.

Ein Jahr lang war alles gut gegangen. Ein glückliches Jahr konnte Kale Hatfield in seinem Leben verbuchen. Dann stellte Kenneth Coward einen neuen Mitarbeiter ein. Sein Name war Bryan Hayden.

Die 1. Begegnung

Kenneth Coward wies Bryan Hayden in seine Arbeitsstelle ein. Er führte ihn durchs Gebäude und in das Großraumbüro, in dem sich sein Arbeitsplatz am Ende der linken Reihe befand.

Hayden gab sich freundlich, grüßte alle im Vorbeigehen und grinste, als er auf seinen Schreibtisch sah.

»Ihre Referenzen sind beeindruckend«, sagte Coward. »Herzlich willkommen im Team. Ich werde Ihnen später noch alle persönlich vorstellen.«

Hayden nickte selbstzufrieden und folgte seinem neuen Chef zurück in die Chefetage.

»Es gibt da jemanden in unserem Team, über den ich Sie aufklären möchte, Bryan.«

Hayden sah seinen Chef neugierig an. »Jemanden?«

»So ist es. Eine Firma ist gesetzlich dazu verpflichtet, eine bestimmte Anzahl von gehandicapten Menschen aufzunehmen.«

»Rollstuhlfahrer und so«, sagte Hayden und lachte vorwitzig.

»Nicht nur solche. Wir stellen auch andere Menschen ein, die von uns mit großer Rücksicht behandelt werden müssen, um hier arbeiten zu können. Ich beschäftige einen Fall, der besondere Rücksicht benötigt.«

»Ein Sonder-Sonder-Fall.« Wieder lachte Brian Hayden, was Coward etwas unruhig werden ließ.

»Wir machen keine Witze über solche Menschen, Bryan. Wir behandeln sie mit Respekt und lassen sie einfach in Ruhe. Sie unterliegen meiner Führung und sie tun auch nur das, was ich ihnen sage.«

Hayden lenkte ein. Er wollte sich die Stelle nicht verderben, weil der Verdienst verdammt hoch war. »Sicher. War nicht so gemeint.«

»Gut, dann belassen wir es dabei. – Sein Name ist Kale Hatfield. Er arbeitet in einem separaten Büro in meiner Etage, um nicht gestört zu werden. Das hat einen Grund, den ich nicht weiter erläutern möchte. Ich bitte Sie, deswegen keinen persönlichen Kontakt zu Mr. Hatfield aufzunehmen. Das ist eine Anweisung. Ich befinde mich in Zusammenarbeit mit einer Projektarbeit, die das notwendig macht.«

Nun wurde Hayden aufmerksam.

»Werden Sie damit klarkommen, Bryan?«

»Natürlich Sir, natürlich.«

»Schön. Ich werde Sie gleich zu ihm führen, damit Sie sehen, wen ich meine. Mr. Hatfield hält sich nur selten außerhalb des Büros auf. Seien Sie einfach freundlich zu ihm. Wenn es dennoch Probleme geben sollte, bin ich der erste Ansprechpartner, ist das klar? Sie werden nichts auf eigene Faust mit ihm erledigen.«

Hayden nickte.

»Alles läuft über mich. Alles, was Mr. Hatfield betrifft. Ist auch das verstanden?«

»Natürlich.«

»Im Gegenzug wird auch Mr. Hatfield keine Sache ohne mich regeln, wenn es andere betrifft. Das hat damit zu tun, dass er eigene Aufträge erhält, aber auch die Endkontrolle aller Aufträge durchführt, ehe sie auf meinem Tisch zum Absegnen landen.«

»Ein sogenannter Fehlerteufel«, entfuhr es Hayden wieder unkontrolliert.

Coward wollte noch einmal über diese Bemerkung hinwegsehen und lächelte. »So könnte man das sehen. Mr. Hatfield hegt keinerlei Interesse, einem Kollegen Schaden zuzufügen. Im Gegenteil, er ist ein wichtiges Mitglied des Teams und arbeitet am Gelingen unserer Arbeit, nicht an Misserfolgen. Ihm haben Sie es zu verdanken, hier eingestellt zu werden. Durch ihn haben wir neue Aufträge bekommen.«

»Verstehe.«

»Ich werde Sie dann kurz miteinander bekannt machen. Bitte folgen Sie mir.« Kenneth Coward führte seinen neuen Mitarbeiter zu Kales Büro. Er klopfte viermal an die Tür und wartete auf ein Zeichen, dass er eintreten durfte, was aber nicht kam.

»Worauf warten Sie?«, fragte Hayden.

»Dass er mich hereinbittet.«

»Sie warten als Chef darauf, dass Ihr eigener Mitarbeiter Sie rein lässt?«

»Ja, natürlich. Wenn er sich gerade mit einem komplizierten Plan beschäftigt, darf er nicht gestört werden.«

Kurz darauf öffnete sich die Tür.

»Ken?«, sagte Kale und sah seinen Chef an.

Bryan Hayden war erstaunt, einen jungen Mann mit dieser Statur vorzufinden. Er hatte eher einen verrückt aussehenden Professor erwartet, doch dieser Hatfield sah keineswegs verrückt oder behindert aus.

»Kale?«, sagte Kenneth Coward. »Das ist Bryan Hayden. Er ist dein neuer Mitarbeiter und wird im großen Büro seinen Arbeitsplatz bekommen.«

Hayden hielt ihm die Hand entgegen, die Kale irritiert ansah.

»Oh, Mr. Hatfield gibt nur ungern die Hand«, erklärte Coward.

»Kale«, verbesserte Kale ihn und nickte Hayden zu. »Sie können mich Kale nennen. Schön, Sie kennenzulernen.«

»Bryan, Bryan Hayden«, erwiderte sein neuer Kollege. »Ebenfalls.« Hayden sah, wie sein Gegenüber sich wieder umdrehte und die Tür schloss. Coward führte ihn zurück in sein Büro.

»Das war eine sehr knappe Begegnung«, bemerkte Hayden.

»Kale Hatfield ist ein Mann, der sich nur auf das Wesentliche konzentriert. Das ist sein Job. – Sie können am Montag anfangen, Bryan. Bis dahin habe ich Ihren Arbeitsplatz eingerichtet. Wir beginnen um acht.« Coward reichte ihm eine kleine Mappe. »Hier stehen alle wichtigen Informationen über das Unternehmen drin. Arbeitszeiten, Pausen, Besprechungen, Räumlichkeiten und eine Liste aller aktuellen Mitarbeiter. Das können Sie übers Wochenende studieren. Ich werde Sie am Montag noch meinem ganzen Team persönlich vorstellen. Herzlich willkommen, Bryan.«

Hinter der Mauer

Kind 1 schrie auf, als es die Tür öffnen musste.
Hätte es sie doch bloß zugelassen.

»Und?«, fragte Haydens Frau. »Wie war's?« Sie zog an ihrer Zigarette, blies den Qualm Richtung Zimmerdecke und wischte sich den Schweiß von der Stirn, während vor ihr der Dampf aus den Töpfen stieg.

»Läuft«, sagte Bryan Hayden und verschwand im Schlafzimmer. Sie hatte wieder nicht die Betten gemacht. Das Kind schrie und lief wild umher.

Kale Hatfield erzählte Daheim nichts von seinem neuen Kollegen. Weshalb sollte er das auch tun? Wenn er gegen späten Nachmittag die Tür seines Büros schloss, schaltete er die Arbeit weg. So hatte es Jake mit ihm trainiert. Berufliche Sorgen sollten sich nicht mit seinem Privatleben mischen. Klare Strukturen waren wichtig, damit Kale die Kontrolle behielt. Jeder erdenkliche Reiz musste ausgeschaltet werden.

Die kleine Eve forderte ihn schon genug, wenn er nach Hause kam. Ein Bündel voller Energie und Neugierde sah ihn an, wenn er das Haus betrat. In diesem Moment holte ihn immer ein sekundenlanges Trauma aus seiner Vergangenheit ein, das Temerowski nicht wegtrainiert bekam. Immer, wenn Kale seine Tochter sah, musste er an seine tote Tochter denken. Ein Kind, das Tristan im Zuge einer Vergewaltigung mit der essgestörten Jennifer Gordon gezeugt hatte, und welches auf widerliche Weise zu Tode gekommen war. Sekundenbilder zogen an seinem inneren Auge vorbei, die plötzlich von Rachel unterbrochen wurden, wenn sie laut und deutlich sagte: »Kale! Sieh mal, wer auf dich gewartet hat!« Sie hielt die kleine Eve im Arm, die er mit einem Lächeln entgegennahm.

»Hallo Süße«, sagte er und ging mit ihr in den Garten, während Rachel das Essen zubereitete.

Es gab keinen Ort, keinen Blick und keinen Geruch, der Kale nicht triggerte. Das Leben außerhalb der Arbeit war Schwerstarbeit. Er ließ sich nichts anmerken, weil es seine Zukunft und die von Rachel und Eve ruinieren würde. Er unterlag einer ständigen Kontrolle seiner Gefühle und Gedanken. Alles fühlte sich noch neu an, doch Jake Temerowski hatte ihm versprochen, dass es mit der Zeit leichter werden würde. Das Ausmaß der emotionalen Zerstörung, die Kale in der Kindheit erlitten hatte, ließ sich nicht in wenigen Monaten wegtrainieren. Sie würde immer Teil seines Lebens bleiben. Doch es war leichter zu ertragen, als ein Leben auf der Straße oder in einer Klinik. Er lebte mit klaren Regeln und hatte von Temerowski erfahren, wie er möglichst normal zu reagieren hatte, auch wenn die Gefühle oft nicht mitspielten. Irgendwann würde es sich normal anfühlen, hatte ihm der Arzt versprochen.

Kale konnte sich kaum an seine Kindheit erinnern, weil er sie verdrängt hatte. Sie hatte nur aus Gewalt und Missbrauch bestanden.

»Wie hättest du dir deine Kindheit gewünscht?«, hatte Jake ihn während der Therapie gefragt.

Kale hatte darauf keine Antwort gegeben, weil dieser Wunsch nie existiert hatte. Nun sollte er ihn auf Eve projektieren, was ihm nicht gelang. Er hielt sie im Arm und dachte an eine normale Reaktion. Er summte und wiegte sie in seinem

Arm. Summte solange, bis Rachel ihn zum Essen rief und er das Kind abgeben konnte. Rachel sah ihm die Verzweiflung, mit der er seine Tochter im Arm hielt, nicht an. So hatte er einst ein totes Kind in den Armen gehalten und unendlich viel Liebe dafür verspürt. Jetzt hielt er sein lebendiges Kind im Arm und spürte nichts. Wie war das möglich? Dabei liebte er Rachel so sehr und hatte sich dieses Kind gewünscht.

Der Zeugung waren so viele Misserfolge vorangegangen, weil sein Sexualleben durch den Missbrauch gestört war. Rachel hatte dafür viel Geduld aufgebracht, bis sie ihn endlich soweit beruhigt hatte, dass er ihr begegnen konnte. Und selbst dann wirkte er abwesend und ferngesteuert. Sie wusste von seiner anderen sexuellen Lust, die in ihm schlummerte und mit Schmerz und Gewalt zusammenhing, doch er hatte ihr versprochen, dies nie in ihrer Gegenwart zuzulassen. Umso mühseliger war es, diesen Drang zu unterdrücken und dennoch ein Kind zu zeugen.

Nun setzte Rachel die kleine Eve in ihren Hochstuhl, um mit Kale das Abendessen einzunehmen. Sie durfte ihn nicht nach der Arbeit fragen, wie es sonst bei Ehepaaren üblich war. Sie durfte so vieles nicht, was sie gerne getan hätte, doch auch sie musste sich an die Regeln halten, um Kales Training nicht zu unterbrechen. Sie sah, dass er unruhig wirkte. »Stimmt was nicht?«, fragte sie, während er schweigend die Mahlzeit zu sch nahm. Er schüttelte den Kopf, weil er nichts erzählen wollte. Doch dieser neue Kollege hatte sich gar nicht gut angefühlt. Kale konnte nicht einmal sagen, woran es gelegen hatte. Manchmal kamen komische Gefühle in ihm hoch. Genau wie damals, als Ian Morgan ihm im Park aufgelauert und in den Wald geschleppt hatte. Er hatte gespürt, dass etwas Schlimmes passieren würde, doch er hatte nicht rechtzeitig reagieren können. Genau wie jetzt. Seine Gefühle waren wie gelähmt. Wie sollte er auch reagieren, wenn dieser Bryan ihm keinen Anlass dafür geben würde? Würde Kenneth überhaupt verstehen, wenn er Zweifel dem neuen Kollegen gegenüber anmeldete? Wer glaubte schon einem psychisch gestörten Menschen?

»Sag, wenn dich etwas stört«, hörte Kale seine Frau sagen. Er sah sie an. Wo nur sollte er anfangen? Ihn störten seine Gefühle, weil sie nicht zur Ruhe kamen. Ihn störten seine Gedanken, weil er sie nicht stoppen konnte. Ihn störte sein ewig verstörtes Gemüt, weil er diese verdammten Regeln im Kopf nicht los wurde. Jede Bewegung war von Regeln bestimmt und jedes Wort von einer Vernunft, die nicht in ihm steckte. Selbst die Berührungen seiner Frau unterliefen einer Kontrolle, die er hasste. Doch das alles wurde mit einer Art Liebe ausbalanciert, die er nicht missen wollte. Er wollte, dass ihm das normale Leben gelang und er irgendwann vergaß, sich darüber Gedanken zu machen.

Rachel räumte den Tisch ab und er half ihr wie immer, schweigend die Küche aufzuräumen. Danach verschwand er in seinem Zimmer in der oberen Etage. Das sei wichtig, hatte Temerowski Rachel erklärt. Er braucht nach der Arbeit die Abgeschiedenheit.

Rachel brachte viel Verständnis auf, doch heute schien irgendetwas passiert zu sein, was ihn besonders beschäftigte.

Das Verhör

»Mrs. Hatfield?«, fragte Lieutenant Barnett. »War Ihnen in letzter Zeit irgendwas an Ihrem Mann aufgefallen?«

Sie schüttelte den Kopf. »Er erzählte nie etwas. Das war Teil seines Trainings. Er ließ nichts über die Arbeit verlauten. Wirklich. Ich fragte ab und zu nach, aber wir befinden uns mitten in der Testphase, wenn Sie verstehen.«

Der Lieutenant sah Professor Joseph Raymond an, der ratlos mit den Schultern zuckte.

»Sie müssen unbedingt Dr. Temerowski benachrichtigen«, sagte Rachel. »Er leitet das Projekt mit uns und muss schnellstens von diesem Vorfall erfahren.«

Professor Raymond erläuterte kurz die Zusammenhänge, woraufhin der Mann des Police-Departments Notizen machte. »Wir haben mit Kenneth Coward gesprochen. Er hatte keinen Disput zwischen Bryan Hayden und Ihrem Mann beobachtet«, sagte Barnett an Rachel gewandt. »Auch die Kollegen Ihres Mannes konnten nichts berichten. Sie äußerten sich allerdings etwas abfällig über Mr. Hayden. Er wäre ein etwas aufdringlicher Mitarbeiter gewesen. War schnell übers Ziel hinausgeschossen und hatte versucht, dabei witzig zu sein. Oft launisch. Aber sonst . . .« Der Lieutenant schüttelte den Kopf. »Nichts, was ihn verdächtig macht. Wir müssen noch mit seiner Frau reden. Sie ist derzeit nicht ansprechbar, steht unter Schock. Sie verstehen?«

Natürlich verstand Rachel. Sie stand ebenfalls unter Schock. Sie hatte auch soeben ihren Mann verloren. Während Mrs. Hayden in Zukunft das Grab ihres Mannes aufsuchte, würde Rachel diese Klinik aufsuchen müssen. Welches Leid wäre schwerer zu ertragen?

»Dieser Tristan«, sagte der Mann vom Police-Department, »das ist doch die Persönlichkeit, die so etwas tun könnte, oder?«

Rachel stimmte ihm zu. »Das habe ich auch gedacht, aber Kale gab mir ein Signal, dass er es nicht gewesen war. Er spürt, wenn er auftaucht.«

»Na, vielleicht hat er ihn diesmal nicht gespürt.«

Rachel sah zu Boden. Da sich Tristan so lange nicht mehr gezeigt hatte, konnte Kale die Anzeichen nicht mitbekommen haben.

»Mrs. Hatfield, ich will ehrlich zu Ihnen sein. Multiple hin oder her, fest steht, dass Ihr Mann Bryan Hayden vorsätzlich getötet hat. Ein Affekt ist auszuschließen, weil die Verletzung so umfangreich ist, dass eine klare Tötungsabsicht dahinter steckte. Mr. Hayden kam durch mehrfache Einwirkung von Schlägen mit einer Metallstange zu Tode. Ihr Mann hatte die Stange wahrscheinlich heimlich in sein Büro eingeschleust und den Mord bereits geplant. Das war weder Totschlag noch Versehen. Auch kein Affekt oder ein Unfall. Das war ein geplanter Mord. Vorsätzlich und beispiellos brutal.«

Rachel erschrak vor dieser Beschreibung und schloss unter Tränen ihre Augen. »Diese Form der Brutalität kenne ich nicht von Tristan«, flüsterte sie.

»Das macht es noch offensichtlicher, dass vielleicht gar keine Multiple beteiligt war. Außerdem kann niemand sagen, was dieser Tristan wirklich in der Vergangenheit getan hat, wenn er in einer Art Gedächtnislücke existiert. Wir reichen den Fall an Fachleute weiter, die wegen der Schuldfähigkeit entscheiden müssen. Das bedeutet Klinik oder Gefängnis.«

Rachel sah erschrocken auf. »Gefängnis? Das wird er nicht überleben!«

Der Lieutenant sah weg. Für ihn war einzig und allein wichtig, dass der Kerl weggesperrt wurde. Wohin war ihm egal. Es wäre ja noch schöner, wenn die Mörder demnächst die Freiheit bekämen, darüber zu entscheiden, ob sie sich erinnern könnten oder nicht, um damit wieder auf freien Fuß zu kommen.

Professor Raymond mischte sich ein. »Der Fall scheint mir doch ein wenig komplizierter zu sein«, erklärte er. »Ich habe meine Sekretärin beauftragt, Dr. Jake Temerowski zu informieren. Er muss erfahren, was hier vorgefallen ist, weil Mr. Hatfield sein Patient ist.«

»Er sollte seine Leute besser in seinem *Projektgelände* festhalten.«

Rachel sah den Herrn des Police-Departments entsetzt an.

»Seien Sie mir nicht böse, Mrs. Hatfield, aber wenn man wie ich jahrein und jahraus diese Leichen zu sehen bekommt, dann verliert man schnell den Glauben an das Gute. Wer und was Ihr Mann auch immer sein mag, er ist gefährlich. Und das scheint schon seit Jahren auf der Hand zu liegen. Dieses Projekt kann unmöglich dazu dienen, gefährliche Täter in die Gesellschaft zu integrieren. Sie lebten mit einem Mörder zusammen, Mrs. Hatfield. Sie und Ihre Tochter!« Der Mann steckte seinen Notizblock ein und sagte zum Abschluss: »Ich empfehle mich. Meine Leute werden Kontakt zu Ihnen aufnehmen, wenn es nötig erscheint.« Daraufhin verließ er Professor Raymonds Büro.

Sie konnte unmöglich erzählen, was sie vermutete.

Bryan Hayden

»Und du denkst, du hältst diesmal durch?«, fragte ihn seine Frau. Ihr dicker Hintern steckte in schwarzen Leggins, über die ein viel zu großes Hemd fiel. Das Haar hatte sie zu einem Dutt zusammengeknotet, was ihr fettes Gesicht noch mehr zum Vorschein brachte. Diese verdammte Schwangerschaft hatte ihre Figur ruiniert. Wie konnte sie in so kurzer Zeit nur ihr Gewicht verdoppelt haben?

Bryan sah auf die leere Tüte Chips, die vor ihr auf dem Wohnzimmertisch lag. Daneben stand ein großer Aschenbecher, der überquoll. Sie hatte ihn seit Tagen nicht geleert, dabei war sie den ganzen Tag daheim, während er sich um eine Stelle bemühte. Was machte sie nur den ganzen Tag über? Das Kind war von unruhiger Natur. Es war klein, sehr klein auf die Welt gekommen. Der Arzt hatte ihm erklärt, dass es normal sei, wenn die Mutter während der Schwangerschaft so viel rauche. Er hatte so viel gesagt, was das Kind gefährden könnte, doch sie gab einen Scheiß darauf. Es würde auch entwicklungsverzögert heranwachsen.

»Lebt doch«, hatte seine Frau darauf gesagt.

Bryan konnte nicht sagen, dass sie überfordert war. Sie hatte nicht einmal gestillt. Selbst das hatte sie einem Unternehmen überlassen, das Babynahrung herstellte. Die Flaschen waren schnell angerührt. In der Küche lagen sie zwischen dem Spülgeschirr herum, das sie immer noch nicht in die Spülmaschine geräumt hatte. Und sie fragte ihn, ob er diesmal durchhielt?

Bryan sah auf den Fernseher, in dem eine anspruchslose Soap lief. »Klar«, sagte er, um den Mann im Haus zu spielen. Einer musste ja die Verantwortung tragen. »Du könntest auch mal in deinem Job durchhalten«, bemerkte er abfällig und zeigte Richtung Küche. Er ergriff die Bierdose auf dem Tisch und trank.

»Und wenn die rauskriegen, dass deine Papiere gefälscht sind?«, fragte Kristin.

Er trank die Dose in einem Zug leer. »Sind ja nicht ganz gefälscht. Immerhin weiß ich, worum es geht. War nicht meine Schuld, dass ich den Abschluss nicht geschafft habe.«

Wie gut, dass sein damaliger Kumpel ihm seine Abschlusspapiere zum Fälschen zur Verfügung gestellt hatte. Man sah nichts auf Anhieb. Selbst der Stempel der Behörde sah echt aus. Mr. Coward hatte die Papiere nur kurz in seiner Gegenwart durchgesehen und ihn daraufhin auf Probe eingestellt, um zu schauen, wie er sich im Unternehmen machen würde. Bryan war durchaus mit dieser Arbeit vertraut. Immerhin hatte er Maschinenbau studiert, wenn auch nicht die Abschlussprüfung bestanden. Aber mit einigen Tricks und etwas Übung ließ sich dieses Defizit sicherlich ausbalancieren. Er rülpste nach dem Bier und Kristin lachte. »Der war gut!«, sagte sie.

»Am Montag geht's los. Ich habe was zum Lesen mitbekommen. Es steht eine Menge über das Unternehmen darin. Diesmal will ich es nicht versauen. Diesmal wird keiner merken, was los ist«, schwor Bryan. Er dachte mit Sorge an diesen komischen Mitarbeiter, den Coward als Endkontrolle der Aufträge einsetzte. Hoffentlich machte der keinen Ärger. Er hatte ihn so misstrauisch angesehen. »Ein Psycho arbeitet dort«, sagte Bryan.

»Ein Psycho?«, fragte seine Frau. »Na, das passt doch prima! Dann seid ihr schon zwei!« Sie lachte über ihren eigenen Witz.

»Ich meine, ein Behinderter.«

»Inwiefern behindert?«

»Keine Ahnung. Er läuft über ein Projekt, sagte der Chef. Er durfte sicherlich nichts dazu sagen.«

»Bestimmt ein Massenmörder«, witzelte Kristin und zündete sich eine neue Zigarette an.

»Ich denke eher ein Schizo.«

»Na, dann passt er ja auch zu dir.«

Es ärgerte ihn, dass seine Frau so abfällig über ihn dachte. »Schau dich mal an, du fette Sau!«

Sie schlug ihm daraufhin ins Gesicht.

Kales Misstrauen hatte natürlich einen anderen Grund. Er nahm als Autist Gerüche viel stärker wahr als andere und hatte ein Gemisch aus Zigaretten und keimhaltiger Wäsche gerochen, hatte Bilder der Verhältnisse, aus denen dieser Hayden kam, vor sich gesehen. Das hatte ihn besorgt dreinblicken lassen.

Bryan und Kristin benötigten seit Langem eine neue Waschmaschine. Die alte war voller Keimrückstände und hinterließ diesen fauligen Geruch in der Wäsche, den Bryan immer mit billigem Parfüm zu überdecken versuchte. Kale Hatfield hatte er damit nicht täuschen können. Er sollte diesen Behinderten auf jeden Fall im Auge behalten. Es konnte nicht sein, dass solche Typen die besten Jobs besetzten und seinen dadurch infrage stellten.

Bryan holte sich eine weitere Bierdose aus der Küche und begab sich damit ins Schlafzimmer, um die Unterlagen des Unternehmens zu studieren. Er sollte es zumindest ernst nehmen, um die anderen Defizite auszubalancieren.

Kristin sah weiter fern und holte sich eine neue Tüte Chips. Sie war froh, dass er ab Montag wieder tagsüber verschwand.

Montag.

Kale kam immer eine halbe Stunde früher als seine Kollegen im Unternehmen an, um ihnen nicht am Eingang oder auf den Fluren zu begegnen. Das war Teil der Abmachung. Auf eigenen Wunsch hin verließ er es auch eine halbe Stunde später. Keine unnötigen sozialen Interaktionen. Wie immer sah er zuerst kurz in Kens Büro hinein und sagte: »Bin da.«

»Prima, Kale«, antwortete sein Chef dann. Er war froh, dass dieser Versuch aus dem Projekt so unkompliziert lief. Jake Temerowski hatte nicht zu viel versprochen. Sein Patient war als unauffälliger und fleißiger Mitarbeiter im Unternehmen tätig und besaß die herausragende Fähigkeit, selbst die kleinsten Fehler in den Bauplänen der Kollegen aufzuspüren. Dadurch hatte sich die Qualität des Unternehmens enorm gesteigert. Das sprach sich bei den Kunden schnell herum.

Mittlerweile waren Coward und Hatfield ein eingespieltes

Team. Der Chef übernahm die volle Verantwortung, wenn Fehler auftraten, damit niemand Kales Position angriff. Er hatte Temerowski versprochen, ihn zu schützen, und er hielt Wort. Das wiederum gab Kale Hatfield die Sicherheit, die er brauchte, um dieser Arbeit nachzugehen. Sie erfüllte ihn mit einer Art Zufriedenheit. Endlich fühlte er sich angemessen gefordert, denn diese komplizierten und neuartigen Maschinen interessierten ihn brennend. Schon als Kind hatte er sich für deren Konstruktion und Funktion begeistert. Als Jugendlicher hatte er sich Fachbücher besorgt und in jeder freien Minute darin gelesen. Nun sah er sich in seinem Büro um, das er nach seinen Bedürfnissen eingerichtet hatte. Er hatte es geschafft! Der Schreibtisch stand am Fenster, auch wenn er das grelle Licht scheute, weil es in seinen Augen brannte. Doch zu gerne schloss er die Augen, wenn die Sonne schien, und ließ sein Gesicht von der Wärme streicheln. Das holte ihn für kurze Zeit aus dieser Welt, in die er wieder eintauchte, wenn er genug Energie verspürte. Dann arbeitete er konzentriert und effizient an den Aufträgen, die Ken, sein Chef, ihm über das Email-Fach zukommen ließ. Seine Fähigkeit zur Detailwahrnehmung war beeindruckend. Er fand selbst die kleinsten Fehler, die beim Bau der Maschinen nicht einmal aufgefallen wären.

Kenneth Coward verzeichnete, seit Kale bei ihm arbeitete, eine erhöhte Auftragslage, weshalb er einen weiteren Mitarbeiter einstellen konnte. Bryan Haydens Bewerbung war zur richtigen Zeit eingegangen, weil Coward schon einen Auftragsrückstand verzeichnete. Und so hatte er diesen Kerl direkt kommen lassen und sich nicht mit den Referenzen vorhergehender Arbeitgeber beschäftigt. Immerhin saß Kale nebenan, der sicherlich schnell ein faules Ei aufspüren würde.

Kale schaltete den neuartigen Teekocher ein, der auf seinem

Schrank stand. Er war bereits von Kens Sekretärin gefüllt und eingerichtet worden. Kale sah auf das Bild seiner Frau und Tochter und lächelte. Hier, auf Distanz, konnte er sie lieben. Daheim konnte er nur auf die Regeln achten und sich verstellen, damit alle glaubten, er würde die Welt verstehen. Nach wie vor machten ihm zwischenmenschliche Beziehungen zu schaffen, doch er wollte das Glück mit Rachel und Eve nicht riskieren. Er würde nie wieder so viel Glück im Leben haben.

Kale hörte, wie das Wasser aufkochte und sah, wie sich das Gerät automatisch abschaltete. Ein Ablauf von Impulsen und Kontakten, die das ermöglichten. Genial. Er beobachtete, wie sich das getrocknete Obst im Teebeutel der Symbiose hingab und die Farbsegmente sich mit dem Wasser vereinten. Es entstanden elegante und graziöse Farbspiele.

Er fuhr den Computer hoch. Ein langer Arbeitstag lag vor ihm. Ken hatte ihm bereits den ersten Auftrag ins Postfach geschickt. Er war von Barbara. Bei ihr wusste Kale, dass sie so gut wie fehlerfrei arbeitete. Es war ein Genuss, ihre Arbeit zu kontrollieren. Ein guter Start für Montag.

Er hörte die Kollegen eintreffen. Sie unterhielten sich auf den Gängen, lachten und suchten ihre Arbeitsplätze auf. Zehn Minuten dauerte der Prozess in der Regel, dann kehrte Ruhe ein. In dieser Zeit trank Kale seinen ersten Tee, weil er sich bei diesen Geräuschen nicht konzentrieren konnte.

Heute würde Bryan Hayden anfangen. Kale hoffte, dass er sich in diesem Mann täuschte, und sah zum Fenster hinaus. Regenwolken näherten sich. Das wurde auch Zeit. Der Sommer war heiß und viele Grünanlagen waren deswegen ausgetrocknet.

Nur eine Etage tiefer trat Bryan Hayden seine Arbeit an. Kenneth Coward begrüßte ihn und stellte ihn den anderen Mitarbeitern vor.

Er war freundlich und witzig, aber auch ein wenig vorlaut. Wenn seine Arbeit so gut wie seine Witze sein würde, könnte Coward zufrieden sein. Er ließ ihn mit einem seiner Mitarbeiter allein, der ihn in das firmeneigene Programm einweisen sollte.

Coward war klar, dass jeder anfangs seine Startschwierigkeiten hatte. So wollte er Nachsicht mit dem neuen Mitarbeiter üben, als er den ersten Auftrag sporadisch durchsah und viele Fehler aufspürte. Immerhin befand er sich in der Probephase. Er übergab den Auftrag an Kale zur Korrektur.

Jake Temerowski

Natürlich mussten sie Kale Hatfield vorerst fixieren. Niemand konnte abschätzen, wann sich die gewalttätige Multiple zeigen würde. Man sah es ihm auf Anhieb nicht an.

Sein Innerstes war durcheinander, sodass sich alle Persönlichkeiten, bis auf Tristan, kreuz und quer nach außen wagten. Kale Hatfield befand sich wieder mittendrin. Die langjährige Ruhe war mit diesem Vorfall vorbei. Alle waren in Aufruhr und Sorge. Lydia, die Fünfjährige, summte zur Beruhigung. Sybille, die Ordnungsliebende, stöhnte nur kurz auf, weil keine Ordnung abzusehen war. Und Carl, der Nörgler, beschimpfte Kale wieder einmal, dass er ein Versager sei. Nur Joey schwieg. Er war für die Pünktlichkeit zuständig. Die war jetzt unwichtig. Was sollte er in diesem Zustand auch vermelden? Das alte Spiel. Von Tristan keine Spur.

So kamen auch die Ermittler des Police-Departments nicht weiter. Man hielt Rachel von ihrem Mann fern, um die Gefahr zu mindern, dass er noch mehr litt. Doch als sie erfuhr, dass sich Jake Temerowski bereits auf dem Weg zu ihm befand, war sie beruhigt. Er würde Klarheit in die Sache bringen.

Dr. Jake Temerowski war zutiefst geschockt, als er von dem Vorfall seines Patienten erfuhr. Er stand in der Verantwortung für dessen Handlungen. So hatte er letzte Woche noch mit Kenneth Coward telefoniert und erfahren, dass alles bestens lief. Hatte Kale die Regeln heimlich missachtet und auf eigene Faust einen schwerwiegenden Konflikt zu lösen versucht? Vielleicht war das Vertrauen des Arztes zu groß in diesen Patienten gewesen.

Temerowski fuhr direkt zur Klinik, um Kale zu sehen und ihm mitzuteilen, dass er da wäre. Kale nahm es mit einem Zucken hin. Er stand unter starken Medikamenten und war fixiert. Der Arzt fuhr anschließend zu Rachel.

Sie fiel ihm weinend und erschöpft in die Arme. Im Hintergrund hörte Jake die kleine Eve weinen. Sie sollte ein Kind der Liebe sein, doch davon war jetzt nichts zu spüren. Der Arzt nahm sofort Rachels Hilflosigkeit wahr.

»Wir haben uns an alles gehalten, was die Therapie vorsieht«, beschwor sie den Arzt. »Ich habe Kale immer wieder gefragt, ob alles in Ordnung sei.«

Jake Temerowski saß Rachel gegenüber und nippte an seinem Kaffee, den sie ihm zubereitet hatte. Eve hatte sie vor den Fernseher gesetzt, um sie zu beschäftigen.

»Mit der inneren Ordnung ist das immer so eine Sache, Rachel. Besonders wenn man an DIS leidet. Für diese Menschen gibt es keine dauerhafte Ordnung. Es ist, als wenn fünf Familien in einer Wohnung wohnen. Es wird nie Ruhe oder Ordnung einkehren. Die inneren Kinder können nur durch klare Strukturen im Zaum gehalten werden.«

»Das haben wir ja getan.«

Der Arzt sah besorgt auf seinen Kaffee. »Das glaube ich dir, aber du kannst nur für dich sprechen. Wie es wirklich in Kale ausgesehen hat, kannst du nicht sagen. Nicht einmal ich kann sagen, wie sich dieses Leben für ihn anfühlt. Er würde es dir gegenüber niemals eingestehen, wenn er Probleme hätte, weil du ihm zu wichtig bist.«

»Aber wir haben uns geschworen, immer die Wahrheit zu sagen. Er sagte, es wäre nicht Tristan gewesen. Das hat er auch der Polizei erklärt.«

Jake brummte »Hm?« Er biss sich auf die Lippen, weil er selbst ratlos war. Immerhin war Tristan für den Tod an Ian Morgan verantwortlich. Temerowski hatte keine Ahnung, ob es noch weitere Opfer gegeben hatte. Doch dieser Mann hatte Kale eindeutig zu einer Notwehrhandlung gezwungen. Das hatten die Nachforschungen ergeben, worauf das Gesetz hatte Milde walten lassen. Jetzt lagen die Fakten anders. »Ich werde wieder von vorne anfangen müssen«, sagte er. »Ich werde Tristan herausfordern müssen, um ihn zur Rede zu stellen. Nur so können wir Klarheit in den Fall bringen.«

»Nimmst du ihn dafür mit nach Los Angeles?«, fragte Rachel.

»Ich arbeite nicht mehr in der Klinik. Ich bin nur noch für das Projekt in St. Barbara tätig. Zwei Arbeitsstellen haben mich überfordert. Ich muss erst die Zustimmung der Krankenversicherung erhalten, um mit Kale erneut intensiv arbeiten zu dürfen. Das wird nach diesem Vorfall nicht einfach sein. Ich muss einen Vertreter für mein Projekt finden, um die Zeit aufzubringen, hier sein zu dürfen. Ich weiß noch nicht, wie ich das mache.«

»Aber . . .«, sagte Rachel.

»Ich will ehrlich sein, Rachel, ich weiß nicht, ob ich noch etwas für euch tun kann. Ich muss den Vorfall im Zusammenhang mit dem Projekt erläutern. In diesem Fall hat es versagt. So etwas darf nicht passieren. Das könnte das Aus für meine weitere Arbeit sein. Es steckt eine große Verantwortung dahinter.« Er griff sich erschöpft ins Haar. »Wie konnte das nur passieren?«

»Das fragen wir uns alle. Dieser Bryan muss etwas mit Kale gemacht haben. Anders kann ich mir das nicht erklären.«

»Kale hat unsere Abmachungen nicht eingehalten. Das liegt klar auf der Hand.« Er sah Rachel ratlos an.

»Wahrscheinlich.«

»Wie weit ist die Polizei mit den Ermittlungen?«

»Sie tappen im Dunkeln.«

Jake deutete ein Nicken an. »Wir alle tappen im Dunkeln. Ken hat mir letzte Woche noch versichert, dass alles in bester Ordnung sei.«

»Das hat er mir auch gesagt. Er beschrieb Kales Verhalten als unauffällig.«

»Überwacht Ken seine Telefonanrufe?«

»Ja.«

»Und?«

»Nichts.«

»Besitzt Kale ein Smartphone?«

Rachel erhob sich und holte es aus einem Schrank. »Hier. Die Polizei hat schon rein gesehen. Nichts.« Sie tippte seinen Pin ein und reichte es Temerowski. »Er benutzte es kaum. Es war ständig leer.«

»Man kann vieles darin löschen.«

Rachel sah verunsichert zu Boden. »Du meinst, er könnte heimlich Kontakt zu diesem Bryan gehabt haben?«

»Wir müssen alles in Betracht ziehen.«

»Weshalb sollte er das tun?«

»Vielleicht blieb ihm keine andere Wahl.«

»Du meinst, dieser Hayden könnte ihn tatsächlich unter

Druck gesetzt haben?«

»Möglich.«

»Aber Ken hat nichts beobachtet.«

»Ist dieser Hayden verheiratet?«

»Ja, er hat auch eine kleine Tochter, habe ich gehört.«

Nun wurde Temerowski aufmerksam. »Weißt du zufällig, wie seine Frau heißt?«

»Kristin.«

»Hast du sie schon mal gesehen?«

»Nein.«

Temerowski schniefte.

»Jake«, sagte Rachel plötzlich, »glaubst du, dass Kale selbst diese Form von Gewalt in sich trägt?«

Der Arzt holte tief Luft. »Seine Anamnese gibt keinen Hinweis darauf. Er steckte wohl voller Aggressionen, aber diese brutale Gewalt . . .« Er schüttelte den Kopf.

»Ich kann es mir auch nicht vorstellen«, sagte Rachel.

»Ich muss mit ihm in Ruhe reden und werde bei Professor Raymond einen Termin dafür vereinbaren. Ich möchte alleine mit Kale reden und brauche die Fotos.«

»Welche Fotos?«

»Von dem Opfer.«

In Rachel kam Übelkeit auf. »Wozu?«, fragte sie.

»Ich muss sehen, wie er darauf reagiert. Ich sehe vielleicht etwas, was die Polizei bei einem Gespräch übersehen hat.«

Die 2. Begegnung

Kale hatte es kommen sehen, als der erste Auftrag von Bryan Hayden bei ihm zur Endkontrolle landete. Was er sah und las, war genau das, was er vermutet hatte. Befand sich dieser Kerl nicht noch in der Probephase? Dann musste Kale schnellstens mit seinem Vorgesetzten Rücksprache halten. Er haderte. Sollte er die Regeln missachten und erst einmal heimlich mit Bryan Kontakt aufnehmen? Immerhin hatte er selbst in seinem Leben auch viele Startschwierigkeiten gehabt und war für jede Hilfe dankbar gewesen. Er würde sonst nicht in dieser Position sitzen. Haydens Fehler waren nicht allzu bedenklich, aber sie wiesen darauf hin, dass ihm einige mathematische Grundlagen fehlten. Die Berechnungen waren stellenweise falsch, nicht die Entwürfe.

Kale trat ans Fenster und überlegte. Sein Job war es, die Fehler für Kenneth Coward zu dokumentieren, dann zu beheben und alles weiterzuleiten. Das sahen die Regeln vor. Sollte sein Chef doch entscheiden, was mit diesem Bryan passieren sollte. Kale machte sich an die Arbeit.

Kenneth Coward war natürlich wenig erfreut über die Rückmeldungen. Dass der Kerl die Grundprinzipien der Arbeit verstand, lag auf der Hand. Auch die Zeichnungen waren sehr gut gelungen. Aber mit den Zahlen stimmte etwas nicht. Kale hatte recht. Coward nahm Kontakt zu seiner Sekretärin auf. »Liegen noch weitere Bewerbungen im Fach?«, fragte er.

»Nein, Sir, nur die von Mr. Hayden war eingegangen.«

»Danke Julie.« Das machte die Entscheidung nicht leichter. Coward müsste einen Teil seiner Aufträge zurückweisen, wenn er diesen Hayden nicht behielt. Kale hatte gute Arbeit geleistet. Er suchte ihn auf und klopfte wie immer viermal an die Tür, woraufhin das okay erklang, eintreten zu dürfen.

»Kann ich kurz mit dir über Bryan Hayden sprechen?«, fragte er Kale.

»Natürlich.«

»Ich bin mir nicht sicher, ob ich ihn behalte. Was ist deine

Meinung?«

Mit dieser Entscheidungsfrage war Kale verunsichert und überfordert. Seine Meinung basierte auf anderen Grundlagen als die seines Chefs. So sagte er: »Er muss sich vielleicht erst einarbeiten.« Er wollte nicht sagen, dass dieser Kerl stank und eine unangenehme Ausstrahlung hatte. Das stand ihm auch nicht zu.

»Kommst du damit klar, seine Fehler aufzuspüren und zu korrigieren?«

»Sicher, warum nicht?«

»Na, weil es ziemlich viele sind.«

»Das ist mein Job.«

»Richtig, das ist dein Job. Danke.« Daraufhin verließ Coward sein Büro.

Kale sah ihm hilflos hinterher. Er würde den Typ hochkant rauswerfen. Doch seine Meinung zog unangenehme Gespräche nach sich, die Kale nicht führen wollte. Sein Job bestand daraus, die Fehler zu finden und nicht über die Kollegen zu richten. Klare Regeln. Aber auch klare Regeln konnten zum Problem werden.

Bryan Hayden erhielt einen festen Arbeitsvertrag, weil Kenneth Coward keine andere Wahl hatte, die Auftragslage zu bewältigen. Das größere Problem jedoch fand in Kale selbst statt. Seine innere Disziplin und sein perfektionistisches Denken kamen durcheinander. Er konnte seinen eigenen Aufträgen nicht mehr in der Form nachkommen, die ihn zufriedenstellte, weil ihn die Fehlersuche und die dazugehörigen Dokumentationen immer mehr in Beschlag nahmen. Das zehrte an seinen Nerven. Bis er eines Tages beschloss, die Fehler nicht mehr für seinen Chef zu dokumentieren, sondern nur noch zu korrigieren und die Endkontrolle als erledigt abzugeben. Das verzerrte natürlich die wahre Leistung von Haydens Arbeit, doch

Kenneth Coward war zufrieden und Kale sparte es Zeit, sodass er sein Arbeitspensum wieder schaffte. Es kehrte eine scheinheilige Ruhe ein.

Da Kale abends immer eine halbe Stunde später das Unternehmen verließ, um niemandem zu begegnen, konnte er recht entspannt zum Parkplatz gehen. Eines Abends stand Bryan Hayden an seinen Wagen gelehnt und rauchte genüsslich eine Zigarette.

»Der Behinderte«, sagte er, als Kale sich näherte. Dass er vorlaut war, wussten inzwischen alle. Kale versuchte, ihn zu ignorieren, und öffnete mit der Fernbedienung seinen Wagen, doch Hayden versperrte ihm den Weg zur Fahrertür. Er warf seine Zigarette zu Boden und blies den letzten Rauch in die Luft. Er fühlte sich in seiner Ehre verletzt, seit Coward ihn nicht mehr über seine Fehler informierte. »Du schützt mich also«, sagte er und sah Kale mit scharfem Blick an.

»Wovor?«, fragte Kale.

»Weiß nicht, du Besserwisser. Lachst du dich kaputt, wenn du meine Arbeit überprüfst, und hast es dir zu einer Art Sport gemacht, meine Fehler zu beheben, ohne Coward zu informieren?«

Er hatte es also bemerkt.

»Sport?«, fragte Kale.

»Sport oder nennen wir es Spaß«, antwortete Hayden. »Du hinderst mich daran, zu lernen. Das macht dir Spaß, he?«

»Ich hindere Sie?«

»Wenn ich nicht weiß, was ich falsch mache, kann ich es nicht abstellen.«

»Sie stellen es auch nicht ab, wenn man es Ihnen sagt.« Kale spürte, wie sich eine innere Spannung aufbaute. Er mochte es nicht, ungefragt geduzt zu werden, und musste das Gespräch schnellstens abbrechen. »Es ist Ihnen untersagt, ohne Anwesenheit des Chefs mit mir zu reden«, erklärte er deswegen.

Hayden grinste hinterlistig. »Ach ja! Du bist ja sein kleines Schoßhündchen. Sein behindertes Schoßhündchen. Man soll Rücksicht auf dich nehmen. Na, dann will ich heute mal rücksichtsvoll sein.« Er trat beiseite und ließ Kale in den Wagen steigen. Hayden sah ihm nach, wie er davonfuhr. Die innere Spannung baute sich seitdem nicht mehr in Kale Hatfield ab.

Rachel spürte natürlich die Veränderung und wurde unruhig. Sie fragte nach, doch er ließ sich auf keinerlei Gespräch ein. Er war damit beschäftigt, wie er das Problem beseitigen könnte.

»Wenn irgendwas an der Arbeit oder im Büro nicht in Ordnung ist«, sagte Rachel, »musst du es unbedingt mit Ken besprechen, hörst du?«

Kale nickte abwesend. Er hatte einen Fehler begangen, als er Bryans Aufträge undokumentiert zu korrigieren begann. Das müsste er Ken beichten. Es war sein eigener Perfektionismus, der ihn dazu angetrieben hatte. Den müsste er opfern, um die Regeln einzuhalten. Er müsste den Anspruch an sich selbst herunterfahren und diesem Hayden opfern. Der Gedanke erschien ihm unerträglich. Kale spürte Wut aufkommen und ging in sein Zimmer, um sie vor Rachel zu verbergen.

Sein Arbeitsalltag kam durcheinander. Er entschied, wieder Bryans Fehler zu melden, erst zaghaft, dann alle. Kenneth Coward nahm diesen Prozess mit Erstaunen wahr. »Er wird wieder schlechter«, sagte er, als er Kales Büro deswegen aufsuchte. »Wie kann das sein?«

Sollte Kale ihn aufklären? Seine innere Spannung wuchs. Er hatte wieder sein Arbeitspensum nicht geschafft und wollte nicht in ein Streitgespräch verwickelt werden. »Vielleicht hat er private Probleme«, versuchte er die Situation zu erklären.

Kenneth Coward stimmte ihm zu. Keiner konnte in der immer gleichen Kondition arbeiten. Deswegen lenkte er ein. »Könnte sein. Sonst alles klar?«, fragte er.

»Sicher.« Dabei war nichts klar.

»Wir warten noch eine Weile ab«, beschloss Coward. »Vielleicht fängt er sich ja wieder.«

Natürlich fing sich Bryan Hayden nicht. Seine oberflächliche Leistung blieb und in Kale wuchs die Wut gegen ihn weiter, aber auch gegen sich selbst. Er begann erneut, die Fehlerzahl, die er dokumentierte, zu reduzieren, um Zeit zu gewinnen. Vielleicht konnte er ein erträgliches Mittelmaß erreichen, um seine Arbeit in vollem Umfang zu schaffen.

Die Lösung erwies sich als gut und Kale konnte einige Monate recht gut spannungsfrei damit umgehen. Bis zu dem Tag, an dem er sich darüber ärgerte, dass Hayden nichts dazulernte. Es blieben immer die gleichen Fehler, die er machte.

Kale spürte plötzlich die erste Gedächtnislücke seit Jahren. Irgendeine Multiple hatte sich gezeigt, aber er wusste nicht, welche. Es war auf der Heimfahrt passiert. Er konnte sich nicht an den Weg erinnern, den er immer fuhr. Er hatte nur plötzlich vor seinem Haus gestanden und den Wagen verlassen, als er zu sich kam. Rachel sah durch das Küchenfenster, wie er desorientiert neben dem Wagen stehen blieb. Warum kam er nicht ins Haus? Eve hatte heute ihre ersten Schrittchen gemacht, die sie ihm zeigen wollte.

Abschalten, hämmerte es in Kales Kopf. Ich bin zu Hause. Ich muss abschalten. Er sah auf die Haustür. Neue Regeln einschalten. Neue Regeln einschalten.

Er betrat das Haus. Er funktionierte wieder und lächelte Rachel an.

Hinter der Mauer

Kind 2 hatte Angst. Diese vielen Fehler machten ihm zu schaffen. Überall Fehler! Lange konnte es das nicht mehr aushalten.

In der Klinik

»Ich warte auf die Genehmigung der Krankenversicherung«, erklärte Jake Temerowski seinem Kollegen Professor Raymond. »Dann kann ich loslegen. Ich habe alles vorbereitet. Gibt es etwas Neues von ihm?«

»Nichts«, sagte Joseph Raymond. »Er vegetiert vor sich hin, spricht nicht und starrt an die Wand.«

Temerowski nickte verstehend. »Hat er nach seiner Frau gefragt?«

»Nein.«

Temerowski räusperte sich. »Gibt es Neuigkeiten vom Police-Department?«

»Nur, dass die mit Haydens Frau gesprochen haben. Nichts Aufschlussreiches. Sie sagt, er wäre ein guter Ehemann gewesen.«

»Ist klar«, sagte Temerowski. »Was soll sie sonst auch sagen? Wie sieht derzeit Hatfields Medikation aus?«

»Diazepan. Wir haben alles so dosiert, wie Sie es sagten. Es gibt ja kein Medikament gegen diese Störung.«

»Wie lange bekommt er das schon?«

Professor Raymond sah in seinem Plan nach und sagte: »Zehn Tage.«

»Dann sollte die Dosis abgebaut werden, damit ich nächste Woche mit ihm beginnen kann. Bis dahin muss er frei davon sein. Ist das möglich?«

»Sicher.«

»Sollte er unruhig werden, rufen Sie mich an.« Temerowski reichte ihm eine Visitenkarte. »Dann komme ich sofort.«

»Was wollen Sie tun?«

»Ich werde Tristan aufspüren.«

»Sie glauben, dass er es tatsächlich war?«

»Das will ich herausfinden. Er brüstet sich gerne mit Taten.«

»Aber er ist gefährlich.«

»Wir müssen Hatfield fixieren.«

Raymond stimmte dem zu. »Unbedingt.«

»Und ich benötige eine Kamera mit Mikrofon. Ich will alles aufzeichnen.«

»Sind in jedem Raum installiert.«

»Gut. Ich werde noch den Zuständigen des Police-Departments Bescheid geben, dass ich loslege.« Ihm war gar nicht wohl dabei, weil er sein Projekt damit in Gefahr brachte. Es könnte aber auch den umgekehrten Weg gehen und es kämen Fakten ans Tageslicht, mit denen keiner rechnete.

Kale Hatfield spürte, wie die Beruhigungsmedikamente nachließen und der innere Tumult wieder zunahm. Sie alle waren aktiv, einige sprachen sich ab, einige drangen nach außen. Er selbst hörte sie nicht, sondern fand sich ständig an anderen Stellen im Zimmer wieder. Mal lag er im Bett, mal stand er vor dem vergitterten Fenster. Dann lag er auf dem Boden oder saß in einer Ecke. Die Kamera zeichnete alles auf. Der Kriegszustand war wieder hergestellt.

Professor Raymond zeigte Temerowski die Aufnahmen.

»Sie sind alle da, bis auf Tristan«, sagte der Arzt. »Verdammt!«

»Aber Sie sagten doch, dass Kale genau diese Multiple am besten im Griff hat.«

»Ja, das stimmt. Die anderen sind ja auch ungefährlich. Auf sie habe ich ihn nicht trainiert. Die anderen stehen auch in Kontakt untereinander und schützen Kale Hatfield manchmal gemeinsam. Mit Tristan steht keiner in Kontakt. Er ist isoliert, was ihm einen enormen Handlungsfreiraum einräumt. Er ging einmal so weit, dass er Kale fast getötet hätte. Er war bereit, sich selbst zu eliminieren. Diese Persönlichkeit ist aus einer extrem schlimmen Situation in seiner Kindheit entstanden. Sie wird von einem hohen Ausmaß an Gewalt und Brutalität bestimmt. Ich glaube, es ist die letzte Persönlichkeit, die sich in Kale abgespalten hat. Wenn ich ihn bei meinen anstehenden Gesprächen nicht aus der Reserve locken kann, muss Kale selbst die Tat übernehmen.« Temerowski wurde unruhig. Er hatte noch nie von einem Fall gehört, bei dem Multiple die Hauptperson ethisch und moralisch beeinflussen. Sie waren dazu da, grausame Situationen emotional zu übernehmen, wenn er nicht mehr konnte.

»Seine inneren Kinder«, fuhr Temerowski fort. »Kale besitzt vier Helfer und einen Gegner. Wenn ich den doch nur beseitigen könnte.« Er rieb sich das Gesicht. »Es ist so unfair.« Er sah Professor Raymond daraufhin an. »Wissen Sie, warum ich dieses Projekt in Kalifornien gegründet habe?«

»Um diesen Menschen zu helfen, schätze ich.«

»Genau. Es ist so widerlich vom Leben, dass solche Menschen nicht nur eine traumatische Kindheit aushalten müssen, sondern ein Leben lang mit Hürden zu kämpfen haben. Viele bringen sich um. Wissen Sie das?«

Professor Raymond sah betroffen zu Boden. »Wem sagen Sie das?«

»Hatfield hat mehrmals versucht, sich umzubringen. Er hat ein unglaublich hartes Leben hinter sich. Und jetzt hat er sich endlich etwas Glück erkämpft, und nun das! Glück, das für uns selbstverständlich ist, ist für ihn alles, was ihn noch am Leben hält. Jetzt hat man ihm auch das wieder weggenommen. So eine verdammte Scheiße! Ich könnte kotzen!«

»Ich verstehe«, sagte Raymond.

Temerowski sah ihn an. »Ich werde ihn nicht wieder herausholen können. Diesmal nicht. Diesmal liegen die Dinge anders. Kein Richter der Welt wird ihn freisprechen.«

»Das wäre auch viel zu gefährlich, Jake. Wie es aussieht, sollte man ihn nicht mehr in Freiheit lassen, weil er offensichtlich die Kontrolle verliert.«

»Verdammt, ja! Ich habe auf zu dünnem Eis gebaut. Das ist mir noch nie passiert. Ich weiß, dass Multiple nicht verschwinden, aber dieser Tristan sollte so weit entschleunigt werden, dass er nie mehr auftaucht.«

»Wenn es mal Tristan war, wie Sie sagen.«

»Richtig, wenn er es mal war.«

Die 3. Begegnung

Es klopfte vier Mal an seine Bürotür. Kale genehmigte Einlass, weil er mit seinem Chef rechnete. Doch der Mann, der eintrat, war Bryan Hayden. Er verletzte damit die Abmachung.

»Sie dürfen mein Büro nicht ohne Genehmigung von Mr. Coward betreten«, wies er seinen Kollegen an. Doch anstatt das Büro zu verlassen, schloss Hayden die Tür hinter sich. »Was ist nur los mit dir, Hatfield?«, fragte er. »Bist du nicht Manns genug, ohne deinen Babysitter mit mir zu reden?«

»Wir haben eine Abmachung«, setzte Kale entgegen und erhob sich von seinem Arbeitsplatz.

»Das ist auch alles, was du hast.«

»Ich werde Mr. Coward informieren müssen.« Kale griff zum Telefon, doch Hayden hinderte ihn.

»Das wirst du schön bleiben lassen.«

Schon allein die Berührung seiner Hand versetzte Kale in Panik. Er wich zurück, sein Atem beschleunigte sich.

»Sag mir, woraus deine Behinderung besteht«, forderte Hayden ihn auf.

»Das verstößt gegen die Regeln«, antwortete Kale. »Bitte verlassen Sie mein Büro.«

»Oh, so höflich! Was ist los mit dir? Warum wirst du hier wie ein Kleinkind behandelt?«

»Das geht Sie nichts an.«

»Oh doch, das geht mich sehr wohl etwas an. Ich will wissen, mit wem ich es zu tun habe.«

»Warum?«

»Weil, wie soll ich sagen . . . ?« Bryan Hayden holte tief Luft. ». . . ich einen Deal mit dir machen will.«

»Einen Deal?«

»Genau! Weißt du, was ein Deal ist?«

Natürlich wusste er das. »Ich mache keine Deals. Bitte verlassen Sie mein Büro«, versuchte Kale es ein letztes Mal. In ihm begann sich ein altes Gefühl zu melden, woraufhin er die Augen schloss. Hayden sah, wie sein Gegenüber in die Hocke ging und stöhnte. Was sollte dieses Schauspiel?

Kale hatte es nicht für möglich gehalten, dieses Gefühl nach all den Jahren wieder in sich zu spüren. Hayden hatte Tristan geweckt. »Verschwinden Sie«, presste Kale mit letzter Kraft hervor. »Schnell!«

»Oh nein!«, sagte Hayden. Dieses Schauspiel brachte ihn nicht von seinem Vorhaben ab. »Nicht, ehe wir den Deal gemacht haben.« Sein Chef hatte ihn heute Morgen ins Büro rufen lassen und ihm mitgeteilt, dass er ihn entlassen müsse, wenn sich seine Arbeitsleistung nicht verbessere. Obwohl Kale vieles unbemerkt korrigiert hatte, so fand Coward immer noch viele Fehler, die sich wiederholten und scheinbar nicht abstellen ließen. Das nervte ihn. Er hatte ebenfalls festgestellt, dass Kale neuerdings eine ganze Stunde länger blieb, um seine Arbeit zu schaffen. Das wurde Coward zu gefährlich. Also mahnte er Hayden ab. Und der reagierte sich nun in Kales Büro ab.

»Welchen Deal?«, zischte Kale.

»Du wirst mir helfen.«

Der Druck ließ nach und Kale erhob sich wieder. Sein Gesicht war rot und er atmete tief durch.

Hayden lachte. »Was war das denn?«

»Das geht Sie nichts an«, entgegnete Kale.

»Ist das deine Behinderung? Wenn du Besuch bekommst, verursacht es dir Bauchschmerzen?«

»So könnte man das sehen. Bitte gehen Sie.«

Hayden lachte noch ausgelassener. »Ich werde wiederkommen, glaub mir.«

»Das glaube ich nicht. Ich werde diesen Vorfall Mr. Coward melden.«

Bryan Hayden sah ihn scharf an. »Mach das, mein Kleiner. Dann wirst du es noch bereuen, nicht auf meinen Deal eingegangen zu sein. Dann wirst du keine ruhige Minute mehr mit deiner Frau und deiner Tochter haben.« Daraufhin verließ er das Büro.

»Hör nicht auf ihn«, sagte die kleine Lydia und summte ein Lied. Kales innere Welt war in Aufruhr.

»Abschalten«, sagte er zu sich selbst auf der Heimfahrt. »Abschalten. Denk an die Regeln.«

In der darauffolgenden Nacht lag er wach und dachte darüber nach, ob er diesen Vorfall seinem Chef melden sollte oder nicht.

Hinter der Mauer

Kind 1 und 2 drängten Kind 3, den Deal zu machen. Du musst, signalisierten sie. Du musst!

»Alles klar?«, fragte sein Chef am nächsten Morgen, worauf Kale verhalten nickte. »Komm doch gleich mal in mein Büro. Ich muss mit dir reden.«

Kale sah auf. Das war die Chance, seinem Chef von Haydens unerlaubtem Eindringen in sein Büro zu erzählen.

»Wie läuft's?«, fragte Coward, als sie sich gegenüber saßen.

Ja, wie lief es? Beschissen, seit Hayden hier arbeitete. »Gut«, sagte Kale. Er hatte keine Lust auf Erklärungen und wollte die Arbeitsstelle nicht verlieren.

»Ich habe Bryan Hayden abgemahnt«, erklärte sein Chef.

Kale sah auf. Das erklärte Haydens Verhalten.

»Er macht immer noch zu viele Fehler. Es wird nicht besser«, sagte Coward. »Ich habe den Eindruck, dass er die Reflexionen nicht umsetzen kann. Deswegen wollte ich dich fragen, ob es dir möglich wäre, mit ihm diese Sachen zu besprechen, beziehungsweise ihm einen kleinen Nachhilfekurs verpassen kannst? Vielleicht kommt er mit dir besser klar. Was denkst du?«

Kale dachte an den Deal. »Ich soll ihn neu ausbilden?«

»So ungefähr. Ich könnte mir gut vorstellen, dass ihr zwei gut miteinander klarkommt. Du kennst seine Schwachstellen. Er ist jung, genau wie du. Und er ist auch ein Vater von einer kleinen Tochter. Vielleicht verbindet euch das ein wenig. Schließlich seid ihr die Zukunft von diesem Unternehmen.«

Kale Hatfield hatte mit allem gerechnet, aber nicht mit dieser Aufgabe. »Das verstößt gegen die Abmachung«, sagte er.

»Ich weiß, deswegen wollte ich es erst mit dir besprechen. Wenn du zusagst, werde ich es mit deinem Arzt besprechen und noch seine Zustimmung einholen. Wäre doch gelacht, wenn wir das Problem nicht in den Griff bekämen.«

»Kann das kein anderer übernehmen?«, fragte Kale.

Kenneth Coward sah auf seinen Schreibtisch. »Wie soll ich es sagen, Kale? Alle sind ausgelastet. Du bist der Beste vom ganzen Team. Bei dir sehe ich die bestmöglichen Chancen, dass er schnell lernt. Du verstehst?«

Sicher verstand er. Kale fand immer irgendwelche Fehler seiner Kollegen, die vermieden werden konnten, denn es gab keine totale Perfektion.

»Und es gibt noch einen anderen Grund«, ergänzte sein Chef.

Kale sah auf. »Der wäre?«

»Die anderen mögen ihn nicht so sehr wegen seiner Vorwitzigkeit. Aber dich interessiert das nicht. Du störst dich nicht an seinen Witzen.«

Witze nannte sein Chef die lächerlichen Versuche von Hayden, sich beliebt zu machen.

»Nein, mich interessieren seine Witze nicht.«

»Also, was denkst du? Es könnte sein, dass Bryan mit dir zusammen einen gewissen Ernst bei der Arbeit an den Tag legt. Du könntest aus ihm einen guten Mitarbeiter machen.«

»Du denkst das funktioniert?«, fragte Kale.

»Ich könnte es mir vorstellen.«

»Darf ich darüber nachdenken?«

»Ja, natürlich.«

Kale Hatfield verließ daraufhin Cowards Büro und dachte über dessen Vorschlag nach. Damit würde er diesem Deal, den Hayden forderte, gerecht werden. Vielleicht war das sogar eine gute Lösung.

Am gleichen Nachmittag klopfte es wieder vier Mal an seiner Tür. Er hatte abgeschlossen, damit Hayden nicht einfach rein spazieren konnte. Er wies die Störung zurück, er habe zu tun.

In der Klinik

Dr. Temerowski gab Rachel sofort Bescheid, als die Krankenversicherung zehn Sitzungen mit ihrem Mann zustimmte. Der Arzt war in einem Hotel nahe der Klinik untergekommen, obwohl Rachel ihm Kales Arbeitszimmer angeboten hatte. Ein Gästebett wäre schnell eingerichtet. Doch Jake wollte in der Öffentlichkeit keinen falschen Eindruck erwecken und als fremder Mann von den Nachbarn wahrgenommen werden, der dort ein- und ausging. Außerdem würde er Erholungspausen brauchen. Auch wenn Rachel nun viel Hilfe benötigte, so konnte er nicht die ganze Zeit bei ihr bleiben. Er beschloss, sie einmal am Tag zu besuchen und mit ihr zu reden. Er wollte außerhalb der beiden einen klaren Kopf behalten. Immerhin musste er auch sein Projekt weiterhin im Auge halten. Seine Vorgehensweise war einfach, er bevorzugte die Step-by-step-Methode und wollte sehen, wo sie hinführte. Er fuhr zur Klinik, um das erste Gespräch mit Kale zu führen.

Kale Hatfield lag fixiert auf seinem Bett und hörte, wie jemand die Tür zu seinem Zimmer öffnete. Er war nervös, weil Jake heute mit den Therapiegesprächen beginnen wollte. Sie würden sinnlos sein, denn es gab nichts, was den Vorfall wegtherapieren konnte. Im Grunde sollten sich alle die Mühe sparen. Ihm wäre es lieber, sie würden sich um Rachel und Eve kümmern, die er nicht mehr sehen wollte. Es schmerzte ihn zu sehr, ihnen mit dem Wissen zu begegnen, nie wieder in Freiheit zu gelangen. Er wollte sie nicht mit lebenslangen Besuchen in einer Geschlossenen quälen, sondern möglichst schnell von seinem Leben loslösen. So wäre er wenigstens diese Last los. Das wollte er heute mit Jake besprechen. Er musste ihm helfen, die Scheidung durchzusetzen.

Professor Raymond betrat zunächst das Zimmer und überzeugte sich, ob alles in Ordnung war. »Mr. Hatfield, Sie haben Besuch.«

Kale wendete sich ihm zu und sagte: »Ich weiß.«

»Gut, dann lasse ich Sie mit Mr. Temerowski allein.«

Alles war vorbereitet. Die Kamera lief, Kale war gesichert und der Arzt hatte seine Notizen dabei. Er betrat das Zimmer. Ihm war ein wenig übel, weil die Situation beklemmend wirkte. Vor nicht einmal zwei Jahren hatte er Kale und Rachel als Patienten in seinem Projekt aufgenommen. Er sah sie heute noch in seinem Büro sitzen. Ihnen gegenüber hatten Julie und Brian Morgan gesessen, die Kinder von Kales Peiniger. Was mochte in ihnen vorgegangen sein, als sie sich begegneten? Das Treffen war diszipliniert und verständnisvoll über die Bühne gegangen. Julie hatte geweint, aber Kale hatte keine Reaktion gezeigt. Er hatte mit ihrem Vater längst abgeschlossen und kämpfte nur noch um ein besseres Leben.

»Kale?«, sagte Jake Temerowski, als er die Tür hinter sich

schloss. Kale Hatfield sah ihn an und nickte. Temerowski zog sich einen Stuhl ans Bett und schwieg. Kale hörte, wie schwer sein Atem ging. Es war also auch für ihn hart, dieses Treffen auszuhalten.

Der Arzt schniefte. »Ich weiß nicht, wo ich anfangen soll«, sagte er ehrlich.

»Ich will die Scheidung«, sagte Kale, um das Gespräch abzukürzen.

»Was?« Der Arzt sah ihn mit überraschter Miene an.

»Die Scheidung.«

»Du willst dich von Rachel scheiden lassen?« Damit hatte er nicht gerechnet. »Warum?«

»Damit sie mich loslassen kann.«

»Und Eve?«

Kale sah an die Wand. Wie sollte er Jake erklären, dass seine Gefühle für sie so schwer auszuhalten waren? Er wusste nicht, woran es lag.

»Was ist mit Eve?«, fragte der Arzt nachdrücklich.

»Sie braucht einen anderen Vater als mich.«

»Einen anderen? Jesses! Was soll das denn werden? Rachel und Eve sind die wichtigsten Menschen in deinem Leben!«

»Eben.«

»Es quält *dich* zu sehr, stimmt's?«

»Ja.«

»Sollen wir das Gespräch abbrechen?«

Nun haderte Kale.

»Wir können hier und jetzt Schluss machen. Kein Problem. Dann wird alles seinen Weg gehen.«

»Geht es den nicht sowieso?«

»Nicht, wenn wir der Sache auf den Grund gehen.«

»Was ändert das?«

»Unser aller Verständnis.«
»Was bringt mir das?«
»Klarheit.«
»Klarheit!«
»Genau! Du selbst hast mehrmals gesagt, dass es nicht Tristan war. Wer war es dann, Kale?«
»Wahrscheinlich war ich es selbst.«
»Was hat Bryan Hayden mit dir gemacht?«
Nun sah Kale ihn an. Er konnte nicht darüber reden, weil die Geschichte zu viele Lücken hatte.
»Hat er dich bedroht?«
Kale schwieg.
»Hat er dich unter Druck gesetzt?«
Fragen, die der Lieutenant schon gestellt hatte.
»Hast du gegen die Regeln und Abmachungen verstoßen, Kale?« Temerowski wollte es endlich wissen. Es war wichtig, weil es mitunter um den Erhalt seines Projektes ging. Das erklärte er Kale. »Wenn das der Fall ist, kann ich mein Projekt retten. Verstehst du? Und ich kann noch mehr. Ich kann Rachel und Eve helfen, damit klarzukommen, dich vor dem Gefängnis retten und es dir so einrichten, dass auch du damit klarkommst.«
Kale schwieg weiter.
»Wir müssen irgendwo anfangen, Ordnung in die Sache zu bringen, Kerl! Eine Scheidung ist ganz sicherlich nicht die Lösung. Rachel wird damit überhaupt nicht klarkommen. Du hast mir ihr ein Kind gezeugt. Ein Kind der Liebe.«
Kale sah ihn wieder an. »Du hast ja keine Ahnung.«
Jake Temerowski stutzte. »Was meinst du?«
»Du weißt genau, wovon ich rede.«
»Gut, gehen wir von der Scheidung direkt zu deinem Sexual-

leben über. Dann haben wir die Themen schnell durch und können uns auf das konzentrieren, was uns wirklich weiterbringt.«

»Was dich weiterbringt, Jake. Mich bringt nichts mehr aus diesem Zimmer. Das weißt du genau.«

Temerowski stöhnte genervt. »Wie soll ich mit dir ein anständiges Gespräch führen, wenn du alles Erdenkliche auf den Tisch bringst, was irrelevant ist?«

»Ist es das?«

»Ja!«

»Sind es nicht alles Teilchen vom Ganzen?«

Temerowski atmete tief durch. Er befand sich nicht in bester Verfassung, ein therapeutisches Gespräch zu führen. Es wirkte eher wie ein Gespräch unter Freunden, die sich ihre Fehler an den Kopf warfen. Aber vielleicht war es genau das, was Kale jetzt brauchte. Er musste den Ballast loswerden, der sich in seinem Kopf aufgestaut hatte. Erst dann käme der Arzt an die eigentliche Geschichte heran. »Gut«, lenkte er ein, »ich werde die Sache mit der Scheidung mit Rachel besprechen und einen Anwalt dafür suchen. Käme das deiner Vorstellung nahe?«

Kale wendete seinen Kopf wieder ab und nickte zufrieden.

»Liebst du Eve?«, fragte der Arzt.

Sein Patient schwieg.

»Ich habe sie gesehen, Kale. Sie ist das bezauberndste Mädchen, das ich je zu Gesicht bekommen habe. Sie hat deine Augen.«

Kale sah ihn scharf an. Temerowski kehrte in sich. Was hatte er gerade gesagt? Sie habe Kales Augen? War das der Schlüssel zu einem Gefühl, das er in sich trug? Der Arzt sagte: »Weil sie deine Augen hat, stimmt's?«

Die Wunde brach auf. Eine Wunde, die Kale, seit Eve geboren war, immer wieder verschloss. Jeden Abend, wenn er von der Arbeit heimkam, nähte er verzweifelt an dieser Wunde herum. Seine eigenen Augen sahen ihn an. Sie flehten, sie bettelten und weinten, wenn er wegsah. Er konnte sich nicht einmal selbst lieben. Wie konnte er dann dieses kleine Wesen ansehen und lieben? Ein Wesen, das ihn an seine eigene Kindheit erinnerte, die er nie mehr richten konnte. Er wollte ihr eine bessere geben, doch er wusste nicht wie. Er konnte sie nicht berühren, ohne diesen Schmerz zu empfinden. Er konnte sie nicht küssen, ohne sich die Lippen zu verbrennen. Es waren die verdammten Regeln, die ihn das dennoch hatten machen lassen. Regeln, die ihn hatten lächeln und schweigen lassen, damit Rachel nichts bemerkte. Sie liebte ihn bedingungslos und deswegen liebte sie auch seine Tochter. Das durfte er nicht zerstören.

Abschalten. Er hatte gelernt, sich abzuschalten, damit es nicht die Multiplen auf den Plan rief. Er durfte nichts davon zu spüren bekommen, denn er wollte ein guter Vater sein. Das konnte er nur, wenn er sich abschaltete. Befand er sich in seinem Büro, konnte er seine Frau und seine Tochter lieben. Befand er sich zu Hause, musste er sich abschalten, um den Anschein aufrecht zu erhalten.

Seit dieser Hayden sein Büro betreten hatte, war es als Ort der Entspannung entweiht. Hätte er sich doch bloß nicht auf Cowards Wunsch eingelassen, sondern das Schwein auflaufen lassen. Dann wäre es nie zu dieser Tat gekommen, von der er immer noch nicht wusste, wer sie ausgeführt hatte. Sollte er Jake einfach mitteilen, dass Tristan wieder da war? Es würde die Sache um so vieles einfacher machen. Aber ER war es nicht gewesen. ER hatte Bryan nicht getötet!

Kale sah seinen Therapeuten verzweifelt an. Der Arzt las in

seinen Augen das Chaos der Gefühle, machte sich Notizen und starrte an die Wand. »Wir sind wieder mittendrin, Kale. Nur eine Stufe höher.« Wie sollte der Arzt Rachel erklären, was im Kopf ihres Mannes vor sich ging?

Die 4. Begegnung

Kale Hatfield hatte beschlossen, es zu versuchen. »Ich werde Bryan anlernen«, teilte er seinem Chef mit, weil ihn die Bedrohung seiner Familie zu stark belastete. Er müsste sonst seine Arbeit aufgeben und die Stadt verlassen, um sie zu schützen. Undenkbar. Also war Cowards Wunsch das kleinere Übel.

Kenneth Coward informierte Jake Temerowski über die neue Abmachung und die positive Entwicklung. Die Eingliederung machte aus seiner Sicht Fortschritte. »Er scheint sich mehr und mehr zu öffnen«, teilte Coward dem Arzt mit. »Vielleicht findet er in Hayden sogar einen Freund.«

Das hörte sich auch für Dr. Temerowski gut an. Er rief Kale gegen Abend noch einmal persönlich an, um sich abzusichern.

Kale bestätigte Cowards Worte. So nahm alles eine Richtung an, in die es nicht hätte gehen dürfen. Er erzählte Rachel nichts davon, obwohl er es Jake versprochen hatte.

Sie wünschte sich ein zweites Kind von ihm, was ihn verzweifelt aus dem Fenster seines Zimmers blicken ließ. Was wäre, wenn es ein Junge werden würde? Ein Junge mit seinem Gesicht? Er würde es nicht aushalten.

Es lag auf der Hand, dass es Kale zuwider war, seinen Kollegen in seinem Büro anlernen zu müssen. Man stellte einen zweiten Schreibtisch hinein und richtete Haydens Arbeitsplatz ein. Der Raum war nun vollständig entweiht.

Kale ließ morgens den Teekocher unberührt stehen und sah

solange aus dem Fenster, bis sein Chef viermal klopfte und anschließend mit Hayden das Büro betrat. »Danke, Kale«, sagte Coward kurz und lächelte ihn an. »Ich weiß das sehr zu schätzen.« Daraufhin ließ er die beiden allein.

Kaum war er weg, legte Hayden sein altes Verhalten an den Tag. »Der Behinderte«, sagte er. »Ich werde von einem Behinderten angelernt.« Er lachte. »Meine Güte! Das darf ich meinen Freunden nicht einmal ansatzweise erzählen.«

Kale sah ihn verärgert an. »Sie haben die Abschlussprüfung nicht einmal *ansatzweise* geschafft, stimmt's?«, fragte er.

Hayden grinste. »Du kannst mich duzen.«

»Nein, das kann ich nicht.«

»Gut, dann duze ich dich und du siezt mich. Das fühlt sich nicht schlecht an. Es hat etwas von einem Rollentausch, findest du nicht?« Er sah sich in Kales Büro um. »Immerhin bin ich schon eine Etage höher gekommen und sitze im Vorzimmer des Chefs.«

»Dies ist kein Vorzimmer. Es ist mein Büro.«

»Du bist ab jetzt Ausbilder. Bilde mich aus.«

Kale besann sich und stieß alle Emotionen von sich. Er wollte auf diese dummen Witze nicht eingehen und mit der Arbeit beginnen, um es möglichst schnell hinter sich zu bringen. Hoffentlich gab Hayden danach Ruhe. »Beginnen wir heute mit der Grundlage der Konzeption«, erklärte Kale. »Diese Woche gehen wir die Planung und den Entwurf durch. Die Woche darauf die Konstruktion. Dann die Berechnung, Herstellung und den Betrieb von Maschinen. Ich werde Ihnen zum Abschluss einen Auftrag erstellen, um zu sehen, was Sie davon verstanden haben. Damit wären wir durch. Geschätzte Dauer meiner Zeit vier Wochen. Dann wären wir fertig. Verstehen Sie, wir wären FERTIG. Ich gehe davon aus, dass Sie das meiste davon schon beherrschen. Danach werde ich Sie bitten, mein Büro zu verlassen.«

Bryan sah ihn entsetzt an. Das würde er niemals schaffen. Das war die Fahrkarte in die Arbeitslosigkeit. Hatfield verfolgte das klare Ziel, ihn zu demütigen und dann aus dem Betrieb entfernen zu lassen, weil er wusste, dass er versagen würde. Hatfield hielt alle Fäden in der Hand, um Coward davon zu überzeugen, dass er unfähig wäre.

Sie saßen sich gegenüber, weil Kale es so angeordnet hatte. Er wollte ihn im Blick haben. Neben ihm zu sitzen, erschien ihm unerträglich. Sie teilten sich dennoch eine Ansicht auf den Bildschirmen und Kale begann mit den Grundlagen der Konzeption von Maschinen. Ein Bereich, den er als Jugendlicher schon beherrscht hatte. Er stellte schnell fest, dass sein Gegenüber überfordert war, was ihn lächeln ließ.

Hayden stellte immerzu Fragen und forderte Pausen ein, was Kale durcheinanderbrachte. »Du willst doch, dass ich alles verstehe«, rechtfertigte sich Hayden und schickte Kale einen bösen Blick.

»Natürlich will ich das. Ich will, dass Sie mich verstehen.«

»Dann mach mal slow down, Junge!«

»Es sind doch nur Grundlagen. Die einfachsten mathematischen Regeln. Die müssten doch sitzen.«

Eben nicht, denn das war Haydens größte Baustelle.

»Tun sie ja auch«, giftete Hayden zurück.

»Und? Wo liegt dann das Problem?«

»Dass du so schnell redest.«

»Ich rede zu schnell?«

»Ja, verdammt!«

»Wie sollen wir sonst in einer Woche damit durch sein?«

»Ist das mein Problem?«

»Ja, das ist es.«

»Was willst du damit sagen?«

Kale atmete tief durch. Abschalten. In seinem Innersten geriet etwas Fremdes in Aufruhr. Abschalten. Er biss sich auf die Lippen. »Lassen Sie uns weitermachen.«

Hinter der Mauer

Alle riefen nach Kind 4. Es war klug. Deswegen wurde es beordert, sein Können einzusetzen. Es kam mit dem Rollentausch nicht klar, versagte und sah besorgt auf Kind 3, das Dealkind.

In der Klinik

Kale erzählte zum ersten Mal von diesen Abläufen.

Jake Temerowski hörte ihm mit ernster Miene zu. Anschließend sagte er: »Ich dachte, es wäre alles glatt gelaufen. Ken gab immerzu positive Rückmeldungen.«

Kale biss sich auf die Lippen. »Ich musste Rachel und Eve schützen.«

Temerowski sah seinen Patienten an. Es war genau das passiert, was als größte Gefahr im Raum gestanden hatte. Kale hätte nicht diesem zusätzlichen Druck ausgeliefert sein dürfen. Was Kenneth Coward als gute Entwicklung gesehen hatte, war Kales Verderben gewesen. Doch Coward war ein Unternehmer und musste nach Lösungen suchen.

Im Grunde war es Temerowskis Schuld gewesen. Er hätte auf die Regeln bestehen müssen. Sein Konzept war gut durchdacht und hätte nicht gekippt werden dürfen. Das erklärte er

Kale.

»Und Rachel?«, fragte Kale. »Du kannst nicht wissen, was passiert wäre, wenn Ken ihn entlassen hätte. Niemand kann das.«

»Wie weit hat er dich getrieben?«, fragte Temerowski.

»Ist das nicht offensichtlich?«

»Nein, ich meine, was genau hat Hayden mit dir gemacht?«

»Einen Rollentausch«, sagte Kale. »Seine Ausbildung war natürlich sinnlos. Alles war sinnlos. Ich ging auf einen neuen Deal ein. Ich behob seine Fehler, die er weiterhin machte.«

»Deswegen hat Ken diese ganze Entwicklung als positiv gesehen. Er dachte, deine Hilfe wäre erfolgreich gewesen.«

»Hayden nannte es eine Win-Win-Situation. Er behielt die Stelle, Coward war zufrieden und ich musste nicht um meine Familie fürchten.«

Der Arzt verstand. »Das war deine Art, das Problem zu lösen.«

»Ja.«

»Und du hast niemandem davon erzählt.«

»Nein.«

»Obwohl es unsere Abmachung war.«

»Ja.«

»Wie hast du es geschafft, es vor Coward zu verbergen? Deine Arbeit litt.«

»Ich arbeitete von zu Hause weiter. Nahm heimlich Back-ups mit heim.«

»Dein Zimmer.«

»Ja.«

»Es wurde eine heimliche zweite Arbeitsstelle, anstatt einer Erholungszone.«

»Ja.«

»Du hast alle Regeln und Abmachungen zwischen uns gebrochen.«

»Du auch.«

Jake sah zu Boden. »Ja, ich auch.«

»Das Leben sieht nicht immer die Wege vor, die wir gehen wollen.«

»Nein. Verdammt! Ich hätte es ahnen müssen, aber ich wollte, dass es gelingt.«

»Das wollten wir alle, Jake. Ich würde gerne Schluss machen. Ich bin müde.«

Temerowski sah die Erschöpfung in Kales Gesicht. »Du hast deine Familie gerettet, Kale. Du hast dich für deine Familie geopfert.«

»Das habe ich.«

»Wer hat dir geholfen? Wer hat die Tat ausgeführt?«

»Keine Ahnung. Ich habe nichts gespürt. Ich bin erst zu mir gekommen, als ich die Tür zu meinem Büro öffnete, weil Ken so laut geklopft hatte. Vor meinem Schreibtisch lag Hayden, ich hielt die Metallstange in der Hand.«

»Wo war sie her?«

»Aus dem Lager.«

»Hast du sie selbst geholt?«

»Nein.«

»Wer hat sie geholt und in dein Büro gelegt?«

»Weiß ich nicht.«

»Meinst du, ich kann morgen wiederkommen und mit deinen Multiplen sprechen?«

»Besser übermorgen.«

»Warum?«

»Weil ich zu aufgebracht bin.«

»Gut Kale, dann übermorgen. Tut mir leid, dass sie dich

fixieren mussten.«

»Es ist zum Schutz«, flüsterte Kale.

Der Arzt sah ihn überrascht an und fragte: »Wessen Schutz?«

»Unser beider.«

Jake Temerowski fiel erschöpft auf sein Hotelbett. Was würde ihn übermorgen erwarten? Er konnte Rachel unmöglich von Kales Scheidungswunsch erzählen. Er hielt es für übereilt und falsch. Es konnte nicht zum Wohle seiner Familie sein, sie jetzt einfach abzuschneiden. Kale müsste für sie kämpfen, nur auf einem anderen Spielfeld.

Das zweite Kind

Die Belastung wuchs. Man sah Rachel an, wie glücklich sie mit Eve war. Deswegen äußerte sie immer öfter den Wunsch nach einem zweiten Kind.

Kales stark gestörtes Sexualleben lief Amok. Immer wieder versuchte er, sich abzuschalten und auf ihren Körper einzulassen. Innere Aggressionen und der Wunsch nach Schmerz und Gewalt ließen ihn ständig mittendrin alles abbrechen. Er wollte ihr nicht wehtun. Rachel übte Nachsicht. Sie führte es auf seinen Missbrauch in der Kindheit zurück. Es war das Ergebnis, was daraus entstanden war. Kale wusste, dass er Rachel nicht mit seinem wahren Verlangen belasten durfte. Das hatte sie klar geäußert.

Er zeugte kein zweites Kind. Eve blieb ein Einzelkind. Ihr Gesichtsausdruck ähnelte von Tag zu Tag mehr ihrem Vater.

Abschalten. Er musste sich immer öfter abschalten. Niemand von außen bemerkte seine innere Not. Dafür tuschelten und schrien immer mehr unbekannte Gestalten in seinem Innersten.

Selbst Tristan zeigte sich hin und wieder mit einer bedrohlichen Geste, doch Kale drückte ihn dann sofort weg.

Die 5. Begegnung

Bryan Hayden konnte es nicht lassen. Immer wieder titulierte er Kale als Behinderten, wenn niemand zugegen war. Dabei war er der wahre Behinderte. Die ganze Mühe, die Kale sich gegeben hatte, um Bryans Fehlermenge zu reduzieren, war umsonst gewesen. Er war nicht in der Lage, dazuzulernen, und reichte auch nach diesen vier Wochen weiterhin seine fehlerhafte Arbeit ein, die Kale stillschweigend korrigierte, um seine Ruhe zu haben. Doch das Gefühl der Erholung, als Kale sein Büro wieder für sich alleine hatte, war verloren. Der fremde Geruch hing immer noch darin. Er konnte keine Ruhe finden, weil er ständig daran dachte, dass sein Verhalten Coward und Temerowski gegenüber nicht in Ordnung war. Es war die Angst um seine Familie, die ihn schweigen ließ.

Kale hörte Bryan in Gegenwart seiner Kollegen herum protzen, weil der Chef ihn nicht mehr in sein Büro ordern musste, um die fehlerhaften Aufträge zu reflektieren. Er machte keine Fehler mehr. Kale konnte sich lebhaft vorstellen, wie er daheim ebenso herum protzte, was seine Frau sicherlich erfreute und ihre Einkaufslust im Internet erhöhte. Nicht so ihre Lust auf Sauberkeit und Ordnung in der Wohnung. Kale roch weiterhin die Keime und das Nikotin.

Hayden kaufte sich einen neuen Wagen, um auch nach außen zu zeigen, welch gute Partie er war. Er schaffte sich teure Kleidung an und ging regelmäßig zum Friseur. Das gefiel Kenneth Coward und er dankte Kale für seinen Einsatz, einen guten Mitarbeiter aus Bryan Hayden gemacht zu haben. Er hatte aufs richtige Pferd gesetzt, worauf Kale gequält lächelte.

Er stellte plötzlich fest, dass Hayden nicht mehr so stark nach Keimen roch. Seine Frau hatte eine neue Waschmaschine bekommen. Aber er stank weiterhin widerlich nach Rauch. Sein Zigarettenkonsum hatte sich erhöht, was zwangsläufig auch den Bedarf von Raucherpausen erhöhte.

»Hey, Behinderter!«, rief er Kale eines Tages zu, als der gegen späten Nachmittag wieder zu seinem Wagen ging, um heimzufahren. »Ich muss mit dir reden.«

Kale hatte wegen dieses Kerls wieder Zusatzarbeit in seiner Tasche dabei und spürte die innere Unruhe aufkommen. Tristan stand kurz davor, sich zu zeigen, und Kale wägte ab, ob er es diesmal zulassen sollte. Das würde Hayden vielleicht Angst einjagen. Er dachte an Rachel und drückte ihn weg.

Hayden lachte, als er sich wieder krümmte und kämpfte. »Du solltest dringend etwas gegen deine Magenschmerzen unternehmen, Hatfield!«, rief Hayden und blies lässig den Rauch seiner Zigarette zu Boden.

Kale fing sich und antwortete: »Das werde ich, wenn Sie mich nicht in Ruhe lassen.«

»Ich kenne einen guten Arzt. Den kann ich dir empfehlen. Der verschreibt dir alles. Wirklich alles.«

»Ich auch«, antwortete Kale.

»Hör zu, ich habe eine Bitte an dich.«

Kale drückte auf die Fernbedienung seines Wagenschlüssels, worauf sich sein Fahrzeug mit einem Klick öffnete. »Lassen Sie mich in Ruhe, Hayden.« Er stieß ihn beiseite und stieg in seinen Wagen ein. Hayden drückte ihm die brennende Zigarette an sein Seitenfenster und rief: »Die nächste Kippe landet auf deiner Hand!«

Kale raste mit quietschenden Reifen davon.

Abschalten.

Er begrüßte seine Familie, als wäre nichts geschehen, lächelte, witzelte mit Eve herum und ging nach dem Abendessen in sein Zimmer, um Haydens Arbeit zu erledigen. Ken erwartete morgen den fertigen Auftrag.

Hinter der Mauer

Sie wählten ein weiteres Kind aus, das sie nach vorne schickten. Nummer 5 wagte sich vorsichtig an die Mauer und fand es cool, wie lässig der Mann am Wagen rauchte. Es zündete sich ebenfalls eine Zigarette an, während sich im Hintergrund das Entsetzen verbreitete.

In der Klinik

Wieder hatten sie ihn fixiert.

»Wie waren deine Tage?«, fragte Jake, als er an seinem Bett saß und die zweite Therapiestunde begann.

»Still«, antwortete Kale. Er hatte seine innere Unruhe wieder im Griff und war bereit, den heutigen Aufgaben zu begegnen.

»Dann können wir loslegen.«

»Bitte«, sagte Kale.

»Ich werde zuerst Lydia rufen. Ist das okay?«

Kale schloss die Augen.

»Lydia, kannst du mich hören?«

Stille.

»Lydia, bist du da?«

Kale öffnete die Augen. Sein Gesichtsausdruck wurde sanft und kindlich. Er sagte mit kindlicher Stimme: »Ich singe dir ein Lied vor, Jake. Willst du es hören?«

Jake Temerowski lächelte. Er war jedes Mal von der Reaktion seiner Patienten fasziniert. Er liebte das kleine, fröhliche Mädchen in Kale Hatfield. »Aber gerne«, antwortete er und die Fünfjährige begann zu singen. Natürlich kannte der Arzt das Lied, denn sie sang oder summte immer wieder das gleiche Lied, wenn er sie rief. Es signalisierte ihre kindliche Unbeschwertheit, die sie Kale einst schenkte, als er sich wegen Ian Morgan umzubringen gedachte. Sie summte immer, wenn er an seine Grenzen stieß und Tristan sich nicht hinaus wagte, weil es ihm zu langweilig war.

Als Lydia ihren Gesang beendete, sagte Temerowski: »Das war schön, Lydia. Wie geht es dir?«

»Gut«, antwortete sie und lachte. Das war ihre Aufgabe. Sie musste immer guter Laune sein, um Kale zu beruhigen. »Ich vermisse die Vögel«, sagte sie. Traurigkeit klang in ihrer Stimme. »Und den Sonnenschein.« Sie saß gerne mit Kale im Wald und lauschte dem Gesang der Vögel, während die Sonnenstrahlen durch das Geäst der Bäume fluteten.

»Ich weiß«, sagte der Arzt, »ich weiß.«

Kale war oft mit Eve im Wald verschwunden, wo Lydia ihr das Kinderlied vorsang. Noch war seine Tochter klein und sah darin keinen absonderlichen Vorgang.

Lydia war wieder gegenwärtig, seit dieser Bryan Hayden aufgetaucht war und Kale unter Druck setzte. Er hatte natürlich die innere Unruhe wahrgenommen und gewusst, dass es wieder losging. Deswegen war er Rachel so viel wie möglich aus dem Weg gegangen. Er nutzte die Zeit, um mit Eve Ausflüge zu machen, weil es seine Frau entlastete. Sie nahm es wiederum als die starke Liebe zu seiner Tochter wahr und war stolz, dass er mit dem Kind so glücklich war. Das hatte sie auch Jake mitgeteilt, der jetzt in Kales Gesicht eine große Zufriedenheit sah. In der Welt von Lydia fühlte er sich wohl.

»Ich werde mal sehen, was ich tun kann«, versprach Jake Temerowski. Im Außengelände der Klinik war ein kleiner Park angelegt. Vielleicht durfte er Lydia dort einmal mit hinnehmen.

»Das wäre schön!«, rief sie begeistert und summte. »Bienen!«, rief sie. »Vielleicht sehe ich Bienen!«

»Vielleicht«, antwortete Jake.

»Sie tragen ein so schönes Kleid.«

»Ja, das tun sie, Lydia. Darf ich dich was fragen?«

»Aber ja!«

»Wie traurig war Kale in letzter Zeit?«

»Sehr. Ich musste viel singen.«

»War er mit dir im Wald?«

»Ja, immerzu. Er hat die kleine Eve mitgenommen.«

»Hast du mitbekommen, was im Büro passierte?«

Die Fünfjährige schwieg.

»Lydia?«

»Ich wollte nicht dabei sein«, flüsterte sie.

»Bei was?«, fragte Temerowski.

»Bei dem, was sie alle vorhatten.«

»Sie alle? Wer sind *sie alle*?«

»Ich will jetzt gehen«, sagte sie und verschwand. Angst hatte in ihrer Stimme geklungen.

»Danke für deine Zeit, Lydia.« Temerowski schwieg und sah, wie Kale seine Augen wieder öffnete und sich der Gesichtsausdruck verspannte.

»Kale?«, fragte der Arzt.

Kale Hatfield sah zu ihm hinüber.

»Ich habe gerade mit Lydia gesprochen. Sie sagte, du warst öfter mit ihr im Wald und hattest Eve dabei.«

Er nickte.

»Das wird Rachel gefallen haben.«

Er nickte erneut.

»Sie hat nicht mitbekommen, was los war, stimmt's?«

»Nein, sie wollte ein zweites Kind.«

»Du hast sie gemieden.«

»Ja, ich musste bis spät abends arbeiten.«

»Sie sagte, dass die Arbeit dich entspannte.«

»Sie hatte keine Ahnung.«

»Nein Kale, hatte sie nicht. Wie auch? Du hast alle um dich herum perfekt getäuscht.«

»So war es vorgesehen.«

»Warum hast du zu keinem Kontakt aufgenommen und von dem Druck erzählt? Wir hätten eine Lösung mit dir erarbeitet.«

»Die einzige Lösung war, diesen Hayden zu feuern.«

»Du hättest Anzeige gegen ihn erstatten können.«

»Bei der Aussage gegen Aussage stand. Er hat immer dafür gesorgt, dass wir keine Zeugen hatten, außer seine miserable Arbeit.«

»Du meinst, er hätte deiner Familie wirklich etwas angetan?«

»Ja.«

Temerowski schwieg und überlegte, ob er in dieser Situation nicht genauso gehandelt hätte. Das Gesetz sorgte nicht immer für Recht und Ordnung. Kales Ruhe war empfindlich gestört worden. Ein schwieriger Fall fand der Arzt und machte sich Notizen. Das Handeln einer Vernunft war nicht immer gesetzeskonform. »Lydia sagte etwas Besorgniserregendes. Sie sprach davon, dass *alle* etwas vorhatten im Büro, aber sie konnte nicht erklären, wen sie mit *alle* meinte. Weißt du, was sie damit meinte?«

»Nein. Keine Ahnung.«

»Ich würde jetzt gerne mit Joey sprechen.«

Kale nickte und schloss die Augen.

»Joey, hörst du mich?«

Stille.

»Joey, bist du da?«

Joey war ein Jugendlicher, der Kales frühere Unpünktlichkeit ausbalanciert hatte. Durch die Vorfälle mit Ian Morgan in den Duschräumen der Schule war Kale jedes Gefühl für Pünktlichkeit verloren gegangen. Das hatte ihm zusätzlichen Ärger eingehandelt und Joey auf den Plan gerufen, der als 16-Jähriger eine gute Stellung in Kale vertrat und ihm eine Menge Ärger ersparte.

Temerowski sah, wie sich Kales Gesichtszüge wieder veränderten. Ein dezentes, charmantes Lächeln erschien. Er schloss seine Hände zu einer Faust und sagte: »Jep.«

»Hallo Joey, hier ist Jake. Wie geht es dir?«

Joey sah ihn an. »Hallo, Jake. Alles cool.«

»Das freut mich. Du hast im Moment nicht viel zu tun, stimmt's?«

»Nö, nicht wirklich.«

»Wie war das vorher?«

»Schwerstarbeit, Mann. Besonders im letzten Jahr.«

»Kale schwächelte wieder mit der Pünktlichkeit?«

»Und wie! Er kam morgens nicht aus dem Bett. Ich musste ihn jeden Morgen wachkneifen.«

»Wachkneifen?«

»Ich durfte ja nicht schreien, wie ich es früher getan habe. Wegen Rachel. Sie durfte nichts merken. Ich kniff ihn ins Bein, wenn der Wecker ging. Manchmal zehn Mal. Zumindest solange, bis er aufstand.«

»Die Idee ist gut, Joey. Du hast deine Aufgabe gut erfüllt. Es ist schön, dass du dich um Kale gekümmert hast. Damit hast du ihm sehr geholfen.«

»Danke, Jake.«

»Gab es noch andere Vorfälle, bei denen du helfen musstest?« Der Arzt beobachtete den Jugendlichen.

»Nicht, dass ich wüsste.«

»Hat dich etwas geärgert?«

Joey dachte nach. »Nur, dass Kale zu wenig schlief.«

»Joey, hast du Bryan Hayden kennengelernt?«

»Wegen diesem Typ schlief Kale ja so schlecht.«

»Das stimmt. Hast du weitere Aufgaben für Kale übernommen?«

»Ich weckte ihn hin und wieder im Büro, wenn er dort an seinem Schreibtisch eingeschlafen war.«

»Du hast ihn gekniffen?«

»Nein, dort konnte ich ihn anquatschen.«

»Du meinst, er hat dich gehört.« Nun war der Arzt doch erstaunt. Bestand zwischen Kale und Joey inzwischen Kontakt?

»Nein, er wurde nur von meinem schrillen Ton wach. So, als wenn man von seinem eigenen Schnarchen wach wird.«

»Ah, verstehe. Er hat nicht mit dir gesprochen oder so?«

»Nein, wir reden nicht miteinander.«

Temerowski machte sich Notizen. »Gibt es sonst noch etwas zu berichten?«

Joey schwieg verdächtig lange.

»Joey?«

»Jep.«

»Gibt es sonst noch etwas zu berichten?«

»Eigentlich nicht.«

»Was meinst du mit eigentlich?«, fragte der Arzt. »Hast du mitbekommen, was in Kales Büro passierte?«

»Wir alle haben es mitbekommen.«

»Ihr alle?«

»Wir konnten ihn nicht abhalten, obwohl wir ihn schützen mussten.«

»Wie meinst du das, Joey?«

»Ich weiß nicht, was da los war, aber es war sehr verwirrend. Ich konnte nichts machen.«

Temerowski wurde unruhig. »Joey, sag mir die Wahrheit. Wer von euch hat die Metallstange in die Hand genommen?«

Joey schwieg.

»Hast du die Metallstange in die Hand genommen?«

»Nein.«

»Wer dann?«

»Ein Anderer.«

»Wer ist der andere?«

»Keine Ahnung.«

Jake Temerowski starrte Joey an. »Ihr seid sechs? Wer ist der Sechste?«

»Keine Ahnung, Mann!«

»Ist es ein Mann?«

»Ich glaube, ja.«

»Wie heißt er?«

»Keine Ahnung. Hat nicht mit uns geredet.«

»Aber ihr habt ihn als einen von euch Kindern wahrgenommen, stimmt's?«

»Irgendwie nicht.«

»Wie meinst du das?«

»Er war anders. Ich kann es nicht erklären.«

»Seit wann ist er bei euch?«

Joey schwieg.

»Okay, Joey, ich merke, dass ich dich überfordere oder verärgere. Das will ich nicht. Tut mir leid. Entschuldige.«

»Schon gut. Wir wollten Kale nur helfen.«

»Das weiß ich.«

»Danke.«

»Joey, ich werde mich jetzt von dir verabschieden. Gibt es noch irgendwas, dass du mir sagen möchtest?«

»Kale hat keine Schuld.«

»Das weiß ich.«

»Hilf ihm, Jake. Er braucht Hilfe.«

»Deswegen bin ich hier.«

»Tschüss«, sagte Joey und verschwand.

Jake Temerowski machte sich Notizen. Es hatte sich also eine sechste Persönlichkeit gebildet. Wie konnte das sein? Kale war über dreißig. Zeigten sich zusätzliche Folgen einer posttraumatischen Belastungsstörung? Frühere Tests hatten bei ihm bereits anatomische Abweichungen im Gehirn gezeigt.

»Kale?«, sagte Temerowski.

Kale Hatfield sah ihn an.

»Ich habe gerade mit Joey gesprochen. Es geht ihm nicht gut.«

Kale nickte verstehend.

»Er sagte mir, dass ich dir helfen soll. Er erzählte etwas von einer sechsten Multiplen in dir. Wusstest du davon?«

»Eine sechste Persönlichkeit? Nein.«

»Ich kann es mir auch nur schwer vorstellen, weil mir scheint, dass sie nicht in deiner Kindheit entstanden ist. Joey sagt, es sei wahrscheinlich ein Mann.«

»Ich weiß nichts davon.«

»Es ist möglich, dass dieser Unbekannte die Tat ausgeführt

hat.«

Kale schwieg.

»Ich brauche einen Namen.«

Stille.

»Bist du erschöpft?«, fragte der Arzt.

»Ja.«

»Sollen wir für heute Schluss machen?«

»Ja.«

»Ich denke auch. Wir sind ein gutes Stück weitergekommen. Es scheint sich zu bewahrheiten, dass Tristan nichts damit zu tun hat.«

»Ich . . . ich . . . «, stotterte Kale. »Ich muss dir was gestehen.«

»Was, Kale?«

»Tristan ist schon seit langer Zeit wieder da. Ich spüre es, wenn er kommt.«

»Er ist schon länger da?«

»Ja.«

»Warum hast du nichts gesagt?«

»Weil ich meine Familie schützen musste.«

»Ich verstehe. Ist Tristan durchgekommen?«

»Ich konnte ihn anfangs wegdrücken. Hayden lachte mich dann immer aus, weil er dachte, ich hätte Magenschmerzen. Du weißt ja, dass ich mich immer zusammenkrümmen muss. Anders geht es nicht. Er machte sich lustig über mich. Er schickte mir beleidigende Emails, worin er mich immer als Behinderten denunzierte.«

»Hast du sie Coward gezeigt?«

»Nein, ich habe sie einfach gelöscht. Ich versuchte, sie zu ignorieren.«

»Hast du der Polizei davon erzählt?«

Kale schüttelte den Kopf. Der Druck stieg. »Ich kann dieses

ganze Chaos nicht mehr aushalten. Wenn ich alles erzähle, wird man mich immer mehr in die Mangel nehmen und mich für schuldig erklären. Man wird mir vorwerfen, dass ich dir und Ken gegenüber fahrlässig gehandelt habe. Ich wollte doch nur meine Familie schützen.«

»Verstehe.«

Kale sah seinen Therapeuten an. »Handel ich fahrlässig, wenn ich meine Familie schütze?« Sein Blick war flehend.

»Nein Kale, das ist keineswegs fahrlässig. Wahrscheinlich hätte jeder andere genauso gehandelt. Nur bei dir liegen die Fakten anders. Du bist ein Patient der Psychiatrie. Du befindest dich in einem Projekt mit Regeln. Dein Fall liegt anderen Maßstäben zugrunde.«

»Ich bin ein Mensch zweiter Klasse, Jake.«

»Nein, du bist ein Mensch einer anderen Klasse, Kale, das ist alles.«

»Aber das Gesetz greift nur bei normalen Menschen, nicht bei andersartigen. Nicht bei belasteten. Die sperrt man direkt weg. Sie haben mich direkt hierher gebracht. Sie fixieren mich, wenn sie mit mir reden. Sie betäuben mich, wenn sie Ruhe vor mir haben möchten.«

»Du könntest das alles umgehen, wenn du ihnen erklärst, dass du diese Tat aus Verzweiflung begangen hast. Dann kämst du vor ein normales Gericht. Das sieht den öffentlichen Vollzug in diesem Fall vor. Du würdest in einem Gefängnis landen. Und mit dir all deine Persönlichkeiten.«

»Das würde ich nicht überleben.«

»Das sagte Rachel auch. Deswegen ist es besser, wir gehen der Sache auf den Grund, um dich und deine inneren Kinder so gut wie möglich zu schützen. In einem Gefängnis seid ihr einem neuen Krieg ausgeliefert.«

»Vielleicht würde das aber einiges verkürzen.«

»Wie meinst du das?«

Kale sah weg.

»Wir sollten für heute Schluss machen, Kale.« Als der Arzt zur Tür trat, hörte er seinen Patienten sagen: »Ich habe Tristan einmal durchgelassen.«

Die 6. Begegnung

Es schien Kale, dass es Bryan Hayden nicht genug war, dass seine fehlerhafte Arbeit stillschweigend erledigt wurde und sein Ansehen vor Kenneth Coward stieg. Auch das Verhältnis zu seinen Kollegen hatte sich verbessert. Er war gierig und wollte seinen Status erhöhen. Seine Sucht nach Zigaretten wuchs und ließ sich in den Arbeitsalltag kaum noch integrieren. Im Unternehmen galt absolutes Rauchverbot. Das machte alles noch schlimmer. Als Kettenraucher hatte man in einem solchen Unternehmen kein einfaches Leben. Ständig mussten Wege und Mittel gefunden werden, die Sucht zu befriedigen. Natürlich dienten dazu die beliebten Toilettengänge oder sogenannte kreative Denkpausen. Die waren nicht einmal unbeliebt, weil der Chef es mochte, wenn seine Mitarbeiter kreative Konstruktionen entwarfen. So manch erfolgreicher Auftrag wurde damit an Land gezogen.

Für Hayden bedeutete es, dass er trotz Kales Hilfe seine Aufträge nicht mehr fristgerecht abliefern konnte. Das brachte neue Probleme mit sich. Ihm kam eine alte Methode in den Sinn, die schon zu Schulzeiten gegriffen hatte. Man gab dem Schwächsten im Glied die Aufgabe, die gesamten Hausaufgaben zu übernehmen. Natürlich musste dafür wieder eine kluge Drohung ausgesprochen werden. Die war Bryan Hayden letzte Nacht gekommen.

»Hey, Hatfield!«, rief er, als Kale das Unternehmen verließ und in Richtung Parkplatz ging. Es war inzwischen zur Methode geworden, seinen Kollegen auf diesem Wege abzufangen, um keine Zeugen zu haben. Kales Multiplen gingen direkt auf Bereitschaft. Schon allein der Ton in Haydens Stimme ließ nichts Gutes verlauten.

»Ich habe gute Neuigkeiten!«, rief er und lief Kale hinterher. Der hörte nicht hin. Welche guten Neuigkeiten konnte dieses Arschloch schon haben?

»Ich werde wieder Vater«, sagte Hayden, als er Kale eingeholt hatte, und zog an seiner Zigarette. »Ist das nicht toll?«

In Kale rief diese Neuigkeit großes Unbehagen hervor.

»Ich habe meine Alte mal wieder richtig durchgevögelt.« Er lachte. »Wie sieht's bei dir aus?«

Kale Hatfield legte an Tempo zu, um schneller zu seinem Wagen zu kommen und diesen Idioten loszuwerden.

»Nichts bei euch im Ofen?«, rief Hayden ihm zu.

»Lass mich!«, giftete Kale ihn an und vergaß den Rollentausch. Er würde diesen Kerl nicht mehr respektvoll siezen. »Verschwinde!«

»Hey, hey, hey. Warum so aggressiv? Freust du dich nicht mit mir oder bringst du es nicht mehr mit deiner Prinzessin?«

Kale öffnete den Wagen, legte nur seine Tasche auf den Beifahrersitz und schlug die Tür wieder zu. Er drehte sich zu Hayden um. »Warum sagst du mir das?«, fragte er.

»Weil ich meine Freude mit dir teilen möchte.«

Kale dachte daran, wie viel Zeit er diesem Kerl verschaffte, während er seine eigenen Aufträge daheim beendete. Sex war schon seit Wochen kein Thema mehr zwischen ihm und Rachel. »Du willst sicher noch mehr mit mir teilen«, sagte er.

»Raus mit der Sprache.«

Bryan Hayden grinste ihn an und zeigte mit dem Zeigefinger auf ihn. »Weißt du was? Du bist ein richtig guter Freund, Hatfield. Du kennst mich schon sehr gut. Das gefällt mir. Und ja, ich möchte noch mehr mit dir teilen.« Er zeigte auf die glühende Zigarette. Kale sah die vergilbten Finger von Hayden.

»Diese Dinger«, begann Hayden, »bringen mich noch eines Tages um, weißt du?«

»Wäre möglich«, antwortete Kale.

»Aber sie tun so verdammt gut. Ich liebe sie. Und sie lieben mich.«

»Du hast eine Tochter. Soviel ich weiß, raucht deine Frau auch.«

»Ja Kale, ich habe eine Tochter.« Er dachte mit Zorn an dieses unruhige und ständig kränkelnde Balg. Aber es beschäftigte Kristin. Demnächst würde sie noch mehr Beschäftigung bekommen. Das genoss Bryan Hayden. Wenn sie schon nichts im Haushalt tat, dann sollte sie wenigstens das Geschrei aushalten. Ihre Schenkel wurden immer dicker und weicher.

»Und du denkst, deiner Tochter tut das gut«, sagte Kale. »Oder dem Kind im Leib deiner Frau.«

Hayden warf einen abfälligen Blick zu Boden. »Ich denke schon. Zumindest ist in meiner Bude was los. Und in meiner Hose.« Er griff sich in den Schritt, was Kale angewidert zu Seite blicken ließ.

»Was willst du, Hayden?«, fragte er nun mit Nachdruck und spürte die Unruhe in sich, die Tristan verursachte, wenn er sich einbringen wollte und nach außen drängte. Die Situation war einfach zu schön. Kale hielt ihn diesmal nicht zurück. Er wartete nur, bis Hayden das Zeichen dazu gab, ihn erscheinen zu lassen.

In diesem Moment überquerte Kenneth Coward den Parkplatz und winkte ihnen zu. »Schönen Feierabend, Kale!«, rief er, worauf Kale zurückwinkte. »Ebenso, Ken.« Sein Chef fuhr davon. Hayden sah verärgert auf seinen Arbeitskollegen. »Er mag dich mehr als mich«, bemerkte er abfällig. »Er nimmt mich nicht einmal wahr. Aber das wird schon. Du fragst mich, was ich will. Ich will, dass du mir hilfst, meine Aufträge schneller zu erledigen.«

»Schneller?«

»Ich komme bald in den Konflikt, die Fristen nicht mehr einhalten zu können.«

»Das sehe ich an deiner steigenden Fehlerzahl.«

»Das kommt noch dazu.« Hayden zeigte wieder auf seine Zigarette. »Diese verdammten kleinen Teufel . . . « Er tippte gegen die Zigarette. »Die sind an allem Schuld.«

»Dann reduziere sie.«

Hayden grinste wieder. »Siehst du, ich habe mir gedacht, dass du genau das sagen wirst.«

»Und?«

Tristan stand kurz vor seinem Auftritt. Es lag auf der Hand, dass Hayden die Bühne gleich fertig gebaut hatte.

»Wie soll ich sagen? Wenn du mir hilfst, meine Aufträge schneller zu erledigen, brauche ich nicht deine Alte zu vögeln, damit es bei euch vorangeht.«

Es passierte im Bruchteil einer Sekunde, dass Kale die Kontrolle verlor und nichts mehr mitbekam. Als er wieder zu sich kam, stand er mit dem Wagen vor seinem Haus und dachte nur noch daran, abzuschalten. Er schaltete die Arbeit weg und damit auch den Vorgang auf dem Parkplatz, begrüßte seine Familie, als wäre nichts geschehen, und nahm sein Abendbrot mit ihnen ein. Nichts wies auf einen Vorfall hin.

Hinter der Mauer

Kind 6 erstarrte vor Angst! Es rauchte, genau wie Kind 5.

Sie standen alle zusammen und sahen dabei zu, was passierte.

Am nächsten Tag erfuhr Kale, dass Bryan Hayden sich krankgemeldet hatte.

»Was ist mit ihm?«, fragte er seinen Chef.

»Er ist daheim gestolpert und auf eine Tischkante mit dem Brustkorb gestoßen. Zwei Rippenbrüche, sagt er. Die Krankmeldung kommt morgen rein. Er muss zwei Wochen daheim bleiben. Meinst du, dass du seinen Auftrag mit übernehmen kannst?«

Kale sah zur Decke, dann wieder auf seinen Chef. »Ich kann es versuchen.«

Seine nächtliche Arbeitszeit verlängerte sich. Bis Rachel die Nerven verlor und ihn mitten in der Nacht zur Rede stellte.

»Mein neuer Kollege ist krank«, verteidigte er sich. »Der Auftrag ist wichtig!« Er griff sich ins Haar, weil er um diese Zeit nicht so laut schreien wollte, um Eve nicht zu wecken. Doch sie schrie schon im Hintergrund.

»Und du musst die ganze Verantwortung übernehmen? Hat Kenneth denn keinen anderen Mitarbeiter, der dir hilft?«

»Ich bin der Schnellste. Mein Kollege kommt in ein paar Tagen zurück. Dann ist es vorbei.«

Nichts war danach vorbei.

Die 7. Begegnung

Hayden tauchte mit einem Gemisch aus Angst und Triumph in der Firma auf. Er hielt sich die Hand vor die Brust und humpelte ein wenig. Alle sahen ihm mitleidig nach, als er den Büroraum durchquerte. Auf seinem Arbeitsplatz stand eine Genesungskarte der Kollegen. Er las sie. Kale Hatfield hatte sie nicht unterschrieben.

»Kale hat Ihre Aufträge übernommen«, erklärte ihm sein Chef.

»Und?«, fragte Hayden. »Hat er es hinbekommen?«

»Natürlich.«

»Das freut mich«, erwiderte er. »Das freut mich sehr, zu hören. Ich werde mich gleich per E-Mail bei ihm bedanken.«

Das war nicht nett von dir, fand Kale als Nachricht in seinem E-Mailfach. Drei Stunden später las er: *Das war gar nicht nett von dir.* Gegen Abend las er: *Du solltest dich entschuldigen.*

Kale fuhr heim – abgeschaltet.

»Er ist wieder zurück«, erklärte er Rachel, als sie ihr Abendessen einnahmen. Sie dachte an seinen Arbeitskollegen, er an Tristan. Sie nickte ihm erleichtert zu und sagte: »Es wäre schön, wenn wir wieder etwas mehr zueinanderfinden würden.«

Kale wusste, was sie meinte, und nickte ihr ebenfalls zu.

Rachel war zu Beginn ihrer Beziehung umfassend darüber informiert worden, wie das Leben mit einem DIS-Patienten aussehen konnte. Alles war auf ihn eingerichtet, alles auf ihn ausgerichtet. So auch die partnerschaftlichen Begegnungen.

Eve war zu einer Art Rettungsengel für Rachel geworden, damit sie ihn auf diese Weise lieben konnte, doch es nahm ihr nicht das Verlangen nach ihm als Mann. Sie fühlte sich von Tag zu Tag einsamer, weil er nichts mehr mit ihr teilte. Seine Liebe spielte sich auf einer anderen Ebene ab, die sie nicht mehr erreichen konnte. Sie dachte häufig an früher, als sie ihn zum ersten Mal in der Klinik besucht hatte und sich ihre Hände nur zu berühren brauchten, um ihre Liebe auszutauschen. Sie war mit einer Wärme in ihren Körper geflossen, die sie so sehr vermisste. Sie sah jeden Tag seine Bemühungen, den Alltag zu schaffen, seine Aufgaben zu erfüllen und die Zeit mit Eve zu verbringen. Doch auch die Kleine weinte in letzter Zeit immer öfter, wenn er sie in den Arm nahm. Spürte sie etwas? Spürte sie bereits die gleiche Einsamkeit wie ihre Mutter?

Rachels Versuche, sich immer wieder seinem Körper zu nähern, endeten in Ablehnung seinerseits. Sie sah dann, wie er sich zurückzog wie am ersten Tag, als sie seine Schultern berührt hatte. Wie tief ging dieses Trauma des Missbrauchs aus seiner Kindheit? Würde es je enden?

Rachels biologische Uhr tickte. Sie rief den Wunsch nach einem zweiten Kind auf den Plan, den er ihr nicht erfüllte. Sie konnte sich doch nicht auf diese gewalttätige Variante einlassen, mit der er seine Befriedigung fand. Nein, das konnte sie nicht. Es machte ihr zu viel Angst, dass er sich verlor und sie ernsthaft verletzen könnte.

Wie anstrengend das Leben mit Kale Hatfield war, wurde ihr jeden Tag mehr bewusst. Und doch versuchte sie, die Balance zu halten. Sie hatte ihm bei der Heirat ein Versprechen gegeben und gedacht, die Intensität ihrer Liebe würde ausreichen, doch sie verdampfte in ihren Zellen wie kaltes Wasser auf einer heißen Herdplatte. Es kam kaum etwas zurück. Vielleicht lag es an diesem verdammten Zeitmangel. Sie müssten mehr Zeit als Paar miteinander verbringen. Sich mehr bemühen, küssen und streicheln. Doch selbst das Wochenende verbrachte Kale in seinem Zimmer.

Jake Temerowski hatte sie gewarnt und jetzt wollte sie sich keine Blöße geben, dass sie sich in Kale getäuscht hatte. Wenn ihm seine Arbeit um so vieles wichtiger war als seine kleine Familie. Auch das hatte der Arzt ihr prophezeit, als er den Job für Kale gefunden hatte. »Er wird ganz darin aufgehen, weil es sein Spezialinteresse ist. Er wird darin seine Balance und sein Glück finden. Du musst es nur zu deinem Glück werden lassen und ihn auf diese Weise lieben.«

Das wollte sie versuchen und dachte an die Zeit, als sie noch eine kleine Bibliothek in Dodgeville geleitet hatte. Doch die biologische Uhr tickte.

Hinter der Mauer

Kind 7 sah alle mit großen Augen an. Was soll ich tun?, fragte es mithilfe einer Geste, die Hilflosigkeit signalisierte. Kind 6 befahl, einfach nur zuzusehen.

In der Klinik

»Hast du einen Anwalt gefunden?«, fragte Kale, als Jake Temerowski sein Zimmer betrat. Er lag wieder fixiert auf seinem Bett, weil die Gefahr eines erneuten Vorfalls immer noch zu groß war.

»Nein«, antwortete Temerowski ehrlich. »Ich habe noch nicht mit Rachel darüber gesprochen.«

»Warum?«

»Weil ich es für übereilt halte. Deswegen. Solange die Dinge nicht auf dem Tisch liegen, halte ich es für unklug, Entscheidungen solchen Ausmaßes zu treffen.«

»Es ist mein Recht, meine eigenen Entscheidungen zu treffen, Jake!«

»Ich bin dein Therapeut und ich sage dir, dass deine Verfassung nicht die beste ist, um so etwas zu entscheiden.«

»Du beschneidest mich in meiner Freiheit.«

»Nein, Kale, ich versuche, noch einen Funken Vernunft zu bewahren.«

Kale räusperte sich verächtlich. Dies war kein guter Anfang für ein Gespräch.

»Sollen wir direkt mit Tristan anfangen?«, fragte der Arzt verärgert. »Die Stimmung wäre genial.«

Kale wendete seinen Kopf zur Wand.

»Warum hast du mir erzählt, er hätte sich jahrelang nicht gezeigt?«

Kale schwieg sich aus.

»Ich weiß, dass Multiple nie ganz verschwinden, aber es hat meine Studien verfälscht! Sie sind jetzt alle falsch! Ich muss sie komplett korrigieren. Ich benötige jeden einzelnen Moment, in dem er sich gezeigt hat. Jeden!«

Kale schloss die Augen. »Du überforderst mich.«

»Dann sind wir schon zwei! Wenn die Abläufe nicht klar definiert werden, ist die Studie zwecklos. Die Forschung, die mein Projekt unterstützt, wird Gelder zurückfordern, die ich nicht aufbringen kann. Ist das dein Ziel? Willst du mich auch endgültig loswerden? Bin ich dir zu unbequem? Noch schnell die Scheidung durchschaukeln und dann alle zum Teufel jagen?« Jake Temerowski zitterte, als er das sagte. Er war nervlich ebenso am Ende wie Kale und Rachel. Er hielt sich die Hände vors Gesicht und flüsterte: »Entschuldige. Ist heute wohl nicht mein Tag.« Er erhob sich und verließ das Zimmer.

Kale blieb in sich versunken zurück. Lydia summte.

»Rachel, ich muss mit dir reden.«

Rachel sah Jake Temerowski erstaunt an der Haustür stehend an. »Das tun wir doch jeden Tag, Jake. Komm rein.«

»Erscheine ich ungünstig?«

»Nein, nein. Eine Nachbarin hat Eve netterweise mit zu einem Spielplatz genommen, damit ich den Garten endlich fertig bekomme. Möchtest du etwas trinken?«

Jake betrat ihr Haus und sagte: »Ein Glas Wasser wäre gut.«

»Setz dich doch schon mal auf die Terrasse. Ich bring dir das Glas Wasser. Hast du Neuigkeiten von Kale?«

Jake Temerowski durchquerte das Wohnzimmer und betrat die Terrasse. Kale, Rachel und Eve lebten wirklich schön. Sie hatten sich gemütlich eingerichtet und der Arzt verstand immer mehr, warum Kale dies alles schützen wollte. Er würde nie wieder in solchen Verhältnissen leben können.

Was Jake Temerowski bis jetzt von Bryan Hayden erfahren hatte, hätte auch ihn als gesunden Menschen an die Grenzen getrieben. »Ich bin ein wenig weitergekommen«, sagte er, als Rachel ihm das Glas hinstellte und sich ihm gegenüber setzte. »Aber ich will noch nicht den Lieutenant informieren. Ich will erst meine zehn Therapiestunden ausschöpfen, sonst funken die mir dazwischen. Nach der Auswertung werde ich denen Bescheid geben.«

»Will er mich sehen?«, fragte Rachel. Sie sah, wie Jake herumdruckste.

»Er will zurzeit gar keinen sehen, glaube ich.«

»Es ist wie damals.«

»So könnte man das sagen.«

»Wie viele Sitzungen habt ihr schon hinter euch?«

»Zwei. Eigentlich eine. Die heutige habe ich vermasselt. Deswegen bin ich hier.«

»Vermasselt?«, fragte Rachel. »Was ist passiert?«

»Rachel, er will die Scheidung.« Der Arzt sah, wie sie erblasste. »Er will uns alle loswerden. Ich glaube, er will auch mich loswerden.«

»Und? Wie hast du darauf reagiert?«

»Ich werde diesem Wunsch nicht entsprechen. Das habe ich ihm auch gesagt.« Temerowski sah, wie Rachel die Tränen kamen. »Hey, ich habe ihm gesagt, dass ich eine Scheidung nicht für angemessen halte.«

Sie nickte schniefend.

»Mir sind heute die Nerven durchgegangen, als ich bei ihm war, weil ich das Gefühl habe, dass er auch mein Projekt zerstören will. Bei der vorherigen Sitzung ist etwas Merkwürdiges passiert. Ich nahm mit Joey Kontakt auf und er deutete etwas von einer sechsten Multiplen an. Wusstest du davon?«

»Eine sechste Persönlichkeit in Kale? Nein, davon weiß ich nichts.«

»Rachel, ich muss dich noch einmal fragen, ob dir in den letzten Monaten irgendwas aufgefallen ist. Etwas, dass dir vielleicht peinlich ist, mir mitzuteilen. Das muss es nicht.«

Sie sah zu Boden. »Alle Paare haben ihr Auf und Ab. Ich habe immer wieder mit ihm zu reden versucht.«

»Dann ist dir doch etwas aufgefallen.«

»Aber er sagte nichts. Er beteuerte immer wieder, es wäre die Arbeit. Er saß oft bis weit nach Mitternacht in seinem Zimmer, aber du sagtest, die Arbeit würde ihn entspannen und ich sollte ihn damit liebenlernen.«

»Was genau ist dir aufgefallen?«

»Na, unser Leben als Ehepaar, du verstehst?«

»Die sexuelle Begegnung, richtig?«

»Richtig.«

»Als ich von der Arbeit sprach, meinte ich die Arbeit, die er tagsüber verrichtet und nicht über Nacht. Ich hatte ja keine Ahnung, wie weit das ging.«

»Kenneth hat ihn überlastet«, sagte Rachel.

»Nein, es war nicht Kenneth. Es war dieser Bryan Hayden. Zwischen ihm und Kale hatte ein Handel stattgefunden. Ein Deal, sagte Kale.«

»Ein Deal?«

»Ich werde es dir später noch im Einzelnen erklären. Ich muss nur eins wissen, Rachel. Bist du irgendwann einmal von einem jungen Mann in Kales Alter angesprochen worden?« Jake Temerowski sah, wie Rachel tief durchatmete. Ihr lag etwas auf der Seele.

»Nicht direkt angesprochen. Aber es gab mal einige Begegnungen.«

»Begegnungen?«, fragte der Arzt und wurde aufmerksam. »Welche Begegnungen?«

»Ich habe Kale davon erzählt, weil ich ihm klarmachen wollte, wie sehr ich ihn als Mann vermisse. Verstehst du, Jake, als Mann.«

Temerowski nickte verstehend. »Was war vorgefallen?«

»Na, auf dem Spielplatz. Ich ging jeden Mittwoch und Freitag mit Eve auf den Spielplatz. Dort traf ich mich mit anderen Müttern, mit denen ich mich gut verstand. Ich brauchte das zwischendurch. Außerdem musste Eve soziale Kontakte kennenlernen. Na ja, vor einigen Monaten tauchte dort ein Mann in Kales Alter mit seiner Tochter auf.«

Temerowski wurde unruhig. »Ein Mann in Kales Alter? Wie sah er aus?«

»Er war etwas kleiner als Kale, aber nicht viel. Dunkles,

mittellanges Haar, teure Kleidung. Oberlippenbart. Freundlich. Er sprach mich an, als seine Tochter mit Eve spielte. Es war ein völlig belangloses Gespräch, eben über die Gepflogenheiten des Alltags. Seine Frau sei wieder schwanger, sagte er. Er habe sich Urlaub genommen und wäre mit der Kleinen unterwegs, um der Mutter Ruhe zu verschaffen.«

»Urlaub?«, fragte Jake.

»Ja, er sagte Urlaub.«

»Hat er sich irgendwie komisch verhalten?«

»Nein, nichts Auffallendes.«

»Rauchte er?«

»Nein, zumindest nicht in meiner Gegenwart.«

»War das zu der Zeit, als Kale für seinen Arbeitskollegen einsprang und begann, nachts zu arbeiten?«

Rachel dachte nach. »Jetzt, wo du es sagst. Könnte sein. Wir hatten in dieser Zeit einen Disput. Ich wünschte mir ein zweites Kind. Die Freundlichkeit des Mannes tat mir gut. Versteh mich nicht falsch . . . «

»Ich verstehe dich, Rachel, keine Sorge. Wie oft hast du ihn gesehen?«

»Drei, vier Mal. Dann war er verschwunden. Ich erzählte Kale später davon.«

»Wie hat er reagiert?«

»Nicht sonderlich aufgeregt. Eher still. Ja, still. Er sah an die Wand und schwieg. Ich dachte, es wäre nicht schlecht, wenn er mal hört, dass ich auch anderen Männern gefallen könnte. Weißt du, Jake, ich fühlte mich so einsam.«

»Ich verstehe, Rachel, keine Sorge, ich verstehe.«

»Es ist nichts passiert, gar nichts. Aber es hat mir gutgetan.«

»Ja, das kann ich gut nachvollziehen. Das war vollkommen in Ordnung. Dir ist ja nichts passiert.«

»Weshalb sollte mir etwas passiert sein?«

Jake lächelte sie an. »Schon gut, war nicht so gemeint. Wie war der Name des Mannes?«

»Roy.«

»Und weiter?«

»Wir haben keine Nachnamen ausgetauscht. Das wäre mir auch zu weit gegangen.«

»Hat sich Kales Verhalten danach geändert?«

»Nein, er blieb immer gleich auf Distanz.«

»Kam er seinen Aufgaben hier daheim nach?«

»Oh ja! Er half mir in der Küche, nahm Eve oft mit und fuhr mit ihr irgendwohin oder erledigte Reparaturen im Haus. Er erledigte alles, was die Regeln vorsahen.«

»Nur das Zwischenmenschliche . . . «, sagte Temerowski und vollzog eine Geste dazu.

»Dafür hatte er keinen Plan. Es blieb immer das Gleiche. Manchmal klappte es, aber meistens zog er sich zurück, ehe wir überhaupt zueinanderfanden. Jake, ich weiß ja wie tief dieses Trauma sitzt.«

»Kale erzählte, dass du ein zweites Kind wolltest.«

»Das will ich immer noch.«

»Er kam mit diesem Wunsch vielleicht nicht klar. Hast du ihn mal danach gefragt?«

»Er konnte mir doch jederzeit sagen, dass er es nicht will. Stattdessen versuchte er, meine Sexualität zu verändern.«

»Zu verändern?«

»Ja . . . er . . . ach, Jake, ich mag nicht darüber reden.«

Temerowski nickte ihr verstehend zu. Kales Versuche, auf seine Weise ein zweites Kind zu zeugen, waren auf Ablehnung gestoßen. »Rachel, es ist nicht deine Schuld.« Der Arzt trank sein Wasserglas leer und erhob sich.

»Diese sechste Multiple . . . «, sagte Rachel.

». . . ist noch nicht spruchreif. Ich werde dir davon erzählen, wenn ich mehr weiß.« Für ihn waren es genug Informationen für heute.

Temerowski gab sich und Kale Hatfield vier Tage, um sich vom letzten Gespräch zu erholen. Es waren zu viele Informationen auf beide eingeströmt. Die Geschichte nahm immer mehr Formen an, die Temerowski nicht weiter ausbauen wollte, doch er musste es, um seine Berichte fertigzustellen und um sie der Krankenkasse und der Polizei zu übergeben. Der Arzt wollte sich heute auf Sybille und Carl konzentrieren. Was hatten sie mitbekommen?

»Hallo Kale«, begrüßte er ihn in seinem Zimmer. Es war widerlich, ihn immer wieder fixieren zu müssen, aber niemand konnte seine Reaktionen einschätzen.

Jake Temerowski lagen so viele Fragen auf der Seele. Er konnte sich gut vorstellen, welchen Druck Kale aushalten musste, als er von Haydens Kontakt zu seiner Frau erfuhr. Es musste die Hölle in ihm ausgelöst haben. Temerowski wollte ihn heute nicht darauf ansprechen, sondern sich zunächst auf Sybille konzentrieren.

Kale sah kurz zu seinem Therapeuten hinüber, als er Platz nahm.

»Ist es okay heute?«, fragte Temerowski.

»Wir sollten es hinter uns bringen, damit ich diese Fesseln loswerde.«

Der Arzt bezweifelte, ob das jemals geschehen würde. Einem Menschen den Schädel einzuschlagen, war nichts Neues in der Kriminalität, aber dass der Täter sich in einem Menschen versteckt und völlig überraschend auftauchen konnte, machte ihn unberechenbar.

»Gut«, sagte Temerowski. »Wie ist es dir in den letzten Tagen ergangen?«

»Still«, antwortete Kale, um das Gespräch voranzubringen. Er wollte nicht wieder die ganze Geschichte durchkauen.

»Das ist gut«, sagte der Arzt. »Dann fange ich gleich an.«

Kale schloss die Augen.

»Sybille, kannst du mich hören? Bist du da?«

Kales Gesichtszüge veränderten sich. Die Züge um den Mund wurden weicher und er schlug die Augen auf.

»Ich bin es, Jake«, sagte Temerowski.

»Hallo, Jake«, sagte eine Stimme in hoher Tonlage. »Wie geht es dir?«

»Gut, danke der Nachfrage. Wie geht es dir, Sybille?«

»Man hat so seine Sorgen.«

»Sorgen?«

»Mal hier, mal da.«

»Hattest du viel zu tun?«, fragte der Arzt.

»Immerzu. So viel Unordnung. Kaum hatte ich alles aufgeräumt, war wieder alles durcheinander.«

Sybille war für seine äußere und innere Ordnung zuständig. Die hatte er als Kind verloren und sie war seine größte Baustelle. War er innerlich aufgebracht, zeigte sich das auch äußerlich. Er konnte weder in seinem früheren Kinderzimmer noch in seinem späteren Apartment Ordnung halten. Sybille war die Persönlichkeit, die ununterbrochen zu tun hatte.

»Keine Pausen?«, fragte der Arzt.

»Anfangs schon.«

»Was meinst du mit anfangs?«

»Als wir in das Haus einzogen.«

»Welches Haus meinst du? Das in meinem Projektgelände

oder das in Bakersfield?«

»Das erste. Das war eine schöne Zeit.« Sie lächelte. »Ich konnte endlich Urlaub machen. Kale hatte eine gute Ordnung eingehalten.«

»Ja«, sagte Temerowski. »Das hat er gut hinbekommen. Es war eine gute Übung. Deswegen durfte er auch in das zweite Haus einziehen. Was war dort los?«

»Anfangs ging es noch, aber dann . . . «

Temerowski sah, wie Sybille mit den Händen zu gestikulieren versuchte.

»Muss das sein?«, fragte sie und sah auf die gefesselten Hände.

»Ja, Sybille, das muss sein. Erzähl erst einmal, was im zweiten Haus los war.«

»Rachel hat es gut mit ihm hinbekommen. Sie hat mir viel Arbeit abgenommen, alles aufgeräumt und ihn immer wieder an die Regeln erinnert.«

»Was war mit der Arbeit? Konntest du dort etwas beobachten?«

»Auch da hatte er anfangs eine gute Ordnung eingehalten.«

Jake Temerowski lächelte zufrieden. Seine Eingliederungsmaßnahmen hatten demzufolge funktioniert. »Wie lange hielt seine Ordnung an?«, fragte der Arzt.

»Bis er Bryan Hayden zum ersten Mal begegnete. Ich hatte mich so schön an die Ruhe gewöhnt. Und dann das.«

»Was genau war passiert?«

»Ich kann nicht einmal sagen, wie es angefangen hat. Ständig verlor er die Kontrolle. Seine Gedanken waren katastrophal.«

»Waren Ängste in ihm hochgekommen?«

»Ich glaube, ja. Und Wut. Eine Menge Wut. Er war wütend, weil man ihn bei der Arbeit störte.«

»Auf wen war er wütend?«

»Auf seinen Chef.«

»Seinen Chef?«

»Dass er diesen Taugenichts einstellte.«

»Sein Chef war in Not und suchte Unterstützung fürs Team. Chefs können nicht immer wissen, wie sich neue Mitarbeiter entpuppen.«

»Ich habe versucht, Kale dahin zu drängen, dem Chef seine Zweifel mitzuteilen, damit er wieder Ordnung in die Sache bekam.«

»Und?«

»Er hat sich mal wieder gedrückt. Immer wenn es ihm unangenehm ist, drückt er sich.«

»Das kann mit seinem Autismus zusammenhängen. Er sagte also nichts.«

»Nein. Das machte mich wütend, weil es so viel Unordnung verursachte.«

»Verstehe. Das zu hören, tut mir leid.«

»Ich war völlig fertig.« Sybille rollte mit den Augen.

»Wurdest du wütend?«

»Oh ja! Und wie! Das muss man doch, wenn man für die Ordnung zuständig ist. Aber er hörte nicht auf mich. Ich musste ihn dann mit dem Problem allein lassen, habe ihn verlassen.«

»Verlassen?« Temerowski stutzte. »Du hast ihn verlassen?«

»Na, allein gelassen. Was sonst sollte ich denn tun?«

»Dann hast du nicht mitbekommen, was passierte?«

»Als ich mich mal zeigte, war die Hölle los.«

»Wie sah sie aus, die Hölle?«

»Es war kein Durchkommen mehr. Wir alle waren in Aufruhr. Wir alle hatten viel zu tun.«

»Wer sind wir alle?«

»Das weißt du doch, Jake.«

»Joey erzählte etwas von einer neuen Persönlichkeit.«

Sybille schwieg.

»Sybille, bist du noch da?«

Sie nickte unscheinbar.

»Habe ich dich verletzt? Dann sag es mir.«

Sie sah ihn wieder an. Ihr standen Tränen in den Augen. »Ich würde jetzt gerne ein wenig ausruhen.«

»Verstehe. Vielen Dank für deine Zeit.«

Sie nickte kurz und verschwand.

Jake Temerowski schrieb, während Kale wieder zu sich kam. Der Arzt sah es an seinem Gesichtsausdruck. »Ich habe gerade mit Sybille gesprochen. Du hast ihr eine Menge Arbeit verursacht.«

»Ich weiß.«

»Du wolltest nicht auf sie hören, sagt sie. Hast dich über sie hinweggesetzt, obwohl vorher alles gut lief.«

»Nichts lief *gut*, Jake! Was bedeutet schon *gut*, wenn man nichts anderes als Regeln im Kopf hat!«

»Regeln sind wichtig für dich. Sie geben deinem Leben eine Struktur. Sie erleichtern vieles.«

»Sie zwangen mich ständig in ein künstliches Verhalten.«

Der Arzt sah auf. »Gut, reden wir von deinem nicht künstlichen Verhalten. Wie hätte es ausgesehen?«

»Ich wäre Coward an den Hals gegangen, als er Hayden einstellte. Ich hätte den Betrieb nicht mehr aufgesucht, wäre weggelaufen. Irgendwohin. Wäre nie wieder zurückgekehrt. Nicht in dieses Chaos. Aber ich musste mich an die Regeln halten, um Rachel und Eve nicht zu verlieren. Deswegen habe ich mitgespielt. Nur deshalb!«

»Kale, die Regeln bestanden nicht daraus, mitzuspielen, sondern uns mitzuteilen, was du fühlst.«

»Was hätte es geändert? Coward wollte diesen Hayden um jeden Preis. Ihr hättet mir Paranoia vorgeworfen, mich mit Pillen ruhig gestellt und mir erklärt, dass alles nicht so schlimm wäre. Dass dies das wahre Leben sei und es immer Typen wie Hayden geben werde. Ich hätte meine Arbeit mit Medikamenten nicht mehr geschafft. Wäre das die bessere Lösung gewesen?«

»Wir konnten dich nicht vor allem schützen, Kale. Wenn man in das Gesellschaftsleben einsteigt, gibt es immer Hürden, die man überwinden muss. Das wollten wir mit dir trainieren, aber wenn du uns einfach ausschaltest . . . « Temerowski hob verärgert die Arme.

»Ich weiß nicht, wie weltfremd ich euch bin, aber ihr habt Hayden nicht wirklich kennengelernt.«

»Rachel hat mir erzählt, dass sie von ihm auf dem Spielplatz angesprochen wurde.« Der Arzt sah, wie Kale errötete und an den Fesseln zerrte.

»Er hat sich tatsächlich in ihre Nähe gewagt!«, zischte Kale.

»Ja, das hat er. Warum hast du ihr nichts gesagt, als sie es dir erzählte?«

»Weil ich ihr keine Angst machen wollte. Tristan hatte ihm die Rippen gebrochen.«

»Tristan war erschienen?«

»Herrgott, ja! Ich musste ihn einmal raus lassen! Er musste mir helfen! Das sagte ich doch schon!«

Temerowski schwieg.

»Ich musste dem Kerl die Grenzen weisen!«

»Hat es was genützt?«

»Nein!«

»Was geschah danach?« Temerowski sah, wie Kale erblasste.

»Das kann ich dir nicht sagen.«

»Was kannst du mir nicht sagen?«

Stille.

»Ich würde gerne noch mit Carl sprechen. Wäre das möglich, Kale?«

»Carl?«

»Ja, ich möchte gerne seine Meinung hören.«

»Ich bin müde, Jake.«

»Verstehe. Soll ich morgen wiederkommen?«

»Wozu?«

»Um zu einem Abschluss zu kommen.«

»Dann musst du auch mit Tristan reden.«

»Das werde ich. Und da wäre noch jemand.«

»Wer?«

»Das musst du mir sagen.«

Die 8. Begegnung

Seit Bryan Haydens Rückkehr in das Unternehmen bekam Kale jeden Tag drei E-Mails gesendet. Der Terror hatte eine neue Ebene gefunden. So war es Hayden nicht genug, dass er seine Fehler korrigierte und unfertige Aufträge beendete. Er wollte, dass Kale sich für diese derbe Verletzung entschuldigte. Was war nur in ihn gefahren? So kannte Hayden seinen Kollegen nicht. Das ließ ihn vorsichtiger werden. Er entwickelte eine andere Strategie. Er näherte sich seiner Ehefrau.

Die ersten Gespräche waren wirklich nett gewesen. Die Kleine gefiel Hayden. Sie wirkte etwas zu zart auf ihn, aber mit ein wenig Freundlichkeit würde einiges in Gang kommen. Doch zunächst forderte er von Hatfield eine Entschuldigung ein.

Kale geriet erneut in eine Zwickmühle. Sollte er den Kerl endlich auflaufen lassen, all seine Fehler wieder melden und die unfertigen Aufträge zurückweisen? Wie weit würde dieser Hayden gehen?

Die Ängste um Rachel und Eve wuchsen. Ebenso seine Angst, die Stelle zu verlieren. Lange konnte er diesem Druck nicht mehr standhalten. Er entschied, den Druck zu mindern, indem er Hayden per E-Mail eine Entschuldigung zukommen ließ und ihm versicherte, dass es ihm leidtäte. Das ließ eine kurzzeitige Ordnung in ihm entstehen. Hayden gab Ruhe. Seine Arbeitsleistung ließ daraufhin noch mehr nach. Es jagte Kale an die Grenzen und er beschloss, aufs Ganze zu gehen. Er wies zunächst die unfertigen Aufträge zurück und sah, als er den Gang durchquerte, um die Toilette aufzusuchen, wie Hayden vor dem Büro des Chefs stand und anklopfte. Es ging los. Hayden warf Kale einen hasserfüllten Blick zu. Der sah weg. Die erste Rüge stand an.

Zwei Tage später fand Kale einen gepolsterten Briefumschlag auf seinem Schreibtisch liegen, als er sein Büro betrat. Er sah ihn verwundert an und öffnete ihn. Fünf zugeknotete Präservative, gefüllt mit Sperma, fielen heraus, was Kale angewidert zurückspringen ließ. Ein Zettel fiel zu Boden. *Ich habe deine Kleine gevögelt. Fünf Mal*, las er. Kale sah auf die Präservative, die zu seinen Füßen lagen, lief zur Toilette und erbrach sich. Er müsse frei haben, erklärte er seinem Chef. Es ginge ihm nicht gut. Er raste heim, den Briefumschlag in der Tasche, und stürzte ins Haus. Er konnte nicht mehr abschalten. »Rachel?«, rief er und rannte im Haus umher. Seine Frau und Tochter waren nicht daheim. Der Zweitwagen war weg. Wo waren sie nur hin?

Rachel hatte ihm am Abend zuvor erklärt, dass Eve zu einer

Vorsorgeuntersuchung müsse. Er hatte so getan, als habe er zugehört, doch er hatte ihre Worte nicht wahrgenommen. Jetzt rief er nach ihr, bekam aber keine Antwort. Hatte dieser Hayden sie verschleppt und hielt sie irgendwo fest? Er raste zurück zum Unternehmen und rannte ins Großraumbüro. Haydens Arbeitsplatz war leer. »Wo ist Hayden?«, rief er und sah alle Mitarbeiter der Reihe nach an.

Coward hörte den Tumult und kam hinzugelaufen. »Was ist hier los?«

Kale stand mitten auf dem Gang und schrie: »Wo ist Hayden?«

»Der hat sich krank gemeldet«, erklärte Coward und sah Kale abschätzend an. »Ich dachte, es geht dir nicht gut.«

»Tut es auch nicht.« Er besann sich und rang um Kontrolle. »Ich wollte Bryan nur etwas wegen des letzten Auftrags mitteilen.« Daraufhin ging er an seinem Chef vorbei, verließ das Büro und raste wieder heim.

Rachel war inzwischen mit Eve vom Arzt zurückgekehrt.

»Wo warst du?«, schrie er ihr von der Haustür aus zu.

»Mit Eve beim Arzt. Das erzählte ich dir doch gestern. Was machst du hier?«

Kale schloss die Augen, um sich zu beruhigen. »Geht es dir gut?«, fragte er leise.

»Sicher. Warum auch nicht? Was machst du hier?«, fragte sie erneut.

»Mir war heute Morgen nicht gut.«

»Du bist sicher überarbeitet.«

»Wahrscheinlich. Ich werde mich hinlegen.«

»Du musst mit Kenneth reden.«

»Habe ich schon.«

Sie sah ihm beunruhigt hinterher, als er die Treppe hinauf

ging. Sie dachte, er würde sich im Schlafzimmer hinlegen, doch er schloss sich in seinem Zimmer ein. Als er den Computer hochfuhr, verlor er die Wahrnehmung. Carl hatte übernommen und schrieb Bryan Hayden eine E-Mail.

Kale fand sich Stunden später im Ehebett wieder, wo er nach einem tiefen Schlaf erwachte.

Hinter der Mauer

Kind 8 war an der Reihe, an die Mauer zu treten. Es war schon siebzehn und wusste, was im Körper eines jungen Mannes vor sich ging. Die anderen Kinder sahen weg.

In der Klinik

»Heute werde ich mit Carl reden«, sagte Jake Temerowski. »Ist das okay?«

»Natürlich«, antwortete Kale und schloss die Augen.

»Carl, kannst du mich hören?«

Stille.

»Carl, bist du da?« Temerowski hörte ein Grummeln und nahm Kales verbitterten Gesichtsausdruck wahr.

Carl war Kale nicht gut gesonnen. Seine Aufgabe war es, herumzunörgeln und Kale als Versager zu beschimpfen. Seine Art, Kales Not zu übernehmen, weil der sich nicht wehrte. Er war deswegen verärgert über ihn und äußerte das bei jedem Wort.

»Ich bin es, Jake«, sagte der Arzt.

Carl brummte: »Hallo Jake.«

»Wie geht es dir?«, fragte der Arzt.

»Wie soll es mir schon gehen? Sieh dich um, wo wir gelandet sind!«

»Wo seid ihr denn gelandet?«, fragte Temerowski.

»Wieder einmal im Chaos! Der Kerl bekommt eben nichts auf die Reihe!«

»Was sollte er denn deiner Meinung nach auf die Reihe bekommen?«

Nun schwieg Carl. Er war nicht ganz unschuldig an dieser Situation. Hätte er nicht diese gemeine E-Mail an Hayden geschrieben, wäre vieles verhindert worden. Doch er konnte sich nur schwer eingestehen, dass er selbst ein Versager war. Deswegen sagte er: »Er hätte Manns genug sein müssen und diesen Hayden zum Teufel gejagt haben.«

»Wie hättest du das Problem gelöst?«, fragte Temerowski.

»Ich?«, fragte Carl verunsichert zurück.

»Ja, du.«

»Ich hätte ihn direkt beim Chef auflaufen lassen.«

»Kale wollte seine Familie schützen, vergiss das nicht.«

»Du siehst ja, was daraus geworden ist. Er wollte sich in erster Linie selbst schützen!«, rief Carl.

»Das musste er, um seine Familie zu schützen. Verstehst du die Zusammenhänge?«

»Nein!«

»Er kann nur dann helfen, wenn er sich erst einmal selbst in Sicherheit bringt.«

»Er ist feige!«

»Er ist autistisch, Carl, vergiss das nicht. Er kann soziale Konflikte nur schwer alleine klären.«

»Trotzdem! Er versagt bei jeder Sache!«

»Konntest du ihm nicht helfen?«, fragte der Arzt.
»Das habe ich!«
»Wie, Carl? Wie hast du geholfen?«
»Ich habe diesem Hayden eine E-Mail geschrieben.«
»Wusste Kale davon?«
»Nein.«
»Was hast du geschrieben?«
»Das, was nötig war.«
»Was war denn deines Erachtens nach nötig?«
»Dass er sich verpissen soll. Dass er sich selbst . . . «
»Carl, wir wollen doch ein wenig Anstand wahren, nicht wahr?«
»Bei dem Kerl?«
»Wen meinst du, Kale oder Bryan?«
»Bryan natürlich! Der hat keinen Anstand verdient. Dem musste man die Wahrheit mit Gewalt in den Schädel prügeln.«
»In den Schädel prügeln?«
»Unbedingt.«
»Das war deiner Meinung nach die Lösung?«
»Ja!«
»Hat deine E-Mail was bewirkt?«
»Ja, natürlich!«
»Was hat sie bewirkt?«
»Dass Kale endlich in die Gänge kam.«
»In die Gänge?«
»Er wurde endlich aktiv.«
»Inwieweit?«
»Er holte alle zusammen, weil wir Angst bekamen.«
»Alle? Wer sind *alle*?«
»Na, wir!«
»Wie viele seid ihr, Carl?«

»Weiß nicht. Mit den anderen vielleicht acht, neun oder zehn?«

Temerowski stutzte. »Wer sind die anderen?«

»Kenn sie nicht. War nur eine Schätzung. Dieser Tumult war mir zu viel.«

»Du meinst es könnten zehn gewesen sein? Joey erzählte etwas von einer sechsten Multiplen. Wie kommst du auf zehn?«

»Es wurden immer mehr. Joey machte sich schnell aus dem Staub. Er wollte nichts mehr mitbekommen. Er ist auch feige. Deswegen war ich doch so verärgert und musste endlich das Ruder in die Hand nehmen.«

»Du sagtest, es wurden immer mehr? Wie meinst du das?«

»Der Trubel wurde immer größer.«

»Konntest du Namen heraushören?«

»Nein, sie redeten nicht. Es war nur diese Hektik.«

»Vielleicht war doch ein Name gefallen. Versuche, dich zu erinnern.«

»Nein! Es war nur Chaos! Schrecklich!«

»Und jetzt? Wie sieht es jetzt bei euch aus?«

»Besser. Es wird ruhiger.«

»Sind die anderen noch da, ich meine die Neuen?«

»Nein.«

Temerowski holte tief Luft. »Ist sonst noch etwas Auffälliges passiert, Carl?«

»Reicht das nicht aus?«

»Da wäre noch eine Sache.«

»Und die wäre?«

»Du sprachst davon, Bryan Hayden Anstand in den Schädel zu prügeln. Hast du ihm mit der Metallstange den Schädel eingeschlagen?«

»Ich? Nein!«

»Es wäre wichtig, zu wissen.«

»Nein! Ich war das nicht. Das war selbst für mich zu viel. Ich habe weggesehen. So löse ich keine Probleme. Ich bin ein Freund des harten Wortes und nicht der Gewalt.«

»Das weiß ich, Carl. Hast du mitbekommen, wer die Metallstange in die Hand nahm?«

»Nein, ich sagte doch, dass ich an diesem Tag weggesehen habe.«

»Danke für deine Hilfe.«

»Immer gerne.«

»Ich werde mich jetzt verabschieden.«

»Mach's gut, Jake.«

»Du auch, Carl.«

Temerowski ging diese E-Mail nicht aus dem Kopf. Was hatte Carl wirklich geschrieben? Und wie hatte Bryan Hayden darauf reagiert?

»Kale?«, fragte der Arzt.

Kale sah seinen Therapeuten an.

»Ich habe gerade mit Carl gesprochen.«

Kale nickte. »Ich bin müde«, sagte er.

»Ich weiß.«

Kale Hatfield gab immer vor, müde zu sein, wenn er keine weiteren Gespräche führen wollte. Aber der Arzt gab nicht nach. »Ich muss noch etwas mit dir besprechen.«

»Nicht heute.«

»Doch, Kale, gerade heute. Es muss sein. Was hat Carl an Hayden geschrieben, als er deinen Computer benutze?«

»Ich weiß nichts davon«, wimmelte Kale ihn ab. »Ich hab's nicht mitbekommen.«

»Ach, komm schon! Es muss eine Reaktion von Hayden gegeben haben.«

»Ich weiß nicht, was Carl geschrieben hat.«

»Du kannst eine gesendete E-Mail jederzeit abrufen.«

»Was sollte ich abrufen, wenn ich nicht einmal weiß, dass etwas geschrieben wurde?«

»So einfach geht das nicht. Du hast sie gelesen, nicht wahr?«

Kale sah zur Wand. »Was tut das noch zur Sache?«

»Es tut verdammt viel zur Sache! Deine Multiplen haben aktiv versucht, dir zu helfen! Dafür sind sie da!«

»Carl und helfen?«

»Ich weiß, Kale. Er ist nicht gerade der beste Stratege. Aber er hat etwas unternommen.«

»Er hat alles noch schlimmer gemacht.«

»Er sagt, es würde mehr als sechs Multiple in dir geben. Er sprach von neun oder zehn.«

»Ich bin müde«, versuchte Kale es noch einmal.

»Ich weiß. Ich komme morgen wieder. Dann werde ich mit Tristan reden.« Temerowski verließ daraufhin das Zimmer.

Kurz darauf riss Kale Hatfield wie ein Wahnsinniger an seinen Fesseln und schrie: »Hört auf!! Hört endlich auf!!«

Die 9. Begegnung

Die kleine Eve weinte immer öfter, als würde sie die Verspannung spüren, die in ihrem Vater stattfand.

Der Tag nahm seinen gewohnten Anfang. Kale fühlte sich nach einer erholsamen Nacht besser und verließ das Haus.

»Versprich mir, dass du heute mit Kenneth redest!«, rief Rachel ihm hinterher. Er hob die Hand zum Gruß und fuhr davon. Kurz bevor er die Straße zum Businesspark einbog, kam es zu einem Vorfall. Er hatte den grünen Mazda, der plötzlich von rechts kam, nicht gesehen und fuhr ihm in die vordere

...ßstange. Beide Wagen kamen abrupt zum Stehen. Wo war nur dieser Wagen so schnell hergekommen?

Ein junger Mann stieg aus und kam wütend auf ihn zu. »Du Idiot!«, rief er Kale zu, der seine Fahrertür öffnete und ausstieg.

»Tut mir leid, ich habe Sie nicht gesehen.« Er besah sich den Schaden.

»Dann solltest du deinen Schein abgeben! Sieh dir das an!« Der Mann wies auf den Schaden. Auch an Kales Wagen war einiges zu Bruch gegangen. Auf der Straße lag das Glas der Frontlichter. Kale konnte sich den Vorgang nicht erklären. Er sah auf die Uhr. In zehn Minuten wollte er im Büro sitzen. Verdammt! »Ich werde die Polizei rufen«, entschied er.

»Hey, komm mal runter. Das ist nicht nötig«, sagte der Mann plötzlich. »Das ist ein Bagatellschaden. Wir schießen Fotos und tauschen die Versicherungsdaten aus, okay?«

Kale Hatfield fühlte sich vollkommen überfordert. Er suchte hektisch nach seiner Versicherungskarte. Hinter seinem Wagen hupte bereits ein weiterer Wagen, der nicht weiterkam.

»Wir müssen die Straße frei machen«, sagte der junge Mann und stieg in seinen Wagen. Wollte er nicht zuerst Fotos schießen? Kale holte zitternd sein Smartphone hervor. Wie ging das mit den Fotos noch? Oder sollte er lieber seine Versicherung anrufen? Oder doch die Polizei?

Der Fahrer hinter ihm schrie: »Hey, machen Sie endlich die Straße frei!«

In diesem Moment sah Kale, wie der Mazdafahrer seinen Wagen rückwärts setzte. Er fuhr in eine Einfahrt, wendete und raste davon!

Der Vorgang lähmte Kale. Er konnte sich an den Pin seines Smartphones nicht erinnern. Der Fahrer hinter ihm wendete ebenfalls verärgert. Kale stieg daraufhin in seinen Wagen und irrte wie weggeschaltet umher. Er konnte sich nicht mehr daran erinnern, wie lange er unterwegs gewesen war. Der Mazdafahrer rieb sich sicherlich die Hände. Wie viel mochte Bryan ihm für diesen Spaß gegeben haben?

Natürlich rief Kenneth Coward bei Rachel an und fragte, wo Kale bliebe. Sie hatte keine Ahnung und sah besorgt aus dem Fenster. »Ich glaube, er ist überfordert. Vielleicht ist er in einen Wald gefahren, um sich zu erholen.«

Kenneth Coward stutzte. »Überfordert? Ich hatte den Eindruck, dass er alles gut im Griff hat.«

»Er bringt ständig Arbeit mit nach Hause.«

»Mit nach Hause?«, fragte Coward erstaunt. Es lief doch alles bestens. Dieser Bryan Hayden hatte sich dank Kale Hatfield hervorragend eingearbeitet, sodass Kale zu seiner normalen Arbeit übergehen konnte. Das teilte er Rachel mit. »Ich werde mit ihm sprechen«, versprach er. »Vielleicht hat er sich heute wirklich nur einen Tag freigenommen und ist irgendwohin zum Entspannen.«

Rachel wollte sich so gerne beruhigen, doch sie beruhigte sich nicht. Gegen drei Uhr nachmittags sah sie Kale mit dem Wagen vor das Haus fahren. Er hatte einen Unfall gehabt. Sie lief ihm entgegen. »Was ist passiert?«, rief sie, doch sie sah schon an seinem Gesichtsausdruck, dass er ihr keine Antwort geben konnte. Sie wollte Jake deswegen informieren, doch Kale bat sie, es nicht zu tun. »Es ist doch nur ein Bagatellschaden«, erklärte er. »Ich habe einen Straßenpfeiler beim Abbiegen übersehen. Das ist alles. Ich bringe den Wagen morgen zur Werkstatt und nehme mir von dort direkt einen Leihwagen.«

»Wo warst du den ganzen Tag über?«

Ja, wo war er gewesen? »Spazieren«, log er. »Ich bin zum Kern River gefahren und dort etwas herumgelaufen, um mich abzureagieren.«

»Ohne Kenneth Bescheid zu geben?«

»Habe ich vergessen. Ich werde mich morgen entschuldigen.«

Als sie gegen späten Abend gemeinsam im Bett lagen, wies Rachel ihn erneut darauf hin, Jake Temerowski einzuschalten. Irgendetwas lief schief. Kale sah sie wütend an. »Können wir das nicht wie zwei ganz normale Menschen regeln?«, fuhr er sie an.

»Du nennst das normal, wenn du nach einem Bagatellschaden einfach verschwindest und wir alle in heller Aufregung sind?«

»Ich brauche nun mal Zeit, um so etwas zu verarbeiten.«

»Was verarbeiten?«, fragte sie.

»Alles!«

»Was meinst du mit alles? Kenneth sagt, dass im Betrieb alles bestens läuft. Er sagt, du hast dein altes Arbeitspensum zurück und es läuft alles wieder nach eurer Abmachung. Weshalb bringst du dann ständig Arbeit mit nach Hause?«

Kale kehrte in sich. Was könnte er vorbringen, was halbwegs glaubhaft klingen würde? »Du hast recht«, sagte er. »Ich war wegen der Doppelbelastung in letzter Zeit müde und kam im Büro nicht richtig voran. Ich wollte das ausgleichen, indem ich es daheim erledigte, bis alles wieder normal läuft.«

»Warum hast du Kenneth das nicht mitgeteilt? Oder mir?«

Er sah sie verbittert an. »Weil . . . weil ich die Stelle nicht verlieren möchte«, brachte er hervor. »Und dich.«

»Mich? Weshalb solltest du mich verlieren?«

Er starrte an die Decke. »Gib mir die Chance, es wieder hinzubekommen, Rachel. Bitte! Und bitte erzähl Jake nichts davon. Ich möchte meine Probleme selbst regeln. Das ist doch das Ziel des Projekts, nicht wahr?«

Rachel kehrte in sich und gestand: »Schon. Das ist Ziel des Projekts. Vielleicht schaffen wir es eines Tages, ganz ohne Begleitung zu leben. Ich meine, andere Paare haben ja auch ihre Probleme.«

»Eben.«

Sie näherte sich ihm. »Andere Paare haben aber auch noch etwas anderes . . . «

Wer sollte ran? Joey, der gar keine Erfahrung mit Frauen hatte? Carl, der nicht einmal wusste, was eine Frau war? Oder Tristan, der schnell und unkompliziert eine Vergewaltigung hinter sich bringen würde?

»Kale?«, hörte er sie sagen und hielt ihn damit in der Gegenwart. Er dachte an die perverse Idee mit den gefüllten Präservativen. *Ich habe deine Kleine gevögelt. Fünf Mal.* Er sah Rachel an und verlor sich.

Hinter der Mauer

Kind 9 hatte gleich zwei schwere Aufgaben an der Mauer zu erledigen und alle sahen es mitleidig an. Immerhin war es das älteste. Die Sache wurde immer heikler. Diese verdammten Kondome!

Am nächsten Morgen kniff Joey ihn ins Bein, um ihn zu wecken. Rachel blieb im Bett liegen, während er duschte und sein Frühstück zu sich nahm. Eve weinte oben in ihrem Bettchen und er hörte, wie Rachel sich um sie kümmerte und sie ins Schlafzimmer holte.

Er war nicht zu brutal vorgegangen, aber er war auch nicht

sanft gewesen. Er hatte sich Mühe gegeben, sich unter Kontrolle zu halten. Rachel hatte stillgehalten, steif dagelegen und abgewartet, bis es vorbei war. Sie wollte schließlich ein zweites Kind von ihm.

Kale fuhr den Wagen in eine Werkstatt, holte sich einen Leihwagen und fuhr damit zur Arbeit.

»Bin wieder da. Entschuldigung wegen gestern. Ich hole alles nach«, versprach er, als er kurz bei Coward rein sah.

»Komm doch mal kurz rein, Kale«, bat ihn sein Chef.

Kale kam der Aufforderung nach.

»Setz dich.«

Auch das tat er.

»Alles okay bei dir?«

»Ja, Ken. Es geht wieder. Entschuldige wegen gestern. Ich brauchte einen freien Tag. Hab mal entspannt. Entschuldige, dass ich nicht Bescheid gesagt habe.«

»Das wäre gut gewesen und hätte uns eine Menge Sorgen erspart. Rachel sagte, dass du Arbeit mit nach Hause nimmst.«

»Ja«, gab er zu. »Ich wollte dich nicht damit belästigen, weil ich für diese Stelle sehr dankbar bin.«

»Nach allem, was du bis jetzt für diesen Betrieb getan hast, kann ich gerne mal ein Auge zudrücken. Ich werde ab heute die Endkontrolle aller Aufträge übernehmen.«

Kale sah erschrocken auf. »Warum?«

»Damit du dich mehr auf deine Aufträge konzentrieren kannst.«

»Aber ich habe das gerne gemacht. Wirklich, Ken.«

»Du meinst, die Kontrolle macht dir Spaß?«

»Unbedingt.«

»Dein Arzt erwähnte mal, dass du fehlergeil bist. Dann lasse ich dir hin und wieder einen Auftrag zur Endkontrolle zukommen, okay?«

Kale wurde unruhig. »Ich würde gerne weiter ein Auge auf Bryan werfen.«

»Aber der macht so gut wie keine Fehler mehr. Das hast du gut hinbekommen. Er ist derzeit mein kleinstes Sorgenkind.«

»Aber genau das entspannt mich. Ich mag es, zu sehen, dass sich meine Mühe gelohnt hat.«

»Wenn du das unbedingt willst. Dann überlasse ich ihn weiterhin dir. Wie ist euer Verhältnis?«

»Gut«, log Kale.

»Ihr habt euch angefreundet?«

»Irgendwie schon.«

»Das freut mich zu hören. Hayden wirkt auch viel gelöster. Du hast gute Arbeit geleistet.«

»Das ist mein Job, Ken.«

»Gut, dann verbleiben wir so, dass du seine Arbeit weiter kontrollierst und ich alles andere übernehme. Ist das ein Deal?«

Kale sah auf und stimmte dem zu. Als er sein Büro betrat, lag auf seinem Schreibtisch eine neue verschlossene Packung Präservative, die er irritiert ansah. 20 Stück, las er auf der Verpackung. Auf der Rückseite klebte ein Zettel. *Wer wird wohl schneller sein, die Packung zu leeren?* Dieses Dreckschwein! Gab es nur dieses eine leidliche Thema bei dem Kerl? Anstatt seine Energie in die Arbeit zu stecken, steckte er sie zwischen die Schenkel seiner Frau. Widerlich.

Kale steckte die Packung in seine Arbeitstasche und wollte sie später irgendwo entsorgen. Die Reinigungsfrau des Unternehmens sollte sie auf keinen Fall in seinem Mülleimer finden.

Er vergaß, die Packung zu entsorgen. Rachel fand sie am Wochenende in seiner Arbeitstasche . . .

Als Rachel Eve zu Bett gebracht hatte, schmiss sie ihm die Packung auf den Küchentisch. »Was soll das werden?«, fragte sie. Fassungslosigkeit war ihrem Gesichtsausdruck zu entnehmen. »Hast du eine Freundin? Eine, mit der du es richtig wild treiben kannst?«

Er sah auf die glänzende Schachtel und hasste seine Nachlässigkeit diesbezüglich. Er war der Lügen so satt. Sie sah, wie er sich in den Handrücken biss. Das war eine ganz neue Macke von ihm. Sie hatte ihn bei irgendwas ertappt. »Du willst kein zweites Kind, stimmt's?«, fragte sie.

Kale sah auf. »Richtig«, sagte er. »Ich will kein zweites Kind. Wir haben mit Eve schon genug zu tun.«

»Wir? Was hast du schon mit ihr zu tun, außer sie abends eine Stunde irgendwo herumzutragen. Du nimmst dir nicht einmal Zeit, das Wochenende mit uns zu verbringen.«

»Ich habe mit Ken geredet. Er entlastet mich. Ich bringe ab jetzt nichts mehr mit heim.«

»Und die Kondome?« Sie zeigte auf die Packung. »Wobei wir bei unserem letzten Versuch wären.«

»Rachel«, flehte er.

»Ich kann auch die Pille nehmen. Kein Problem. Wir können es auch ganz abschaffen. Du kannst, wenn du willst, ein Bett in dein Zimmer stellen und dort schlafen.«

»Rachel, bitte!« Sie sah ihn zutiefst verärgert an. »Rede mit mir, Kale! Rede mit mir, wenn irgendetwas nicht stimmt!« Sie warf ihm die rote Schachtel entgegen, die er zu Boden fallen ließ. Dort lag sie wie die gefüllten Kondome aus dem Briefumschlag. *Ich habe deine Kleine gevögelt. Fünf Mal.* Er ergriff die Packung und lief nach draußen zum Gartenhaus. Dort schloss er sich ein und flüsterte verzweifelt: »Hört auf! Hört endlich auf!« Er konnte nicht mehr abschalten.

Durch die Entlastung der Endkontrolle kam er tatsächlich besser zurecht. Im Zuge der Erleichterung zog er in Erwägung, mit seinem Chef über Bryans wahre Leistung zu sprechen. Auch über die Bedrohung seiner Familie. Er sollte die Situation endlich auflösen und sich entschuldigen. Die Belastung wuchs ihm über den Kopf und hatte sich schon auf Rachel übertragen. Er benötigte nicht einmal mehr Bryan, um seine Familie zu verlieren. Und sein Sexualleben entglitt ihm ebenfalls wegen dieses Dreckskerls.

Er klickte sein E-Mailfach an. Eine Nachricht von Hayden lag darin. *Na, wie viel hast du verbraucht? Ich habe vier Stück letzte Nacht abgefüllt.*

In Kale kam Übelkeit auf. Er lief ins Großraumbüro. Haydens Platz war wieder leer. »Wo ist Bryan?«, fragte er seine Kollegen.

»Der hat Urlaub«, sagte Barbara, die Bryan gegenüber saß.

»Urlaub?«, rief Kale.

In der Klinik

Jake Temerowski atmete tief durch, als er wieder die Klinik betrat. Heute war es soweit. Er wollte Kontakt mit Tristan aufnehmen und sehen, was der zu berichten hatte. Heute würde sich herausstellen, ob er der Mörder war oder nicht. Oder ob er den Mörder benennen konnte.

Professor Joseph Raymond fing den Arzt auf dem Flur ab und hielt ihm ein Blatt entgegen.

»Was ist das?«, fragte er.

»Ein Brief vom Police-Department. Kale Hatfield wird weiterhin ein Patient dieser Klinik bleiben. Es wird von einem allgemeinen Verfahren in der Öffentlichkeit unter staatlichem

Arrest bis zum Prozess abgesehen. Das bedeutet nicht, dass er keinen Prozess bekommt.«

»Ich hatte denen mitgeteilt, dass ich zum Abklären des Vorfalls eine zehnstündige Therapie ansetze.«

»Ich weiß. Und, wie läuft's?«

»Ich hoffe, ich komme der Sache auf die Spur. Seine Multiplen berichten von zusätzlichen Persönlichkeiten, die sie nicht mit Namen nennen können. Das könnte noch heiter werden, denn die habe ich noch nicht aufgespürt. Heute werde ich mit Tristan reden und feststellen, ob er den Vorfall aufklären kann. Wenn er es war, liegen die Dinge klar auf der Hand. Dann wird das Ermitteln der anderen Multiplen Nebensache.«

»Dann käme es zu einer klaren Verurteilung.«

»Ja, das schätze ich auch. Dann ist bewiesen, dass Kale keine Kontrolle mehr über ihn hat. Mal sehen, was heute passiert. Waren in den letzten Tagen irgendwelche Auffälligkeiten zu beobachten?«

»Nein, er ist ganz still. Manchmal hören wir ihn summen. Ganz leise.«

»Das ist Lydia. Sie gibt sich alle Mühe, um ihn zu beruhigen. Sie ist eine große Hilfe. Ich würde mit ihr gerne mal in den Park. Ließe sich das einrichten?«

»Sicher, warum nicht?«

Temerowski steckte den Brief ein und betrat Kales Zimmer. Eine Kinderstimme summte, genau wie der Professor es gesagt hatte.

»Hallo Lydia«, begrüßte der Arzt die Fünfjährige.

Sie sah zu ihm hinüber. »Hallo, Jake.«

»Danke, dass du Kale wieder ein Lied vorsummst.«

»Dafür bin ich da.«

»Ich habe gute Nachrichten für dich.«

Lydia lachte. »Oh, wie schön!«

»Wir gehen übermorgen in den Park der Klinik und werden den Vögeln zuhören.«

»Das ist großartig!«

»Ich muss mich jetzt von dir verabschieden, Lydia. Ich habe noch zu tun.«

»Okay, bis übermorgen, Jake«, sagte das kleine Mädchen und verschwand.

Kale schloss die Augen und hörte, wie der Therapeut seinen Namen rief.

»Kale? Bist du da?«

Er wollte sich nicht melden, denn es war ihm nicht nach diesem Gespräch. Er wollte nicht spüren, wie Tristan durchbrach und herum wütete. »Du kannst dir das Gespräch sparen, Jake. Es war nicht Tristan«, sagte er.

»Woher willst du das so genau wissen?«

»Weil ich ihn ganz genau spüre. Ich habe ihn vollkommen unter Kontrolle und weiß, wann ich ihn raus lasse.«

»Du sagtest mal, du hast ihn jahrelang nicht mehr gespürt. Woher willst du wissen, ob er sich nicht einen Weg gesucht hat, deine Wachsamkeit zu umgehen?«

Kale schwieg. Seine Hände ballten sich zu Fäusten.

»Okay«, unterbrach Temerowski das Gespräch. »Ich werde mit Tristan selbst reden.«

»Nein, das wirst du nicht.«

Nun stutzte der Arzt. »Warum?« Damit war dem Arzt klar, dass Kale etwas zu verbergen hatte. »Warum schützt du ihn?«

Kale schwieg.

»Was geht zwischen euch vor?«

Auch darauf schwieg er.

Der Arzt beobachtete, wie die Knöchel seiner Faust weiß

hervortraten. Er kämpfte gegen irgendetwas an. Stand Tristan schon am Seiteneingang der Bühne und Kale drängte ihn zurück? Das war die Chance. Wie sehr Kale ihn unter Kontrolle hätte, würde sich jetzt zeigen.

»Tristan«, sagte Temerowski. »Tristan, bist du da?« Er beobachtete Kales Gesicht. Sein Körper wehrte sich gegen die Fesseln und er konnte nicht die Haltung einnehmen, die er benötigte, um den Hünen wegzudrücken. Seine Gesichtszüge verspannten sich und der Blutdruck stieg sichtbar an.

»Tristan?«, versuchte Temerowski es erneut und sah, wie Kale den Kampf verlor. Seine Fäuste öffneten sich und ein wahnsinniger Blick erreichte die Zimmerdecke.

»Hallo, Tristan«, sagte der Arzt.

»Hallo, Jake«, antwortete eine dunkle Stimme.

»Wie geht es dir, Tristan?«

»Beschissen«, zischte der Hüne.

»Warum?«

»Liegt das nicht auf der Hand?« Er starrte weiter auf die Zimmerdecke, sein Atem ging schwer.

»Erklär es mir«, forderte der Arzt ihn auf.

»Ich werde gar nichts erklären. Ich werde dieses Schwein abmurksen, wenn ich wieder freikomme.«

»Welches Schwein?«, fragte Temerowski.

»Kale Hatfield!«

»Damit würdest du dich selbst vernichten.«

»Das ist mir egal.«

»Was hat er getan, dass du so einen Hass gegen ihn verspürst?«

»Er spielt mit mir.«

»Er spielt mit dir? Inwiefern?«

»Er lässt mich nur raus, wenn es ihm passt.«

»Das ist seine Aufgabe, Tristan. Du weißt, wie brutal du bist. Kale hat die Aufgabe, dich unter Kontrolle zu halten.«

»Aber wenn er mich braucht, schickt er mich an die Front, um seinen Scheiß regeln zu lassen.«

»Wenn er dich braucht? Das musst du mir näher erklären.«

»Dieser Hayden. Kale war ihm nicht gewachsen.«

»Das stimmt.«

»Anstatt die Dinge klar zu regeln, ließ er sie laufen. Das machte mich so wütend. Dem Kerl hätte direkt der Garaus gemacht werden sollen.«

»Das kann ich verstehen.«

»Erst ruft er mich auf den Plan, dann drückt er mich weg.«

»Er hatte vielleicht Angst, dass du zu brutal reagierst.«

»Was heißt schon brutal? Diesem Hayden konnte man nicht mit netten Worten kommen.«

Nun stutzte Temerowski. »Weißt du, wie die Sache ausgegangen ist, Tristan?«

»Nein, natürlich nicht! Er drückte mich ja im entscheidenden Moment weg! Jetzt sind wir wieder eingesperrt.«

»Er drückte dich weg? Wann war das?«

»Als Hayden sein Büro mit der Eisenstange betrat.«

Temerowski holte tief Luft. »Hayden hatte die Eisenstange selbst mitgebracht?«

»Ja! Und er war verdammt wütend!«

»Weshalb war er wütend?«

»Weil ich ihn mehrmals kitzeln durfte.«

»Was meinst du mit kitzeln?«

»Na, Kale hat mich das Menü kochen lassen und dann selbst gegessen.«

Temerowski sah erschüttert zu Boden. Wollte Tristan damit andeuten, dass Kale tatsächlich selbst Bryan Hayden erschlagen hatte? Er fragte wieder nach.

»Das weiß ich nicht. Er hatte mich ja weggeschaltet.«

»Kann es sein, dass die Situation eine andere Multiple auf den Plan gerufen hat?«

»Hm«, brummte Tristan.

»Weißt du etwas von weiteren Persönlichkeiten in Kale?«

Wieder brummte der Hüne.

»Du weißt etwas, stimmt's?«

»Ich kann es nicht beschreiben.«

»Carl sagte etwas von acht, neun oder zehn neuen Multiplen.«

»Mehr«, sagte Tristan.

»Mehr?«

»Über zehn.«

»Woher willst du das wissen?«

»Es war dieser Tumult, der entstand. Irgendetwas ist zu uns durchgebrochen. Es war noch nie so chaotisch bei uns zugegangen.«

»Ich dachte, du hast keinen Kontakt zu den anderen.«

»Hab ich auch nicht. Es war dieses Chaos, das in Kale stattfand. Ich habe das Gefühl, dass der Raum, in dem wir leben, immer enger wird.«

»Meinst du besiedelter?«

»Nein, enger. Als wenn von außen einer unseren Raum zusammendrückt.«

»Du meinst, dass in Kale ein weiterer Raum ist, der sich gerade füllt? Kann ich mir das so in etwa vorstellen?«

»So könnte man das sagen.«

»Und du hast von denen, die sich darin sammeln, nichts gesehen oder gehört?«

»Nein, es waren nur immer Schatten und Bewegungen. Sie

wurden immer hektischer.«

»Kannst du mir beschreiben, was du getan hast, um Kale zu helfen?«

»Ich habe diesem Hayden die Rippen gebrochen.«

»Und dann?« Temerowski sah, wie sich Tristans Hände wieder zu Fäusten ballten. Irgendetwas passierte gerade. »Tristan?« Der Arzt hörte ein Röcheln, als drücke jemand dem Hünen den Hals zu. »Tristan, bist du noch da?«

Kales Körper versteifte sich und er würgte. Er bekam keine Luft mehr, zerrte an den Fesseln und lief blau an.

Temerowski erhob sich und schüttelte Kales Körper. »Kale!«, rief er. »Kale Hatfield!«

Kale öffnete die Augen und holte tief Luft. Er sah Temerowski verloren an.

»Was war das, Kale?«, fragte der Arzt. »Warum hast du ihn gewürgt und weggedrückt?«

»Ich war das nicht«, sagte Kale.

»Wer denn sonst?«

»Keine Ahnung.«

Temerowski sah seinen Patienten mit scharfem Blick an. »Weißt du Kale, irgendetwas stimmt hier nicht. Irgendetwas stinkt ganz gewaltig.«

»Ich war das wirklich nicht, Jake.«

»Wer sollte es denn sonst gewesen sein? Du sagst, du hast ihn unter Kontrolle.«

»Wenn er erscheinen soll, aber nicht, wenn er verschwinden soll.«

»Er wollte mir gerade erzählen, was er alles gemacht hat. Das war sehr wichtig. Es könnte den Fall lösen, Kale.«

»Er war es nicht, Jake.«

»Er hat aber dazu beigetragen. Und er sagt, dass er gesehen

hat, wie Bryan Hayden dein Büro mit einer Eisenstange betrat.«

Kale starrte an die Decke. »Er hat sie also dabei gehabt.«

»Sagt Tristan. Er sagt, dass die Tat jemand anderes als er ausgeführt hat. Warst du das, Kale?«

»Nein!«

»Wer war es denn sonst?«

»Das weiß ich nicht!«

»Er sagt, dass es bei dir innerlich viel Unruhe gegeben hat. Er vermutet über zehn neue Multiple.«

»Über zehn?«

»Was ist los, Kale? Wo kommen sie her? Sag mir, was bei dir los ist! Und wie heißen sie?«

»Ich weiß es nicht, Jake!«

»Hat dich die Sache mit Hayden so mitgenommen, dass sie. . . «

»Hört auf!«, schrie Kale plötzlich und zerrte an den Fesseln. »Hört endlich auf!«

Temerowski reagierte sofort und fragte: »Hallo? Wer ist da? Wie ist dein Name?«

Stille.

Kale beruhigte sich wieder.

»Wie ist dein Name?«, fragte der Arzt noch einmal.

Kale sah ihn ratlos an.

»Sie waren gerade da, stimmt's?«

Kale konnte ihm darauf keine Antwort geben.

Die 10. Begegnung

Dieser Dreckskerl hatte sich also Urlaub genommen! Das versetzte Kale in Panik. Welcher Tag war heute? Mittwoch, der Tag, an dem Rachel mit Eve den Spielplatz aufsuchte, sofern es nicht regnete. Verdammt!

Er verließ das Unternehmen, ohne seinem Chef Bescheid zu geben, und raste nach Hause, um seine Frau abzufangen und zu warnen. Sie sollte nie wieder mit diesem Mann reden. Und sie sollte sich einen anderen Spielplatz suchen.

Rachel war nicht daheim. Das löste eine noch größere Panik in ihm aus. Er benötigte Zeit für die Suche und rief seinen Chef an. »Rachel ist krank«, erklärte er knapp. »Ich musste heim, um mich um Eve zu kümmern.«

»Ist gut, Kale, dann weiß ich Bescheid.«

»Ich werde von daheim arbeiten, Ken.«

»Das ist prima. Was hat Rachel?«

»Fieber und Schmerzen. Wahrscheinlich eine Grippe. Ich gehe erst einmal mit ihr zum Arzt.«

»Mach das. Richte ihr bitte gute Besserung von mir aus.«

»Werde ich tun. Ich gebe Bescheid, wenn ich wieder zurückkomme.«

»Unbedingt. Bryan hat derzeit Urlaub.«

»Ich weiß.«

»Ist viel zu tun.«

»Ich weiß, Ken. Bis dann.« Kale drückte die Verbindung weg und durchsuchte das Haus nach Anzeichen, wo Rachel außer dem Spielplatz noch sein könnte. Hing ein Termin am Kühlschrank oder lag irgendwo eine Notiz herum? Er wollte ihr nicht das Gefühl geben, sie zu kontrollieren.

Kale fand nichts. Er interessierte sich sehr wenig für ihre Abläufe und hörte ihr am Esstisch oft nicht zu. Er konnte sich einfach nicht auf zwei Leben konzentrieren.

Vor seinem inneren Auge liefen furchtbare Szenen ab. Er sah, wie Hayden Rachel vergewaltigte, um ihr ein Kind zu zeugen. Er sah, wie seine Tochter zusah und weinte. Der Gedanke raubte ihm fast den Verstand. Hayden konnte beide irgendwo festhalten. Würde er seine Tochter hungern lassen?

Kale rannte ins Wohnzimmer und durchsuchte dort die Schubladen und Schränke. Irgendwo befand sich ein Stadtplan. »Ruhe bewahren«, hört er sich mit zitternder Stimme sagen. »Ganz ruhig. Wahrscheinlich ist sie nur Einkaufen.«

Er fand keinen Stadtplan, um die Spielplätze zu finden, die er abfahren könnte. Verflucht! Diese kleinen Pläne im Smartphone konnte er nicht überblicken. Warum war er nie mitgefahren, um zu sehen, wo sich seine Frau und Tochter aufhielten? Er ging mit ihnen immerzu in den Wald, um abzuschalten. Er wollte keine Begegnungen, nur Ruhe. Doch Rachel waren die sozialen Kontakte für Eve wichtig, damit sie sich später in der Vorschule zurechtfände. Sie war schon anderthalb Jahre. Wo war nur die Zeit geblieben? Kale konnte sich weder an ihre ersten Gehversuche, noch an ihren 1. Geburtstag erinnern. Es waren die Fotos, die ihm diese Ereignisse in Erinnerung riefen. Er holte sein Smartphone aus der Hosentasche hervor und wählte Rachels Nummer. Er sollte es vereinfachen. Erklärungen würde er später liefern. Kurz darauf hörte er das Klingeln ihres Smartphones im Wohnzimmer. Es lag unter der Fernsehzeitung. Sie hatte das Gerät daheim gelassen. Auch das noch!

Kale gab Daten in sein Smartphone ein, um die Spielplätze der Umgebung zu ermitteln, und notierte sie. Dann rannte er zum Wagen und fuhr los. Auf dem ersten Spielplatz an der Connelly Street war sie nicht zu finden. Auch nicht im Benton Park. Er fand ihren Wagen auf dem Parkplatz des West Parks. Er hatte sie gefunden! Gott sei Dank! Er verließ seinen Wagen, rannte in den Park und suchte seine Frau. Seine Tochter sah er von Weitem im Sand sitzen und spielen. Neben ihr saß ein Junge. Das beruhigte ihn. Er sollte sich vielleicht gar nicht zeigen, um sie nicht zu beunruhigen, und ihr später erklären, dass sie sich von diesem Mann nicht mehr ansprechen lassen sollte.

Kale sah Rachel auf einer Bank sitzen, direkt neben einer Hecke. Sie redete mit irgendjemandem. Als er sich näher wagte, sah er, dass Bryan Hayden neben ihr saß. Er unterhielt sich mit ihr, lachte und rauchte. Das brachte Kale in eine fatale Situation. Lydia summte plötzlich, um ihn zu beruhigen. Sie summte leise, um keine Aufmerksamkeit zu erregen. Solange sie das tat, war Kale handlungsunfähig. Sie hielt ihn in Schach, doch es löste nicht die Situation. Es lag auf der Hand, dass sie ihn bald freigeben müsste. In Kale zehrte die Gewalt. Sie verkrampfte seine Organe, was Lydia das Summen erschwerte. Sie sah, wie Rachel lachte und diesen Hayden an der Hand berührte. Er hatte ihr Vertrauen gewonnen, warb um sie und machte ihr den Hof. Rachel genoss es offensichtlich.

In Kale entstand ein unbekannter Tumult, worauf Lydia verstummte und verschwand. Hatte Tristan neue Warnzeichen, die er aussendete, bevor er erschien? Kale konnte es nicht deuten. Dieses Gefühl war neu und ließ sich nicht steuern. Er haderte mit seinem Vorhaben, sich beiden zu zeigen. Vielleicht sollte er sie nur beobachten und erst dann eingreifen, wenn es brenzlig wurde. Ja, das war eine gute Idee. Er sah, wie Hayden ihr einen Zettel reichte, den sie lächelnd entgegennahm. Hatte er darauf seine Telefonnummer notiert? Kale würde später nach dem Zettel suchen.

Sie redeten nur, aber Rachels Verhalten verstörte ihn. Wie konnte sie sich nur so unbeschwert mit ihm unterhalten? Er plante sicherlich ein behutsames Vorgehen. Ob sie über ihn sprachen? Vielleicht machte Hayden sich gerade lustig über ihn und demütigte ihn in Gegenwart seiner Frau, um sich stark zu fühlen. Warum war er unterwegs? Wo war seine Tochter? Wo war seine Frau?

Jemand übernahm Kales Bewegungen und entfernte ihn von seiner Frau. Er fühlte sich fremdgesteuert, stieg in den Wagen. Den musste er verstecken, damit Bryan und Rachel ihn nicht sahen, wenn sie zum Parkplatz zurückgingen. Er parkte außerhalb in einer nahe gelegenen Siedlung und schlich sich wieder an das Spielplatzgelände heran.

Sie saßen immer noch auf der Bank. Eve saß auf Rachels Schoß und Hayden streichelte ihre Wange. Wo, verdammt noch mal, war seine eigene Tochter?

Hinter der Mauer

Kind 10 bekam eine besondere Aufgabe, die nicht einmal bedenklich war. Es war ein technisch begeistertes Kind und zückte sein Smartphone, um ein paar Fotos zu schießen. Die anderen sahen mit ihm zusammen begeistert die Fotos an.

Die innere Gewalt zehrte Kale auf. Er hielt sich versteckt hinter einem Gebüsch am Zaun fest und spürte Tristan herannahen. Er eilte zur Hilfe, weil Kale der Situation wieder einmal nicht gewachsen war. »Du kannst es nicht in Gegenwart von Rachel und Eve tun«, flüsterte Kale und hielt sich am Zaun fest. Tristan verharrte. Kale beugte sich nach vorne und presste seine Arme auf den Bauch. Er ließ den Hünen nicht raus. Er ging in die Hocke und drängte ihn mit aller Kraft zurück. »Du darfst es nicht in Gegenwart von Rachel und Eve tun«, presste er hervor.

Er stöhnte. Er wollte Tristan nur zurückhalten, nicht wegdrücken, doch die Situation entglitt ihm. Kale rannte davon, bevor er bemerkt wurde.

Es war, als würden ihn hunderte von Füßen tragen. Er kannte dieses Gefühl nicht und konnte sich nicht erinnern, was daraufhin geschehen war. Er stand plötzlich mit seinem Wagen vor dem Haus, direkt neben Rachels Wagen. Sie war wieder daheim. Was sollte er ihr sagen? Welche Erklärungen würde sie ihm noch abkaufen? Er konnte sie unmöglich während Haydens Urlaub beobachten. Sollte er ebenfalls Urlaub einfordern? Kale griff zum Smartphone und wählte Cowards Nummer. »Ken, ich muss ein paar Tage daheim bleiben«, erklärte er. »Mit Rachel ist es ernster als gedacht. Wir waren gerade beim Arzt. Sie hat eine akute Lungenentzündung. Kann ich in den nächsten Tagen von Zuhause aus arbeiten oder Urlaub bekommen?« Er hörte, wie sein Chef erschöpft stöhnte. »Urlaub ist schlecht, aber Homeoffice geht.«

»Gut, dann werde ich mich gleich an die Arbeit machen.«

»Hast du den Laptop dabei?«

»Nein, den müsste ich noch holen. Ich komme gleich.« Er setzte den Wagen langsam rückwärts und hoffte, dass Rachel ihn nicht entdeckt hatte. Er holte den Laptop aus dem Betrieb und kaufte im nahe gelegenen Blumengeschäft einen üppigen Blumenstrauß für Rachel. Falls sie fragen sollte, weshalb er erneut losgefahren sei.

Rachel strahlte, als Kale sie mit dem Blumenstrauß und der Nachricht überraschte, dass er Urlaub habe. Auch Eve lachte. Er nahm sie auf den Arm und küsste ihre Stupsnase. »Hallo, Sonnenblume«, sagte er. Innerlich tobte die Hölle in ihm.

»Warum hast du mir den Urlaub nicht angekündigt?«, fragte Rachel am Mittagstisch. Kale warf ihr einen misstrauischen

Blick zu. »Weil es sich spontan ergeben hat«, log er. »Wir haben gerade nicht viel zu tun. Da bot es sich an.«

Nach der Mahlzeit schloss er sich im Zimmer ein und erledigte einen Teil seine Arbeit. Dann suchte er im Internet ein Ferienhaus in einem Familienpark in der Nähe des Lake Isabella heraus. Dort würde er Rachel und Eve sicher unterbringen, wenn es für sie gefährlich würde. Er notierte die Adresse auf einem Zettel und legte ihn zwischen seine Unterlagen in die Schreibtischschublade.

Er stand wieder heimlich in der Nacht auf und erledigte einen weiteren Teil seiner Arbeit. Natürlich erwischte sie ihn und stellte ihn zur Rede.

»Ken hat gestern Abend noch einen wichtigen Auftrag rein bekommen. Ich helfe ihm schnell aus. Das ist kein Problem.«

»Kein Problem? Du hast Urlaub!«

»Es belastet mich nicht, Rachel. Ich mache das gerne. Nur ein paar Stunden. Ich komme gleich zurück ins Bett.«

»Dann mach das am Tag und nicht in der Nacht.«

Er arbeitete bis 10 Uhr morgens durch. Dann überraschte er seine Familie mit einem Frühstück und verbrachte den ganzen Tag mit ihr. Es war Schwerstarbeit für ihn, denn er konnte nicht abschalten. Immerzu ging ihm Hayden durch den Kopf. Weshalb zeigte Rachel ihm nicht den Zettel, den der Kerl ihr gegeben hatte? Wie sollte er ihm nach dem Urlaub begegnen? Er wird bemerken, dass Rachel nicht mehr den Spielplatz besuchte. Vielleicht würde er Ruhe geben.

Am letzten Urlaubstag suchte Kale das Gespräch mit seiner Frau. »Rachel, ich will nicht mehr, dass du auf diesen Spielplatz gehst.«

Sie sah ihn irritiert an. »Warum?«

Er log: »Es läuft seit einigen Tagen so ein Typ herum, der

Frauen auf dem Spielplatz anspricht. Das stand in der Zeitung.« Würde sie ihm die Lüge abkaufen? Er sah, wie sie errötete.

»Das stand in der Zeitung? Wie soll er denn aussehen?«

Kale räusperte sich. »Dunkelhaarig, Oberlippenbart. Er raucht.«

Nun errötete sie noch mehr. Sollte sie ihm von der Bekanntschaft erzählen? Dieser Roy war wirklich nett. Und er hatte sie niemals bedrängt. »Was stand denn über ihn in der Zeitung?«, fragte sie.

»Dass er freundlich ist und Frauen verschleppt, wenn er ihr Vertrauen gewonnen hat«, erklärte Kale. Er war sich nicht einmal sicher, ob es eine Lüge war.

»Dann sollte man ihn der Polizei melden, wenn man ihn sieht«, sagte sie und schluckte ihre Angst herunter.

Kale zögerte, dann sagte er: »Am besten sagst du mir direkt Bescheid, wenn du etwas Verdächtiges siehst. Dann werde ich das übernehmen. Ich möchte nicht, dass dir oder Eve etwas passiert.« Würde sie jetzt mit der Wahrheit herausrücken? Kale sah, wie sie verunsichert die Küche richtete. Ihr lag etwas auf der Seele. Er fragte: »Hast du den Kerl schon mal gesehen?«

»Nein!«, sagte sie zu schnell und drehte sich hektisch zu ihm um. »Nein, habe ich nicht. Aber ich werde meine Augen offen halten.«

»Besser ist, du meidest erst einmal den Spielplatz. Vielleicht grundsätzlich die Spielplätze. Geh mit Eve schwimmen oder wandern. Wenn du unbedingt zum Spielpaltz willst, werde ich mitgehen. Wir werden es abends machen, wenn ich daheim bin.« Kale sah, wie sie zögerte. Es ärgerte ihn, dass sie die Treffen mit Bryan vor ihm verheimlichte. Immer noch nicht rückte sie mit dem Zettel heraus.

Sie nickte und stimmte seiner Idee zu. »Kannst du das denn?

Ich meine, du brauchst nach der Arbeit doch deine Zeit zum Abschalten.«

Er sah sie an. »Ihr seid mir viel wichtiger als meine Ruhe, Rachel. Ihr seid alles, was ich habe. Ich würde nie zulassen, dass euch etwas passiert.«

In der darauffolgenden Nacht durchsuchte er Rachels Handtasche und fand den Zettel. Bryan hatte ihr die Adresse eines Kinderarztes notiert. Das irritierte Kale.

Rachel

Das Leben mit Kale Hatfield war zu einem Balanceakt ihrer Gefühle geworden. Ihre Liebe zu ihm war immer tief und kompromisslos gewesen. Doch es wurde immer schwerer, diese Balance zu halten. Das Verdrängen ihrer eigenen Bedürfnisse machte ihr nach nunmehr zwei Jahren zu schaffen. Das Gefühl hatte sich schneller eingestellt, als sie erwartet hatte. Es war ihr peinlich, weil sie Jake Temerowski doch versprochen hatte, es zu schaffen.

Die kleine Eve balancierte viel aus. Schon allein deswegen, weil sie ihrem Vater so ähnlichsah. Im Grunde lief doch alles bestens. Kale ging seiner Arbeit nach, die ihm offensichtlich gefiel, das Einkommen war mehr als ausreichend, und sie konnten viel mit Eve unternehmen und das Haus in Ordnung halten. So hatte sie es sich gewünscht. Was also ließen diese Zweifel in ihr aufkommen?

Es hatte mit dem Wunsch nach dem zweiten Kind begonnen. Wie sehr hatte sie sich ein Geschwisterkind für Eve gewünscht, doch die sexuellen Begegnungen mit Kale liefen einfach nicht rund. Er konnte nicht loslassen und sich ihr hingeben. Sie hatte den Eindruck, dass es mehr ein rein biologischer als ein emotionaler Akt zwischen beiden war. Eine Erregung, die zwangsläufig bei Männern eintritt, sobald man sie berührt. Rachel vermisste die Tiefe, das Verschmelzen und die Freude daran. Der Wunsch nach dem zweiten Kind war gewagt. Er hatte Kale unter Druck gesetzt. Den hatte er bei der letzten Begegnung entladen. Er hatte ihr versprochen, sie niemals auf diese Weise zu nehmen, doch auch in dieser Sache musste sie einen Kompromiss eingehen, wenn sie ein zweites Kind von ihm wollte. Also hatte sie stillgehalten.

Er hatte es schweigend beiseite gekehrt und sie danach in Ruhe gelassen. Dann war er mit dieser Packung voller Kondome angekommen. Wie konnte er nur so unsensibel sein?

Rachel lernte, mit den seelischen Schmerzen zu leben. Sie konnte das Projekt unmöglich ruinieren. Kale war schon so weit gekommen. Noch nie hatte er das besessen, was er jetzt vor sich hatte. Und es würde besser werden, redete sich Rachel ein. Mit jedem weiteren Jahr würde er mehr Selbstvertrauen gewinnen. Also sollte sie geduldig mit ihm sein.

Kenneth Coward berichtete nur Gutes und auch Rachel gab nur Gutes an Jake Temerowski weiter. Das Projekt lief aus seiner Sicht erfolgreich. Wäre da nicht dieser Roy aufgetaucht. Dieser nette Vater einer Tochter, im gleichen Alter wie Eve. Er hatte nicht verschwiegen, dass er verheiratet war und ein zweites Kind mit seiner Frau erwartete. Er hatte auch versichert, dass er keinerlei Absichten verfolge, Rachel den Hof zu machen. Er sei nicht von dieser Sorte und lege großen Wert auf Vertrauen und Treue. Er sei aber kontaktfreudig und tausche gerne Erfahrungen mit anderen Eltern aus. Sein Charme war unwiderstehlich. Rachel hatte Freude an den Gesprächen gefunden. Es hob auch ihr Selbstwertgefühl an und balancierte sie neu aus. Selbst Eve mochte Roy. Sie lachte, wenn er mit ihr herum witzelte. Kale war noch nie mit ihr allein auf einem Spielplatz gewesen. Er verschwand mit seiner Tochter ständig im Wald, um niemandem zu begegnen. Rachel wurde bei diesem Gedanken unruhig. Was mochte er mit ihr dort treiben? Eve weinte in letzter Zeit, wenn Kale sich ihr näherte. Sollte sie das Jake mitteilen? Sie hatte mit Roy darüber gesprochen.

»Sie fremdelt«, hatte er ihr erklärt und ihr einen Zettel mit der Adresse eines Kinderarztes gereicht, der einen guten Kinderpsychologen empfehlen könnte. Das Problem hatten seine Frau und er auch. »Wir haben es im Griff. Meine Frau erwartet ihr Zweites übrigens nächsten Monat.« Wie es denn bei Rachel aussehe. »Ihr Mann muss doch vergehen vor Lust auf Sie«, hatte er gewitzelt.

Rachel beneidete Roys Frau. Und doch fehlte diesem Mann etwas, das Kale besaß: Es war diese Stille und das besondere Wesen, was er ausstrahlte. Kale musste seine Liebe nicht in Worte fassen, weil sie sie spürte. Sie sah ihm häufig dabei zu, wie er die Dinge im Haus richtete. Jake hatte ihr erklärt, dass Kale seine Liebe darüber transportiere. Er trug Sorge. Aber die Begegnung mit Roy tat ihr gut.

Nun war sie erschüttert über Kales Mitteilung, dass sich ein Fremder auf Spielplätzen herumtreiben sollte, auf dessen Beschreibung Roys Aussehen passte. Sie hatte nichts davon im Fernsehen mitbekommen, gelesen oder im Radio gehört. Sie rief andere Mütter an, die sie auf dem Spielplatz traf, aber auch sie wussten nichts davon. Aber sie rieten Rachel, etwas vorsichtig mit diesem Roy zu sein. Man könne nie wissen und man solle nichts herausfordern, was man später bereue.

Rachel sagte Kales Idee zu, abends in seiner Begleitung den Spielplatz mit Eve zu besuchen, solange es noch hell wäre. Der Herbst nahte. Die Tage wurden kürzer.

Die Unruhe legte sich etwas.

Bryan Hayden und Kale kehrten fast zur gleichen Zeit zurück zum Unternehmen und nahmen nach alter Gewohnheit ihre Arbeit auf. Natürlich war Kale mit der Situation mehr als unzufrieden, aber dieser Hayden schien Ruhe zu geben. Es trafen weder anzügliche E-Mails ein, noch wurde Kale von ihm angesprochen. Bis Haydens zweites Kind auf die Welt kam und die Kollegen für ihn sammelten und eine Karte zum Unterschreiben herum ging. Kale verweigerte die Unterschrift und gab auch keine Spende dazu. Das erweckte bei den Kollegen den Eindruck, dass zwischen den beiden etwas nicht stimmte. Aber dieser Hatfield war sowieso ein merkwürdiger Geselle.

Das ließ Hayden lächeln. Während sein Ansehen stieg, nutzte er jede Gelegenheit, Kales Ansehen zu senken. Gemeinschaft macht stark. Kale Hatfield versuchte, diesen Prozess zu ignorieren, weil ihn das Verhalten der Kollegen nicht interessierte. Sie mischten sich weder in seine Arbeit noch in sein Privatleben ein. So war es abgesprochen. Doch er traute der Situation nicht.

Die 11. Begegnung

Das zweite Kind von Hayden war ein großer Fehler gewesen, stellte Kale schon nach kurzer Zeit fest. Sein Kollege wirkte nervös und wieder verwahrlost. Er rauchte wie ein Schlot. Kale konnte sich die Verhältnisse bei ihm daheim gut vorstellen. Haydens Frau kam ihren Aufgaben sicherlich nur unzureichend nach. Ihr Mann stank wieder und alles verkam schlimmer als je zuvor.

Anfangs hatte Bryan noch Verständnis für seine Frau aufgebracht, aber so langsam riss ihm der Geduldsfaden. Seine freie

Zeit über die Weihnachtszeit hatte ihm vor Augen geführt, wo er wirklich mit seiner Ehe und Familie stand. Er hatte sich ein faules und dickes Weib an Land gezogen, das keinerlei Ambitionen zeigte, sein Familienleben in Ordnung zu halten. Der Haushalt verkam in Müll und Gestank. Die Kinder schrien, sie rauchte, telefonierte, bestellte unnötiges Zeug im Internet oder sah fern.

Bryan Hayden fiel noch weiter in seiner Arbeit zurück, weil er nachts ständig wegen des Babys aufstehen musste. Er lieferte noch schlechtere Arbeit als je zuvor bei Kale ab. Der fühlte sich wieder an die Grenze getrieben. Wenn er bis jetzt auch alles gut hinbekommen hatte, so führte ihm seine eigene immer schlechter werdende Leistung vor Augen, wie es wirklich um ihn stand. Während Hayden ein sattes Einkommen kassierte, landete er in totaler Verzweiflung. Der Tag kam, an dem er endlich beschloss, seinen Chef einzuweihen.

Kenneth Coward ließ Bryan Hayden in sein Büro rufen. Als er das Büro betrat, sah er, dass dieser Hatfield ebenfalls geladen war. »Was gibt's?«, fragte er.

Coward forderte ihn auf: »Setzen Sie sich doch bitte. Kale hat um dieses Gespräch gebeten.«

»Gespräch?«

»Bitte, Bryan, setzen Sie sich.«

Kenneth Coward sah Kale Hatfield erwartungsvoll an. »Bitte, du hast das Wort, Kale.«

Kale räusperte sich und sah Hayden herausfordernd an. »Ich muss nicht unbedingt anfangen«, sagte er. »Bryan?« Er sah ihn mit scharfem Blick an.

»Ich?«, fragte der. »Ich soll beginnen? Es wäre schön, wenn ich wüsste, worum es überhaupt geht«, redete er sich heraus.

»Worum geht es, Kale?«, fragte Coward.

»Um Bryans Arbeitsleistung«, gab Kale als Hinweis.

»Ach die«, lenkte Hayden ein. »Ich bat Kale, mich ein wenig zu unterstützen, weil ich wegen des zweiten Kindes echt viel um die Ohren habe.«

»Sie baten Kale direkt darum?«, fragte Coward.

Hayden nickte eifrig. »Ich wollte Sie nicht damit belasten. Kale und ich sind inzwischen so gut befreundet, dass ich dachte, ich könnte das direkt mit ihm ausmachen. Kale ist mein Mentor, mein Vorbild, mein großer Held. Und mein bester Freund. Ich dachte, es wäre kein Problem und man hilft sich bei einer Freundschaft gegenseitig aus. Ich bin ja auch mit seiner Frau gut befreundet. Wir pflegen ein gutes Verhältnis. Und ich liebe seine Tochter. Gehe mit seiner Frau sogar hin und wieder aus, weil er nach der Arbeit viel Ruhe braucht.«

In diesem Moment zerbrachen in Kale Welten. Er traf sich weiterhin heimlich mit seiner Frau? Und er liebte seine Tochter? Kale sah, wie sein Chef wohlwollend reagierte.

»Ich hatte auch den Eindruck, dass Sie beide gut miteinander klarkommen.« Er sah Kale an. »Wie sieht's aus? Kannst du ihm über die schwere Zeit hinweghelfen?«

Der innere Tumult wuchs an und übertönte Cowards Worte. »Was?«, fragte er. »Was soll ich?«

»Bryan Hayden unterstützen.«

Kale erhob sich in einem völlig unpassenden Moment, weil er den inneren Tumult nicht mehr in den Griff bekam. Er wurde immer unerträglicher. Lydia begann zu summen und Hayden lachte, als Kale aus dem Büro lief. »Ich mach das selbst mit ihm aus«, versprach Hayden. »Das hätten wir gar nicht über Sie laufen lassen müssen.«

Kenneth Coward wurde unruhig. Es verstieß gegen die Abmachung. »Ich werde erst allein mit ihm reden«, sagte er. »Ich gebe Ihnen Bescheid, Bryan.«

»Danke, Sir.« Hayden grinste und verließ das Büro.

Hinter der Mauer

Kind 11 ging in die Startlöcher. Es war schon 17 und wusste, wie es sich anfühlte, fremd zu gehen. Es grinste.

Kale stand vor dem Fenster, als es viermal klopfte.

»Ich bin's, Kale«, rief sein Chef.

»Jetzt nicht«, rief Kale zurück. Er war vollkommen durcheinander. Was meinte Hayden damit, als er sagte, er würde mittlerweile seine Frau ausführen? Hatte Rachel ein Verhältnis mit ihm begonnen? Die Sache, Bryans Verhalten vor Coward auffliegen zu lassen, geriet in den Hintergrund. Alle waren durcheinander. Sybille meldete sich. »Du musst dringend aufräumen! Die Unordnung ist unerträglich!«

Kenneth Coward stutzte, als er die hohe Stimme hinter der Tür hörte. »Kale? Alles in Ordnung?«

Daraufhin verschwand Sybille.

»Ja«, rief Kale, dabei war nichts in Ordnung.

»Du Versager!«, schimpfte Carl lautstark.

»Was?«, rief Coward und öffnete die Tür. »Versager? Kale! Du nennst mich einen Versager?«

Kale fuhr herum. Verdammt, Carl hatte zu laut gesprochen. »Nein, Ken«, lenkte er ein. »Ich meinte nicht dich. Ich habe mit mir selbst gesprochen. Entschuldige, wenn es so klang, als würde ich dich meinen.«

Coward schloss die Tür hinter sich. »Was ist los, Kale? Los, rede . . . «

»Nichts, Ken, nichts. Ich werde mich mit Bryan absprechen und ihm durch die schweren Zeiten helfen.« Ja, das würde er.

Sein Chef nickte erleichtert. »Ehrlich? Schaffst du das?«

»Ich denke, schon.«

»Es freut mich, dass ihr so gut befreundet seid. Freunde sind wichtig, Kale. Und eure Kinder wachsen gemeinsam auf.«

»Ja, Sir.«

»Es war trotzdem richtig, dass du das Gespräch über mich hast laufen lassen. Gib mir Bescheid, wenn irgendetwas ist.«

»Mach ich.« Ja, er würde Bescheid geben, wenn es soweit wäre. Alle würden Bescheid bekommen.

Kenneth Coward drehte sich noch einmal an der Tür herum, bevor er das Büro seines Mitarbeiters verließ, und fragte: »Fühlst du dich noch wohl bei uns? Es ist so, Dr. Temerowski ruft heute Nachmittag an. Ich muss ihm mitteilen, wie es dir geht.«

»Sag ihm, es ist alles in Ordnung.«

Coward lächelte zufrieden. »Mach ich«, sagte er und schloss die Tür.

Kale krümmte sich zusammen und weinte.

In der Klinik

»Du darfst heute in den Park«, verkündete Jake Temerowski bei seiner nächsten Sitzung.

»Oh!« Lydia lachte und folgte dem Arzt durch das Gebäude. Es war ein gewagter Ausflug, das wusste der Arzt. Professor Raymond hatte Pfleger positioniert, die eingreifen konnten, falls etwas Unvorhergesehenes passieren würde. Doch Kale verhielt sich nicht auffällig.

Temerowski sah, wie Lydia auf der Bank saß und die Vögel beobachtete. Das bereitete ihr großes Vergnügen. Kale war wieder vollkommen von seiner liebsten Multiplen eingenommen. Es stand noch ein weiteres Gespräch mit Tristan an, was bei der letzten Sitzung unterbrochen wurde. Temerowski wollte zu gern erfahren, was Tristan unternommen hatte, um Haydens Wut hochzujagen. Der Arzt erinnerte sich, dass er vor der Tat nur gute Rückmeldungen erhalten hatte, doch gar nichts war gut gewesen. Kale hatte sie alle in das Spektakel eingebunden, was in seinem Innersten stattgefunden hatte, und damit geblendet. Nach außen hatte er die Regeln eingehalten, doch innerlich hatte der Krieg getobt. Er hasste immer schon seine Unfähigkeit, sich gegen andere zu wehren. Temerowski musste dringend herausfinden, was zwischen ihm und Rachel vorging, bevor er weitere Entscheidungen traf. Und er musste wissen, was mit Tristan vor sich gegangen war.

Der Arzt verbrachte eine Stunde mit Lydia im Park. Dann begleitete er sie zurück in Kales Zimmer, fixierte ihn und verabschiedete sich von ihr. Er sagte: »Ich war gerade mit Lydia im Park der Klinik. Das hat ihr gutgetan.«

Kale starrte an die Zimmerdecke und sagte: »Danke.«

»Es ist gut, dass du jemanden hast, der dich beruhigt.«

Stille.

»Ich möchte heute noch einmal mit Tristan reden.«

»Muss das sein?«

»Ja Kale, das muss sein. Er weiß etwas.«

»Meinst du, er wird es dir mitteilen?«

»Keine Ahnung, ich muss es versuchen. Bitte halte ihn nicht zurück, Kale, bitte!«

»Es ist so unangenehm, wenn er sich meldet.«

»Ich weiß.«

»Ich verbinde damit immer Angst und schlechte Erinnerungen.«

»Ich weiß, aber in diesem Fall ist es wichtig.«

»Ich habe Angst, dass er wieder die Oberhand gewinnt und ich die Kontrolle verliere.«

»Dann werde ich dich neu trainieren.«

»Gut, ich wäre dann soweit.« Kale schloss die Augen.

Temerowski atmete tief durch und fragte: »Tristan? Tristan, kannst du mich hören?«

Er sah, wie Kale sich gegen das Erscheinen der Multiplen wehrte. Ein hartes Stück Arbeit lag hinter ihm, die jetzt infrage gestellt wurde. Kale versteifte sich und schüttelte den Kopf.

»Kale«, sagte der Arzt. »Du musst ihn durchlassen.«

»Ich kann nicht, Jake.«

»Warum nicht?«

»Es wird nichts Gutes passieren.«

»Das weiß ich, aber ich habe dich fixiert. Er wird also weder dir noch mir etwas tun.«

»Er wird Unheil anstiften.«

»Das werde ich verhindern. Versuch, ihn durchzulassen.«

Kale konzentrierte sich.

»Tristan?«, fragte Jake Temerowski erneut. »Tristan, hörst du mich?«

Kales Gesicht errötete. Der Arzt konnte nicht ermessen, welch ein Kampf in ihm stattfand, als er erneut fragte: »Bist du da, Tristan?«

Ein verzerrtes Lächeln erschien auf Kales Gesicht. »Hallo, Jake«, erklang die dunkle Stimme des Hünen.

»Hallo Tristan. Wie geht es dir?«

»Es ginge mir besser, wenn du mich losbinden würdest.« Er

riss an den Riemen.

»Das kann ich leider nicht«, sagte der Arzt.

»Warum nicht?«

»Weil ich nicht abschätzen kann, was du dann tust.«

»Was soll ich deines Erachtens nach tun?«

»Weiß nicht, sag es mir.«

Tristan grinste Temerowski an. »Das willst du nicht wirklich wissen, Jake.«

»Doch, Tristan, ich würde gerne wissen, was du tust, wenn ich dich losbinden würde.«

»Ich werde Rachel besuchen«, sagte der Hüne.

»Rachel?«, fragte der Arzt erstaunt.

»Der Kleinen hat das wohl gefallen.«

»Der Kleinen? Tristan, was meinst du?«

»Jemand musste sie sich mal vornehmen.«

»Vornehmen? Was hast du getan?«

»Hat Kale das nicht erzählt?«

»Was soll er erzählt haben?«

»Wie wütend er war, als Rachel sich auf diesen Hayden einließ.«

»Rachel hat mit Bryan Hayden ein Verhältnis gehabt?« Jake Temerowski war erschüttert. »Das kann ich mir nicht vorstellen.«

»Na, dann frag mal deinen lieben Patienten, was da los war. Kale war zu lahm. Sie sehnte sich. Da hab ich es ihr besorgt, bevor sie zu Hayden ging.«

»Moment! Stopp! Willst du damit sagen, dass du Rachel vergewaltigt hast?«

Tristan schnalzte mit der Zunge. »Ich bin ja behutsam vorgegangen, doch sie vertrug viel mehr.«

Jake Temerowski schluckte seine Erschütterung herunter

und fragte erneut: »Du hast sie vergewaltigt?«

»Es reichte zumindest, damit sie die Hände von Hayden ließ. Er hätte es nicht besser hinkriegen können. Er und seine dummen Spielchen.«

»Welche Spielchen?«

»Er schickte Kale seine vollgewichsten Kondome.«

Temerowski schluckte. »Was?«, fragte er.

»Ja! Er knotete sie zu und legte sie Kale in einem Briefumschlag auf seinen Schreibtisch.«

»Er hat Kale benutzte Präservative gegeben?«

»Er hat ihn zu einem Wettkampf aufgefordert.«

»Welchen Wettkampf?«

»Wer schneller zwanzig Stück von denen voll hatte.«

»Das ist ja widerlich!«, entfuhr es Temerowski.

»Na ja«, sagte Tristan, »wie man's sieht. Es war auf jeden Fall nach meinem Geschmack.«

»Wie hat Kale reagiert?«

»Er hat sich nicht darauf eingelassen, der Schlappschwanz.«

»Das war auch richtig so. Er hat richtig gehandelt.«

»Dafür hat er andere Sachen gemacht.«

»Welche Sachen?«

»Davon will ich dir lieber nicht erzählen. Er hat sich weiter von diesem Saukerl demütigen lassen.«

»Was hat Hayden weiter getan?«

»Er hat ihn vor dem Chef lächerlich gemacht.«

»Inwiefern?«

»Indem er erzählte, er wäre Kales bester Freund und würde sich mit seiner Frau privat treffen.«

»Davon hat Kenneth Coward nichts erzählt.«

»Na, es passte ja auch wunderbar in sein Bild, was er von Bryan und Kale haben wollte.«

»Er sah sie als enge Freunde an?«

»So kann man das beschreiben.«

»Deswegen hat Coward auch nicht eingegriffen.«

»Warum auch?«, fragte Tristan. »Es lief doch bestens.«

»Rachel hat nichts verlauten lassen. Hat sie mitbekommen, dass du es warst?«

»Das kann ich nicht sagen. Ich achte nicht auf die Person, die unter mir liegt. Wozu auch?«

»Weil es widerlich und falsch ist, eine Frau gegen ihren Willen zum Geschlechtsverkehr zu zwingen.«

»Sie wollte doch ein zweites Kind. Also! Was sollte es? Dazu muss man auch etwas in Kauf nehmen.«

»Aber doch keine Vergewaltigung, Tristan! Du hast seine Ehe damit gefährdet.«

»Er hat es ja nicht einmal mitbekommen. Und sie hat nichts gesagt. Ich mochte sie noch nie.«

Temerowski atmete tief durch. Er erinnerte sich an eine frühere Begegnung zwischen Kale und Rachel, als sie noch in einer Bibliothek gearbeitet und gerade den Posten der Leitung erhalten hatte. Kale wollte ihr gratulieren, doch Tristan hatte eine große Gefahr in ihr gesehen und den ganzen Abend mit einem Gewaltausbruch ruiniert. Kurz darauf war Kale in eine Geschlossene eingewiesen worden. Es war der Beginn ihrer Beziehung geworden und zugleich die größte Gefahr für Rachel. Temerowski hatte begonnen, Kale auf Tristan zu trainieren, um Rachel zu schützen.

Der Arzt griff sich ins Haar. Rachel hatte diesmal nichts von den Vorgängen erzählt. Das hätte ihn gewarnt und er hätte direkt eingreifen können. Hätte der Arzt doch nur gewusst, dass so viel schief gelaufen war! Im Grunde hatte er es erwartet, doch die Berichte, die eingegangen waren, und die Gespräche, die er mit Coward, Rachel und Kale am Telefon geführt hatte, gaben keinerlei Hinweise auf diese Vorgänge. Nichts hatte auch nur im Geringsten darauf hingewiesen, was in Kales Innerem vor sich ging.

Der Arzt sollte dringend mit Rachel reden, denn sie musste schnellstens Hilfe in dieser Sache bekommen.

»Wie oft hast du mit Rachel geschlafen, Tristan?«, fragte Temerowski.

Tristan zögerte. Das machte den Arzt noch nervöser. »Wie oft, habe ich gefragt!« Er sah, wie Tristan auf Distanz ging. »Oh nein! Du bleibst hier! Tristan! Hörst du?« Doch Temerowski verlor ihn. Verzweifelt sah er seinen Patienten an, als er wieder die Oberhand gewann. Er konnte ihm unmöglich von diesem Gespräch erzählen.

Rachel

Rachel hörte, wie Kales Wagen abrupt vor dem Haus zum Stehen kam. Was mochte diesmal der Grund sein, weswegen er unerwartet auftauchte? Sie hörte, wie er die Haustür aufschloss, sie aufstieß und rief: »Rachel!« Er war aufgebracht. Sie lief ihm entgegen und sagte: »Kale! Was machst du hier? Warum bist du heimgekommen?«

Er blieb vor ihr stehen und konnte sich nicht konzentrieren. Selbst Lydia wagte sich nicht heraus. Sybille saß verzweifelt in einer Ecke des Nirgendwos, weil keine Ordnung mehr abzusehen war. Diese neuartige Unruhe breitete sich immer mehr in Kale aus. Es waren keine Stimmen, sondern Blicke und Zeichen, etwas, das Sybille nicht kannte. Merkwürdige Zeichen. Sie verstand die Zusammenhänge nicht. Also hielt sie still und wartete solange, bis wieder Ruhe einkehrte.

Wo nur sollte Kale anfangen? Er fiel mit der Tür ins Haus und fragte: »Triffst du dich noch mit diesem Roy?«

Sie wich einen Schritt zurück, was ihn aufmerksam werden ließ. Woher wusste er das? Sie hatte doch nur diesen Kinderarzt aufgesucht, den er ihr empfohlen hatte, um sich einen Rat zu holen. Eve weinte so oft, wenn Kale sich ihr näherte. Rachel wollte die Adresse von diesem Kinderpsychologen, um sich beraten zu lassen. Als sie die Praxis des Kinderarztes verlassen hatte, war Roy ihr über den Weg gelaufen. Er hielt ein Paket Windeln in der Hand und lachte sie an, als er sie sah. »Nachschub«, sagte er und zeigte auf das Windelpaket. Das brachte auch Rachel zum Lachen.

»Wie geht's dem Zweiten?«, fragte sie. Das Kind musste bereits auf der Welt sein.

»Oh, gut. Ja, gut. Wirklich gut. Viel Arbeit. Ich habe jetzt praktisch zwei Schreihälse daheim.« Er dachte dabei mehr an seine Frau, als an seine Kinder. Im Grunde hatte er drei Schreihälse am Hals.

»Oh ja, das kann ich mir lebhaft vorstellen«, sagte Rachel unbekümmert.

Bryan ging in die Hocke, stellte das Windelpaket beiseite und begrüßte Eve. Er nahm sie auf den Arm. »Da ist ja meine kleine Prinzessin wieder. Ich vermisse dich auf dem Spielplatz.«

Eve lachte und ließ sich liebkosen.

»Warum kommen Sie nicht mehr?«, fragte er Rachel und setzte ihre Tochter wieder ab.

Rachel räusperte sich unruhig. Sie konnte ihm unmöglich von Kales Warnung erzählen. Stattdessen sagte sie: »Ich schaffe es nicht mehr. Ich habe einen kleinen Job angenommen. Eve ist dann bei meiner Nachbarin.«

Hayden stutzte. »Job? Ist der Verdienst Ihres Mannes denn

so knapp?«

»Nein . . . «, brachte sie unsicher hervor. Das wollte sie damit nicht sagen.

»Oder lastet die Kleine Sie nicht aus?«, fragte er.

Sie dachte an das zweite Kind und dass ihre letzte Begegnung mit Kale so unangenehm gewesen war. Es war schon Monate her und es war dadurch kein Kind entstanden.

»Nein . . . «, stotterte sie erneut.

»Ach, wissen Sie was?«, fragte Bryan. »Ich lade Sie auf eine Tasse Kaffee ein. Gleich um die Ecke ist ein kleines Café. Was sagen Sie?«

Rachel war verunsichert. Sie konnte sich unmöglich mit diesem Mann weiterhin treffen. Er wurde ihr gefährlich, weil er etwas besaß, was sie an Kale vermisste. Er würde sicherlich sehr zärtlich im Bett sein. Sie sah auf die Uhr. »Tut mir leid«, sagte sie, »aber ich kann nicht.«

»Na, dann eben ein andermal.« Er verabschiedete sich von ihr und Eve. Sie sah ihm hinterher. Das konnte unmöglich der gesuchte Mann sein.

Nun fragte Kale, ob sie sich weiterhin mit diesem Roy traf. »Nein!«, antwortete sie ihm verärgert. »Natürlich nicht! Ich begegnete ihm nur einmal rein zufällig, nachdem ich beim Kinderarzt war.«

»Welchem Kinderarzt?« Er griff in seine Hosentasche und holte den Zettel hervor. »Meinst du den etwa?«

»Wo hast du den Zettel her?«, fuhr sie ihn an. Sie hatte ihn gesucht, sich aber zum Glück die Adresse gemerkt.

»Aus deiner Handtasche!«

»Du durchsuchst meine Handtasche?«

»Freiwillig erfahre ich ja nichts von dir!«

Eve kam hinzugelaufen und klammerte sich weinend an Rachels Beine. Sie nahm die Kleine auf den Arm. »Da siehst du, was du wieder angerichtet hast! Ständig weint sie, wenn du in ihrer Nähe bist! Bei Roy . . . « Sie erschrak vor ihren eigenen Worten und hielt inne.

»Bei Roy? Was ist bei Roy?«

»Bei ihm hat sie nie geweint«, sagte sie ehrlich, um den Druck loszuwerden.

Kale sah sie entsetzt an. Dann sah er auf Eve, die ihren Blick von ihm abwendete. Ihm fehlten die Worte, wie ihm wieder so vieles fehlte, um die Situation in den Griff zu bekommen. Er wendete sich von beiden ab und ging in die Hocke.

Rachel erschrak. War es wieder soweit? Sie sah, wie er sich ins Haar griff und vor Wut stöhnte. »Kale?«, fragte sie vorsichtig, um ihn in der Gegenwart zu halten. Sie sah, wie er nickte. »Kale, ich habe mir nur Hilfe gesucht.«

»Weshalb?«, flüsterte er und verharrte in der Hocke.

»Wegen Eve und dir.«

»Was ist mit uns?«

»Das weiß ich eben nicht.«

Er kam wieder hoch und sah sie an. Sein Gesicht war rot. »Was soll mit uns sein?«, fragte er erneut.

»Ich weiß nicht, warum sie bei dir immer weint.«

Er ahnte es, konnte Rachel aber nichts davon sagen. Es waren diese Multiplen, die hervorkamen, wenn er mit ihr allein im Wald war. Diese Stimmen, dieses Gehabe, diese Veränderung in seinem Gesicht und sein absonderliches Verhalten. Damit kam Eve nicht klar und er konnte es nicht abstellen. Wie sollte die kleine Eve ihrer Mutter auch erklären, dass sie vor ihrem eigenen Vater Angst hatte? Sie konnte nicht einmal richtig sprechen.

»Der Kinderpsychologe sagte, sie könnte fremdeln«, lenkte

Rachel ein.

»Ist es der gleiche Psychologe, den auch dieser Roy aufsucht?«, fragte Kale.

»Das weiß ich nicht. Er gab mir nur die Adresse des Kinderarztes.«

»Wie oft hast du ihn schon getroffen?«

»Wie meinst du das?«

Sollte er jetzt die ganze Sache auf den Tisch bringen? Dass dieser Roy niemand anderes war als Bryan Hayden, der ihn mit großer Freude im Betrieb herumtyrannisierte? Wie konnte er Rachel nur klarmachen, wie groß seine Angst um seine Familie war? Wie weit würde dieser Kerl wirklich gehen? Würde er Rachel eines Tages das lang ersehnte zweite Kind zeugen? Kale spürte Hitze in sich aufsteigen. Er lächelte sie mit künstlichem Blick an. »Vergiss es«, sagte er leise.

Sie sah, wie er den Fernseher einschaltete und Eves Lieblingssendung suchte. Dann setzte er sie davor und zog seine Frau nach oben ins Schlafzimmer . . .

Wieder einmal tat er so, als wäre nichts geschehen. Er fand sich plötzlich im Bad unter der Dusche wieder und wusste nicht, was passiert war. Er hörte den Fernseher unten laufen. Rachel lag im Bett. War sie krank? Sie lag zur Seite gedreht, während er sich neue Kleidung aus dem Schrank suchte. »Ich muss zur Arbeit«, sagte er, als wäre dies ein ganz normaler Vorgang. »Eve sitzt hier unten vor dem Fernseher!«, rief er nach oben, als er das Haus verließ. Kurz darauf war er verschwunden. Rachel konnte dieser Szene keinen Glauben schenken. Sollte sie Jake Temerowski benachrichtigen? Sie war am Ende ihrer Kraft. Erst als sie Eve weinen hörte, verließ sie das Bett und lief nach unten. Sie dachte an Roy. Er würde sie jetzt zu trösten wissen.

»Wo warst du?«, rief Kenneth Coward verärgert, als er Kale den Gang der Chefetage durchqueren sah.

Kale sah sich irritiert um. »Ich musste kurz heim. Bleibe heute etwas länger dafür«, erklärte er schnell und verschwand in seinem Büro.

Coward wurde unruhig. Die Vorfälle häuften sich, bei denen Kale heimlich verschwand. Wenn sich dieser Hayden wieder fing und seiner Arbeit vollkommen nachkommen konnte, sollte er als Chef in Betracht ziehen, ihm Hatfields Position zu geben und den nur noch seine Aufträge erledigen zu lassen. Hayden verschwand zumindest nicht immerzu vom Arbeitsplatz. Hatfield schien in letzter Zeit tatsächlich überarbeitet zu sein. Vielleicht konnte sich der Freundschaftsdienst auch im umgekehrten Sinne als Lösung erweisen. Coward musste an den Betrieb denken und seine Leute delegieren. Vielleicht war dieser Vorschlag ein Anreiz für Hayden, möglichst schnell seine Arbeitsleistung wieder aufzuholen. Immerhin bekäme er in dieser Abteilung eine satte Lohnerhöhung dazu. Coward wollte sich die Dinge durch den Kopf gehen lassen.

Kale fuhr den Computer hoch und checkte die E-Mails. Welche Nachricht mochte dieser Dreckskerl wieder für ihn hinterlegt haben? Das E-Mail-Fach war bis auf zwei Aufträge seines Chefs leer. Das erstaunte Kale. Er hatte damit gerechnet, dass Hayden noch eine miese Bemerkung loswerden wollte.

Die 12. Begegnung

Im Großraumbüro war Stimmung. Barbara feierte ihren 40. Geburtstag mit ihren Kollegen. Überall hingen Luftballons herum. Auf einem Buffetwagen im Gang stand eine große Torte und alle unterhielten sich lachend.

Kale war zu dieser kleinen Feier nicht geladen. Das war von Anfang an geregelt worden. Er hatte keinerlei Interesse an solchen Ereignissen und niemand wollte diesen komischen Kauz dabeihaben. Ständig war er in Eile. Selbst auf der Toilette wich er allen aus und grüßte auf dem Gang nur notdürftig seine Kollegen. Aber er ließ im Gegenzug auch alle in Ruhe und war schließlich einer, der dazu beitrug, dass das Unternehmen so gut lief.

Kale hörte die Musik von unten bis in sein Büro auf der Chefetage, was ihn störte. Er konnte sich bei diesem Lärm nicht konzentrieren. Das wollte er Ken mitteilen. Als er den Gang betrat, hörte er, wie sie Witze über ihn rissen. Er schlich die breite Treppe hinunter und blickte vorsichtig um die Ecke des Eingangs zum Großraumbüro. Er sah, wie Bryan ihn nachäffte. Er belustigte seine Kollegen mit dummen Bewegungen und Beiträgen, die zusätzlich für Stimmung sorgten. Es überraschte Kale Hatfield nicht allzu sehr. Doch dann hörte er etwas, dass ihn mehr als überraschte. Er hörte Hayden sagen: »Leute, es dauert nicht mehr lange, bis ich in diesem Büro sitze.« Er zeigte Richtung Chefetage. »Gebt mir noch ein paar Wochen und ich werde diesen Quasimodo aus dem Glockenturm stoßen. Mr. Coward hat schon mit mir gesprochen. Dann wird hier unten die Post abgehen, das schwöre ich euch, Leute!«

Alle brüllten vor Lachen. »Kommt der Kerl dann zu uns?«, fragte Jacob, ein älterer Herr, der sich bereits seit vielen Jahren im Betrieb befand. Bryan äffte Hatfields gekrümmte Haltung nach, hielt sich den Magen und ging in die Knie. Alle lachten noch lauter. »Immer so!«, rief Hayden. »Immer so! Als würde er in die Ecke scheißen!«

Wieder lachten alle.

Kenneth Coward hatte anscheinend die Kontrolle über seine Leute verloren. Kale lief nach oben, um ihn zu benachrichtigen, doch sein Büro war abgeschlossen. Er hatte ein wichtiges Kundengespräch außerhalb des Unternehmens. Das nutzten seine Mitarbeiter schamlos aus. Der Lehrer hatte den Klassenraum verlassen.

Kale ging bestürzt zurück in sein Büro. Tristan brummte.

Die Feier endete, kurz bevor Coward das Gebäude betrat. Man entfernte die Luftballons und suchte schnell seinen Arbeitsplatz auf. Barbara hatte für ihren Chef und Kale zwei Kuchenstücke in der Gemeinschaftsküche beiseitegestellt. Kale hatte sie als nette Kollegin kennengelernt und sie war über Haydens Auftritt sicherlich nicht erfreut gewesen. Kale hatte ihr geholfen, besser in ihrem Job zu werden, damit sich ihr Gehalt erhöhte. Sie legte einen Zettel zu dem Kuchenteller. *Für Sie, Mr. Coward und Mr. Hatfield.* Sie fand, dass auch Kale ein Stück zustand.

Als Bryan Hayden seinen Computer hochfuhr und sich noch von einem überwältigenden Glücksgefühl getrieben fühlte, öffnete er sein E-Mail-Fach. Hatfield hatte ihm eine Nachricht geschickt. Er las: *Na, deine Alte heute schon gevögelt? Ich schon. Drittes Kind ist unterwegs. Damit du zu tun hast.*

Hayden sah auf, sah seine Kollegen an, ob sie etwas bemerkt hatten. Er war irritiert und sah zur Tür, ob Hatfield irgendwo stand und ihn grinsend beobachtete. Das konnte nur ein Scherz sein. Dieser Behinderte würde sich doch niemals zwischen den fetten Schenkeln seiner Frau verirren. Nein, das würde er nicht tun. Hayden sah sich verunsichert um. Hatte Rachel nicht dezent anklingen lassen, dass in dieser Hinsicht wenig mit ihrem Mann lief? Was sollte dann diese affige Anspielung? Als wenn seine Alte einen Typen wie Hatfield ranließe! Was würde als Nächstes kommen? Fünf Kondome, abgefüllt mit Zuckerguss, weil er nicht konnte? Haydens Adrenalinspiegel stieg an. Was ihm einst als grandioser Witz erschien, erschreckte ihn plötzlich. Er rannte hinauf in Kales Büro. Natürlich klopfte er nicht an und verschaffte sich ungesehen Einlass, was Kale erschrocken zusammenzucken ließ. Er befand sich in einer komplizierten Zeichnung und fühlte sich gestört. Hätte er doch besser abgeschlossen.

»Was soll das?«, fuhr Hayden ihn an.

»Was?«, fragte Kale. Er hatte nicht den blassesten Schimmer, was Hayden meinte.

»Ach, komm schon! Als wenn du meine Alte anfassen würdest!«

Kale sah seinen Kollegen entsetzt an. »Weshalb sollte ich das tun?«, fragte er.

»Dann lass diese Spielchen!« Bryan Hayden kam ihm beängstigend nahe. Hitze stieg in ihm auf. Er errötete und warnte: »Lass das, Hayden. Komm mir nicht zu nahe.«

Doch Bryan Hayden packte ihn am Kragen und zog ihn vom Stuhl hoch. Tristan kämpfte sich durch das Chaos von Bewegungen und Blicken hindurch, die ihn umgaben, bis er nach außen drang. Er hatte Arme gesehen, die ihn zurückhalten wollten. Es mussten mehr als zehn gewesen sein, die dazu gekommen waren. So viele Arme, so viele ängstliche Blicke. Doch er ließ sich nicht irritieren.

Kale hatte Tristan durch das Chaos der fremden und neuartigen Gefühle nicht herannahen gespürt. Er schaltete diesen Bryan vor sich aus wie einen Fernseher mit einer Fernbedienung. Er bekam nicht mehr mit, was daraufhin passierte . . .

Hayden verließ würgend das Büro. Hätte Hatfield noch eine Sekunde länger seine Kehle zugedrückt, wäre er erstickt. Er schnappte nach Luft, Tränen liefen ihm übers Gesicht. Er hätte nie erwartet, dass Hatfield so viel Kraft besaß. Der Blick, den er ihm zugeworfen hatte, war beängstigend animalisch gewesen. Es war derselbe Blick gewesen, als er ihm die Rippen gebrochen hatte. Nun hatte Hayden keine Zweifel mehr daran, dass Kale Hatfield bei seiner Frau gewesen war. Dieser Typ war gefährlich. Hayden traute ihm jetzt alles zu. Dabei sollte alles doch nur ein Witz sein. Eine Scharlatanerie, ein wenig Spaß. Wer würde denn gleich die Nerven verlieren und solche Waffen auspacken? Er konnte diesen Vorfall nicht einmal seinem Chef melden. Dafür hatte er zu große Töne vor seinen Kollegen gespuckt.

Hayden suchte die Toilette auf und erfrischte sich dort, bevor er wieder an seinen Arbeitsplatz ging.

Hinter der Mauer

Kind 12 freute sich so sehr. Es liebte Geburtstagsfeiern! Es liebte die Musik, das Lachen und den leckeren Kuchen.

Rachel

Jake Temerowski wurde das Entsetzen nicht los. Tristan hatte sie mehrmals vergewaltigt? Das musste er sofort klären und fuhr direkt nach der Klinik zu ihr. Sie war erstaunt, ihn erneut unangemeldet an der Haustür stehend vorzufinden.

»Ich muss mit dir reden!«, stieß Temerowski hervor.

»Ist es wegen Kale?«

»Ja, nein. Ist Eve bei dir?«

»Ja, warum?«

»Weil ich nicht möchte, dass sie dabei ist.«

»Dann ist etwas Schlimmes mit ihm passiert, nicht wahr?«, fragte sie aufgeregt und ließ den Arzt ins Haus.

»Nein«, sagte Temerowski, »nicht mit Kale.«

Rachel fragte ihre Nachbarin Mrs. Cooper, ob sie Eve für eine Stunde nehmen könnte. Kales Arzt hätte ein wichtiges Gespräch mit ihr zu führen. Die vertraute alte Dame holte die Kleine kurz darauf ab. Sie passte gerne auf dieses niedliche Mädchen auf.

Als Jake Temerowski mit Rachel alleine war, wusste er nicht, wo er anfangen sollte. Er saß mit ihr am Küchentisch, führte seine Hände wie zu einem Gebet zusammen und fragte ganz langsam: »Warum . . . hast . . . du . . . nichts . . . gesagt, Rachel?«

»Was?«, fragte sie erstaunt. »Was soll ich gesagt haben?«

»Dass Kale dich vergewaltigt hat.«

Sie hielt sich die Hände vors Gesicht und lief in den Garten. Temerowski sah, wie sie bis zum Ende des Zauns neben ein Gartenhaus lief und dort in den Himmel sah. Es stimmte also. Kale hatte nichts mehr unter Kontrolle gehabt.

»Rachel!«, rief der Arzt, »lass uns das bitte im Haus besprechen.«

Sie drehte sich um und nickte. Er schloss hinter ihr die Terrassentür und fragte: »Kann ich bitte ein Glas Wasser haben?«

»Ja, natürlich.« Sie sorgte dafür und setzte sich ihm am Küchentisch wieder gegenüber. »Hat Kale es dir erzählt?«, fragte sie.

Der Arzt schüttelte den Kopf. »Nein, Tristan ist mit der Wahrheit herausgerückt. Kale hat nichts mitbekommen.«

»Oh, mein Gott! Dann ist mir das Gleiche widerfahren, wie dieser Jennifer Gordon!«

»Vermutlich.«

»Ich konnte es nicht einschätzen, Jake. Kale hatte doch geäußert, dass er diese Art mag. Und ich dachte, ich lasse es einfach passieren. Er hat mir nicht sehr wehgetan.«

»Rachel, es war Tristan und er *hat* dir wehgetan, stimmt's?«

Ihr Schamgefühl ließ sie wegsehen.

»Tristans und Kales sexuelles Vorgehen unterscheiden sich. Tristan ist nur auf seine eigene Befriedigung aus, wogegen Kale das Miteinander sucht. Er will, dass der Partner mit einsteigt. Tristan nicht.«

»Dann war es Tristan.«

»Wir müssen das melden, Rachel. Ich muss es in meiner Akte aufnehmen. Auch die Polizei.«

»Weiß Kale davon?«

»Das frage ich dich.«

»Mich?«

»Hattest du den Eindruck, dass er mittendrin zu sich kam, wie es bei Jennifer Gordon der Fall gewesen war?«

»Nein, ich hatte eher den Eindruck, dass er gar nichts mitbekommen hat. Er ging kurz darauf duschen und fuhr wieder zur Arbeit.«

»Dann weiß er es nicht einmal. Wir nehmen die Gespräche

mit der Kamera auf, die wir ihm später zeigen werden. Er wird es also erfahren.«

»Dann ist er noch mehr belastet.«

Temerowski sah auf sein Glas. »Er wirkt wie abgeschaltet, Rachel. Er lässt alles nur noch über sich ergehen.«

»Wie damals in der Klinik in Madison.«

»So ungefähr.«

»Doch damals konnte ich ihn hin und wieder besuchen«, sagte sie.

»Das ist jetzt nicht mehr möglich, Rachel. Nicht nur, weil er dich schützen und dich von sich fernhalten möchte, sondern auch ich als Therapeut möchte derzeit keine Zwischenfälle. Ich komme der Sache immer näher.«

»Weißt du schon, wer Bryan erschlagen hat?«

»Nein. Tristan sagt, er war es nicht. Und Kale war es auch nicht. Ich tappe noch im Dunklen. Aber ich erkenne immer mehr Zusammenhänge.« Der Arzt rieb sich erschöpft das Gesicht. »Warum hast du nichts gesagt, Rachel! Ich verstehe das nicht.«

»Ich wollte nichts ruinieren, Jake. Ich wollte, dass es gelingt. Ich war davon überzeugt, dass es besser werden würde.«

»Aber es wurde nicht besser.«

»Nein.« Nun rieb sich auch Rachel das Gesicht.

»Tristan verschweigt mir noch etwas«, sagte Temerowski. »Es wird ein wichtiger Hinweis sein. Dem muss ich nachgehen. Er muss mir helfen, diese neuen Kinder aufzuspüren. Ich werde das Gefühl nicht los, dass sie wissen, was passiert ist.«

»Wird ihn das retten, Jake?«

»Nein, wird es nicht. Die Tat bleibt. Sie wird vielleicht erklärbar, aber sie bleibt. Von seiner Hand ausgeführt.«

Rachel erhob sich und sah zum Küchenfenster hinaus. »Ich

bin an allem schuld. Genau wie damals, als ich Ian Morgan anlockte.«

Temerowski erhob sich ebenfalls und trat zu ihr ans Fenster. »Nein Rachel, du hast keine Schuld. Ich hätte mit Kenneth Coward zusammen niemals zulassen dürfen, dass Kale diesem Bryan Hayden begegnet. Wir wollten ihn schützen und haben ihn zugleich einem Kerl ausgeliefert, dem er nicht gewachsen war. *Wir* haben uns nicht an die Regeln gehalten, nicht Kale. *Wir* waren es. Coward kannte seine bisherigen Mitarbeiter. Die konnte er Kale problemlos anvertrauen. Aber dieser Hayden war eine Nummer zu groß – für Coward und für Kale. Für dich und für mich. Er war einer von denen, die auf widerliche Weise ihr Versagen bei anderen auslassen und deren Leben zerstören. Meist spüren sie dabei noch gute Menschen auf, die ihnen vollkommen ausgeliefert sind. Kale war das perfekte Opfer, Rachel. Er und du. Und Eve hätte er auch bald gehabt. Kale hat euch beschützt. Das empfand er als seine primäre Aufgabe.«

»Vielleicht wirkte er deswegen so abgeschaltet. Er hat nur seine Aufgabe erfüllen wollen.«

Temerowski sah Rachel an und nickte andeutungsweise.

Blicke und Zeichen

Sie irrten umher und warfen sich verzweifelte Blicke zu. Ihre Hände gestikulierten Ratlosigkeit. Unzählige körperlose Gestalten auf viel zu kleinem Raum. Niemand hatte einen Plan, niemand eine Idee, die funktionierte. Sie sahen dabei zu, wie Tristan diese gemeine E-Mail an Hayden schrieb, und konnten ihn nicht davon abhalten. Immerhin unternahm jemand etwas. Nur die Art war unschön. So etwas würden sie nie tun. Es trieb die Situation nur unnötig in die Höhe. Dieser Hüne machte ihnen

Angst, denn er brachte Kale in Gefahr. Wie konnten sie ihn nur aufhalten? Sie appellierten an die Vernunft, gaben Sybille Zeichen, doch sie saß in der Ecke im Nirgendwo und sah nicht einmal zur Mauer hinüber. Nur Lydia trug zur Ruhe bei. Ja, sie liebten die Fünfjährige. Sie verstand ihre Blicke und Zeichen.

Die Gefahr lauerte in allen Zellen. Kales gesamter Körper lief in eine Fehlsteuerung hinein. Wann würde er zusammenbrechen? Dabei sollte er doch aufgebaut werden und gesund sein.

Sie warfen sich neue Zeichen zu. Wie nur konnten sie ihn schützen? Mussten sie ihn erst schwächen?

Scheinheilige Erleichterung

Bryan Hayden gab nach dem Vorfall im Büro Ruhe. Es war eine fadenscheinige Ruhe, aber Kale sah und hörte plötzlich nichts mehr von ihm. Was war passiert? Waren ihm die Ideen ausgegangen?

Kale verließ sein Büro und schlich die Treppe hinunter. Er blickte in das Großraumbüro und sah ihn still und konzentriert vor dem Computer sitzen und arbeiten. Wie ungewöhnlich. Sollte doch noch ein guter Mitarbeiter aus ihm werden? Waren die Kinderkrankheiten überstanden? Kale verspürte zum ersten Mal Erleichterung. Er wäre sogar bereit, diesen Bryan wirklich zu unterstützen, wenn er sich anders verhalten würde. Er sah müde aus. Das zweite Kind musste ihm arg zusetzen. Vielleicht war es ein Kind, das ständig schrie oder kränkelte. Das würde auch ihm Sorgen bereiten. Kale beobachtete ihn eine Weile. Vielleicht hatte dieses zweite Kind endlich den nötigen Ernst in Hayden geweckt und ihm die Flapsigkeit abgewöhnt.

Kale betrat das Großraumbüro, was er nur selten tat. Deswegen sahen einige erstaunt von ihrer Arbeit auf und verfolgten seine Bewegungen. Melanie lächelte. Sie mochte ihn. Und sie hatte Bryans Theater zu Barbaras Geburtstag auch nicht angemessen gefunden. Sie grüßte Kale mit einem leichten Kopfnicken und sah ihm hinterher. Sie würde ihn nicht einmal von der Bettkante stoßen, wenn er ...

Er blieb vor Barbaras Arbeitsplatz stehen. Ihr gegenüber saß Bryan. Barbara sah auf. »Oh, hallo Kale. Was gibt's?«, fragte sie erschrocken. Es war ungewöhnlich, dass er sie persönlich aufsuchte. Wenn er das große Büro durchschritt, dann war sein Ziel immer das Lager. Dort waren Materialien untergebracht, die sie für ihre Pläne verwendeten oder an Kunden versandten. Manchmal sahen sie Kale mit einem neuartigen Teil zurückkehren, das er bestellt hatte. Er bekam die komplizierten Aufträge. Das wussten alle. Doch diesmal blieb er nur vor Barbaras Arbeitsplatz stehen und sagte: »Vielen Dank für den Kuchen.«

Sie sah ihn irritiert an. Bryan sah kurz auf und auch die anderen Mitarbeiter sahen Kale verwundert an. Kuchen?

Barbara erhob sich. »Oh, ja«, sagte sie, um ihn loszuwerden. Sie mochte seine Augen, wenn sie schüchtern zu Boden sahen. »Hat er geschmeckt?« In ihrer Stimme klang eine fremde Ironie.

»Ja, danke«. Der Anflug eines Lächelns huschte über sein Gesicht. Seine Worte waren immer sehr knapp. So erwartete sie auch kein Gespräch von ihm. Er wendete sich wieder ab und verließ das Büro. Sie alle sahen ihm verwundert hinterher. Ein merkwürdiger Kollege.

»Ach, Kale!«, rief Kenneth Coward, als er ihn den Gang entlang gehen sah. »Hast du etwas Zeit?«

Kale sah auf. »Sicher.«

»Dann komm doch mal kurz in mein Büro.«

Er kam der Aufforderung nach und schloss die Tür hinter sich.

»Ich würde gerne etwas mit dir besprechen.«

Kale blieb vor dem Schreibtisch seines Chefs stehen.

»Setz dich, Kale, setz dich.«

Kale spürte Unbehagen aufkommen. Das anstehende Gespräch fühlte sich nicht gut an. Er setzte sich.

»Es war in letzter Zeit ziemlich viel für dich«, begann Coward. »Ich möchte dich gern etwas mehr entlasten.«

»Entlasten?«, fragte Kale. »Warum?« Sein Chef hatte ihm schon alle Endkontrollen bis auf die von Hayden abgenommen.

»Nun«, fuhr Coward fort, »ich plane eine neue Arbeitsaufteilung. Eine Umstrukturierung.«

»Es soll sich etwas verändern?« In Kale kam Hitze auf.

»Richtig. Ein innovativer Betrieb besteht aus Veränderungen. Ein ständiger Anpassungsprozess. Eine Optimierung, du verstehst.«

»Was soll sich denn verändern?«, fragte Kale verunsichert.

»Wie ich bereits erwähnte, werde ich dich weiter entlasten. Keine Angst, du behältst dein Büro. Ich weiß ja, wie wichtig die Ruhe für dich ist.«

»Ja, das ist sie.«

»Das meinte ich auch nicht. Ich dachte eher an eine klarere Struktur für dich. Das käme dir sicherlich entgegen.«

»Und wie soll die aussehen?«

»Du wirst dich nur noch auf deine Aufträge konzentrieren, die ich dir gebe. Nichts weiter.«

»Und die Endkontrolle von Bryan Hayden? Wer übernimmt die?«

»Das wird die Veränderung sein, Kale. Bryan ist jetzt über ein Jahr in diesem Unternehmen tätig. Er arbeitet vollkommen fehlerfrei. Er ist praktisch dank deiner Hilfe auf deinem Niveau gelandet. Dafür bin ich dir sehr dankbar. Du hast dem Unternehmen damit sehr geholfen.«

Kale sah zu Boden. »Gerne, Sir.«

Das Gespräch stank zum Himmel. Coward hatte doch nicht etwa vor, diesem Hayden seine Position zu geben, so wie der es bei der Feier herausposaunt hatte? Kale überlegte, ob er seinem Chef von diesem Auftritt berichten sollte. Hayden war durchtrieben und hinterlistig. Er sollte Ken warnen. Doch der sprach weiter:

»Deswegen habe ich beschlossen, Hayden in die Chefabteilung zu uns zu holen. Er bekommt das Büro neben dir und wird die Endkontrollen mit übernehmen, sodass auch ich etwas erleichtert werde.«

Kale sah seinen Chef mit großem Unbehagen an und sagte: »Wenn ich mir eine Meinung dazu erlauben dürfte . . . «

»Sicher! Immer raus mit der Sprache. Deine Meinung ist mir sehr wichtig.«

»Du solltest ihm erst einmal die Endkontrolle von Pauls Aufträgen überlassen und feststellen, wie fähig er ist, die Fehler anderer aufzuspüren.« Paul machte immerzu die gleichen Fehler, aber sie waren schnell beseitigt. Das wussten alle. Paul stand kurz vor der Pension und kam mit dem ständigen Wechsel der Betriebsprogramme nicht klar.

»Du meinst, ich sollte ihn erst auf die Probe stellen, bevor ich ihn in unsere Abteilung hole?«

»Ja, Ken, das meine ich.«

Coward sah Kale abschätzend an. Dieser Hatfield hatte nie Anzeichen von Eifersucht oder Kollegenneid gezeigt, sondern immer proaktiv für das Unternehmen entschieden. Deswegen legte er großen Wert auf seine Meinung. »Du hast recht«, entschied er schließlich. »Ja, Kale, du hast recht. Ich werde ihm erst einmal Paul überlassen. Wenn er das gut hinbekommt, dann kann ich weitersehen. Ich kenne ja auch Pauls Schwächen.«

Kale stimmte seinem Chef zufrieden zu. Jetzt würde sich zeigen, wie unfähig Hayden wirklich war. Vor dieser Aufgabe konnte er den Dreckskerl nicht mehr schützen. Nein, er würde jetzt alles verweigern, alles. Und er würde die Chance nutzen, auch seine Korrektur zurückzuweisen. Dann würde Coward direkt das ganze Paket bekommen. Kale müsste nichts mehr erklären, nicht diskutieren und nicht herumstreiten, was ihm überhaupt nicht lag. Die letzte Stunde von Bryan Hayden in diesem Unternehmen würde bald schlagen. Kale suchte zufrieden sein Büro auf.

Es dauerte keine Woche, bis Kale feststellte, dass Haydens Leistung dramatisch sank. Seine Aufträge waren nur zur Hälfte fertig, weil der Kerl mit Paul beschäftigt war. Kale nutzte die Chance und schrieb eine E-Mail: *Tut mir leid, ich schaffe deinen Auftrag diese Woche nicht. Bin ausgelastet.*

Er bekam keine Antwort. Gegen Abend verließ er sein Büro und fuhr zufrieden heim. Das hätte er schon viel früher machen sollen. Das fand auch Tristan.

Eve weinte, als sie ihn zur Haustür hereinkommen sah. Sie weinte immer öfter und suchte bei ihrer Mutter Schutz.

In der Klinik

»Wie viele Stunden haben Sie noch?«, fragte Professor Raymond, als Temerowski auf der Station erschien.

Der Arzt sah in seinen Plan. »Noch drei Stunden«, antwortete er.

»Kommen Sie voran?«

»Ja, ich denke schon.«

»Wie weit sind Sie bisher gekommen?«

»Dass Kale die Metallstange nicht als Mordwerkzeug mitgebracht hat. Bryan Hayden hat sie selbst mitgebracht. Wahrscheinlich wollte er Kale damit den Schädel einschlagen.«

»Sie meinen, es war Notwehr?«

»Könnte sein.«

»Das ändert aber nicht die Tatsache, dass Kale Hatfield mehrmals zuschlug. Die Forensik konnte nicht ermitteln, wie oft er zugeschlagen hat. Das hebt die Notwehr ein Stück weit auf.«

»Unzurechnungsfähigkeit«, konterte Temerowski. »Er befand sich außer Kontrolle. Wir wissen nicht, inwieweit Hayden ihn herausgefordert hat.«

Der Professor stimmte seinem Kollegen zu. »Das steht außer Frage.«

»Es geht nur noch um den reinen Handlungsablauf, nicht mehr um die Schuldfrage.«

»Mit seinem Gewaltpotenzial wird er sowieso nicht mehr freikommen. Ich meine, mit solchen Multiplen.«

Temerowski sah erschöpft zu Boden. »Das befürchte ich auch. Ist er fixiert?«

»Ja, schon seit einer Stunde.«

»Wieso? Was war los?«

»Die Polizei war eben da. Er war zu unruhig.«

»Die Polizei? Was wollte sie?«

»Sie haben neue Aussagen von Haydens Frau.«

»Welche Aussagen?«

»Keine Ahnung.«

»Verdammt! Die sollten doch warten, bis ich fertig bin!«

»Er ist nicht gut drauf.«

»Das kann ich mir denken. Damit kann ich mir diese Therapiestunde gleich schenken. Ich werde ihm nur einen Besuch abstatten.«

»Sollen wir den aufzeichnen?«

»Ja, unbedingt. Alles muss aufgezeichnet werden. Auch die Nächte.«

»Molly von der Nachtschicht sagt, er schläft sehr unruhig.«

»Kann ich die Aufnahmen einmal sehen?«

»Sicher. Kommen Sie später bei mir vorbei. Dann gebe ich sie Ihnen mit.«

Jake Temerowski dankte und suchte Kales Zimmer auf.

Er starrte wieder an die Decke. Sein Gesicht zuckte.

»Kale?«, fragte Temerowski. »Kale, bist du das?«

Kale Hatfield sah zu seinem Arzt hinüber und nickte andeutungsweise.

»Ich komme heute nicht zur Therapie, sondern statte dir nur einen Besuch ab. Ist das in Ordnung?«

Wieder nickte Kale.

»Gut, danke.« Der Arzt zog sich einen Stuhl ans Bett und sah seinen Patienten eindringlich an. Würde er von dem Besuch der Polizei erzählen?

Beide schwiegen.

»Ich komme heute als Freund, nicht als Therapeut«, sagte Temerowski nach einer Weile, um die Lage zu klären.

»Ich habe keine Freunde«, flüsterte Kale. »Ich habe nur Ärzte, Therapeuten und Kranke um mich.«

»Was davon wäre ich dann jetzt für dich?«

Kale sah ihn irritiert an. »Was soll die Frage?«

»Bin ich ein Kranker?«, fragte Temerowski, obwohl er das therapeutische Gespräch vermeiden wollte. »Du hast nämlich deine Feinde vergessen.«

»Feinde?« Kale sah den Arzt fragend an.

»Ja, Feinde. Feinde wie Haydens Frau zum Beispiel.« Der

Arzt wollte das Gespräch endlich in Gang bringen. Was hatte diese Frau zu diesem Vorfall beizutragen?

»Kristin«, sagte Kale tonlos.

»Du kennst sie?«

»Ja.«

»Du bist ihr begegnet?«

»Ja.«

»Kennst du auch Haydens Kinder?«

»Ja.«

»Woher?«

Kale wendete seinen Blick zur Wand. »Sie sagt, ich sei an allem schuld. Ich hätte ihrem Mann die Hölle im Betrieb bereitet. Er hätte sich so viel Mühe gegeben, ein guter Kollege zu sein.«

»Was hast du darauf gesagt?«

»Nichts. Meine Meinung zählt nicht mehr. Ich lebe im Nirgendwo.«

»Du solltest deine Standpunkte vertreten. Ich habe mit Rachel gesprochen.«

Kale sah den Arzt an. »Rachel? Wie geht es ihr?«

»Sie sucht inneren Frieden, um mit der Situation klarzukommen. Sie sagt, dass du sie und Eve geschützt hast und damit deine wichtigste Aufgabe erfüllt hast.«

»Das hat sie gesagt?«

Temerowski nickte. »Sie muss irgendwie damit klarkommen, Kale. Es beruhigt sie, wenn sie es auf diese Weise betrachten kann. Und sie hat recht. Deine vorrangige Aufgabe war es, deine Familie zu beschützen. Das tut jeder vernünftige Ehemann und Vater.«

Kale atmete tief durch. »Ja. Mir fehlte nur die richtige Strategie.«

»Wie würde sie deiner Meinung nach heute aussehen?«

»Ich hätte dich einschalten müssen.«

»Ja, das hättest du.«

»Ich hätte erkennen müssen, dass ich der Situation nicht gewachsen war. Ich verstehe meine Arbeit, aber ich verstehe das Leben um mich herum einfach nicht. Ich komme nicht dahinter.«

»Ich weiß, was du meinst, Kale.«

»Ich wollte es allein hinbekommen, aber meine Ideen waren nicht die besten.«

Der Arzt stimmte ihm zu. »Aber du hast in jeder Situation das gemacht, was du für richtig hieltest.«

»Es gibt kein Ich. Das ist das Problem. Es gibt nur ein Wir. Ich bin viele, vergiss das nicht, Jake.«

»Nein, das vergesse ich nicht.«

»Wie wird es jetzt weitergehen?«

»Ich habe noch drei Therapiestunden mit dir offen. Würdest du mitmachen?« Der Arzt sah, wie Kale zögerte.

»Es ist doch egal, wer Bryan erschlug. Es waren meine Hände, die das ausgeführt haben.«

»Das lässt sich nicht leugnen. Willst du nicht wissen, wer genau die Tat ausgeführt hat?«

»Was tut das noch zur Sache?«

»Na, um herauszufinden, wer alles in dir wohnt. Ist das nicht wichtig für dich? Immerhin könnte es jemanden in dir geben, der dein Leben gerettet hat. Willst du nicht dessen Bekanntschaft machen, um dich zu bedanken?«

»Das hätte Tristan auch getan.«

»Nein, Kale, Tristan hat versucht, dich umzubringen. Er hat die Situation hochgejagt. Er hätte vielleicht einen noch größeren Schaden angerichtet, als nur Hayden den Schädel einzuschlagen.

Ihm wäre es egal gewesen, wer dabei zu Schaden kommt. Du wärst als Nächster dran gewesen. Er ist der wahre Feind in dir, den du unter Kontrolle halten musst. Viel entscheidender ist, wer Tristan abgelöst hat. Derjenige spielt vielleicht eine wichtige Rolle für deine Zukunft.«

Kale lachte künstlich. »Zukunft!«, rief er verächtlich.

»Es wird irgendwie weitergehen, Kale. Wir müssen zu einer Lösung kommen. Was hatte Haydens Frau denn noch gesagt?«

Kale schloss die Augen. »Dass ich versucht hätte, sie zu vergewaltigen.«

Jake Temerowski rieb sich verzweifelt das Gesicht.

Als der Arzt das Zimmer verließ, suchte er Professor Raymonds Büro auf. »Ich hätte gern die nächtlichen Aufnahmen von Kale Hatfield«, bat er.

Der Professor reichte ihm einen Stick. »Hier ist die ganze letzte Woche drauf. Da wurde er besonders unruhig.«

Temerowski nahm den Stick entgegen. »Danke«, sagte er und verließ die Klinik.

Die 13. Begegnung

Es lag auf der Hand, dass Hayden weiterhin die Konfrontation mit Hatfield suchen würde. Der Geruch von Fäulnis breitete sich im Betrieb aus. Kale konnte es jeden Tag mehr riechen. Hayden steckte sie alle mit seiner schlechten Laune an. Was er zuvor an Hochstimmung verbreitet hatte, verteilte er nun als Stimmungskiller. Alle gingen auf Distanz, wenn sie ihn fluchen hörten. Was war nur in diesen Kollegen gefahren? Coward hatte ihn schon dreimal in sein Büro kommen lassen und ihn gerügt. Er hatte fast alle Fehler von Paul übersehen und käme nicht annähernd seiner eigenen Arbeit nach. Hayden versuchte, sich mit familiären Problemen herauszureden, und dass er es schon hinbekäme. Er brauchte nur mehr Zeit. Wie am Anfang. Da hätte es ja auch geklappt. »Sie haben doch gesehen, wie gut ich geworden bin«, beschwor er seinen Chef. »Ich bekomme auch das hin.« Er dachte dabei an Hatfield, wie er ihn erneut unter Druck setzen könnte. Beruflich hatte er wohl alles verschossen, also blieb nur noch die private Variante – Hatfields Familie.

Vor dieser Variante hatte Kale die größte Angst. War jetzt der Zeitpunkt gekommen, an dem der Kerl seine Androhungen wahr werden lassen würde? Kale schrieb ihm eine Warnung per E-Mail, nachdem er wieder einmal die Diskussion aus Cowards Büro bis in seins hörte. Und Kenneth Coward wurde selten laut.

Auf jeden Schlag folgt ein Gegenschlag, schrieb Kale. Das reichte seiner Meinung nach aus, auch wenn ihm dabei nicht wohl war.

Drei Tage später kam die Antwort: *Der erste Schlag muss nur sitzen. Dann wird es keinen Gegenschlag geben.*

Das versetzte Kale erneut in Panik. Er konnte jetzt unmöglich Urlaub nehmen und mit seiner Familie verreisen. So beschloss er, etwas anderes zu tun. Er überredete Rachel, mit Eve in einen nahe gelegenen Familienpark zu gehen und sich dort mit ihr zwei Wochen lang zu vergnügen. Den Park hatte er schon vor Monaten im Internet für einen solchen Fall wie diesen herausgesucht. Er buchte die beiden für die geplanten Wochen ein und erklärte seiner Frau, dass es ihr und auch Eve guttun würde. Er erläuterte, dass es ebenso ihm entgegenkam. Seine Bedürfnisse nach Einsamkeit und dem Alleinsein wäre wieder aufgetaucht und dem versuchte er direkt entgegenzuwirken. So wäre seine Idee für alle eine gute Sache.

Rachel fand den Vorschlag rührend. Ja, so war allen geholfen. Sie spürte schon lange, dass er Erholung brauchte. Sie wurde nur misstrauisch, weil alles so schnell gehen sollte. Kaum hatte sie die Entscheidung getroffen, war die Unterkunft schon reserviert. Der Park war nicht einmal weit weg, nur knappe hundert Meilen entfernt. Kale versprach, sie am Wochenende besuchen zu kommen. Er packte mit ihr und sorgte dafür, dass beide am nächsten Morgen verschwanden. Bryan Hayden würde sie dort niemals finden. Damit war das Haus praktisch geräumt.

Kale Hatfield fuhr zur Arbeit. Er stand unter Spannung. Sie war auch überall im Betrieb zu spüren. Noch nie war es im Großraumbüro so ruhig zugegangen wie heute. Als würden alle ahnen, dass etwas passieren würde. Melanie warf Kale einen besorgten Blick zu, als sie ihm auf dem Gang zur Toilette begegnete. Paul wusch sich gerade die Hände, nachdem er seine Blase entleert hatte. Er warf Kale ebenfalls einen besorgten Blick zu. »Alles klar?«, fragte er.

Kale sah kurz zu ihm hinüber und nickte andeutungsweise. Paul verharrte an der Eingangstür, drehte sich zu Kale um und sagte: »Als dieser Hayden noch nicht da war, ging alles viel entspannter zu. Du bist ein prima Kollege, Kale.« Daraufhin verließ der alte Mann den Toilettenraum. Kale beruhigte es keineswegs. Hayden würde keine Ruhe geben, ehe er nicht allen seinen Unmut aufgezwungen hatte. Wann würde Coward ihn endlich feuern?

Als Kale sich die Hände wusch, hörte er, wie sich die Tür öffnete. Es war zu leise und zu kontrolliert, um von einem normalen Mitarbeiter als gewohnte Handlung vollzogen zu werden. Er sah sich um und beobachtete, wie Bryan Hayden einen Keil unter die verschlossene Tür schob. Jetzt konnte keiner mehr den Toilettenraum betreten.

Er spürte Hitze in sich aufflammen. Das würde böse enden. Der Druck war so groß, dass es Tristan ohne Vorwarnung auf den Plan rief. Im Bruchteil einer Sekunde verschwand Bryan Hayden vor Kales Augen, weil der Hüne die Situation übernahm. Carl rief noch schnell: »Du Versager!« und sah Hayden erbost an. Sybille machte sich in ihrer Ecke noch kleiner als je zuvor und Lydia brachte keinen Ton heraus. Selbst Joey hatte sich ausgeschaltet, weil er Gewalt widerwärtig fand und diesem Hayden genauso wenig gewachsen war wie Kale selbst.

»Versager, he?«, sagte Hayden und grinste ihn an. »Machen wir das unter uns aus, Hatfield.« Er trat auf Kale zu.

Tristan hielt die Stellung und wich keinen Schritt zurück. Die Sache machte ihm Spaß. Was auch immer dieser Kerl meinte, er regelte die Dinge doch gerne.

Hayden zündete sich eine Zigarette an und blies den Qualm lässig Richtung Decke.

»Ist das alles, was du kannst?«, fragte Tristan und grinste. Auch Hayden grinste. »Wir wollen uns doch erst mal entspannen, nicht wahr?«, sagte er und zog wieder an der Zigarette.

»Ein wenig lahm«, bemerkte Tristan, dem nicht nach Reden war. Wann würde dieser Kerl endlich zur Sache kommen?

»Behinderter«, begann Hayden, »erklär mir doch mal, woraus deine Behinderung besteht. Ich komme einfach nicht dahinter. Du bist ja superschlau, triffst sogar die Pinkelschüssel und hast zwei süße Geschöpfe daheim. Wie passt das zusammen? Bist du ein genetisches Experiment?«

Tristan stöhnte genervt. Er konnte nicht gut diskutieren und sagte gelangweilt: »Und wenn?«

»Dann würde ich gerne von dem Sinn des Experiments erfahren. Bist du eine Art Firmenoptimierer?«

Tristan sah auf seine Hände. »Könnte man so sagen.«

»Du bist also der wahre Chef des Unternehmens, he?« Hayden grinste.

»Nicht unbedingt, aber nahe dran.«

»Coward hört auf dich wie ein Schoßhündchen. Du hast ihm also vorgeschlagen, mir Paul unterzujubeln. Diesen alten, stinkenden Mann, der sowieso bald unter der Erde liegt.« Es hatte sich herumgesprochen, dass Paul mit der Prostata Probleme hatte. »Dem fällt bald der Sack ab«, sagte Hayden und griff sich in den Schritt.

Das gefiel Tristan. Endlich kam der Kerl zur Sache.

»Ich dachte, du bist mein Freund«, sagte Hayden. »Das habe ich auch Coward erzählt. Wir sind Freunde. Sieh mal, ich schütze dich und du schützt mich.«

Tristan sah gelangweilt zur Decke. »Ist das alles, was du drauf hast?« Hayden war eine Schmuseversion für ihn. Er sollte es schnell hinter sich bringen, bevor jemand an der Tür erschien und hier rein wollte. Er trat auf Hayden zu, ergriff dessen Zigarette und warf sie in die Urinschüssel, worin sie zischend verlosch. Die andere Hand des Hünen packte Haydens Hals und drückte ihn gegen die Wand. »Kannst du schwimmen?«, fragte er leicht zornig.

Hayden würgte und nickte panisch.

»Dann kannst du auch tauchen, nicht wahr?«

Auch darauf nickte Hayden, die blanke Panik in den Augen.

Tristan schleppte ihn zu einer der Toiletten und sagte: »Jetzt hol mal ganz tief Luft.«

Hayden sah die Toilettenschüssel auf sich zukommen und spürte, wie sein Kopf dort hineingedrückt wurde. Er wehrte sich verzweifelt, aber dieser Hatfield war unglaublich stark, drückte sein Gesicht erbarmungslos hinein und betätigte mehrmals hintereinander die Spülung. Hayden zappelte wie ein Fisch und schlug um sich, während Tristan auf seine Armbanduhr sah. Erst als das Zappeln nachließ, zog er ihn raus, schleppte ihn in den Hauptraum zurück und warf ihn dort zu Boden.

Haydens Gesicht war aufgequollen. Er rührte sich nicht mehr. Tristan trat ihn gegen die Brust, einmal, zweimal, bis Hayden das Wasser ausspuckte und wieder zu sich kam. Daraufhin entfernte Tristan den Keil von der Tür und verließ den Toilettenraum. Er war wütend, weil er es gern zu Ende gebracht hätte. Dann wäre es endlich vorbei gewesen. Doch da waren diese vielen Hände gewesen, die ihn zurückgezogen und Haydens Gesicht wieder freigegeben hatten.

»Kale?«, rief Coward von seinem Büro aus auf den Gang. Er hatte die Tür meistens offen und konnte immer sehen, wer sich auf dem Gang herumtrieb.

Kale erschrak und sah sich um. »Ja?«, rief er zurück.

»Alles klar?«, fragte sein Chef, als er zur Tür trat und auf die nassen Hemdsärmel seines Mitarbeiters sah. Auch Kale sah erschrocken hin. Seine Hose war ebenfalls voller Wasserspritzer. »Oh«, sagte er. »Ich habe meine Tasse umgestoßen. Hab mich schnell gereinigt.« Mehr fiel ihm dazu nicht ein.

Hinter der Mauer

Sie nickten sich triumphierend zu. Sie hatten Kale vor einer fatalen Tat bewahrt. Kind 13 war zu weit gegangen. Aber es konnte den Druck von Kind 14 nicht mehr aushalten.

Jake Temerowski

Er fiel erschöpft auf sein Hotelbett. Auf seinem Nachttisch lag die leere Verpackung eines Burgers, daneben ein leer getrunkener Pappbecher Cola. Er rieb sich die Augen, weil nicht einmal das Essen, was er zu sich nahm, gesund war. Sein Körper verlor dadurch an Vitalität. Dabei war er erst 34 Jahre alt. Wie gut, dass er nicht verheiratet war und daheim niemand auf ihn wartete. Sein Beruf hatte bisher keine feste Beziehung zugelassen, weil er mit seinem Projekt verheiratet war. Das erschöpfte mehr als eine Familie.

Sein Bestreben, Kale und Rachel als Ehepaar und Eltern in ein normales Leben zu integrieren, hatte die Richtung verloren. Im Grunde hatten sie wie ein getrenntes Ehepaar gelebt. Rachel hatte sich überwiegend allein um Eve gekümmert und musste nun einen neuen Weg finden, um ihr Leben ohne Kale weiter zu gestalten. Immerhin lag die Verantwortung für ihre Tochter ganz in ihrer Hand. Kale hatte eine Ersparnis mit ihr erarbeitet, die sie erst einmal nutzen konnte. Vielleicht würde sie sich in Zukunft einen Job suchen und mit Eve allein glücklich werden. Immerhin war es ihr Wunschkind gewesen. Bei Kale war sich der Arzt nicht so sicher.

Temerowski rieb sich wieder das Gesicht, um die Erschöpfung loszuwerden. Er musste heute einen weiteren Bericht verfassen und noch in St. Barbara anrufen, wie dort alles liefe. Vielleicht gab es doch noch eine Möglichkeit, sein Projekt zu retten. Er sah auf den Stick, den der Professor ihm mitgegeben hatte und der jetzt in seinem Laptop steckte. Er fuhr das Gerät hoch. Er war eigentlich zu müde, um sich diese Aufnahmen im Schnellverfahren anzusehen, aber er wollte wenigstens hinhören, ob Kale in diesen Nächten irgendetwas ausgeplaudert hatte. Er sah sich die erste Aufnahme an und hörte angestrengt hin. Kale warf sich unruhig im Bett hin und her. Er war von einer Hektik getrieben, die Temerowski schon lange nicht mehr von ihm kannte. Sein Gesicht veränderte die Züge, sein Mund formte Worte. Temerowski drehte den Lautsprecher hoch. Er hörte nichts, außer dem Rascheln der Bettdecke. Wie ein Stummfilm liefen die Aufnahmen vor ihm ab. Kale war in Gesprächen gefangen, aber sie hatten keine hörbaren Worte. Hatte man vergessen, das Mikrofon einzuschalten?

Die Aufnahmen brachten den Arzt nicht weiter. Er schaltete den Laptop wieder aus und legte sich erschöpft ins Bett. Er musste morgen unbedingt abklären, ob das Mikrofon funktionierte. Sonst waren seine Therapiestunden umsonst gewesen. Das Police-Department hatte Anspruch darauf erhoben.

Am nächsten Tag stellte sich heraus, dass das Mikrofon einwandfrei funktionierte. Immerhin hörte man das Rascheln der Bettwäsche ziemlich genau.

»Molly hat auch nie etwas in den Nächten gehört«, bestätigte Professor Raymond.

»Machen Sie bitte weiterhin diese Aufnahmen«, bat Temerowski.

»Aber sicher.«

»Ich will sie mir genauer ansehen.« Ihm war eine Idee gekommen.

Drei weitere Nächte lang filmten sie ihn. Es lief immer nach dem gleichen Schema ab. Erst begannen diese hektischen Bewegungen, als würde Kale sich aus irgendwelchen Fesseln winden wollen. Dann formten sich tonlose Worte auf seinen Lippen. Irgendjemand redete mit ihm oder er redete mit jemandem. Es sollte wohl niemand hören.

Allein im Haus

»Wie geht es dir?«, fragte Kale seine Frau am Telefon. Sie war nun schon seit fünf Tagen mit Eve im Familienpark und damit außer Haydens Schusslinie. Kale wollte sie am Wochenende besuchen, vielleicht sogar über Nacht bleiben. Er wusste es noch nicht.

»Oh, gut«, antwortete Rachel.

Kale hörte Eve im Hintergrund vergnügt lachen. Sie hatte eine Freundin gefunden und spielte gerade mit ihr.

»Wie läuft's auf der Arbeit«, fragte Rachel.

»Auch gut, alles bestens.« Er hätte beinahe »Er gibt Ruhe« gesagt. Sie durfte auf keinen Fall von den Vorgängen im Unternehmen erfahren.

»Tut dir die abendliche Ruhe gut?«, hörte er Rachel fragen.

»Oh ja, doch. Ich bin schon entspannter. Ich werde euch morgen besuchen kommen. Was hältst du davon?«

»Das wäre großartig. Wir hätten endlich mal Ruhe und Zeit für uns.«

Kale lächelte gequält. In diesem Moment hörte er ein Geräusch von draußen. Schlich jemand ums Haus oder hatte nur einer die Wagentür zugeschlagen? »Ich muss Schluss machen«, sagte er. »Ich komme morgen gegen zwölf. Bis morgen.«

Sie sagte noch, dass sie ihn liebe, doch er hörte es nicht mehr. Kale zog die Gardinen im Wohnzimmer ein Stück beiseite, was ihm einen Blick auf die Straße ermöglichte. Dort war alles ruhig. Rechts sah er seinen Wagen in der Einfahrt stehen, den er nicht in die Garage gefahren hatte. Er wollte vorbereitet sein, falls etwas Unerwartetes passierte. Er zog die Gardinen wieder zu und kontrollierte den hinteren Teil des Hauses. Auch dort war nichts Auffälliges zu sehen. Oder doch? Ein kleiner

Blumentopf war umgekippt, aber das konnte auch vom Wind passiert sein. Kale fiel ein, dass er vergessen hatte, die Blumen im Garten zu gießen, obwohl Rachel ihn so eindringlich darum gebeten hatte. Jetzt war es dunkel. Er würde es gleich morgen früh nachholen. In der Küche lag extra ein Erinnerungszettel, auf dem seine Aufgaben und auch die Telefonnummer des Familienparks notiert waren. Für den Notfall. Er heftete ihn an den Kühlschrank. Danach holte er sich eine Mahlzeit aus dem Eisschrank und erhitzte sie in der Mikrowelle. Rachel hatte den Eisschrank üppig gefüllt und die Mahlzeiten deutlich gekennzeichnet. Sie wusste, dass er sich nichts Frisches kochen würde.

Kale Hatfield setzte sich an den Küchentisch und genoss die Ruhe beim Essen. Er holte sich ein Glas Wasser und besah sich die Kücheneinrichtung. Wie schön Rachel alles arrangiert hatte. Überall lagen und hingen bunte Sachen herum. Am Kühlschrank hefteten Bilder von der kleinen Eve und ihnen als Familie. Dazwischen einige Termine. Kale trat heran und las Eves Vorsorgetermine, die Rachel schon abgehakt hatte, weil sie erledigt waren. Sie kümmerte sich so verantwortungsvoll um ihre gemeinsame Tochter und beklagte sich nie, wenn ihr etwas zu viel wurde. Kale strich sanft über das Familienbild. Ihm wurde bewusst, wie groß sein Glück war. Er kannte von seinen Eltern keine Harmonie oder Liebe. Er war von einem gewalttätigen Vater und einer unterdrückten Mutter großgezogen worden, die ihm nichts als Kälte und Ignoranz entgegengebracht hatten. Wie vollkommen war doch seine Familie dagegen, auch wenn er gewisse Schwierigkeiten mit Eve hatte. Tief im Herzen liebte er sie und würde nie zulassen, dass ihr etwas zustoßen könnte. Er und Rachel waren gute Eltern, fand er.

Rachel hatte ihre Eltern bei einem Hausbrand verloren, als

sie bei einer Freundin saß und sich Videos ansah. Ein elektrischer Kurzschluss hatte den Brand verursacht. Sie vermisste ihre Eltern sicherlich sehr, gerade jetzt, als ihre Enkeltochter heranwuchs. Eve wuchs ohne Großeltern heran. Nicht einmal mit Onkeln oder Tanten, weil Kale und Rachel Einzelkinder waren. Dafür hatte Rachel die freundliche Mrs. Cooper von nebenan gefunden, die für Eve die Großmutter und für Rachel ein wenig die Mutter ersetzte. Bei ihr weinte Eve nie. Woran lag es nur, dass sie bei ihm immer Angst bekam? Kale sah auf den Küchentisch, auf dem sein leerer Teller stand. Er versuchte, ein guter Vater zu sein, war es aber nicht. Worin lag das Geheimnis? Er nannte seine Tochter oft liebevoll Sonnenblume, doch verstand sie die Botschaft überhaupt? Er hatte in ihr Kinderzimmer an eine Wand eine große Sonnenblume gemalt, umringt von Bäumen und fliegenden Vögeln. Sie sollte sich wohlfühlen.

Lag es vielleicht an der Barriere, dass er sich selbst nicht liebte? Er sollte mehr Zeit mit ihr verbringen, vielleicht auch alleine mit ihr auf den Spielplatz gehen und nicht immer in den Wald. Vielleicht machte der ihr Angst. Vielleicht drängte er seine kleine Tochter zu sehr in seine Welt und sie konnte kein Vertrauen aufbauen, weil sie sich fürchtete. Er dachte plötzlich an Bryan Hayden. Er war mit seiner Tochter allein zum Spielplatz gegangen. Das hatte Rachel irgendwie gefallen. Kale hatte es in ihren Worten widerklingen hören. Sollte der Kerl tatsächlich noch eine andere Seite in sich haben und er dramatisierte die Situation unnötig?

Kale atmete tief durch. Er lebte in diesem wunderschönen Haus, das Jake ihnen zur Miete besorgt hatte. Sie besaßen zwei Wagen, die Kale monatlich abzahlte, und er hatte einen verdammt guten Job, der ihm Spaß machte. Bald wäre das Theater mit Hayden sicherlich vorbei. Er würde nicht mehr lange durchhalten und dann würde sich alles von alleine regeln. Zur Not musste Kale wirklich Jake einschalten. Momentan hatte er die Sache noch im Griff. Und es schien sich ganz gut zu entwickeln. Hayden gab zumindest Ruhe.

Kale räumte sein Essgeschirr in die Spülmaschine und schaltete sie ein. Sie war nach fünf Tagen endlich voll. Ein leises Summen erklang. Er mochte Geräusche, die sich mechanisch in Gang setzten, und hörte der Maschine eine Weile zu. Seine Augen waren geschlossen und seine Hände wogen sich sanft mit der Melodie des Summens. Er schwamm auf einer warmen Welle der Entspannung. Wann hatte er je Zeit gefunden, um sich diesem wundervollen Geräusch hinzugeben? Jetzt genoss er es. Er liebte ebenso den elektrischen Rasenmäher, wenn die Teile des Motors ineinandergriffen, um den Antrieb zu erzeugen, und sich die Schneidemesser drehten. Er sah den Prozess vor seinem inneren Auge und genoss es. Als Kind hatte er häufig im Wald an einem Bach gesessen und aus Ästen Wasserräder gebaut, ihnen dann bei den Abläufen zugesehen und dem Geräusch gelauscht, wenn das Wasser sie durchflutete.

Er lauschte der Spülmaschine, bis sie fertig war, öffnete sie und räumte sie aus. Dann ging er zu Bett.

Joey sorgte am nächsten Morgen wieder dafür, dass er nicht verschlief, und kniff ihn solange ins Bein, bis er erwachte. Der Radiowecker lief schon seit einer Stunde, den er nie hörte. Rachel hatte nie mitbekommen, wovon er wirklich erwachte und dass jeden Morgen für kurze Zeit Joey neben ihr lag. Er erschrak, wenn sich ihre Hand näherte, und kniff Kale noch eindringlicher, damit er verschwinden konnte.

Es war Samstag. Der Wecker hätte nicht zum Einsatz kommen müssen, doch Kale hatte vergessen, ihn auszuschalten. Er sah durch das Fenster, wie die Sonne aufging. Das Erwachen in aller Stille allein im Bett tat ihm gut. Er sollte sich noch etwas Ruhe gönnen und sah zu Rachels Seite hinüber, wo ihr Bettzeug ordentlich gemacht lag. Jetzt könnte er sie lieben. Jetzt hätte er Lust auf sie, doch sie war nicht da. Warum kamen die Gefühle immer zur falschen Zeit?

Kale erledigte die Toilette und duschte. Als er die Küche betrat, sah er das Telefon des Hauses auf dem Tisch liegen. Wo kam das her? Wo lag Rachels Erinnerungszettel für die Blumen? Kale sah sich hektisch um, dann fand er ihn mit einem Magneten an den Kühlschrank geheftet. Erleichtert atmete er durch. Er dachte, er hätte Rachel mit dem Smartphone angerufen und brachte das Telefon zurück zur Station. Es war fast leer. Dann brühte er sich Tee auf und bereitete sich ein Sandwich zu.

Blumen gießen, dachte er. Zuerst Blumen gießen, dann packen und nach Lake Isabelle fahren. Damit wäre die Ruhe hin.

Er lief mit dem Gartenschlauch die Blumenbeete ab und goss alles. Einige Blumentöpfe auf der Terrasse waren umgekippt, obwohl es keinen Wind gegeben hatte. War gestern nicht nur ein kleiner Blumentopf umgekippt? Nun lagen vier herum, die nicht einmal leicht waren. Er musste sich versehen haben und richtete alles wieder her. Der Garten blühte üppig und würde in wenigen Wochen verblühen. Der Herbst nahte.

Kale rollte den Schlauch zurück auf den Schlauchwagen und bemerkte es in dem Moment, als er auf die Terrasse sah. Jemand hatte einen Totenkopf an die Wand der Garage gesprüht! Er ließ den Schlauchwagen stehen und besah sich die Schmiererei. Dann sah er sich im Garten um. Hier konnte niemand eindringen, ohne das Haus zu durchqueren. Der Garten war von hohen Zäunen und Hecken umgeben. Kale ging alles ab, um zu sehen, ob jemand über die Zäune geklettert war, doch die davor angelegten Zierbeete waren unberührt. Auch mit den Hecken war alles in Ordnung. Es gab nicht eine Stelle, durch die man hindurch konnte. Nichts gab einen Hinweis auf einen Eindringling im Garten.

Er sah wieder auf das Graffiti. War es gestern schon da gewesen? Er hatte zwei Tage lang vergessen, die Blumen zu gießen. Verdammt! Das konnte nur Hayden gewesen sein! Wer sonst hatte Interesse daran, ihn zu schädigen? Sollte er seinen Vermieter benachrichtigen? Das würde eine Menge Fragen aufwerfen. Die Polizei käme ins Haus, um nach Einbruchspuren zu suchen. Verdammt! Damit konnte er das Wochenende mit Rachel vergessen. Wie sollte er ihr das erklären, ohne, dass sie Angst bekäme?

Kale sah wütend in den Himmel. Er sollte keine große Sache daraus machen, packte und fuhr zum Baumarkt, um sich dort einen Eimer Farbe zu besorgen. Dann fuhr er nach Lake Isabelle.

In der Klinik

»Haben Sie die letzten Aufnahmen?«, fragte Dr. Temerowski nach.

»Ja«, antwortete Professor Raymond. »Er hat nach Ihnen gefragt, wann Sie wiederkommen.«

»Sagen Sie ihm, ich hätte zu tun. Schließlich muss ich mich noch um mein Projekt in St. Barbara kümmern.«

»Das werde ich.« Der Professor reichte ihm den Stick mit den neuen Aufnahmen.

»Danke. Die werde ich mir erst einmal ansehen.« Er verließ die Klinik und fuhr zum Hotel, um sich Zeit und Ruhe zu verschaffen, die Aufnahmen anzusehen.

Es war das Gleiche wie bei den letzten Aufnahmen. Kale sprach mit sich selbst. Der Arzt studierte die Lippenbewegungen. Warum kam kein Ton über seine Lippen? Temerowski ahnte etwas und raste zurück in die Klinik.

»Ist Professor Raymond zu sprechen?«, fragte er dessen Bürokraft. Die Sekretärin sah auf die Uhr und antwortete: »Er befindet sich in einer Besprechung. Kann ich etwas ausrichten?«

»Ja, er soll bitte kurz durchrufen.« Temerowski reichte ihr seine Visitenkarte, auf der seine Mobilnummer stand, für den Fall, dass der Professor sie nicht mehr zur Hand hatte. »Kann ich kurz zu Kale Hatfield rein?«, fragte er noch.

Die Sekretärin sah in ihren Tagesplan und schüttelte den Kopf. »Er ist heute nicht auf Besuch eingestellt.«

Jake Temerowski verstand. »Kann er nicht auf die Schnelle fixiert werden?«

Sie sah ihn an. »Aber er sollte doch immer einen Tag vorher Bescheid bekommen, damit er sich darauf einstellen kann. Das haben Sie selbst so anordnen lassen.«

»Ich weiß, aber diesmal ist es dringend.«

Die Sekretärin erhob sich, sagte: »Ich werde einen Pfleger fragen« und verschwand in den Gängen der Station.

Kurz darauf kam sie zurück. »Liam hat ihn fixiert. Sie können jetzt zu ihm.«

»Hat er sich gewehrt?«

»Nein, er wirkt ganz ruhig.«

»Gut, vielen Dank.« Er suchte seinen Patienten auf.

»Kale?«, fragte er beim Eintritt.

Kale Hatfield sah kurz zu ihm hin. »Was gibt's so Dringendes?«

»Ich muss mit dir reden.«

»Wird es ein Therapiegespräch?«

»Nein. Ich habe nur eine Frage. Eine kurze.«

»Und warum hat Liam mich angebunden?«

»Weil ich ohne Sicherheitsmaßnahme nicht eintreten darf.«

Kale schniefte. »So weit ist es mit uns gekommen, Jake. So weit.«

Der Arzt sah zu Boden. »Ja, Kale.« Er sah, dass auf dem Schreibtisch ein Zeichenblock mit einem Bleistift lag. »Du malst wieder?«, fragte er.

»Die versuchen, mich zu beschäftigen.«

»Und?«

»Ich könnte mich mit dem Bleistift erstechen.«

»Würdest du?«

Kale sah den Arzt an. »Nein. Das würde ich Rachel und Eve nicht antun wollen.«

»Das ist gut zu wissen.«

»Wie lautet deine Frage?«

»Ach ja, die Frage. Ich habe Aufnahmen von dir gesehen, die während der Nacht gemacht wurden. Du schläfst sehr unruhig.«

»Ist das ein Wunder? Der Körper hat den ganzen Tag über nichts zu tun. Wovon soll er ermüden?«

»Sie haben dir angeboten, dass du das Gym im Keller unter Aufsicht nutzen kannst.«

»Dort sind auch andere. Das wäre keine gute Idee.«

»Du meinst, die könnten dich provozieren?«

»Mich nicht«, sagte Kale.

»Ich verstehe. Kommen wir zu meiner Frage. Während der Nächte redest du mit jemandem. Wer ist das?« Temerowski sah, wie Kale nervös zuckte.

»Tu ich das?«

»Ja, deine Lippen formen Worte, aber es kommen keine Töne heraus.«

»Davon weiß ich nichts.«

»Irgendwas geht in den Nächten in dir vor, Kale. Was ist es?«

»Ich habe keine Ahnung.«

»Wirklich?«

»Wirklich, Jake. Wenn ich es wüsste, würde ich es dir sagen.«

»Okay. Hast du morgens den Eindruck, als hättest du gut geschlafen?«

»Nein.«

»Du fühlst dich erschöpft.«

»Ja, ziemlich. Ich schlafe tagsüber oft ein.«

»Das hat mir Professor Raymond auch schon erzählt.«

»Ich komme mit der Situation nicht klar.«

»Das verstehe ich.«

»Ich würde jetzt gerne wieder allein sein«, sagte Kale und sah zur Zimmerdecke.

»Sicher.« Der Arzt erhob sich.

Kale sah kurz zu ihm hinüber. »Kannst du mir beim nächsten Mal etwas mitbringen?«

»Es ist nicht erlaubt, dir etwas ins Zimmer zu bringen.« Der Arzt sah auf den Bleistift und dachte daran, dass Tristan ihn damit töten könnte. Wieso hatte der Professor das zugelassen?

»Ich hätte gerne eine Uhr, eine Tischuhr mit einer Art Glaskuppel, bei der ich das Laufwerk sehen kann und ticken höre.«

»Wozu?«

»Es beruhigt mich.«

Temerowski nickte. »Das werden sie nicht zulassen, Kale. Kein Glas.« Daraufhin verließ er das Zimmer und Liam löste die Riemen.

Kale sah auf den Zeichenblock. Er malte gegen Abend eine Mauer aus roten Backsteinen ...

Hinter der Mauer

Sie war massiv und riesengroß. Dahinter schmissen sich die Kinder wirre Blicke zu. Getrieben von Angst und Sorge fanden sie keine Ruhe. Ihre kleinen Körper rannten, ihre Arme flehten um Hilfe, dabei waren sie doch selbst diejenigen, die helfen sollten. Sie schämten sich für das, was sie getan hatten. Also versteckten sie sich hinter der Mauer. Die würde keiner so schnell durchbrechen, weil niemand, außer Kale Hatfield, von ihnen wusste. Man hörte sie dahinter nicht einmal jammern.

Rachel

Sie sah Kale von Weitem den Parkplatz des Familienparks überqueren und nahm Eve auf den Arm. Die Kleine drückte ihr Gesicht an die Schulter der Mutter. Was hatte sie nur? Rachel konnte sich Eves Verhalten nicht erklären. Seit sie sich in diesem Park befanden, wirkte sie vollkommen anders. Sie tollte herum und quietschte vor Vergnügen, als gelte die Erholung einzig ihrer kleinen Seele. Rachel hatte sie noch nie so glücklich gesehen. Kaum näherte sich ihr Vater, fiel sie in ihre alte Rolle zurück und verkroch sich regelrecht in den Armen ihrer Mutter. Rachel spürte, wie der kleine Körper sich versteifte. »Es ist doch nur Dad«, sagte sie leise. »Er liebt dich.« Doch die Kleine schüttelte den Kopf, was Rachel aufmerksam werden ließ. Es war doch nichts zwischen ihr und Kale vorgefallen?

Kale winkte von Weitem, worauf Rachel lächelte. Es erinnerte ihn an die Szene, als er sie nach Jahren der Suche endlich wiedergefunden und in die Arme geschlossen hatte. Es war ein überwältigendes Gefühl gewesen. Sollte es sich jetzt nicht wiederholen? Kale spürte immer noch die tiefe Liebe zu ihr und sah sie mit Eve auf dem Arm am Eingang des Familienparks stehen. Warum kam sie ihm nicht entgegen? Hatte sie etwas über die Vorfälle im Betrieb mitbekommen? Als er vor ihr stand, stellte er seine Tasche ab und nahm sie in den Arm. Eve, die zwischen ihren Eltern klemmte, drückte ihn mit dem kleinen Ärmchen weg, sodass er auf Distanz ging.

»Sie ist heute nicht gut drauf«, versuchte Rachel, die Sache zu erklären.

»Oh«, sagte er. Er hätte ihr vielleicht etwas mitbringen sollen, doch seine Gedanken waren den ganzen Vormittag bei diesem Graffiti gewesen.

»Komm, ich zeig dir, wo wir wohnen«, sagte Rachel, um die Situation zu entspannen.

»Natürlich.«

»Wie lange bleibst du?«, fragte sie.

»Bis morgen Abend, falls ihr mich überhaupt solange bei euch haben wollt.« Es sollte lustig klingen, doch es steckte ein bitterer Ernst dahinter.

Rachel lenkte ab. »Ist zu Hause alles klar?«

»Ja, sicher. Blumen sind auch alle gegossen.« Er dachte an die umgekippten Blumentöpfe. »Und die Küche ist aufgeräumt und sauber.«

»Und die Betten?«, fragte sie und lachte.

»Mist!«, rief er. »Ich wusste, ich habe was vergessen.« Nun lachte auch er.

»Und du entwirfst komplizierte Maschinen?«, fragte sie.

»Richtig. Einfachheit hat dort keinen Platz. Ich bin ja schon froh, wenn ich morgens zwei gleiche Socken im Schrank finde. Wenn du sie nicht zusammenknoten würdest . . . «

Sie lachte wieder. Es gab so vieles, was Kale Hatfield nicht in den Griff bekam, was aber noch innerhalb ihrer Toleranzgrenze lag. Sie wusste von seinen Schwächen und Stärken. Und er hatte viele Schwächen. Ihm gelangen oft die einfachsten Dinge nicht, die sie dann stillschweigend erledigte.

Rachel führte ihn durch das Gelände bis zu ihrem Bungalow, das sie mit Eve bewohnte. Überall standen kleine Dinge herum, die sie mitgebracht hatte, um es für Eve gemütlich und heimisch zu machen. Auf dem Küchentisch stand eine Obstschale, darin lag frisches Obst, wie daheim. Sie legte viel Wert auf gesunde Ernährung, was ihm sehr gefiel.

Eve verkroch sich in ihre Schlafecke und hockte sich dort auf den Boden, was beide mit bedrückter Miene wahrnahmen.

»Was ist mit ihr?«, flüsterte Kale seiner Frau zu.

»Das sollte ich besser dich fragen«, entfuhr es Rachel.

Er wich vor ihr zurück. »Wie meinst du das?«

Sie sah auf ihre Tochter, die in der Ecke saß und auf ihr Bett starrte. »Wir müssen reden, Kale. Aber nicht jetzt und schon gar nicht in ihrer Gegenwart.«

Seine Stimmung, um die er so sehr gekämpft hatte, sank. Was meinte sie? Worüber müsste sie mit ihm reden? Hegte sie Trennungsabsichten?

Kale packte seine Tasche in einen für ihn vorgesehenen

Schrank. Er brachte seine Toilettentasche ins Bad, schloss sich dort ein, setzte sich auf den Rand der Badewanne und rieb sich das Gesicht. Es war ein anstrengender Vormittag gewesen. Erst die Schmiererei an der Garagenwand, dann die Sorge, wie sie dahin gekommen war und nun die misslungene Begrüßung. Er hatte sich das anders vorgestellt und sah auf seine Toilettentasche. Sollte er überhaupt bis morgen bleiben?

»Kale?«, hörte er Rachel rufen. »Ist alles in Ordnung?«

Er sah erschrocken zur Tür. »Ja sicher. Ich mache mich nur etwas frisch.« Er spritzte sich Wasser ins Gesicht und verließ das Bad.

Eve war auf ihrem Bett eingeschlafen und Rachel saß auf der Terrasse. Sie hatte ihm eine Tasse Tee aufgebrüht und auf den Küchentisch gestellt. Er ergriff sie und ging zu ihr auf die Terrasse. »Darf ich?«, fragte er, bevor er neben ihr Platz nahm.

Sie sah ihn mit erstauntem Blick an. »Sicher, warum fragst du?«

»Weil ich mir gerade nicht sicher bin, ob ihr mich hier haben möchtet.«

Sie sah weg und nahm einen Schluck aus ihrer Teetasse. Wo nur sollte sie anfangen?

Kale beobachtete sie. »Sag mir, was in dir vorgeht«, bat er sie.

»Ich weiß nicht, wie ich es dir sagen soll«, antwortete sie.

»Dann sag es einfach so, wie es ist. Du weißt doch, dass ich verschleierte Dinge nicht gut begreifen kann. Und ich möchte dich nicht falsch verstehen.«

»Ich weiß nicht, warum Eve so ablehnend auf dich reagiert, Kale«, sagte sie und hörte ihn tief durchatmen. Auch ihm war die Belastung anzumerken. Er stellte seine Tasse auf den Tisch und sagte: »Ich will nicht, dass du etwas Falsches von mir denkst. Ich habe nie etwas getan, was einen Grund dafür geben könnte. Ich versuche, Zeit mit ihr zu verbringen, das weißt du. Ich gehe mit ihr in den Wald, um Vögeln zuzuhören und ihr die Bäume zu zeigen. Ich habe ihr Zimmer mit diesen Dingen angemalt, ihr die Flasche gegeben, sie gewickelt, sie herumgetragen, als sie geboren wurde, und sie gebadet. Ich küsse ihre Wangen, ihre Stirn und . . . « Er ließ den Kopf hängen und vollzog eine Geste der Ratlosigkeit.

»Kale, das weiß ich alles. Das ist es nicht.«

»Was ist es dann?«

»Sie verbindet etwas mit dir. Etwas, das ihr Angst macht. Seit sie heranwächst und immer mehr versteht, wird es schlimmer. Ihre Ablehnung dir gegenüber wird immer größer.«

»Vielleicht sollte ich mit ihr allein auf den Spielplatz gehen«, sagte er. Sein Ton provozierte sie. Sie wusste genau, worauf er anspielte. Das Thema war noch nicht vom Tisch. Warum mochte ihre Tochter diesen Roy, aber nicht ihren eigenen Vater? Der Psychologe hatte Rachel etwas von Fremdeln erzählt. Sie fremdelte aber nicht mit Roy. Es musste etwas anderes sein. Rachel wollte es nicht aussprechen, weil sie kein Recht dazu hatte, aber Kale hatte eben diese Multiplen in sich. War Tristan in Eves Gegenwart erschienen? Kale sagte, er hätte ihn unter Kontrolle. Sollte sie mit Jake darüber sprechen?

Warum musste alles nur so kompliziert sein? Dabei lebten sie in einem vollkommenen Glück und hatten mehr in dieser kurzen Zeit erreicht, als viele es sich erträumten. Kale ging in seiner Arbeit förmlich auf und hatte auch sein privates Leben recht gut im Griff. Es spielte sich alles immer mehr ein. Wenn nur nicht diese Sache zwischen ihm und Eve wäre.

»Liebst du Eve?«, fragte sie plötzlich.

Er sah sie überrascht an. Die Frage verletzte ihn. »Ja, natürlich, Rachel! Natürlich liebe ich unsere Tochter! Wie kannst du mir nur diese Frage stellen?«

Sie sah seinen bestürzten Blick. »Dann sag ihr das.«

»Das tue ich immerzu.«

»Vielleicht sollten wir einen Familientherapeuten aufsuchen«, schlug sie vor.

»Noch einen Therapeuten? Können wir nicht einmal ohne diese Typen unsere Probleme in den Griff bekommen?« Wut klang in seiner Stimme.

»Wir bekommen sie aber nicht in den Griff, Kale. Es wird immer schlimmer. Siehst du das nicht?«

»Was ich sehe, ist, dass ich nicht willkommen bin. Ist es dieser Roy?«, fragte er, worauf ihm etwas übel wurde.

»Kale!«, sagte sie entsetzt. »Wie kommst du darauf?«

»Na, ich weiß ja nicht, ob du einen Narren an ihm gefressen hast.«

»Ich habe ihn nicht wiedergesehen. Das würde ich dir doch erzählen.«

»Aber du bist zu diesem Psychologen gelaufen, den sein Arzt dir empfohlen hat.«

»Ja, das bin ich, weil es mir hilft, die Dinge zu verstehen. Du hast dich dafür ja nicht einmal interessiert.«

»Und? Hat es geholfen?« Er sah verärgert durch das Terrassenfenster ins Innere des Bungalows, wo Eve schlief. Rachel sah bestürzt zu Boden. »Nein.«

Er schnaufte leise und trank seinen Tee. »Ich werde heute Abend wieder zurückfahren«, beschloss er, worauf sie ihn erschrocken ansah. »Was? Warum?«

»Weil wir kein ruhiges Wochenende haben werden. Zuhause habe ich Ruhe.«

»Na, dann können Eve und ich ja gleich ausziehen«, konterte sie. Tränen stiegen ihr in die Augen. »Und ich wollte ein zweites

Kind von dir, damit Eve ein Geschwisterchen hat!«, setzte sie nach.

Er ließ den Kopf hängen. Sie waren wieder mittendrin. Es hätte dieses Wochenende klappen können, dachte Kale. Er war weit entfernt von seiner Arbeit und hatte sich vorgenommen, von allem loszulassen. Doch diese Schmiererei an der Garagenwand hatte den Tag ruiniert. Wie nur war ein Fremder in seinen Garten gelangt? Es gab nur zwei Möglichkeiten: durch die Garage oder durchs Haus. »Hast du irgendwo einen Ersatzschlüssel vom Haus versteckt?«, fragte er plötzlich.

»Was?« Sie verstand die Frage nicht. »Einen Ersatzschlüssel? Warum fragst du das?«

Verärgert über sich selbst, erhob er sich. »Tut mir leid, war nur so ein Gedanke.«

Rachel sah ganz andere Zusammenhänge in dieser Frage. »Du meinst, damit ich nicht wieder ins Haus komme, wenn ich ausgezogen bin und dir den Schlüssel gebe?«

»Was?« Er sah sie entsetzt an. »Wenn du ausgezogen bist?«

»Wie soll ich die Frage denn sonst verstehen?«

»Mir geht es nur um deine Sicherheit, Rachel!«

»Welche Sicherheit?«

»Dass . . . wenn . . . einer von uns mal den Schlüssel verliert. Wir haben das nie geklärt.«

»Wie kommst du genau jetzt darauf?«

»Es hatte mich beschäftigt, als ich allein im Haus war.«

»Bei Mrs. Cooper liegt ein Ersatzschlüssel. Das haben wir doch besprochen. Damit sie ins Haus kann, wenn irgendwas mit Eve ist.«

Hatten sie das? »Gut«, sagte er, um das Thema zu beenden.

»Hast du noch mehr Themen, die wir jetzt klären müssen?«, fragte sie. Nun war auch sie verärgert.

Er ging ins Haus, weil er ihr nicht mehr antworten wollte. Sein Blick fiel auf Eve. Sie hatte ihre Puppe im Arm und fühlte sich damit beschützt. Die Puppe hatte Rachel ihr ausgesucht und geschenkt. Seine kleine Tochter sah hinreißend aus, wenn sie schlief. Was hatte sie nur gegen ihn? Er konnte sich nicht erinnern, ihr jemals etwas getan zu haben. Er hatte sie nie angeschrien oder sie schroff behandelt. Er konnte sie nur nicht so lieben, wie Rachel es tat. Es befand sich irgendeine Barriere zwischen ihnen, die er nicht überwinden konnte. Als Kale allein im Haus in Bakersfield war, spürte er diese Liebe zu ihr. Jetzt stand er vor ihr und konnte das Gefühl nicht mehr abrufen. Sollte er Rachel davon erzählen, weil sich das gleiche Gefühl ihr gegenüber zeigte? Sie konnte ihre Tochter von Herzen lieben und es direkt zeigen. Er zeigte es anders. Er sorgte dafür, dass es ihnen an nichts mangelte. Er hatte die Kindermöbel aufgebaut und fuhr sie in einem sicheren Wagen überall hin. Es erschloss sich ihm nicht, warum sie in letzter Zeit ständig weinte, wenn er mit ihr unterwegs war. Nun weinte sie schon, wenn sie ihn nur von Weitem sah. Weshalb tat sie das? Spürte sie die Anspannung, die in ihm war? Nahm sie etwas wahr, was er mit großer Mühe zu verbergen versuchte?

Kale rieb sich wieder das Gesicht. Der Stress musste aufhören – schnellstens. Er sollte Jake Temerowski einschalten. Immer wieder dachte er daran, es tun zu müssen. Rachel hatte recht. Er benötigte Hilfe. Gleich am Montag nach der Arbeit würde er in St. Barbara anrufen. Er würde auch Ken über seine Probleme informieren. Die ganze Sache musste endlich auf den Tisch, für Eve, für Rachel und für ihn. Sonst würde das Projekt scheitern. Er konnte seine Familie nicht weiter aufbauen, solange sich Hayden in seiner Nähe befand. Kenneth Coward *musste* ihn kündigen.

Sybille kroch aus ihrer Ecke. Sie spürte, dass sich etwas lichtete. Ordnung kam auf. Das tat ihr gut. Kale summte ein Kinderlied. Rachel sah ihm von draußen aus zu und hörte seine kindliche Stimme. Lydia war gerade da. Damit wurde Rachel klar, worum es bei Eves Angst ging. Sie sah in den Garten, damit er ihre Tränen nicht sah.

Wie gut, dass der Gesang Eve nicht geweckt hatte. Rachel fand Kale eine Stunde später im Schlafzimmer tief schlafend vor. Er sah vollkommen erschöpft aus. Sie weckte ihn vorsichtig, weil sie das Essen fertig hatte.

Sie schwiegen am Tisch. Das beruhigte auch die Kleine. Anschließend gingen sie in den kleinen Wald des Familienparks. Rachel zeigte Eve die Vögel und Bäume, sang und lachte mit ihr, damit Eve die Angst verlor. Kale sah beiden dabei zu. Rachel bat ihn, mit einzustimmen, und hörte zum ersten Mal seine ganz normale Stimme, die mitsang. Sie nickte ihm ermutigend zu. »So singt ein Vater seinem Kind ein Lied vor«, flüsterte sie ihm zu und er verstand. Eve sah ihn mit großen Augen an. Sie weinte nicht. Die Situation entspannte sich.

Gegen Abend suchten sie das Familienbad auf und planschten mit ihrer Tochter herum. Die Kleine lachte und ließ sich von ihrem Vater sogar auf den Arm nehmen.

Als sie Eve zu Bett brachten, sagte Kale plötzlich: »Ich fahre jetzt wieder heim.«

Das verstörte Rachel. »Warum? Warum machst du alles wieder kaputt? Es lief doch so gut.« Sie hatte keine Ahnung, was in ihm vorging. Er dachte an die Schmiererei daheim. Jemand musste durchs Haus gegangen sein. Derjenige hatte jetzt freie Bahn und konnte alles Mögliche dort anstellen. Mikrofone und Kameras verstecken. Dieser Jemand konnte die komplette Kontrolle über ihn und seine Familie gewinnen.

»Du hast Angst vor der Nacht, nicht wahr?«, hörte er Rachel fragen und sah sie schweigend an. »Du hast Angst vor deinen Gefühlen, nicht wahr? Vor meinen Gefühlen.«

Ja, er hatte Angst und gab ihr recht. Die größte Angst hatte er vor seinen eigenen Gefühlen. »Ja«, gab er zu.

»Aber du hattest es vor, nicht wahr?«

»Ja, ich dachte, es könnte funktionieren.«

»Ein Liebesleben *funktioniert* nicht, Kale, es ist einfach nur da. Es ist keine Konstruktion, die ineinandergreift und eine Reaktion in Gang setzt. Es ist etwas, das von alleine passiert. Man muss es nur zulassen.«

»Ich weiß.«

»Wir könnten doch einfach nur nebeneinanderliegen, Kale. Nichts weiter.«

Nichts weiter? »Ich werde nicht schlafen können«, erklärte er.

»Warum?«

»Es ist kompliziert.« Sie wusste wohl doch nichts von seinen beruflichen Problemen. Das beruhigte ihn zunächst. »Ich muss nachdenken.«

»Worüber?«

»Über mich.«

»Ist es wegen des Waldes?«

»Auch.«

»Was noch?«

»Dass wieder vieles nicht mit mir stimmt.«

»Dann solltest du Jake einschalten.«

»Ich will erst versuchen, es selbst wieder in den Griff zu bekommen.«

»Und du denkst, du schaffst das?«

Er sah sie verärgert an, wollte nicht laut werden, um Eve nicht zu wecken. »Wo soll es denn hinführen, wenn ich bei jedem Piep direkt einen Therapeuten rufe?« Es klang wie ein Vorwurf.

Rachel sah ihn enttäuscht an und erklärte: »Wenn man einen Motor baut, dann muss man lernen, die Teile Stück für Stück zusammenzubauen, richtig?«

Er nickte verstehend.

Sie fuhr fort: »Dafür müssen sie aber erst entworfen und angefertigt werden, richtig?«

Auch dabei stimmte er ihr zu.

»Wir befinden uns erst in der Entwurfsphase, Kale. Wir erfinden uns gerade als Familie. Verstehst du das?«

Er schniefte und schwieg.

»Wir müssen das Konstrukt erst bauen. Erst dann läuft es. Gib uns Zeit. Wir haben so viel mehr Probleme zu bewältigen, als andere Paare. Das weißt du.«

»Du meinst, *ich* habe so viel mehr Probleme als andere.«

»Nein, Kale, es sind unsere. Wir haben geheiratet und eine wundervolle Tochter. Es ist unser Problem.«

Er sah verunsichert zu Boden und konnte das Wir nicht spüren. Seine Probleme hatte er selbst zu bewältigen. Er wollte nichts von den Lösungen anderer Menschen hören, weil er sie nicht verstand. Sein Leben besaß einen eigenen Code, den Rachel nicht verstand. Auch wenn sie, genau wie er, das Asperger Syndrom hatte, so war sie doch die weibliche Variante, die um so vieles sozialer und empathischer war als seine. Und sie hatte diesen Missbrauch und die Gewalt nicht hinter sich, die er aushalten musste. Sie hatte nicht die geringste Ahnung, was in ihm vorging. Niemand hatte eine Ahnung.

Er sah auf Eve. Doch, sie hatte eine. Sie sah sein wahres Ich. »Ich kann nicht«, sagte Kale. »Ich muss das mit mir selbst ausmachen.«

Rachel gab nach und half ihm, seine Sachen wieder zusammenzupacken. Er verließ wortlos den Bungalow und sah sich nicht mehr um.

Während der Heimfahrt fühlte er sich taub und abwesend. Er hatte so kurz vor dem Ziel gestanden. Eve hatte ihn nicht zurückgewiesen und er hatte begriffen, worum es im Wald gegangen war. »Du musst dich selbst singen hören«, hatte Rachel ihm als Tipp gegeben. Er hörte sich nie singen, weil das stets Lydia übernahm. Das machte Eve also angst.

Er kam kurz vor Mitternacht wieder in Bakersfield an seinem Haus an. Sein Herz raste, als er den Wagen verließ und die Haustür aufschloss. Er warf noch einen kurzen Blick hinüber zu Mrs. Coopers Haus. Dort brannte Licht. Sie war noch wach. Er betrat das Haus und schloss hinter sich die Haustür ab. Danach kontrollierte er alle Räume auf Mikrofone und Kameras. Er fand nichts. Er holte die Taschenlampe aus der Küche, öffnete die Terrassentür und leuchtete den Garten aus. Nichts. Dann leuchtete er auf die Garagenwand. Auch hier hatte sich nichts verändert. Er würde gleich morgen früh die Schmiererei überstreichen.

Bin gut angekommen, schrieb er per SMS an Rachel und legte sich ins Bett. So hatte er sich das Wochenende nicht vorgestellt.

In der Klinik

Professor Joseph Raymond sah den Zettel auf seinem Schreibtisch liegen. Er sollte Jake Temerowski anrufen. *Eine dringende Angelegenheit* las er. »Gab es einen Vorfall mit Kale Hatfield?«, fragte er seine Sekretärin.

»Nein, nicht, dass ich wüsste. Er wollte etwas mit Ihnen besprechen.«

Der Professor wählte durch. »Was gibt's?«, fragte er.

»Ich habe mir alle Aufnahmen angesehen, die von Kale in den letzten Nächten gemacht wurden, und hatte kurz mit ihm darüber gesprochen. Er führt lautlose Gespräche während des Schlafs. Ich benötige einen Lippenleser. Einen, der mit Taubstummen arbeitet. Kennen Sie jemanden?«

»Lassen Sie mich nachdenken. Ich glaube, Liam hat eine gehörlose Nichte. Ich könnte ihn mal fragen.«

»Oh ja, das wäre toll.«

»Ich rufe Sie gleich zurück.«

»Danke.«

Zehn Minuten später klingelte erneut Temerowskis Smartphone.

»Liam kann das nicht, aber natürlich seine Nichte. Sie ist fünfzehn. Er würde sie fragen, wenn es ihr rechtlich erlaubt ist, die Aufnahmen zu sehen. Kale Hatfield hat noch keinem Entmündigungsverfahren unterlegen. Wir benötigen seine Zustimmung.«

Dr. Temerowski atmete tief durch. »Vielleicht sollten wir rein strategisch davon absehen, damit Kale nichts mitbekommt. Ich befürchte, dass er die Vorgänge dann blockieren wird, um sich zu schützen. Er verbirgt ein Geheimnis, das spüre ich. Das wird er nicht preisgeben wollen.« Temerowski nahm wahr, wie Professor Raymond zögerte.

»Ich weiß nicht«, sagte er.

»Sagen Sie Liam, er soll mich mal zurückrufen. Ich hätte eventuell eine andere Idee.«

»Sie meinen, das würde Mr. Hatfield weiterbringen?«

»Unbedingt. Ich arbeite schon seit Jahren mit ihm. Es könnte sein, dass er der psychiatrischen Forschung neue Türen öffnet.«

»Ich werde Liam Bescheid geben.«

»Vielen Dank, Joe.«

Kurz darauf klingelte Temerowskis Smartphone erneut.

»Liam hier. Sie wollten mit mir reden?«, fragte der Pfleger.

»Ja, danke für den Rückruf. Ich benötige einen Lippenleser.«

»Das sagte Professor Raymond schon.«

»Kale Hatfield redet in der Nacht lautlos mit sich selbst. Ich will wissen, was er sagt. Ich brauche jemanden, der seine Worte entschlüsselt.«

»Meine Nichte kann so was, aber sie ist erst fünfzehn. Ich kann sie nicht einfach fremde Aufnahmen sehen lassen. Außerdem weiß ich nicht, was Kale dazu sagt. Sie verstehen?«

»Verstehe. Ihre Nichte besucht doch eine Schule.«

»Richtig.«

»Kann ich mal die Adresse der Schule bekommen? Vielleicht kann ich eine erwachsene Person gewinnen, die das übernimmt. Würde es dann in meine Studie einbauen. Damit wäre es rechtlich abgesichert.«

»Das hört sich schon besser an. Ich mag meine Nichte auch nicht mit in diesen Fall hineinziehen.«

»Verstehe.«

»Ich werde Ihnen die Adresse der Schule per SMS zukommen lassen.«

»Danke.«

»Ach, haben Sie schon Mr. Hatfields Zeichnungen gesehen?«

»Er hat gezeichnet?«

»Ja, vier Bilder. Die sollten Sie sich mal ansehen.«

Risse

Die Mauer bekam Risse. Zunächst waren sie kaum sichtbar. Dann fiel ein Ziegelstein aus der Mauer. Die Unruhe dahinter wurde größer. Alle gerieten in Hektik, weil der Schutz nachließ. Die andere Welt drang durch die Mauer hindurch. Dieses Loch musste dringend wieder zugemauert werden, sonst fühlten sie sich bedroht. Panisch suchten sie nach einem neuen Ziegelstein und schoben ihn in das entstandene Loch. Sie sahen sorgenvoll auf den Riss. Bald würden weitere Steine herausfallen. Panisch suchten sie nach mehr Ziegelsteinen, um vorbereitet zu sein.

Einige schlossen die Augen, damit man ihre Panik nicht sah. Andere weinten, weil sie nicht wussten, was passieren würde, wenn die Wahrheit ans Tageslicht käme.

In der Klinik

Jake Temerowski sah auf die Zeichnungen. Kale hatte vier Mauern aus Ziegelsteinen gemalt. Eine komplette Mauer, eine gerissene, eine, in der ein Stein fehlte, und eine, die repariert war. Damit hatte Kale Hatfield seine innere Blockade bildlich dargestellt. Eine Mauer, hinter der sich etwas verbarg, was niemand wissen durfte. Das machte den Arzt neugierig. Liam hatte ihm eine SMS mit der Adresse der Schule gesendet. Dort wollte Temerowski heute nach Schulschluss vorbeischauen.

Mrs. Michelle James

Mrs. James, die Schulleiterin der Taubstummen-Schule war sehr nett. Sie leitete bereits seit acht Jahren diese Schule und verstand Jake Temerowskis Anliegen sofort. Sie hatte auch einige traumatisierte Schüler und Schülerinnen in ihren Klassen, deren Wohlbefinden ihr sehr wichtig war. Sie beherrschte das Lippenlesen und würde sich die Aufnahmen selbst ansehen wollen.

Jake Temerowski vereinbarte einen Termin mit ihr in der Klinik, in der Professor Raymond einen Raum mit einem großen Bildschirm zur Verfügung stellte.

Temerowski hatte die wichtigsten Stellen zusammengeschnitten und traf sich mit Mrs. James zwei Tage später gegen Abend in der Klinik in dem besagten Raum.

Als die Schulleiterin den Raum betrat, hatte Temerowski schon alles vorbereitet. Auf seinem Laptop befanden sich die Aufnahmen. Das Gerät war mit dem Bildschirm verbunden.

»Schön, dass Sie gekommen sind«, begrüßte er Mrs. James und reichte ihr die Hand.

»Das ist doch selbstverständlich, wenn es diesem jungen Mann und seiner Familie hilft. Wie alt ist er, sagten Sie?«

Der Arzt dachte nach. »Gute Frage. Ich glaube, wir sind fast gleich alt. Er wird um die vierunddreißig sein und seine Frau dreiunddreißig. Ihre Tochter wird bald zwei.«

»Das sollte doch nach einer jungen und glücklichen Familie klingen«, bemerkte die Schulleiterin.

»Ja«, gab der Arzt zurück, »das sollte es.« Er hatte Mrs. James von seinem Projekt erzählt und verfolgte die gleichen Ziele wie sie. Sie seufzte erschöpft. »Ist es nicht furchtbar ungerecht, was manchen Kindern auf dieser Welt widerfährt?«

Der Arzt stimmte ihr zu. »Wem sagen Sie das? Bei mir sammeln sich die außergewöhnlichsten Fälle von Identitätsstörungen. Der Fall Hatfield ist mir noch aus meiner Studienzeit bekannt. Ich therapiere nach der Methode von Dr. Blendheim. Er war ein Revolutionär auf diesem Gebiet und wendete bei Hatfield eine neuartige Methode an. Sie zeigte Erfolge, sodass ich Kale später in meinem Projekt aufnehmen konnte. Er hat eine gewalttätige Multiple in sich. Als er sie über viele Jahre hinweg im Griff hatte, wurde er als ungefährlich eingestuft. Ich betreue ihn, seine Frau Rachel und ihre gemeinsame Tochter Eve dabei, in ein normales gesellschaftliches Leben zu finden. Aber wie Sie sehen, stehe ich gerade am Ende meiner Weisheit. Irgendwas ist passiert und alles deutet daraufhin, dass Kale nicht nur fünf Multiple in sich hat. Entweder habe ich die anderen über all die Jahre übersehen oder sie haben sich neu gebildet.«

»Neu?«, fragte Mrs. James. »In diesem Alter?«

»Das tritt äußerst selten auf, ich weiß, und es fehlt auch die Grundlage dazu. Ich meine, ich kann nicht wirklich einen Grund dafür finden. Ich habe bis jetzt herausgefunden, dass der Arbeitskollege, den Kale Hatfield erschlagen hat, ihn wohl gemobbt haben muss. Aber diese Tatsache reicht nicht aus, um neue Multiple zu schaffen. Ich habe keinerlei Hinweise auf wirklich tiefgreifende Erlebnisse, weder von seiner Frau, noch von seinem Chef. Im Gegenteil, sie reden eher von einer entspannten Zeit. Doch dazu ist zu viel passiert. Die wirklich wichtigen Momente kommen nur zögernd und Stück für Stück ans Tageslicht.«

»Vielleicht sollte ich mir die Aufnahmen jetzt ansehen«, schlug die Schulleiterin vor.

»Sicher, Entschuldigung. Ich wollte Sie nicht langweilen.«

»Oh nein, das tun Sie nicht. Im Gegenteil, Sie haben mich neugierig gemacht. Ich würde Ihnen gerne dabei helfen, die Sache aufzuklären. Meine Daten für Ihre Studie haben Sie, nicht wahr?«

»Ja, hab ich.« Der Arzt schaltete die Aufnahme ein, während Mrs. James einen Notizblock aus ihrer Tasche zog. Beide sahen gebannt auf den Bildschirm. Sie schrieb:

Hey . . . oh . . . nein . . . weg . . . Kind . . . wo . . . hinter . . . welches . . . Angst . . . lass . . . mich . . . Kind . . . 14 . . . 3 . . . nein . . . will nicht . . . 11 . . . musste . . . 14 . . . lass mich . . . 5 . . . ran . . . musst . . . 13 . . . nächster . . . nein . . . will nicht . . . 12 . . . Angst . . . kann nicht . . . 14 . . . Kind . . . verstecken . . . psst . . . psst . . . psst . . . da kommt jemand, Kind 14.

Der Arzt und die Schulleiterin sahen sich an, nachdem sie die Wortabfolge laut vorgelesen hatte. Es klang wie ein Code. Sie schwiegen daraufhin. Temerowski nahm das Blatt und las es noch einmal laut vor. »Kind 14«, sagte er dann.

»Sieht so aus.«

»Es hat die anderen Kinder unter sich, die es unter Druck setzt.«

»Sagten Sie nicht, dass Mr. Hatfield eine 5-jährige Multiple hat?«, fragte die Schulleiterin.

»Ja, Lydia.«

»Vielleicht sind es Spielgefährten von ihr.«

»Welchem Entstehungsprozess sollten sie zugrunde liegen?«

Mrs. James sah den Arzt ratlos an. »Haben Sie eine Idee davon, wie tief greifend Mobbing eines Arbeitskollegen vonstattengehen kann?«

»Hm. Ich habe nur ein paar vage Angaben von seinen inneren Kindern und Kale selbst. Aber sie klingen so harmlos. Sie reichen mir nicht aus, um diesen Prozess zu erklären.«

»Vielleicht waren sie schon immer da und Sie haben es nicht gewusst.«

»Das könnte sein. Multiple verschwinden ja nie für immer.«

»Eben. Wenn es Kind 1 gibt, gibt es auch Kind 13, 12, 11 und so weiter. Vielleicht auch Kind 15, 16 oder sogar 30. Wer weiß.«

»Weshalb sollte ich sie dann nicht gefunden haben?«

Mrs. James sah den Arzt mit erhobenen Augenbrauen an.

»Weshalb haben Sie mich kommen lassen, Jake?«

»Weil Sie Lippenlesen können.«

»Richtig. Warum kann ich das?«

»Weil Sie mit Taubstummen arbeiten.« Temerowski sah bestürzt auf den Zettel.

Allein im Haus

Kein Wecker ging, kein Joey kniff ihm ins Bein. Kale hatte den Stecker des Radioweckers herausgezogen, um auszuschlafen. Er wollte nichts als Ruhe und schlief bis zum Nachmittag durch, so tief saß die Erschöpfung in seinen Knochen.

Rachel hatte eine SMS gesendet und einen Anruf auf seinem Smartphone hinterlassen, das er unten im Wohnzimmer liegen hatte. Es war fast leer. Er hasste dieses Ding.

Mit dem Erwachen kamen auch die Probleme zurück. Er konnte sich vor Kraftlosigkeit kaum rühren. Seine Arme und Beine gehorchten ihm nicht mehr. Er lag einfach nur da und starrte an die Zimmerdecke. Dabei hatte er vor, heute den Totenkopf zu überstreichen. Danach wollte er mit Mrs. Cooper sprechen, ob sie den Schlüssel irgendwann einmal benutzt hatte. Er musste sichergehen, dass sie ihn noch besaß.

Kale verbrachte eine weitere Stunde im Bett und wartete auf die Kraft, die ihn endlich aufstehen ließ. Sie floss langsam und zäh in seinen Körper hinein. Was war nur los? Woher kam diese Totalermüdung? Ob er kränkelte? Er spürte weder Fieber noch das Unwohlsein einer Erkältung. Es war nur diese Müdigkeit. Er duschte. Das schickte ihm halbwegs die Kraft, sich etwas Schnelles zum Essen zuzubereiten. Draußen schien die Sonne. Wie schön hätte es heute mit Rachel und Eve im Familienpark werden können. Stattdessen schlich er allein ums Haus herum, um alles zu kontrollieren und die Schmiererei zu beseitigen. Er holte den Farbeimer aus dem Wagen und machte sich an die Arbeit. Durch die Hecke sah er, wie Mrs. Cooper gerade die Wäsche aufhängte. Sie konnte den Totenkopf zum Glück nicht von ihrem Garten aus sehen. Als sie Kale bemerkte, winkte sie. »Wie geht es Rachel und der kleinen Eve?«, rief sie zu ihm hinüber. Rachel hatte ihr von dem Familienpark erzählt.

Kale winkte zurück. »Gut, Mrs. Cooper. Ich war gestern bei ihnen. Es geht ihnen gut.«

»Das freut mich.«

»Ja, mich auch. Ach, wo ich Sie gerade sehe, ich habe eine kurze Frage an Sie.« Er trat an die Hecke heran.

»Ja bitte«, sagte die alte Dame und lächelte ihn gütig an.

»Rachel gab Ihnen doch den Ersatzschlüssel von unserem Haus.«

»Ja richtig. Wollen Sie ihn zurück?«

»Nein, nein, deswegen frage ich nicht. Es ist nur . . . «

Wie sollte er die Lage erklären? »Mussten Sie ihn schon mal zum Einsatz bringen?«

Sie sah ihn mit großen Augen an. »Nein, bisher noch nicht.«

»Auch nicht, weil Sie vielleicht mal kurz in unser Haus mussten? Wegen Eve?«

Das ließ sie erstaunt dreinblicken. »Nein, natürlich nicht. Das würde ich doch direkt mitteilen.« Rachel war um so vieles netter als ihr Mann. Warum fragte er so etwas nur? »Möchten Sie den Schlüssel lieber zurück?«, fragte Mrs. Cooper erneut, falls das sein Anliegen wäre.

»Nein, Mrs. Cooper, alles gut. Ich war nur neugierig, nichts weiter. Schönen Sonntag noch.« Er ließ sie ratlos zurück. Als sie aus dem Garten verschwunden war, strich er die Garagenwand weiter.

Gegen Abend las er Rachels SMS und hörte ihren Anruf ab. *Guten Morgen*, las er. *Du Langschläfer*, las er weiter. »Bitte ruf mich zurück«, hörte er die Bandansage übermitteln. Er wählte durch.

»Weshalb hast du an der Rezeption nach mir fragen lassen?«, fragte sie.

»Ich soll was?«, fragte er zurück.

»Man sagte mir, du hättest dort angerufen und nach mir gefragt.«

»Hab ich nicht. Ich habe doch deine Mobilnummer. Weshalb sollte ich bei der Rezeption angerufen haben?« Er sah auf den Kühlschrank, wo die Nummer des Familienparks hing. Das ließ ihn plötzlich erstarren. Sein Innerstes lief Amok. Jemand *musste* im Haus gewesen sein!

Kale Hatfield erschien am Montag pünktlich zur Arbeit. Dafür hatte Joey gesorgt. Sybille zitterte in ihrer Ecke. Die Ordnung war wieder zerstört.

»Bin da«, sagte er, als er das Büro seines Chefs passierte.

»Prima«, rief Kenneth Coward zurück.

Der Tag verlief ruhig. Er sah Hayden unauffällig auf seinem Platz sitzen und auch kein lautes Gespräch fand im Büro seines Chefs statt. Das entspannte Kale Hatfield. Doch die Sache mit der Schmiererei war noch nicht vom Tisch. Auch dieser ominöse Anruf bei Rachel ging ihm nicht aus dem Kopf. Sollte er Hayden direkt darauf ansprechen? Kale dachte an die Abmachung, kein Gespräch ohne Chef. Er konnte Ken unmöglich von seinen Vermutungen erzählen. Er würde ihn für verrückt halten und ihm Vorwürfe machen, weshalb er alles verheimlicht habe. Also ließ er es.

Barbara begegnete Kale auf dem Flur, als er den Weg zum

Lager antrat. Es war wieder eine Spezialanfertigung angekommen. Seine Arbeitskollegin lächelte ihn gequält an, dabei war sie ihm doch so gut gesonnen. Barbara sah blass und kränklich aus, genau wie er, als Hayden ihn erstmals unter Druck gesetzt hatte.

Bryan Hayden sah nicht auf, als Kale das Großraumbüro durchquerte. Die Stimmung schien im gesamten Raum gedrückt zu sein. Hatte er etwas verpasst? Paul blickte kurz auf und zwinkerte ihm zu. Der Tag verlief ohne weitere Ereignisse.

Die Sache mit dem Graffiti musste geklärt werden, bevor Rachel und Eve heimkehrten. Kale wusste nur nicht, wie.

In der Klinik

»Ich habe Kale auf Kind 14 angesprochen«, erklärte Jake Temerowski der Schulleiterin am Telefon. Er befand sich gerade in der Mensa der Klinik und hatte eine Therapiestunde mit ihm hinter sich. Er hatte ihm erklärt, dass es eventuell der Name einer neuen Multiplen wäre, und sie daraufhin mehrmals gerufen. Doch nichts war geschehen. Kale war weder weggesunken, noch hatte er darauf reagiert. Er war nur stark beunruhigt gewesen, als Jake von eventuell 14 neuen Kindern sprach. Oder vielleicht sogar mehr.

»Kind 14 lässt sich nicht erreichen«, erklärte Temerowski weiter am Telefon. Michelle James seufzte am anderen Ende der Leitung. »Das habe ich mir gedacht. Das Kind hört Sie nicht und es kann auch nicht sprechen.«

»Damit bin ich raus aus dem Spiel. Ich werde dieses Kind nicht kontaktieren können. Doch es weiß was. Es hat sich nicht umsonst taubstumm entwickelt.«

Wieder seufzte Mrs. James. »Aber es zeigt sich in der Nacht. Es ist ganz offensichtlich präsent, wenn Kale angeblich schläft.

Es kann auf jeden Fall sehen, sonst könnte es nicht handeln und wir würden es nie bemerken. Ich halte es aber für ausgeschlossen, dass es die Gebärdensprache oder das Lippenlesen beherrscht. Aber es wäre mal einen Versuch wert. Was meinen Sie?«

»Sie meinen, Sie wollen nachts bei ihm sitzen und versuchen, Kontakt aufzunehmen?«, fragte Temerowski.

»So in etwa. Es müsste nur an einem Wochenende sein, weil ich nicht ohne Schlaf arbeiten gehen kann.«

»Natürlich.«

»Und Sie müssen mir die Fragen aufschreiben, die Sie stellen möchten. Sie müssen alles filmen, damit ich eventuelle Antworten später notieren kann.«

»Hm?«, bemerkte Temerowski. »Kale wird nicht verstehen, warum wir ihn nachts fixieren. Es wird diese Kinder warnen. Wir müssen es ihm erklären, aber ich schätze, dann wird nichts passieren.«

»Diese Bilder«, sagte Michelle James, »die mit der Mauer. Könnte es sein, dass es die Mauer ist, hinter der sie lauern?«

»Das habe ich mir auch schon gedacht.«

»Sie fällt auseinander.«

»Ich weiß. Ich sehe darin ganz klare Zeichen, dass diese Kinder nach draußen drängen. So ein Fall ist mir noch nie vorgekommen.«

»Mir auch nicht«, gestand die Schulleiterin und lachte.

»Sollen wir uns nicht duzen, Mrs. James?«, schlug Temerowski plötzlich vor.

»Gerne.«

Der Arzt lächelte. Es gefiel ihm, wie sie in den Fall mit einstieg. Sie war vielleicht zwei Jahre älter als er und würde in Zukunft sogar ein wichtiger Teil bei der Aufklärung des Falls werden, denn irgendwie musste Kind 14 erreichbar sein. »Wie sollen wir es machen?«, hörte der Arzt Michelle fragen.

»Wir sollten ihm nichts sagen, ihn nicht fixieren und uns beide nachts leise ins Zimmer schleichen.«

»Wir müssen dann einen zweiten Stuhl arrangieren, weil es länger dauern könnte.«

»Wann sollen wir es machen?«

Sie sah in ihrem Terminkalender nach. »So schnell wie möglich. Was hältst du von der Nacht von Samstag auf Sonntag.«

»Das würde gehen.«

»Gut, wann soll ich da sein?«

»Nach den Aufnahmen zu urteilen, beginnt Kind 14 das Gespräch um 2 Uhr nach Mitternacht. Es dauert in der Regel zehn bis fünfzehn Minuten. Dann ist es wieder weg. Vorher wird Kale Hatfield sehr unruhig im Bett. Deswegen kann ich nicht sagen, ob er uns vorher schon bemerkt. Eine schwierige Situation.«

»Wir können es nur versuchen, Jake.«

Das sah der Arzt genauso.

Weitere Risse

Sie hörten nicht, wie der zweite Riss entstand, aber sie sahen es am nächsten Morgen. Das versetzte sie wieder in Panik. Wo mochte der nächste Stein herausfallen oder würde die Mauer komplett einstürzen?

Kind 14 beruhigte sie. Es sei alles halb so schlimm und die Erschütterungen würden bald nachlassen, sodass keine weiteren Risse entstehen würden. Es wusste, dass es eine Lüge war, aber anders war der Tumult nicht in den Griff zu bekommen. Es hatte die anderen wahrscheinlich überfordert, als es ihnen die

Befehle gab. Sie waren der Situation nicht gewachsen gewesen. Sie waren zu unerfahren, schüchtern und schwach. Es musste sie härter rannehmen.

Allein im Haus

Kale Hatfield befand sich auf der Heimfahrt von der Arbeit und spürte wieder eine große Unruhe aufkommen. Er war zornig auf sich selbst, weil er die Dinge nicht anzupacken wusste. Tristan hatte sich kurz gemeldet, weil er wieder eine böse E-Mail an Hayden schreiben wollte, doch Kale hatte die Anzeichen gespürt, weil es so ruhig im Büro gewesen war, und ihn weggedrückt. Kale wollte nicht, dass ER die Situation übernahm. Das konnte nicht der Weg sein, die Sache aus der Welt zu schaffen. Es war die Geduld, dachte Kale, die er aufbringen musste. Hayden würde sich irgendwann selbst verraten. Kale hatte heute alle Varianten durchdacht, wie der Kerl an seinen Haustürschlüssel gekommen sein könnte. Er schloss immer die Bürotür ab, wenn er das Büro verließ, genau wie sein Chef. Niemand konnte und durfte während seiner Abwesenheit den Raum betreten. Nicht einmal die Sekretärin.

Mrs. Cooper hatte auch nichts Verdächtiges mitgeteilt. Kale entwickelte zwei Strategien. Zunächst wollte er eine Kamera im Haus, am Eingang und im Garten installieren, um zu sehen, wer sich während seiner Abwesenheit tatsächlich Einlass verschaffte. Sollte in dieser Woche, während sich Rachel und Eve noch im Familienpark befanden, nichts passieren, würde er das Schloss auswechseln lassen. Ihm müsste nur eine verdammt gute Erklärung dafür einfallen, um Rachel nicht zu beunruhigen.

Er fuhr einen Elektronikhandel an und besorgte sich eine

Überwachungsanlage. Dann machte er sich an die Arbeit.

Eine Kamera erfasste den gesamten Eingangsbereich des Hauses, eine die Terrassentür mit dem Garten und eine den Wohn- und Essbereich. Das müsste reichen. Er programmierte die Anlage und ging zu Bett.

Als er am nächsten Morgen erwachte, sah er sich während des Frühstücks den Schnelldurchlauf der Aufnahmen an. Alles bestens. Er fuhr zur Arbeit.

»Bin da!«, rief er wie immer seinem Chef zu.

»Kale?«, hörte er Kenneth Coward rufen. »Komm doch mal kurz zu mir.«

Kale betrat mit erstauntem Blick das Büro seines Chefs. »Was gibt's?«, fragte er.

»Setz dich, Kale.«

Er kam der Aufforderung nach.

»Ich habe gute Nachrichten für dich«, begann sein Chef. Hatte er Bryan Hayden endlich die Kündigung ausgesprochen?

»Dein Freund Bryan wird ab nächste Woche in das Büro neben deinem einziehen«, erklärte Coward.

Kale sah seinen Chef erschrocken an. Ihm stockte der Atem. »Was ist passiert?«, fragte er.

»Bryan zeigt gerade, was wirklich in ihm steckt. Er hat seine Arbeit wieder fehlerfrei im Griff und schafft die Korrektur von Paul zu erledigen.«

»Wow«, sagte Kale und konnte sich die Sache nicht erklären.

»Ja«, bemerkte Coward erfreut. »Man musste ihn nur ein wenig anstoßen. Du hattest ihn ja schon einmal so weit. Ich glaube, er hat seine Familienprobleme jetzt auch im Griff. Ich bin mit seiner Arbeit sehr zufrieden und werde ihn nächste Woche aus dem Großraumbüro zu uns in die Chefetage holen.«

Kale überfluteten die Emotionen. »Das ist erfreulich«, brachte er unter großer Mühe hervor.

»Gut, dann weißt du Bescheid. Ansonsten bleibt alles bei unserer alten Abmachung. Kein Gespräch zwischen euch ohne mich, auch wenn er dein Freund ist. Was ihr privat macht, geht mich nichts an, doch hier im Unternehmen unterliegt alles meiner Kontrolle. Du bekommst weiterhin deine Aufträge und Hayden erledigt die Endkontrollen neben seinen Aufträgen. Damit fahren wir eine klare Linie und du kannst dich endlich entspannen.«

»Ja, Sir«, sagte Kale mechanisch und erhob sich.

»Sonst alles klar?«, rief Coward Kale noch zu, als er bereits an der Tür stand.

Kale drehte sich um. »Ja, natürlich.«

»Gut.«

Barbara begegnete ihm wieder auf dem Gang zur Toilette. Hatte sie abgenommen? Sie grüßte ihn unsicher, ihr Blick war dabei zu Boden gerichtet. Wie merkwürdig, wo sie immer so freundlich auf ihn zugekommen war.

Als Kale Hatfield wieder in seinem Büro saß, kam ihm ein schrecklicher Gedanke. Er lief nervös in seinem Raum auf und ab und fluchte leise. Dann verließ er sein Büro, schloss es ab und lief die Treppe zum Eingang des Großraumbüros hinunter. Er lugte vorsichtig um die Ecke in den Raum hinein. Bryan saß erhobenen Hauptes vor seinen Bildschirmen und sah zu Barbara hinüber, die ihm gegenübersaß und in gebeugter Haltung ihre Arbeit erledigte. Er grinste sie an. Dieses Dreckschwein! Er hatte sich ein neues Opfer gesucht. Kale lief zurück in sein Büro und war mehr denn je durcheinander. Sollte er Barbara darauf ansprechen? Sollte er sie einweihen, was Hayden mit ihm gemacht hatte, und sie warnen? Sie könnte mit ihm zusammen zum Chef gehen und den Fall anzeigen, bevor Hayden in die

Chefetage zog. Kale konnte nicht zulassen, dass er auch noch sie zugrunde richtete, sie, die eine der Besten war. Er schrieb Barbara eine E-Mail. *Geht es dir nicht gut?*, schrieb er.

Kurz darauf kam die Antwort. *Danke, alles gut.* Sie gab sich keine Blöße. Was mochte Hayden ihr angedroht haben?

Das freut mich, zu lesen, schrieb Kale zurück. *Wenn etwas ist, melde dich.* Mehr konnte er nicht tun. Es kam keine Antwort zurück. Damit musste er die Sache hinnehmen.

Es lag auf der Hand, dass Barbara nicht lange durchhalten würde. Das sah man ihr an. Wann würde sie zusammenbrechen und Haydens wahre Unfähigkeit tatsächlich ans Tageslicht kommen?

Kale sah zum Fenster hinaus. Er sollte Ruhe bewahren und öffnete Cowards E-Mail, in der sich ein neuer Auftrag befand. Es war ein Auftrag von der NASA. Sein Chef hatte *Viel Spaß* dazugeschrieben und ein zwinkerndes Grinsemännchen beigefügt. Das ließ ihn lächeln und alles um sich vergessen. Bei diesem Auftrag würde ihm keine Zeit für Endkontrollen bleiben.

Die Tage bis zu Rachels und Eves Rückkehr flossen dahin. Die Aufnahmen der Kameras zeigten keine Auffälligkeiten und doch wollte Kale auf Nummer sicher gehen. Er ließ ein neues Schloss an der Haustür einbauen. Rachel erklärte er, ihm wäre der Schlüssel darin abgebrochen und der Schlüsseldienst hätte ihn nicht mehr herausbekommen. Er gab Mrs. Cooper den neuen Ersatzschlüssel, ließ seinem Vermieter ebenfalls einen zukommen und hatte für Rachel einen Anhänger dazugelegt, der eine Sonnenblume zeigte, ähnlich der, die er in Eves Zimmer gemalt hatte.

Er fuhr seine kleine Familie am letzten Samstag ihres Aufenthaltes besuchen, um mit ihnen gemeinsam heimzufahren. Sein zweiter Besuch wirkte um so vieles entspannter. Eve lachte, als sie ihn begrüßte und ließ zu, dass er sie auf den Arm nehmen konnte. Auch Rachel wirkte erholt. Nur die Sache mit dem merkwürdigen Anruf stand noch zwischen ihnen. Ob es eine seiner Multiplen gewesen war? Dass Lydia immer wieder präsent war, hatte sie bereits gesehen. Vielleicht hatte sich Sybille gemeldet, um zu hören, ob alles in Ordnung war. Rachel hatte nicht nachgefragt, ob es eine weibliche oder männliche Stimme gewesen war. Doch angeblich sollte es ihr Mann gewesen sein. Vielleicht war alles nur ein unbedeutender Zwischenfall.

»Ken hat einen zweiten Mann in unsere Chefabteilung geholt«, erklärte Kale ihr. »Er übernimmt jetzt die Endkontrollen. Ich habe dafür einen Auftrag von der NASA bekommen. Ein neues Triebwerk. Das lastet mich genug aus.«

Rachel sah den Stolz in seinem Gesicht. Davon hatte er immer geträumt. Sie sah ihn noch einmal als Lieferfahrer und Obdachlosen vor sich. Welch eine Verschwendung von Potenzial war das gewesen. »Also, keine Heimarbeit mehr?«, fragte sie. Er hob die linke Hand. »Ich schwöre, keine Heimarbeit mehr.«

Die Geduld hatte sich ausgezahlt. Sie fuhren glücklich heim.

Natürlich hatte Kale die Kameras versteckt angebracht. Es war auf Anhieb nichts zu sehen. Mrs. Cooper winkte über die Hecke, als sie die Familie wieder vereint im Garten sah. Sollte damit alles vorbei sein?

In der Klinik

Jake Temerowski und Michelle James schlichen sich eine Stunde nach Mitternacht leise in Kales Zimmer. Alles war mit Professor Raymond abgesprochen. Ein Stuhl stand bereits im Zimmer und ein Stuhl trug der Arzt bei sich, mit Gummis unten den Stuhlbeinen versehen, damit das Aufsetzen auf den Boden kein Geräusch verursachte.

Kale schien nichts bemerkt zu haben, als beide im Zimmer saßen. Michelle James hielt einen Zettel mit Stift in den Händen und beobachtete, genau wie Temerowski, den Patienten, der bereits erste Anzeichen von Unruhe zeigte. Er schmiss sich herum, sodass Michelle seine Lippen sehen konnte.

Hey, formten sie. Kale hatte die Augen leicht geöffnet und sah zu ihr hinüber.

Hey, antwortete Michelle in Gebärdensprache und bewegte ihre Lippen lautlos dazu.

Oh, formten Kales Lippen.

Wer bist du?, fragte Michelle.

Nein, las sie.

Was meinst du mit nein?

Weg, kam es Kale über die Lippen.

Wohin, fragte Michelle. Sie gewann nicht den Eindruck, als würde sie Kind 14 erreichen. Er musste die Augen schon weiter öffnen, um ihre Zeichen zu sehen.

Kind, las sie.

Kind 14?, fragte sie.

Wo, las sie.

Ja, wo?, fragte sie zurück.

Hinter, kam als Antwort.

Du meinst hinter der Mauer? Sie wollte etwas mutiger vorgehen.

Temerowski sah gebannt zu.

Welches, formten Kales Lippen.

Was meinst du?, fragte Michelle.

Angst.

Du hast Angst?

Lass mich.

Temerowski las von seinem Zettel ab, dass es exakt die gleiche Wortabfolge war wie immer. Also konnte er davon ausgehen, dass Kind 14 nicht auf Michelle reagierte. Kale schloss die Augen. Kind 14 blieb unerreichbar. Sie verließen das Zimmer genauso geräuschlos, wie sie eingetreten waren.

»Ich habe es mir gedacht«, sagte sie, als sie sich am Ausgang der Klinik befanden.

»Ich auch, ehrlich gesagt«, gab Temerowski zu. »Erstaunlich, dass er dich nicht wahrnahm, dabei hat er dich direkt angesehen.«

»Ich weiß nicht, ob er wirklich mich gesehen hat, Jake. Er war in eine Art Trance. Das Kind, was mir geantwortet hat, war in ihm drin. Hat er neue Zeichnungen angefertigt?«, fragte sie.

»Nur die letzte mit dem zweiten Riss.«

Michelle griff dem Arzt vertraut an die Schulter und sah ihn im Schein der Laterne an. »Jake«, sagte sie, »er kommuniziert auch über seine Zeichnungen. Du könntest Kind 14 darüber vielleicht besser erreichen.«

»Wie?«

»Du lässt Kale einen Brief an Kind 14 schreiben.«

»Du meinst, es würde darauf reagieren? Kale kennt es nicht einmal. Er hat keinen Kontakt zu diesen Kindern.«

»Das sehe ich anders. Er könnte vielleicht wahllos etwas schreiben und du wartest und beobachtest, was passiert.«

Der Arzt rieb sich das Kinn. »Das wäre zumindest noch eine

Möglichkeit. Wenn es den Brief mal liest . . . «

»Vielleicht steckt in Kales Gedanken eine Art Kommunikationsspeicher. Ich meine, er schreibt doch bewusst den Namen. Vielleicht meldet sich das Kind dann über seine Gedanken, wenn er auf sein Geschriebenes sieht.«

»Du hast recht, es wäre einen Versuch wert.«

Hinter der Mauer

Wieder fiel ein Stein heraus.

Kind 14 näherte sich der Mauer und lugte hindurch. Alles ruhig.

Emsig schlossen die Kinder das Loch. Ihre Herzen rasten. So konnte es nicht weitergehen. Kind 14 musste unbedingt etwas unternehmen. Es musste eine zweite Mauer hochgezogen werden, die sie zusätzlich schützte. Sie alle sahen auf Kind 14.

Wir haben nicht genug Steine, signalisierte es.

Hallo, Kale«, begrüßte Jake Temerowski seinen Patienten am nächsten Tag. Er nahm in diesem Moment wahr, dass Kale an Gewicht verloren hatte. Er verspürte seit einigen Tagen keinen Appetit mehr, fühlte sich innerlich gequält und unter Druck gesetzt. Sein Magen rebellierte, wenn er Essen roch.

»Hör zu«, sagte der Arzt. »Ich möchte ein Experiment mit dir durchführen.«

Kale sah ihn ermüdet an. Wieder ein neues Experiment. »Was soll das bringen?«, fragte er.

»Ich kann zu Kind 14 keinen Kontakt aufnehmen. Aber du kannst es vielleicht.«

»Ich?«

»Ja, du.«

»Ich habe noch nie Kontakt zu meinen inneren Kindern gehabt.«

»Doch, du spürst Tristan.«

»Ich spüre, wenn er herannaht, aber ich habe keinen Kontakt zu ihm. Du hast mich auf körperliche Anzeichen trainiert.«

»Ich werde eine Art neues Training für Kind 14 beginnen. Ich will, dass du einen Brief an Kind 14 schreibst.«

»Einen Brief?«

»Genau. Ich lege dir Briefpapier und einen Füller bereit.« Er zog einen Füller aus seiner Jackentasche. »Ich gebe dir meinen. Den habe ich noch von meiner Studienzeit. Meine Eltern schenkten ihn mir damals. Ich habe auch Patronen dabei. Was meinst du?«

Kale sah müde auf den Füller. »Ich schreibe keine Briefe. Ich glaube auch nicht, dass es funktioniert.«

»Du hast vor einigen Jahren mal Gedichte und Gedanken aufgeschrieben. Erinnerst du dich? Das hast du gemacht, als du Rachel kennenlerntest. Es wäre einen Versuch wert.« Temerowski sah, wie sein Patient unruhig wurde, dann aber einlenkte. Der Arzt legte den Füller neben den Zeichenblock auf den Schreibtisch und verließ das Zimmer.

Unheimliche Ruhe

Es entstand eine unheimliche Ruhe daheim in ihrem Haus. Nicht Ruhe im Sinne von Stille. Im Gegenteil. Kales Familienleben wurde lebhafter denn je. Genauso, wie Rachel es sich immer gewünscht hatte. Die Barriere zwischen ihm und seiner Tochter war beseitigt und sie tollten bei jeder Gelegenheit durchs Haus. Eve war ein wahrer Wirbelsturm, voller Leben und Lachen. Das liebte Kale. Er sah die kleine Lydia in ihr heranwachsen.

Die Ruhe beschränkte sich auf das leidige Thema mit der Arbeit. Kale verlor kein Wort mehr darüber und hielt sein Versprechen, was die Heimarbeit betraf. Rachel genoss seine neu gewonnene Sympathie zu ihrer gemeinsamen Tochter. Sie gewann den Eindruck, dass auch er sich von einer Last befreit fühlte. Die Kleine ließ sich sogar von ihm zu Bett bringen. Rachel hörte ihn immerzu mit seiner normalen Stimme singen. Er übte seine Vaterrolle und kümmerte sich seit ihrer Rückkehr aus dem Familienpark auffallend viel um Eve. Auch um den Garten, was immer ihr Bereich gewesen war. Er kontrollierte ständig alles auf Richtigkeit und Ordnung. Er besah sich die Blumenbeete und hielt sich viel im Gartenhaus auf.

Rachel hatte bemerkt, dass er die Garagenwand gestrichen hatte. Es war nicht nötig gewesen, aber es sah gut aus. Seine Teilnahme am Familienleben und der Hauspflege erstaunten sie. Er wirkte gegenwärtig, als hätte er endlich begriffen, worum es ging. Die Geduld hatte sich also ausgezahlt.

Sollte damit alles vorbei sein, vor dem sie sich noch vor der Reise gefürchtet hatte? Es fiel kein Wort mehr über ihre Trennung, keine Lydia sang und kein stundenlanger Rückzug in sein Zimmer fand statt. Sogar das Verhältnis zu Mrs. Cooper verbesserte sich. Er redete öfter mit ihr an der Hecke, ob alles in Ordnung wäre. Sie solle Bescheid sagen, wenn sie Sorgen oder Probleme hätte oder ihr etwas auffiele, was ihr Angst machte.

Rachel war auch darüber erstaunt, weil er sich Fremden gegenüber eher zurückhaltend benahm. Die zusätzliche Arbeit, die er monatelang erhalten hatte, musste ihn schwer belastet haben. Doch der Einstieg in ein Berufsleben war für niemanden einfach. Gerade in seinem Fall.

Sie lebten nun seit fast zwei Jahren in diesem Haus und die Ersparnisse, die sie durch sein hohes Gehalt beiseitelegen konnten, würden ihnen eines Tages zu einem eigenen Heim verhelfen. Für Rachel war das Glück vollkommen. Sie wollte auch das Thema des Anrufs im Familienpark bei der Rezeption nicht mehr auf den Tisch bringen. Wenn da nicht noch diese körperliche Barriere zwischen ihnen wäre. Sie begehrte seinen Körper und wollte ihn spüren, doch er hatte Angst, dass er sich vergaß. Und er hatte Angst, dass er nichts mitbekam, was dann geschehen würde.

Eines Abends fragte er, ob sich irgendwelche Vorfälle ergeben hätten, die sie mit ihm besprechen müsste. Sollte sie es wagen und von seinem brutalen Verhalten vor einigen Wochen erzählen? Immerhin hatte sie ihn wegen des zweiten Kindes sehr unter Druck gesetzt. Seitdem sie nichts mehr davon erwähnte, war es besser geworden. Seine Annäherungen waren so zaghaft wie am Anfang. Die wollte sie nicht zerstören und schwieg. Auch das würde er eines Tages hinbekommen. Rachel war fest davon überzeugt.

Sie hatte keine Ahnung, wie schwer es Kale fiel, diese Situation aufrechtzuerhalten. Die Ruhe, die sie empfand, war nichts anderes als ein Kontrollzwang, der sich in Kale in Gang gesetzt hatte. Er konnte nicht glauben, dass alles vorbei war und Hayden endlich Ruhe gab. Die Angst um seine Familie war immer noch da. Er kontrollierte ständig das Haus, die Fahrzeuge, die Nachbarschaft und die Post. Er verbrachte viel Zeit im Gartenhaus, wo er heimlich die Aufnahmen der Überwachungsanlage durchsah. Er gab vor, darin die Geräte und den Rasenmäher auf ihre Funktion zu prüfen oder sie zu reinigen.

Auf Rachel wirkte alles wie eine angenehme Besorgnis, doch dann verlor sich das Gefühl plötzlich. Ihr fiel auf, dass es zwanghaft wirkte. Er verlor die Balance. Sie bemerkte es dadurch, dass er gewisse Kontrollen mehrmals hintereinander erledigte, obwohl doch alles in Ordnung war. War die Haustür am Abend auch abgeschlossen? Er ging dreimal nachsehen. War die Terrassentür auch gut verriegelt? Er stand mehrmals in der Nacht auf und kontrollierte sie. Er sah sich ständig die Motoren der Fahrzeuge an, bevor sie losfuhren, ob auch alles in Ordnung war. Es erschien Rachel wie eine neue Baustelle, die entstand. Ihre körperliche Annäherung verlor sich wieder durch diesen neuen Stress.

Das Weihnachtsfest nahte. Ihr zweites in diesem Haus. Sie wollte Mrs. Cooper diesmal einladen. Es würde ihr das Gefühl von einer kompletten Familie geben. Mrs. Cooper war erfreut über das Angebot. Sie mochte diese kleine junge Familie, auch wenn Kale ihr hin und wieder etwas merkwürdig vorkam. Die alte Dame hatte sich einen Gärtner besorgt, obwohl Kale ihr angeboten hatte, ihr diese Arbeit bei Bedarf abzunehmen, doch sie fand, dass er genug mit seinem Haus und Garten zu tun hatte. Sie sah ihn ständig irgendwo herumwerkeln und Zäune und Hecken kontrollieren. Sie sollte ihm vielleicht behutsam beibringen, dass sie einen Gärtner engagiert hatte, damit er nicht verärgert war. Sie sollte es zunächst Rachel mitteilen, damit sie das übernehmen konnte.

Das Weihnachtsfest war sehr gelungen. Die kleine Party an Christmas Eve gefiel allen.

»Das ist dein Tag«, hatte Mrs. Cooper Eve gegenüber erwähnt und sie in den Arm genommen. Sie hatte mit der Kleinen zuvor Plätzchen gebacken, die sie genüsslich an diesem Abend verzehrten. Am nächsten Morgen erschien Mrs. Cooper erneut und brachte Geschenke mit, die sie öffneten. Kale und Rachel erhielten neue Ornamente für ihren Baum, die sie als Familie immer als Erinnerung pflegen mussten. Sie lachten und nahmen das Weihnachtsessen gemeinsam ein.

Fühlte sich so das Glück einer ganz normalen Familie an? Wenn da nicht dieser Kontrollzwang wäre. Rachel wollte Kale auch in dieser Sache Zeit geben. Vielleicht war es nur eine letzte Hürde, bevor er begriff, wie das Leben funktionierte.

Das Projekt von Jake Temerowski erwies sich als erfolgreich. Eine gute Nachricht für den Arzt. Rachel spielte Kales Zwang herunter und nannte es eine rührende Besorgnis und stellte ihn als fürsorglichen Vater und Ehemann dar. Dabei hätte sie es besser wissen müssen. Kale selbst versicherte bei einem langen Gespräch, dass alles *bestens* sei. Er wollte über die bisherigen Vorgänge bei der Arbeit immer noch nicht berichten, weil Hayden Ruhe gab. Aber Barbara sah von Woche zu Woche schlechter aus. Sie fehlte häufiger und arbeitete von zu Hause aus einige Aufträge ab. Diese Option gab Coward all seinen Leuten.

Kale hatte ihr seine Hilfe angeboten, die sie nicht annehmen wollte. So nahm er es als gegeben hin.

Bryan Hayden arbeitete nun im Büro nebenan. Er ließ Kale in Ruhe. Der hörte, wenn Hayden sein Büro verließ, und mied ein Zusammentreffen, wo immer es ging.

Eines Tages bemerkte Kale, dass Barbara ganz aus dem Unternehmen verschwunden war. Er fragte bei Kenneth Coward nach.

»Ja Kale, sie ist krank«, erklärte ihm sein Chef. »Sie konnte nicht mehr. Sie will nicht, dass wir darüber reden.«

Das war alles, was Kale erfuhr. Hatte sie nichts von Hayden

erzählt? Er war gespannt, wer sein nächstes Opfer würde, und kontrollierte mehrmals seine Bürotür, wenn er hinter sich abschloss, damit er nicht gestört wurde. Er schloss sich wieder ein, um sich sicher zu fühlen, und kontrollierte ununterbrochen sein E-Mail-Fach und seine Schränke, ob sich irgendwas veränderte. Doch alles befand sich in bester Ordnung. Er hatte wieder einen komplizierten Auftrag von der NASA bekommen, weil er den letzten erfolgreich erledigt hatte. Er lächelte, fuhr seinen Computer hoch und machte sich an die Arbeit.

Wieder daheim stellte er seine Tasche wie immer im Flur ab und brachte Rachel die Sandwichdose zum Reinigen. Bei einem letzten Blick in die Tasche fiel ihm ein großer Briefumschlag auf. Wie war er dort hineingelangt? Kale sah sich um, ob Rachel zugegen war und ihn beobachtete, doch sie spielte mit Eve im Wohnzimmer. Er brachte die Tasche in sein Zimmer und schloss sich ein. Dort holte er den Umschlag heraus. Es war weder eine Anschrift noch ein Absender zu lesen. Wenn er von Ken wäre, hätte er ihn persönlich übergeben. Jemand hatte Kale eine heimliche Nachricht zukommen lassen. Er ergriff den Brieföffner und schlitzte den Umschlag auf. Es fielen Fotos heraus, die auf seinem Schreibtisch landeten. Fotos, auf denen Rachel und Eve im Familienpark zu sehen waren. Im Schwimmbad, auf der Bank, auf einer Wiese und im Bungalow. Man konnte Rachel durch ein Fenster auf dem Sofa sitzen und ein Buch lesen sehen. Dann Eve, wie sie im Unterhöschen durch den Bungalow lief oder vor dem Fernseher saß. Auf einem Foto war der Totenkopf an seiner Garagenwand zu sehen.

Als Kale die Bilder durchgesehen hatte, fielen sie ihm aus der Hand. Ihm entglitt die Kontrolle und Lydia begann zu summen. Dies war eine neue Bedrohung von Hayden. Er sollte wohl wieder seine Arbeit erledigen. Ihm waren die Opfer ausgegangen. Es war auch der Beweis, dass dieser Dreckskerl tatsächlich in seinem Haus gewesen war, die Schmiererei verursacht und den Zettel am Kühlschrank mit der Telefonnummer des Familienparks gefunden hatte. ER hatte dort angerufen. ER war hingefahren und hatte die Fotos geschossen. ER . . . er . . . er! Dies war ein Vorgeschmack von dem, was Hayden in der Lage war, zu tun. Er bedrohte erneut seine Familie.

Kale griff sich ins Haar, ging in die Knie und weinte.

Strategie 1: nicht reagieren
Strategie 2: den Vorfall Ken melden
Strategie 3: Hayden bedrohen
Strategie 4: Hayden töten

Er schniefte zufrieden. Dann strich er Strategie 2 durch. Das würde zu nichts führen, weil sein Chef sich die Zusammenhänge nicht erklären könnte. Kale erzählte Rachel nichts von den Bildern, sondern versteckte sie in seinem Zimmer.

Kale hörte Bryan Hayden am nächsten Tag während der Arbeitszeit sein Büro verlassen. Sollte er ihn im Flur abfangen und ihn eindringlich warnen? Nein, das brachte seine Reihenfolge durcheinander. Erst einmal nicht reagieren.

Der Druck wuchs. Wenn er nichts unternahm, würde Ken bald bemerken, was los war, denn immerhin schien Hayden niemanden gefunden zu haben, der seine Fehler ausbügelte.

Am nächsten Tag erschien Hayden nicht im Unternehmen, was Kale panisch werden ließ. Jetzt stand seine Familie unter direkter Bedrohung. Er lief in Cowards Büro und fragte nach, was los sei.

»Ist krank gemeldet«, antwortete sein Chef. »Kannst du ein wenig aushelfen?«

Kale lächelte gequält. »Sicher.«

»Ich habe schon vieles übernommen, weil Bryan in den letzten Tagen bereits kränkelte. Er war nur schwer vorangekommen.«

Kale nickte verstehend. Seinem Chef stand der Ärger ins Gesicht geschrieben. In Kale breitete er sich im Magen aus. Er rief Rachel an, ob alles in Ordnung sei.

»Na klar, weshalb auch nicht?«, fragte sie und spürte wieder Unruhe aufkommen. Weitete sich die Kontrolle aus?

Kale fuhr den Computer hoch und suchte in seinem Smartphone nach der Überwachungsanlage vom Haus, die er darüber schaltete. So konnte er tagsüber seine Familie im Blick haben. Da er mit drei Bildschirmen arbeitete, übertrug er die Aufnahmen auf einen von ihnen. Es fanden keine Vorkommnisse statt, weder im noch außerhalb des Hauses.

Abends erklärte er Rachel, dass eine Arbeitskollegin gekündigt habe und ein Arbeitskollege aus der Chefabteilung krank sei. Er müsse deswegen wieder länger arbeiten, was er von daheim machen wollte. Rachel sah ihm gequält hinterher, als er hinauf in sein Zimmer ging. Sie rief kurz darauf bei Kenneth Coward an, weil es ihr merkwürdig erschien, doch Kales Chef bestätigte die Situation. Sie seufzte und sah auf Eve, die im Wohnzimmer saß und mit ihrem Puppenhaus spielte.

Kale schloss die Tür hinter sich ab und vertiefte sich in die Arbeit.

»Kommst du zum Abendessen?«, rief Rachel von unten, doch er reagierte nicht. Sie ging die Treppe hinauf, klopfte kurz an seine Tür und drehte den Türknauf. Die Tür war abgeschlossen. »Kale?«, rief sie.

Kurz darauf schloss er auf.

»Weshalb schließt du ab?«, fragte sie ihn.

Er sah sie verunsichert an. »Ist so eine Angewohnheit von der Arbeit«, erklärte er.

»Du schließt dich dort ein?«

»Wenn ich nicht gestört werden will, ja.«

»Ich störe dich also.«

Er sah zurück in sein Zimmer. Auf seinem Bildschirm war eine komplizierte Zeichnung zu erkennen.

Sie verstand. »Du kannst ja runterkommen, wenn du Hunger hast. Ich hebe dir etwas auf.«

Er nickte. »Danke.« Daraufhin schloss er wieder die Tür und sie hörte, wie er leise abschloss.

Sollte er direkt zu Strategie 3 übergehen und Hayden ebenfalls bedrohen, um die Gefahr zu mindern? Vielleicht sollte er ihm daheim auch einmal einen Besuch abstatten, damit er spürte, wie sich das anfühlte. Das könnte wirken. Vielleicht ein paar Fotos schießen und sie ihm auf den Schreibtisch legen.

Kale nahm kein Abendbrot zu sich und ging erst nach Mitternacht zu Bett. Für Rachel begann das alte Spiel. Für Kale begann ein völlig neues.

Brief an Kind 14

Kale Hatfield schlich um den Schreibtisch herum, der sich in seinem Isolierzimmer befand. Er sah auf den Block und den Füller, den Jake ihm dagelassen hatte. Eine weitere Waffe, mit der er sich umbringen könnte. Er sollte einen Brief an Kind 14 schreiben. Was sollte er schreiben? *Hallo, wie gehts?* Oder, *wer bist du?* Oder, *sprich mit mir*. Er fand die Idee irrsinnig. Als wenn er Taubstumme in sich beherbergte!

Kale lief unschlüssig im Zimmer umher. Liam wollte später kommen und ihn zum Gym begleiten. Dort verbrachte er inzwischen eine halbe Stunde auf einem Laufrad und dann noch eine weitere halbe Stunde an diversen Trainingsgeräten. In dieser Zeit war kein anderer Patient anwesend. Alle hatten dieses Programm zu absolvieren, um fit zu bleiben. Viele liefen dann auf der Station weiter umher, weil sie nicht stehen bleiben konnten. Sie wollten dem Leben davonlaufen.

Kale setzte sich an den Schreibtisch und schrieb:

Brief an Kind 14

Mehr fiel ihm nicht ein. Er starrte auf die Worte und wartete, bis er zum Essen gerufen wurde. Danach holte ihn Liam ab.

»Du hast wieder zu wenig gegessen, Kale«, sagte der Pfleger, als er ihn nach unten in den Keller begleitete. Kale schwieg. Er hatte wieder keinen Hunger verspürt.

»Sie werden dir Astronautenfutter verabreichen, wenn du so weitermachst.«

»Sollen sie doch«, antwortete Kale gereizt.

»Du wirst bald keine Kraft mehr für dein Training haben.«

»Wen kümmert's?«

Liam blieb stehen und sah ihn an. »Mich, Mann! Mich kümmert's. Professor Raymond kümmert's. Dr. Temerowski kümmert's. Deine Tochter kümmert's. Und am meisten kümmert's deine Frau, Kerl!«

Kale sah genervt zu Boden. Er hatte Rachel und Eve seit Wochen nicht mehr gesehen. Er hätte es nicht ausgehalten, Rachel wieder in einem Zimmer auf der Geschlossenen zu begegnen. Wieder müsste sie all die Wahnsinnigen und Verrückten auf der Station sehen, unter denen er lebte. Er hatte nicht bemerkt, wie sich dieser Kontrollzwang verselbstständigt hatte. Er hatte es als Liebe und Sorge wahrgenommen, weil er nicht wusste, wie sich die Normalität anfühlte. Jetzt musste er Briefe an Geister schreiben.

»Komm!«, rief Liam und holte ihn aus den Gedanken. Sie gingen in den Keller.

Hinter der Mauer

Als wenn ihre Angst und Panik nicht schon anstrengend genug wäre. Jetzt lief auch noch Tinte durch die Ritzen! Es sah eklig aus, wie das Blut des Teufels. Sie holten Lappen herbei und wischten die Tinte weg, bevor Kind 14 diesen Schlamassel sah. Sie schrubbten die Mauer, bis nichts mehr zu sehen war. Die Ritzen mussten neu verputzt werden. Sie rührten eine weiße Masse an und schmierten sie in die Ritzen und Löcher.

Strategie 1

Ignorieren, dachte Kale Hatfield. Einfach ignorieren.

Rachel war mit Eve zum Einkaufen und er nutzte die Zeit, um das ganze Haus wieder zu kontrollieren. Er schaltete sein Smartphone ein und kontrollierte auch die Überwachungsanlage erneut, sah sich selbst an der Terrassentür stehen. Mit einer Tastenkombination konnte er die Kamera hinter der Satellitenschüssel etwas schwenken und den gesamten Garten überblicken. Im Haus konnte er alle offenen Wohnbereiche sehen und vor dem Haus den gesamten Eingangsbereich. Besser konnte er es nicht einrichten. Er hatte die Anlage so programmiert, dass er eine leichte Vibration verspürte, sofern sich etwas in Sichtbereich der Kameras befand. Auf diese Weise konnte er immer sehen, wo Rachel und Eve sich aufhielten oder ob sich ein Fremder näherte.

Er hörte Rachels Wagen in die Einfahrt fahren, schaltete die Verbindung wieder aus und ging zu ihr, um den Einkauf ins Haus zu tragen. Das Wochenende stand vor der Tür. Er würde das Signal am Montag wieder auf Lautstärke stellen, wenn er das Haus verließ.

Eine Woche lang tat sich nichts, dann machte Kale eine absonderliche Beobachtung mit der Kamera, die den Garten überblickte. Er konnte damit auch in Mrs. Coopers Garten einsehen, was sie nicht wissen sollte. Sie stand mit einem jungen Mann auf der Terrasse und unterhielt sich freundlich mit ihm. Kale stellte den Lautsprecher hoch, doch er konnte das Gespräch nicht verstehen. Der Mann war nur seitlich zu sehen. Mrs. Cooper führte ihn durch den Garten zu ihrem Geräteschuppen, wo der Mann einen Rasenmäher hervorholte. Das war also der neue Gärtner, von dem Rachel erzählt hatte. Er trug sein Cappy tief ins Gesicht gezogen und überprüfte fachmännisch den Motor, füllte Benzin ein und startete den Mäher. Mrs. Cooper ging ins Haus, während der Gärtner begann, den Rasen zu mähen.

Kale schwenkte die Kamera wieder herum, denn es ging ihn nichts an, was bei Mrs. Cooper vor sich ging. Er hatte kein Recht, in ihre Privatsphäre einzudringen.

Als er gegen Abend seinen Garten nach gewohnter Manier kontrollierte, fand er eine Zigarettenkippe auf seinem Grundstück an der Hecke liegen. Der Gärtner hatte sie wohl hinüber geschmissen. Kale sah sie an, dann wurde ihm übel. Er rannte wie von Sinnen nach oben in sein Zimmer.

»Was ist los?«, rief Rachel ihm hinterher.

»Nichts!«, schrie er zurück, atmete tief durch und sagte: »Ich gehe jetzt an die Arbeit.« Er schloss wieder ab. Sie hörte es ganz genau. Er schaltete sein Smartphone ein und rief die Aufnahme von heute Nachmittag ab, vergrößerte sie und konzentrierte sich auf die Bewegungen des Gärtners. Das Gesicht war wegen des Cappys verdeckt. Verdammt! War es Hayden? Die Größe und Figur konnten stimmen. Kale rief Mrs. Cooper an.

»Oh, das ist aber ungewöhnlich«, sagte sie, als sie seine Stimme hörte. Er hatte sie noch nie angerufen.

»Ich rufe wegen des Gärtners an, den Sie jetzt haben.«

Mrs. Cooper errötete. Er würde deswegen doch nicht verärgert sein? »Es ist nicht so, wie Sie denken«, sagte die alte Dame.

»Mrs. Cooper, es ist okay«, erklärte er schnell. »Ich rufe nur deswegen an, weil es sein könnte, dass wir seinen Dienst demnächst vielleicht auch gebrauchen könnten. Ich habe derzeit viel Arbeit um die Ohren und Rachel hat auch immer viel mit Eve zu tun. Es wäre nicht schlecht, wenn hin und wieder jemand den Rasen mähen würde.«

Das erleichterte die Dame. »Möchten Sie seine Nummer?«, fragte sie.

Kale lächelte. »Deswegen rufe ich an. Ich wollte nur nachfragen, ob der freundliche Herr auch bei uns mähen kann, wenn er bei Ihnen fertig ist. Das erspart ihm einen zusätzlichen Anfahrtsweg.«

»Das ist eine gute Idee. Er hat ein Kärtchen hinterlassen. Warten Sie, ich hole es.«

Er hörte, wie sie durchs Haus ging und irgendwo herumkramte.

»Ach, hier ist es«, sagte sie und nahm das Gespräch wieder auf. »Haben Sie etwas zum Schreiben?«

»Hab ich«, sagte Kale.

Sie gab ihm die Mobilnummer durch.

»Vielen Dank«, sagte er. »Steht noch eine Adresse dabei?«

»Nein, nur sein Name und seine Nummer.«

»Wie heißt er denn?«

»Ray Galligan.«

»Danke, Mrs. Cooper. Das ist sehr nett von Ihnen. Ich werde mich bei diesem Ray mal melden.«

Er hatte sich also einen weiteren Namen zugelegt, nicht weit von Roy entfernt. Verteufelt! Wenn Rachel ihn sehen würde, wären sie direkt wieder mittendrin. Das konnte er nicht zulassen. Sie würde ihn vielleicht selbst ins Haus holen und zu einer Tasse Kaffee einladen. Dann brauchte Hayden nicht einmal mehr einen Schlüssel, um hier hereinzukommen.

Der Schlüssel!

Mrs. Cooper besaß einen Schlüssel seiner neuen Schließanlage! Hatte sie nicht davon gesprochen, diesen Gärtner schon letztes Jahr kontaktiert zu haben, als Kale das Schloss noch nicht ausgetauscht hatte? Plötzlich erkannte er Zusammenhänge, die ihn in die Verzweiflung trieben. Rachel rief von unten. Das Essen wäre fertig.

Sie saßen am Tisch und schwiegen. Rachel spürte, dass wieder etwas in ihm vorging. Er wirkte abwesend und sein Gesicht zuckte. »Alles in Ordnung?«, fragte sie.

Er sah erschrocken auf. »Ja, sicher.« Wie nur konnte er ihr das Problem, was sich soeben ergeben hatte, erklären? »Mrs. Cooper hat jetzt einen Gärtner«, begann er vorsichtig und sah, wie Eve sich bemühte, alleine mit einem Löffel zu essen. Sie entwickelte sich großartig.

»Ja«, sagte Rachel. »Das wird ihr eine große Hilfe sein.«

»Das denke ich auch«, sagte er leise. »Ich würde gerne etwas mit dir besprechen, Rachel, später, wenn Eve schläft. Wäre das möglich?«

»Stimmt irgendwas nicht?«

»Doch, alles bestens. Ich will nur etwas mit dir besprechen, nichts weiter.«

»Sicher.«

Er unterbrach seine Arbeit im Zimmer und traf sich zur vereinbarten Zeit mit Rachel im Wohnzimmer. Eve schlief, draußen war es bereits dunkel.

»Was gibt's?«, fragte sie.

»Es geht um diesen Gärtner«, begann er.

»Ja, und?«

»Es ist nur . . . «

»Was?«

»Sie ist eine alte, alleinstehende Dame und er ist ein wildfremder Mann.«

»Aber sie hat doch sicherlich seine Kontaktdaten.«

»Eben nicht. Nur seinen Namen und eine Mobilnummer.«

Rachel sah ihren Mann erstaunt an. »Woher weißt du das?« Sie verstand die Zusammenhänge nicht. Der Gärtner war heute Nachmittag bei ihr gewesen sein.

»Ich habe den frisch gemähten Rasen gerochen«, log Kale. »Daraufhin rief ich bei ihr an, ob alles okay sei. Ich mache mir Sorgen. Man hört so allerlei. Diese Welt ist nicht immer das, was sie vorgibt, Rachel.«

»Wie meinst du das?«

»Na, angenommen der Mann ist ein gut organisierter Dieb und schleicht sich erst einmal als Gärtner bei ihr ein, gewinnt ihr Vertrauen und bestiehlt sie heimlich.«

Rachel sah ihren Mann mit hochgezogenen Augenbrauen an. »Die Welt ist nicht nur schlecht, Kale.«

»Sie hat unseren neuen Schlüssel«, sagte er und sah sie herausfordernd an.

»Aber doch nicht offen herumliegen.«

»Das weißt du nicht. Vielleicht hängt er sichtbar an ihrem Schlüsselbrett an der Tür. Dann braucht der Fremde nur zuzugreifen und könnte problemlos bei uns eindringen.«

Rachel atmete tief durch. Kales Sorge war nicht von der Hand zu weisen. Sie hatte nie darauf geachtet, wo Mrs. Cooper ihre Schlüssel lagerte.

»Diese Typen«, fuhr Kale fort, »haben oft miese Methoden. Viele Menschen lagern ihre Schlüssel bei Nachbarn. Wir haben ja auch Mrs. Coopers Schlüssel.«

»Ja, aber den habe ich versteckt«, verteidigte sich Rachel.

»Das ist auch richtig so. Aber weißt du, ob sie unseren Schlüssel versteckt hat?«

»Nein«, gab sie ehrlich zu.

»Deswegen wollte ich mit dir reden. Er hat heute eine Zigarettenkippe in unseren Garten geschmissen. Das ist nicht nett. Das ist respektlos und ein Zeichen, dass dieser Gärtner nicht unbedingt ein freundlicher Mann ist.«

Nun kam auch Rachel zum Nachdenken. Kale hatte recht, so etwas tat ein wohlgesonnener Gärtner nicht. »Was sollen wir tun?«, fragte sie.

»Ich habe mir seine Nummer von Mrs. Cooper geben lassen. Vielleicht sollte ich ihn mal anrufen. Was meinst du?«

»Wozu?«, fragte Rachel.

»Um ihn zu warnen.«

»Wäre es nicht besser, wir reden direkt mit Mrs. Cooper darüber und warnen sie zunächst?«

»Das wäre natürlich das Beste. Wir sollten ihr morgen einen Besuch abstatten und ihr unsere Bedenken mitteilen.«

Mrs. Cooper war dankbar für die Sorge ihrer jungen Nachbarn. Kale entschuldigte sich bei ihr für den vorgetäuschten Anruf und versprach ihr, ihre Gartenarbeit vorerst zu übernehmen. Sie solle derweil nach einer Hilfe in ihrem Bekanntenkreis suchen. Einen, dem sie vertraute.

Kale ließ am nächsten Tag das Türschloss erneut austauschen, brachte Mrs. Cooper den Ersatzschlüssel und schickte dem Vermieter ebenfalls einen. Er begründete den Tausch damit, dass Rachel den Schlüssel des vorherigen Schlosses verloren hätte. Dann kam er seiner Arbeit weiter nach. Und seiner Kontrolle.

»Wie lange ist Bryan noch krankgeschrieben?«, fragte Kale seinen Chef.

»Er hat sich eine Lungenentzündung eingefangen. Wird noch zwei Wochen dauern. Meinst du, du schaffst das?«

»Ehrlich gesagt, brauche ich wieder mehr Luft, weil der Auftrag von der NASA viel Konzentration erfordert. Außerdem fängt die Gartenarbeit wieder an und ich habe meiner alten Nachbarin versprochen, ihr etwas im Garten auszuhelfen.«

»Ja, Kale, verstehe. Mir steht das Wasser auch bis zum Hals. Ich sitze jeden Abend bis Mitternacht an der Arbeit. Wenn das so weitergeht, muss ich einen neuen Mitarbeiter suchen.«

»Vielleicht einen, der nicht so viel krank macht«, bemerkte Kale.

»Wäre nicht schlecht. Ich meine, Bryan ist schon okay, auch seine Leistungen, aber . . . er ist doch ziemlich belastet.«

»Stimmt. Wir können ja nicht ständig seine Arbeit übernehmen.«

»Nein, Kale, das können wir nicht.«

»Kann er nicht ein wenig von daheim arbeiten? Ich meine, er ist schon seit zwei Wochen weg aus dem Betrieb. Vielleicht zwei bis vier Stunden am Tag, wenn er noch mal zwei Wochen fehlt. Er müsste doch weitgehend auskuriert sein.«

Kenneth Coward sah seinen Mitarbeiter an. »Das habe ich mir auch schon gedacht. Es ist aber auch zu dumm, dass ausgerechnet Barbara erkrankte und uns verlassen musste.«

Sollte Kale ihm jetzt mitteilen, was er vermutete? Oder dass Bryan während seiner Krankmeldung den Rasen seiner Nachbarin mähte? Sein Chef erhob sich. »Ich werde gleich mal bei ihm anrufen und nachfragen, wie es aussieht. Sein Problem sollte nicht zu deinem werden.«

»Nein, Ken, das sollte es nicht.« Diese Worte beruhigten Kale. Er ging zurück in sein Büro und holte das Smartphone aus seiner Hosentasche. Er wählte die Nummer von Ray Galligan.

»Hi, hier ist Ray. Ich rufe gerne zurück, wenn Sie mir eine Nachricht hinterlassen«, hörte Kale durch den Hörer. War das Bryans Stimme? Er wählte noch einmal durch und stellte den Lautsprecher ein. Es erklang der gleiche Spruch. Es konnte Bryans Stimme sein, ein wenig verstellt, aber die Tonlage könnte stimmen.

»Hier ist Kale Hatfield«, sprach Kale auf den AB. Dann drückte er die Verbindung weg. Das sollte genug Warnung sein. Er setzte sich an seinen Schreibtisch und rief die Überwachungsanlage auf einem seiner Bildschirme auf. Er wollte während der Arbeit seine Familie im Blick haben.

Er sah, wie Rachel das Haus reinigte und Eve ihr dabei hinterherlief und half. Die Kleine hatte einen Putzlappen in der Hand und machte ihrer Mutter alles nach. Das gefiel ihm. Er lächelte und konnte dieses Glück unmöglich zerstören lassen.

Kale ließ die Kamera im Garten herumschwenken. Auch bei Mrs. Cooper war alles okay. Er machte sich an die Arbeit.

Plötzlich kam eine E-Mail rein. Der Absender war ihm unbekannt. *Kein Betreff*, las er und öffnete den Text. *Du suchst einen Gärtner? Kein Problem. Ich komme gleich bei dir vorbei.*

Kale erstarrte! Damit hatte er den Beweis, dass es Hayden war. Er musste Rachel warnen. Sie würde ihm vertraut die Tür öffnen. Er geriet erneut in Panik. Der Kerl ließ nicht locker, seine Wünsche einzufordern und Kales Familie zu bedrohen. Er konnte jetzt unmöglich das Büro verlassen und wählte zitternd Rachels Nummer durch, doch sie hörte das Telefon nicht. Er sah über den Monitor, dass sie staubsaugte. Das Geräusch übertönte das Klingeln des Telefons. Er musste zu ihr, sie warnen. Sollte er Mrs. Cooper anrufen und sie bitten, Rachel und Eve aus dem Haus zu holen? Er würde 30 Minuten benötigen, bis er daheim wäre. Kale wählte erneut, ließ es klingeln. Sie saugte. Er sah mithilfe der Kamera im Eingangsbereich, wie ein Fahrzeug vor seinem Haus anhielt. Ein weißer Transporter ohne Aufschrift. Ein Mann stieg aus. Er hielt einen Blumenstrauß in der Hand und ging zur Haustür.

Rachel saugte und hörte nicht, wie es klingelte. Der Mann blieb beharrlich vor der Haustür stehen. Er hörte sicherlich den Staubsauger bis zur Tür. Er trug eine dunkle Wollmütze und einen dunkelblauen Wollmantel. Kale konnte sein Gesicht nicht erkennen. Er sah, wie Rachel den Staubsauger ausschaltete und zum Telefon ging. Sie schaltete den AB ein und ging weiter zur Haustür. Kale hörte die Bandansage. Schnell, dachte er, schnell, ich muss ihr über den AB zuschreien, doch die Ansage war lang.

Sie öffnete die Haustür! Lächelte! Lachte! Nahm den

Blumenstrauß entgegen! Kale griff sich vor Verzweiflung ins Haar. Die Ansage endete. Er schrie in den Hörer: »Lass ihn nicht rein!!«

Rachel schloss die Haustür, bückte sich zu Eve und zeigte ihr ein Kärtchen, das bei dem Blumenstrauß lag. Sie hörte sein Geschrei auf dem AB nicht, weil er leise gestellt war.

Wer hatte vor der Haustür gestanden? Roy? Ray? Bryan? Wer von ihnen hatte ihr diesen verfluchten Strauß geschickt!

Eine neue E-Mail kam rein. *Der Gärtner war da gewesen.*

Rachel griff zu ihrem Smartphone und wählte. Würde sie jetzt Roy anrufen und sich bedanken? Kurz darauf klingelte Kales Smartphone. Er sah, wie Rachel den Hörer an ihr Ohr hielt und im Haus nach einer Vase suchte. Er drückte die Verbindung frei. »Du bist ein Schatz!«, sagte sie. »Vielen Dank! Deine Blumen sind soeben angekommen.«

Er sah, wie sie die Vase in die Küche brachte und unter den Wasserhahn stellte. Ihm fehlten die Worte.

»Kale?«, hörte er sie fragen. Ihm versagte die Stimme. Er hörte Eve über die Anlage lachen. Er sah, wie Rachel plötzlich stutzte. Ein Echo von Eves Lachen hatte sich eingestellt. Warum hörte sie ihre eigene Tochter durch das Telefon lachen?

Er suchte nach Worten und Erklärungen, die er nicht fand, und drückte die Verbindung weg. *Gern geschehen*, schrieb er per SMS. *Kann gerade nicht reden, bin in einer Besprechung.* Er musste seine Nachricht noch vom AB löschen und stellte eine Verbindung dazu her. Rachel befand sich gerade in der Küche, als er den Befehl zum Löschen gab. Er wusste nicht, ob es ein Geräusch verursachte, doch Rachel schien nichts zu bemerken.

Damit rettete er vorerst die Situation. Sein Herz raste. Eine neue Panikwelle überrollte ihn. Er schloss die Augen und konzentrierte sich auf seinen Atem. Tief durchatmen. Tief durchatmen. Dann lief er ins Büro der Sekretärin. »Ich brauche Bryan Haydens Adresse«, sagte er. »Ich werde ihm von der Belegschaft eine Genesungskarte schicken.«

Die Sekretärin sah auf. So etwas hatte er noch nie getan. Er hatte nicht einmal auf den Geburtstagskarten seiner Kollegen unterschrieben. Sie lächelte ihn an. Er schien sich immer mehr in die Gemeinschaft einzufügen. Sie suchte Haydens Adresse heraus und notierte sie ihm.

In der Klinik

Kale kehrte mit Liam auf die Station zurück. Er fühlte sich schlapp und depressiv. Was nützte ihm Fitness, wenn er den Rest seines Lebens eingesperrt sein würde? Es hatte eine Zeit gegeben, in der er das Zimmer auf einer geschlossenen Station als Bunker empfunden hatte. Das Zimmer, das er jetzt betrat, übte nicht den Schutz aus, den er einst empfand. Damals hatte er auch keine Familie besessen oder gar eine feste Freundin.

»Du kannst jederzeit zu uns auf die Station kommen«, erklärte ihm Liam. Kale lehnte ab. Er wollte die anderen weder sehen noch hören.

In seinem Zimmer sah er auf den Brief, den er an Kind 14 schreiben sollte. Ihm war auch im Gym nichts eingefallen. Er teilte nichts mit diesem Kind. Sollte er versuchsweise nur eine Frage stellen? Wenn ja, welche? Was sollte er fragen, um ein fremdes Kind zu erreichen?

Er setzte sich an den Schreibtisch und schrieb: *Wie geht es dir?* Mehr fiel ihm nicht ein. Das reichte, um den ersten Kontakt aufzunehmen. Er trennte das Blatt vom Zeichenblock ab und legte es beiseite. Dann setzte er sich mit dem Block in eine Ecke des Zimmers auf den Boden und malte Rachels Gesicht.

Hinter der Mauer

Wieder sickerte Tinte durch die Mauer.
Sie quoll zwischen den Steinen hindurch.
Die Kinder wollten sie wegwischen, damit Kind 14 sie nicht sah, doch es hatte die Tinte längst entdeckt.
Sie lief zu Boden und formte sich zu Worten.
Wie geht es dir?, las Kind 14. Es sah die anderen an, die auf eine Reaktion warteten.
Es war eine Frage, die alle interessierte. Ja, wie mochte es Kind 14 mit dem, was es angezettelt hatte, gehen?
Was glotzt ihr so?, signalisierte Kind 14. Wischt das weg!
Willst du nicht antworten?, gestikulierte Kind 12.
Nein! Wischt das weg!
Kind 12 zog einen Stein aus der Mauer und sah hindurch. Es sah Kale auf dem Boden sitzen und zeichnen.
Dann schloss es die Mauer wieder.

Liam fand am nächsten Morgen zwei neue Zeichnungen von der Mauer auf dem Schreibtisch. Bei einer fehlte ein Stein. Ein Paar Augen lugten hindurch. Sie waren dunkelblau. Auf dem zweiten Bild war die Mauer wieder komplett. Die Risse waren verputzt. Der Pfleger brachte die Zeichnungen zu Professor Raymond.

Strategie 2

Gestrichen. Er würde seinen Chef nicht informieren.

Strategie 3

Hayden bedrohen. Es wurde Zeit, ihn ebenfalls zu bedrohen.

Kale rief Rachel an. »Ich komme heute später«, sagte er. »Die Besprechung hat mir zu viel Arbeitszeit gestohlen. Ich werde sie hier im Büro nacharbeiten. Muss es heute noch fertig bekommen«, erklärte er ihr.

Sie war verärgert. Das war eine ganz neue Variante. »Deswegen die Blumen«, warf sie ihm vor. Enttäuschung klang in ihrer Stimme.

»Nein, Rachel, nein. Das ist ein Missverständnis. Ich werde dir später alles erklären.«

Sie drückte ihn weg.

Er sah über die Kamera, wie sie die Blumen im Abfall entsorgte und anschließend mit Eve zu Abend aß. Er zog sich die Jacke über, ergriff seine Arbeitstasche und fuhr zu Haydens Adresse. Es wurde Zeit, dessen Frau ebenfalls einen Besuch abzustatten. Er kaufte ihr einen Blumenstrauß.

Die 14. Begegnung

Die Haydens lebten mitten in der Stadt in einer engen Straße voller hochgezogener Mietshäuser. Der Verkehrslärm und die Huperei durchfluteten Kales Gehör. Hier also lebte Bryan mit seiner Familie.

Kale sah die rote Backsteinfassade hinauf und betrat die Stufen zum Eingang. Die Haustür stand offen, sodass jeder dort ein- und ausgehen konnte. Es stank nach Essen und die Flurwände waren voller Schmiererei. Kale sah auf die Klingelleiste. Hayden wohnte im 4. Stockwerk.

Der Aufzug war defekt. Kale hörte Kindergeschrei aus den Wohnungen in den Hausflur dringen. Irgendwo bellte ein Hund. Dann schrie ein Baby. Türen wurden zugeschmissen, Streitgespräche. Er schloss kurz die Augen, weil ihn der Lärm so irritierte. Er hatte auch einst in solchen Verhältnissen gelebt. Das war schrecklich gewesen. Er war dadurch selbst zu einem Teil dieser Welt geworden und hatte die Tage verwahrlost verschlafen. Bis man ihn hinausgeschmissen hatte, samt Möbeln. Das war der Beginn seiner Obdachlosigkeit gewesen.

Kale konnte kaum glauben, dass Bryan Hayden mit seinem Gehalt in solchen Verhältnissen lebte. Er könnte sich problemlos ein Haus in einem Vorstadtviertel anmieten, genau wie er und Rachel.

Kale erreichte das 4. Stockwerk und sah auf drei Türen, die nicht namentlich gekennzeichnet waren. Er horchte, ob er hinter einer Tür Haydens Stimme hören würde. Er hörte Kindergeschrei. Eine Frau wütete herum. Sie warf vulgäre Worte um sich. Hinter den anderen Türen war alles still. Die Haustür war dreckig, voller Flecken und Schäden.

Kale drückte auf den verschmutzten Klingelknopf. Hinter der Tür wurde es augenblicklich still. Dann erklang ein Flüstern, schleichende Schritte.

Bryan Hayden öffnete die Tür. »Kale?«, fragte er und sah seinen Arbeitskollegen mit überraschter Miene an. Hayden sah gar nicht gut aus, fand Kale. Sein Gesicht war eingefallen, blass und müde. Kale wies auf den Blumenstrauß. »Ist deine Frau daheim? Ich wollte ihr ein paar Blumen vorbeibringen«, sagte er und beobachtete Haydens Reaktion. Würde er die Anspielung verstehen?

»Blumen?«, fragte Hayden erstaunt. »Für meine Frau? Wie

kommst du denn dazu?«

Kale sah, wie er nervös wurde. »Das macht man doch unter Kollegen, oder?«

Hayden war verwirrt. Kale fuhr fort: »Man spricht die Frauen von Kollegen auf dem Spielplatz an, macht Fotos von ihnen, wenn sie im Urlaub sind, mäht den Rasen der Nachbarin, wirft Kippen über die Hecke und beglückt deren Ehefrauen mit Blumensträußen.« Kale sah ihn scharf an.

»Ich verstehe nicht«, stammelte Hayden.

»Ich würde gerne mal deine Frau kennenlernen«, erklärte Kale und deutete erneut auf den Strauß.

Sie kam hinzu und stellte sich breitbeinig neben ihren Mann. Zwischen ihren Lippen klemmte eine Zigarette, sie hielt ein Baby auf dem Arm, das sich die verweinten Augen rieb. Ein Schwall von Nikotin und Gestank schlug Kale entgegen. Erst jetzt sah er, wie dreckig es in dieser Wohnung war. Überall lag etwas herum, die Wände waren beschmiert und verdreckt. Hier lebte Bryan Hayden?

Ein zweites Kind kam hinzu. Ein Mädchen, so alt wie Eve, nur etwas kleiner, fast dürr, und dreckig.

Kale sah auf Bryans Frau, die er sich ganz anders vorgestellt hatte. Ihre großen Brüste zeichneten sich deutlich unter einem verwaschenen T-Shirt ab. Sie trug keinen BH, dafür eine rote Legging, die sich eng um ihre dicken Beine zog. Ihr fettiges Haar hatte sie zu einem Knoten gebunden und ihre künstlichen Wimpern waren schief aufgeklebt. Eine abscheuliche Erscheinung fand Kale.

»Das ist mein Kollege«, stellte Bryan ihn seiner Frau vor. »Kale Hatfield. Ich erzählte dir doch von ihm. Er hilft mir immer.«

Kale nickte zustimmend. Ja, er war der, der immer ausgeholfen hatte.

»Das ist Kristin«, sagte Hayden, »meine Frau. Und Joshua und Elena, unsere Kinder.«

Kale nickte allen kurz zu. Damit hatte er nicht gerechnet. Das erklärte viel – sein Benehmen, seinen Gestank und seine Arbeitshaltung.

»Willst du nicht reinkommen?«, fragte Hayden leise.

Kale sah die Scham in seinem Gesicht. Wo war sein großspuriges und freches Benehmen geblieben?

»Du kannst ihm ja nicht mal ein Bier anbieten«, fuhr seine Frau ihn an. Sie hatte also das Sagen.

»Ich trinke keinen Alkohol«, sagte Kale und hielt ihr den Strauß entgegen. Das war doch sein Anliegen gewesen.

Kristin nahm ihn entgegen und sah ihren Mann an. »Da schau mal«, sagte sie und sah ihn vorwurfsvoll an. »Ein fremder Mann bringt mir Blumen! Und du schaffst es nicht mal, den Müll runterzubringen.«

Bryan Hayden lächelte verlegen. »Vielleicht einen Tee?«, fragte er. Er hatte Kale öfter Tee im Büro trinken sehen.

»Nein, danke«, sagte Kale. Er war vollkommen durcheinander. In dieser Wohnung wollte er gar nichts zu sich nehmen.

»Komm doch rein«, bat Hayden ihn erneut.

Kale fühlte sich mehr denn je bedroht und wusste der Situation nicht zu entkommen. Er hatte sich eher auf eine harte Konfrontation eingestellt. Doch dies war alles andere als hart oder brutal. Es war einfach nur ekelhaft. Er betrat zögernd die Wohnung, Hayden schloss hinter ihm die Tür. Der Gestank wurde intensiver und löste Übelkeit in Kale aus. Überall lag ungewaschene Wäsche herum. Kale sah eine dunkelblaue Jacke und eine schwarze Wollmütze an der Garderobe hängen. Die Jacke und Mütze des Blumenlieferanten. Sollte er Hayden direkt vor seiner Frau bloßstellen? Dann würde sie vielleicht alles Weitere übernehmen. Sie sah zumindest so aus, als würde sie ihn öfter denunzieren. Die kleine Elena lief schreiend umher, worauf Hayden sie zur Ruhe ermahnte. Die Kleine grinste ihn frech an und schrie noch lauter, worauf sie sich eine Ohrfeige von ihrem Vater einfing.

Kale sah erschrocken zu und sagte: »Tu das nicht, Bryan.«

Sein Kollege sah ihn verwirrt an. Sollte das eine Drohung sein? »Komm«, sagte er und führte Kale ins Wohnzimmer.

Sein Ekelgefühl wuchs, als er das Zimmer sah. Dies war kein Wohnzimmer, sondern ein Schlachtfeld aus Müll und Spielzeug. Auch hier stank es fürchterlich nach altem Essen und Nikotin. Auf dem Tisch stand ein überfüllter Aschenbecher, daneben lagen zwei leere Tüten Chips. Keine Anzeichen von gesundem Essen. Süßigkeiten lagen und klebten auf dem Teppich. Elena ergriff einen plattgetretenen Schokoriegel und steckte ihn in ihr verschmutztes Mündchen. Anschließend rieb sie sich die verklebten Finger an ihrem dreckigen T-Shirt ab.

Irgendwas triggerte Kale und ließ ihn wegdriften. Er dachte an seine eigene Kindheit, die keineswegs so verwahrlost verlaufen war, aber die Anspannung und Gewalt, die in diesen Räumen schwebte, war die gleiche, wie in seinem Elternhaus.

»Setz dich«, bat Hayden und zeigte auf ein verdrecktes Sofa. Kale nahm jedoch auf dem gegenüberstehenden Sessel Platz.

Hayden hustete tief in seine Lungen hinein, griff zu einer brennenden Zigarette, die im Aschenbecher klemmte, und nahm einen tiefen Zug. Kristin kam herein und stellte die Blumen zwischen den Müll auf den Tisch. »Das sieht doch mal schön aus«, sagte sie und klopfte Kale freundschaftlich auf die Schulter. Die Berührung ließ ihn zusammenzucken. »Danke«, hörte er sie sagen. Er nickte. »Keine Ursache«, bemerkte er und sah Hayden verbittert an. »Du rauchst zu viel«, sagte er und sah auf die Kinder, die in diesem Chaos heranwuchsen.

»Der Arzt sagt, es sei eine Lungenentzündung, aber ich befürchte, es steckt mehr dahinter«, erklärte Hayden und klopfte sich auf die Brust. »Ich bin zunächst für zwei Wochen krankgeschrieben worden und jetzt noch einmal zusätzlich zwei Wochen. Hoffe, dass es ausreicht.«

Kale zeigte auf den Aschenbecher. »Eine gute Medizin, um Zeit zu gewinnen«, sagte er.

»Wie meinst du das?«

Nun wurde Kale unruhig. Er wollte es nicht vor den Kindern austragen, wirklich nicht, aber sie waren sicherlich schon einiges gewöhnt. »Bryan«, sagte er, »wir müssen es zum Abschluss bringen.«

»Was?«, fragte Hayden.

»Was du mit mir, Barbara und Ken abziehst.«

»Was zieht er denn mit euch ab?«, mischte sich Kristin ein und zog an ihrer Zigarette.

»Ich möchte das nicht vor den Kindern regeln«, sagte Kale und zeigte auf Elena. Daraufhin trat Hayden der Kleinen in den Po, sodass sie stürzte. »Verschwinde in dein Zimmer!«, sagte er schroff.

»Tu das nicht«, warnte Kale ihn erneut. Dieselben Worte hatte er seinem Vater zugeflüstert, als er 15 Jahre alt war und sein Herr ihn wieder mit dem Hosengürtel züchtigen wollte. Doch Kale hatte die Situation damals umgedreht und seinen Vater damit geschlagen. Solange, bis er blutig und fast ohnmächtig vor ihm auf dem Boden lag und nur noch um Gnade bat. Seine Mutter hatte dabei zugesehen. Danach konnte sein Vater tagelang das Bett nicht verlassen.

»Was soll ich nicht tun?«, hörte er Hayden fragen.

»Dein Kind schlagen«, antwortete Kale. Er rang um Kontrolle. Der kleine Joshua schrie auf. Er spürte die Anspannung. Kristin packte ihn und zerrte ihn mit Elena, die sich wehrte, in das Kinderzimmer. Kale hörte, wie Kristin die Kleine hinter der Tür züchtigte. Er erhob sich und sagte ein letztes Mal: »Tut das nicht!« Er sah Hayden warnend an. »Sag ihr, sie soll aufhören, die Kleine zu schlagen.«

»Das ist unsere Sache«, sagte Hayden. Seine rechte Hand zitterte. »Es ist unsere Sache, wen wir schlagen. Selbst wenn ich sie nackt unter die Dusche stelle und sie befummle, ist es unsere Sache, klar?«

Kale schloss die Augen und sah die alten Szenen aus seiner Schulzeit vor sich, als sein Lehrer Ian Morgan ihn jedes Mal nach dem Sportunterricht in der Dusche angefasst und so vieles mit ihm getrieben hatte, woran er sich nicht mehr erinnern wollte. Doch Hayden hatte gerade all die Szenen wieder in sein Gedächtnis gerufen. »Sag so was nicht«, flüsterte Kale und öffnete wieder die Augen. Tristan stand in den Startlöchern. Lydia summte verzweifelt. Hayden sah ihn irritiert an, dann lachte er. Kristin kam hinzu und fragte: »Was ist los?«

»Sieh dir das an«, antwortete ihr Mann und zeigte auf Kale. Der summte verzweifelt ein Kinderlied.

»Das meine ich!«, sagte Hayden und lachte noch lauter. Lydias Stimme wurde ebenfalls lauter. Sie konnte ihn kaum noch beruhigen. »Der hat einen Knall«, hörte die Fünfjährige eine fremde Stimme sagen, die aus Kales Welt kam. Sie bekam Angst und verschwand.

Kale sah sich verwirrt um. Hayden und seine Frau lachten aus vollem Hals. Was war passiert?

»Wir sollten es jetzt und hier ein für alle Male regeln«, versuchte Kale es ein weiteres Mal.

»Was willst du mit Bryan regeln?«, fragte Kristin und sah ihn mit einem herrschenden Blick an. Sie stellte sich vor ihn, sodass er ihre stinkende Unterwäsche roch. Das ließ ihn verzweifelt schlucken. Er erhob sich, um dem Gestank zu entkommen, und zeigte auf Hayden. »Er bedroht mich und meine Familie. Auch meine Kollegen. Er stellt meiner Frau und meiner Tochter nach und schießt Fotos von ihnen. Er schleicht sich als Gärtner bei meiner Nachbarin ein, um an meinen Haustürschlüssel zu kommen. Er ist in mein Haus eingedrungen und hat einen Totenkopf auf meine Garagenwand gesprüht. Er bringt meiner Frau Blumen vorbei und betrügt das ganze Unternehmen, indem er andere Mitarbeiter bedroht, die seine Arbeit übernehmen sollen.«

Kristin sah auf ihren Mann und lachte. »Das alles machst du?« Sie lachte ihn aus. Er lachte mit.

Kale kam mit der Situation nicht mehr klar, trat auf Hayden zu, packte ihn am Kragen und sagte: »Hör zu! Schlag deine Kinder nicht, lass meine Familie in Ruhe und verpiss dich aus dem Unternehmen! Ist das klar? Solltest du das nicht tun, werde ich deine Familie bedrohen und dich vor Coward hochgehen lassen! Dann werde ich dir solange in die Fresse schlagen, bis du nicht einmal mehr zwinkern kannst. Und bitte sorge dafür, dass deine Alte sich endlich mal wäscht! Sie stinkt erbärmlich!« Er ließ Hayden wieder los und schubste ihn auf das Sofa. In diesem Moment spürte er den Griff von Kristin an seiner Schulter, die ihn herumriss.

»Du bedrohst uns?«, giftete sie ihn an und schlug ihm ins Gesicht. Sie schlug Kale damit aus dem Bewusstsein, sodass er nicht mehr verhindern konnte, was danach geschah. Wie gut, dass die Kinder weggesperrt waren!

Hinter der Mauer

Kind 14 konnte es nicht mehr mit ansehen und übernahm das Kommando. So konnte es nicht weitergehen. Es musste eine Lösung her, und zwar schnell.

In der Klinik

es dauerte fünf Tage, als der Brief an Kind 14 eine Antwort bekam. Es hatte sich erstmals gemeldet.

Lass uns in Ruhe, stand wie eine Drohung unter Kales Frage geschrieben. Das schockierte ihn. Wer hatte das geschrieben? Kale sah auf die Worte und las sie wieder und wieder.

Brief an Kind 14

Wer seid ihr?

Hinter der Mauer

Sie sahen, wie neue Tinte durch die Mauer hindurch drang. Sie tropfte zu Boden. Neue Worte entstanden.

Wer seid ihr?, lasen sie. Sie sahen sich an. Sollten sie antworten? Kind 14 war nicht anwesend.

Rachel

Sie hörte ihn kurz vor Mitternacht das Haus betreten. Er wirkte verwirrt. Wieder war er in den Strudel der Überforderung geraten. So konnte es nicht weitergehen. Sie sah, dass er vollkommen überarbeitet war. »Hat es so lange gedauert?«, fragte sie und sah, dass sich auch seine Kleidung in Unordnung befand. Jetzt tat es ihr leid, dass sie seinen Blumenstrauß entsorgt hatte. Er würde am nächsten Morgen sicherlich danach fragen.

Doch er fragte nicht, war in irgendwelchen Kriegen versunken und schwieg. Er verließ ebenso schweigend das Haus. Alles in ihm stand unter Anspannung, denn er wusste nicht, wie die Sache bei Bryan Hayden ausgegangen war. Würde heute die Polizei im Unternehmen erscheinen und ihn mitnehmen? Er wüsste nicht einmal, weswegen.

»Bin da«, rief er seinem Chef kurz zu.

»Danke, Kale. Bryan kommt heute zurück«, rief Coward aus seinem Büro. »Dann sind wir wieder vollzählig.«

Kale blieb auf dem Gang der Chefetage stehen. »Bryan?«, fragte er. »Ist der nicht noch zwei Wochen krankgeschrieben?«

»Er rief eben an. Es geht ihm besser und er kann heute wieder anfangen.«

Wieder anfangen? Womit? Stand Kale eine Abrechnung bevor? »Klingt gut«, sagte er und suchte sein Büro auf. Er schloss ab. Dann fuhr er den Computer hoch, kochte Teewasser und stellte die Überwachungsanlage auf seinen linken Bildschirm. Er dachte an Haydens Kinder, wie armselig und bemitleidenswert sie heranwuchsen, obwohl der Verdienst ihres Vaters so hoch war. Die Eltern rauchten sich die Lunge aus dem Leib. Schmiss seine Frau das Geld zusätzlich aus dem Fenster, anstatt es in die Kinder zu investieren? Auch all dieser unnötige Müll, der herumlag, war finanziert worden. Was mochte gestern zwischen ihnen vorgefallen sein? Kale rieb sich das Gesicht und begab sich an die Arbeit. Die würde ihn ablenken und entspannen. Er hörte, wie Hayden kurz darauf nebenan sein Büro aufschloss.

Sie begegneten sich auf der Toilette. Hayden hatte diesmal keinen Keil bei sich, um die Tür zu sichern. »Kristin wird dich anzeigen«, flüsterte er, als er neben Kale am Waschbecken stand. »Wir werden dich beide anzeigen.«

»Wofür?«, fragte Kale.

»Für das, was du gemacht hast.«

»Was habe ich denn gemacht?«

»Das weißt du ganz genau.«

Kale schwieg und trocknete sich die Hände ab.

»Es sei denn«, hörte er seinen Kollegen sagen, »du hilfst mir wieder.«

Kale hielt kurz inne und schloss die Augen.

Strategie 4

Er musste ihn wohl töten, damit er Ruhe gab. Schließlich hatte Bryan selbst diese Strategie herbeigeführt.

Das Finale

»Kale, komm doch gleich mal zu mir«, rief Kenneth Coward, als er gerade vom Lager kam, um eine neue Lieferung für seinen Auftrag zu begutachten. Er betrat das Büro seines Chefs.

»Setz dich.«

Er setzte sich.

Sein Chef wirkte angespannt und nervös. »Es geht um Bryan«, begann Coward.

Kale sah auf. Hatte er geplaudert? Würde er selbst jetzt die

Stelle verlieren statt Hayden?

»Ich komme einfach nicht dahinter«, hörte Kale seinen Chef sagen.

»Wohinter?«

»Was mit Bryan los ist.«

»Was ist mit ihm?«

»Er macht die gleichen Fehler wie anfangs, als wäre sein ganzes Wissen gelöscht worden. Ich kann mir das nicht erklären, Kale. Ich habe mit ihm geredet, um festzustellen, ob er noch zu krank zum Arbeiten ist, aber . . . « Coward vollzog eine Geste der Ratlosigkeit. Er sah auf die ausgedruckten Unterlagen vor sich auf dem Schreibtisch. »Sieh mal . . . « Er zeigte auf eine Konstruktion. »Die ist völlig falsch berechnet worden.«

Kale tat unwissend und sah auf die Konstruktion, die er für Hayden *korrigiert* hatte. Nein, er würde ihm nicht mehr helfen, nicht so, wie es ihm vorschwebte. Und die Polizei würde ihm auch nicht glauben, wenn sie seine Lebensverhältnisse sah.

»Das kann nicht funktionieren«, sagte Kale, »weil der Winkel fehlt. Eine Krux-Zeichnung.« Er tat so, als würde er es auf Anhieb erkennen und sah seinen Chef an.

Der sah erschöpft hin und seufzte. »Du bleibst immer noch der Beste, Kale«, gab er zu.

»Danke, Sir.«

»Ich werde ihn wohl wieder aus der Chefetage entfernen müssen.«

Jetzt war der Moment gekommen. Kale sagte: »Ich würde ihn zur Rede stellen. Es muss eine Erklärung dafür geben.«

»Ja, das werde ich wohl tun müssen. Kannst du ihm kurz Bescheid geben, wenn du wieder in dein Büro gehst?«

»Sicher«, sagte Kale, erhob sich und atmete tief durch, als er Cowards Büro verließ.

Er klopfte bei Hayden an. »Mr. Coward möchte dich sprechen«, rief er durch die Tür und verschwand kurz darauf wieder in seinem Büro. Er schloss ab.

Die Überwachungsanlage musste er heute nicht kontrollieren, was ihn erleichterte. Er hörte Bryan über den Gang gehen und in Cowards Büro verschwinden. Kale schrieb Rachel eine SMS. *Ich liebe dich und Eve, Kale.* Es las sich wie ein Abschiedsgruß. Sie schickte ihm kurz darauf ein Herz zurück. Sie hatte nicht die geringste Ahnung, was an diesem Tag noch passieren würde.

Es war früher Nachmittag, als es an Kales Tür klopfte.

»Ich bin's, Bryan. Ich muss mit dir reden«, hörte Kale.

»Nicht ohne den Chef. Das ist eine Abmachung«, rief er zurück.

»Ich brauche nur einen kurzen Tipp. Habe eine Anfertigung verpeilt und brauche deinen Rat.«

Natürlich wusste Kale, worum es sich handelte. »Hol ihn dir beim Chef.«

»Er sagt, ich soll dich fragen. Du hättest mehr Ahnung.«

Kale stutzte. »Warte«, rief er und stellte eine Direktverbindung zu Kenneth Coward her. »Bryan steht vor meiner Tür. Hast du ihn zu mir geschickt?«

»Ja, entschuldige, dass ich dich nicht vorher informiert habe. Ach, es ist aber auch alles zu viel. Kannst du das schnell erledigen?«

»Sicher«, antwortete Kale und schloss seine Bürotür auf.

Bryan Hayden stand mit einer Metallstange vor ihm und hielt sie hoch. »Dieses verdammte Ding macht mir Stress«, sagte er. »Ich frage mich, warum es nicht passt.« Er trat in Kales Büro ein und schloss die Tür hinter sich. Kale sah, wie er abschloss und den Keil unter die Tür schob!

Hinter der Mauer

Die Kinder waren vollzählig versammelt.
14 Treffen hatte es gefordert, um sie entstehen zu lassen. Nun waren sie in ihm drin. Das letzte Kind assistierte Tristan und lächelte.

Bryan Hayden schlug die Eisenstange wie einen Baseballschläger in seine Hand. »So«, sagte er, »dann wollen wir die Dinge mal klären.« Die Stange klatschte in die Handfläche und ließ Kale zurückweichen.

»Tu das nicht«, warnte er Hayden. Er spürte Tristan herannahen. Das war genau sein Ding. Kale würde ihn nicht wegdrücken, ganz sicher nicht.

»Dann sag mir, wie ich das regeln soll, Hatfield.«

»Verschwinde einfach aus dem Betrieb«, schlug Kale vor. Er spürte Verstörung aufkommen. Irgendetwas tat sich. Tristan zögerte. Was war los? Eine andere Macht drängte sich nach vorne. Eine Macht von Vielen. Kale hörte das Klatschen der Eisenstange in Haydens Hand und gleichzeitig die Schritte der Armee, die sich näherte und Tristan beiseiteschob. Allen voran ein Fremder, den Kale noch nie in sich gespürt hatte.

Hayden trat auf ihn zu. »Ich hoffe, du hast eine Lösung«, sagte er. »Eine schnelle Lösung.«

»Ich werde deine Arbeit nicht mehr erledigen. Und wenn, dann werde ich dir endlose und dumme Fehler einbauen, für die du dich in Grund und Boden schämen wirst«, sagte er. In diesem Moment drängte sich Tristan an der Armee vorbei, um wieder die Führung zu übernehmen.

Hayden sah, wie sich Hatfields Blick veränderte. Er kannte ihn bereits. Deshalb hatte er die Stange dabei. Sie würde das Biest in diesem Psycho schon bändigen. Ein paar Schläge gegen die Rippen und der Kerl wäre wieder kuriert.

»Du weißt nicht, was du tust«, sagte Tristan und grinste ihn an. So machte das Spiel wieder Spaß. Er hatte schon einmal einen Menschen mit einem Schlagstock getötet. Es war lange her, als dieser Polizist Kales Bücher in den Fluss geworfen hatte, weil er ihn unerlaubterweise unter einer Brücke kampierend fand. Tristan hatte den Schlagstock des Polizisten ergriffen, ihn damit zu Tode geprügelt und anschließend in den Fluss geworfen, der unter der Brücke hindurchfloss. Es war also keine große Sache.

»Ich weiß sehr wohl, was ich tue«, sagte Hayden. »Du kannst uns eine Menge Ärger ersparen. Ich war übrigens heute Morgen schon bei deiner Frau und habe es ihr richtig gut besorgt. Dein zweites Kind ist also unterwegs.« Er grinste.

Tristan grinste zurück. »Hat es Spaß gemacht?«, fragte er.

Hayden errötete. Er wagte den ersten Schlag, doch Tristan fing ihn ab und entriss ihm die Eisenstange. Dann spielte sich alles in wenigen Sekunden ab. Eine Armee von Fremden lief an ihm vorbei und schaltete ihn ab. Tristan verschwand. Hektische Befehle flogen durch die Luft, böse Blicke erfüllten den Raum, in dem sie plötzlich standen. Kale sah sie überall. Die Stange traf Haydens Schädel, dessen Körper daraufhin sofort zusammensackte. Dann erfolgte der zweite Schlag. Ein dritter, ein vierter. Es wollte nicht enden. Überall spritzte Blut herum.

Kenneth Coward hörte den Tumult nebenan und verließ sein Büro, um nachzusehen, was dort los war. Er klopfte. »Kale?«, rief er. Er ergriff den Türknauf, doch die Tür ließ sich nicht öffnen. »Kale, mach sofort auf!«

Stille im Raum hinter der Tür.

Die Tür entriegelte sich. Kale entfernte den Keil unter der Tür und öffnete. Sein Hemd war voller Blutspritzer. Er hielt eine Eisenstange in der Hand, die ebenfalls voller Blut war. Coward wich erschrocken zurück. Hinter Kale erblickte er Bryan Hayden. Sein Schädel war zertrümmert.

»Ich war's nicht«, sagte Kale Hatfield und legte die Stange nieder. Er weinte. »Ich war's nicht!«

In der Klinik

Brief von Kind 14

Nicht gut.

Als Kale das las, sah er fassungslos auf die Worte. Das war nicht seine Schrift. Jemand hatte sich einen Scherz erlaubt und wollte sehen, wie er reagierte.

Hinter der Mauer

Oh nein, sie hatten direkten Kontakt aufgenommen! Was würde Kind 14 dazu sagen? Neue Tinte würde hindurch sickern, weil Kale nachfragen würde.

Kind 8 zog einen Stein aus der Mauer und sah hindurch. Kale starrte es an. Oh Schreck!

Schnell steckte es den Stein wieder in das Loch und rannte mit den anderen weg.

Ein neues Bild von der Mauer lag auf dem Schreibtisch. Zwei Augen sahen hindurch. Dann ein weiteres Bild, auf dem die Mauer wieder geschlossen war.

Jake Temerowski nahm sie an sich und setzte eine neue Therapiestunde an. Er besprach sich zuvor mit Professor Raymond wegen der Fesseln. »Ich würde gerne unfixiert mit ihm reden«, bat er. »Für den Fall, dass ich Kind 14 erreiche und mit ihm in Gebärdensprache kommunizieren kann.« Er hatte sich von Michelle James einige Zeichen und deren Bedeutung erklären lassen, sodass er Fragen stellen konnte. Sollte Kind 14 reagieren, würde sie beim nächsten Gespräch dabei sein.

Professor Raymond willigte ein, sicherte das Zimmer aber mit einem Pfleger ab, der eingreifen würde, falls es zu Handgreiflichkeiten kommen würde. Er stand vor der Tür und hatte den Blick auf den Bildschirm seines Smartphones gerichtet, worüber die Kamera geschaltet war. Temerowski betrat das Zimmer.

Kale saß gebeugt auf seinem Bett und hielt sich den Kopf zwischen beiden Händen. Er war durcheinander. Temerowski sah zunächst auf den Schreibtisch, ob Kale etwas Neues geschrieben oder gemalt hatte. Er las die letzten Worte *nicht gut* und nickte mit zusammengekniffenen Lippen. Michelles Versuch hatte geklappt. Es existierte eine Multiple, die sich auf schriftlichem Weg meldete. Sollte er als Arzt in den Schriftverkehr eingreifen oder Kale selbst das Gespräch führen lassen? Er sah auf seinen Patienten. Es lag in Kales Ermessen, was er von dieser Persönlichkeit wissen wollte. Die Aufklärung des Falls würde nicht sein Strafmaß mindern. Er blieb ein Mörder.

»Ich kann das nicht«, hörte Temerowski seinen Patienten mit gesenktem Kopf flüstern.

»Was kannst du nicht?«

»Ich kann es nicht mit allen aufnehmen. Sie starren mich an.«

»Wann starren sie dich an?«

»Wenn ich auf die Mauer sehe. Ihre Augen starren mich durch die Mauer an.«

Temerowski nickte verstehend und zog sich einen Stuhl zu Kale heran. »Du meinst die Augen der Kinder?«

Kale sah auf. »Ja.«

»Wie viele hast du gesehen?«

»Zwei.«

»Und wie viele vermutest du?«

»Weiß nicht, sie reden ja nicht. Ich spüre ihre Aufregung.«

»Du spürst sie?«

»Sie sind nervös.«

»Wie äußert sich das?«

»Ich spüre Hektik und Getriebenheit.«

»Meinst du, sie sind nervös, weil du sie entdeckt hast?«

»Möglich.«

Der Arzt zeigte auf den Zeichenblock. »Du hast sie erreicht, Kale. Du hast noch nie ein inneres Kind von dir direkt erreicht. Es hat dir geantwortet.«

Kale sah auf die Zeichnungen und den begonnenen Schriftverkehr. »War ich das?«, fragte er.

Temerowski nickte. »Wir haben Aufzeichnungen davon, wie du nachts aufgestanden bist und geschrieben hast.«

»Es ist also kein anderer im Spiel, der mich in die Irre führen will?«

»Nein.«

Kale seufzte. »Ich kann das nicht.«

»Du bist schon mittendrin. Sollen wir es jetzt versuchen?«

Kale sah auf. »Und wenn es schiefgeht?«

»Was meinst du mit schiefgehen?«

»Wenn es noch brutaler ist als Tristan.«

»Vor der Tür steht ein Pfleger, Kale. Der greift ein, wenn es brenzlig wird.«

»In diesem Raum sind Sachen, mit denen ich dich ganz schnell töten kann, Jake. Ich könnte dir mit dem Stuhl den Schädel einschlagen.«

»Ich weiß.«

»Und du hast keine Angst vor mir?«

»Nein, warum sollte ich? Ich bedrohe dich nicht.«

»Das weißt du nicht.«

Der Arzt wurde unruhig. »Fühlst du dich von mir bedroht?«

Kale kehrte für einen kurzen Augenblick in sich. »Nein«, sagte er dann. »Ich nicht, aber die hinter der Mauer fühlen sich bedroht. Ich spüre es.«

»Fühlen sie sich von mir bedroht?«

»Nein.«

»Von dir?«

»Nein.«

»Von wem fühlen sie sich bedroht.«

»Keine Ahnung.«

»Wie können wir das herausfinden?«

Kale sah auf den Block und den Füller. Der Arzt nickte zustimmend. »Du musst nur Geduld haben. Ich könnte heute versuchen, noch einmal mit Kind 14 Kontakt aufzunehmen. Du musst mich dabei aber ansehen. Wäre das möglich?«

Kale schüttelte den Kopf.

»Warum?«, fragte der Arzt.

»Die Augen starren mich wieder an. Weitere Blicke kann ich nicht ertragen.«

»Du wirst wieder angestarrt?«

»Ja.«

»Jetzt?«

»Ja.«

»Dann versuche, mich mal ganz kurz anzuschauen. Nur ganz kurz.«

Kale sah auf Temerowski, der sofort die Gebärdensprache einsetzte. *Kind 14, bist du da?*

Kale sah wieder weg. Der Arzt beobachtete ihn eine Weile, dann fragte er: »Hast du was gespürt?«

Kale reagierte nicht. Er starrte auf die Wand hinter dem Arzt. Der erhob sich leise, sah ebenfalls an die Wand, spürte Unbehagen aufkommen und verließ das Zimmer. Er sah vor der Tür gemeinsam mit dem Pfleger auf das Smartphone. Sie sahen, wie Kale sich erhob und zum Schreibtisch ging. Er schrieb:

Brief an Kind 14

Warum geht es dir nicht gut?

Kale malte eine weitere Mauer, durch die ein drittes Paar Augen blickte.

Rachel

Rachel lief aufgeregt vom Garten ins Haus. Eve sah ihr erstaunt hinterher und lief ihr nach. Die Kleine konnte die plötzliche Aufregung ihrer Mutter nicht verstehen, die zum Telefon griff und aufgeregt eine Nummer wählte. »Jake«, sagte sie.

»Rachel, was gibt's?«, fragte Temerowski am anderen Ende.

»Du musst unbedingt vorbeikommen!«

»Ist was passiert?«

»Ich muss dir was zeigen!«

»Was ist es?«

»Das musst du dir selbst ansehen.«

Jake Temerowski befand sich gerade auf dem Weg von der

Klinik zur Taubstummenschule von Michelle James. Er musste etwas mit ihr besprechen, doch dieser Anruf schien dringender zu sein. So sagte er das Treffen ab und fuhr direkt zu Rachel.

Sie öffnete ihm aufgebracht die Tür. Eve stand mit ihrer Puppe im Arm neben ihr. Auch sie war verstört.

»Hallo Süße«, sagte Temerowski und ging vor Eve in die Knie. Er sah auf die Puppe. »Ihr beide seht heute bezaubernd aus.« Die Kleine lachte und lief ins Wohnzimmer. Temerowski erhob sich wieder und sah Rachel an. »Was gibt's so Wichtiges?«

»Komm, ich zeig es dir.« Sie führte den Arzt durch das Haus in den Garten und zeigte von dort auf die Satellitenschüssel. Darunter stand eine kleine Trittleiter. »Ich wollte sie gerade reinigen und fand ein kleines Ding daran montiert. Sieht wie eine Kamera aus«, erklärte sie.

Temerowski bestieg die Leiter und sah hinter die Schüssel. Die Kamera war so angebracht, dass sie durch ein Loch ein freies Blickfeld hatte. Er demontierte sie. »Stimmt, das ist eine Kamera. Wusstest du davon?«

»Nein.«

»Vielleicht befinden sich noch mehr davon am oder im Haus.« Er dachte an Bryan Hayden, ob Kales Schilderungen damit zusammenhingen und sein Arbeitskollege so weit gegangen war, dass er Kales Familie bereits beobachtet hatte.

Sie fanden zwei weitere Kameras. Eine war an der Dachrinne des Eingangsbereichs angebracht, eine andere am offenen Treppengeländer im Haus, womit der gesamte Wohnbereich inklusive Küche und Essbereich überblickt werden konnte. Jemand hatte die ganze untere Etage abgesichert.

»Wir müssen die Fingerabdrücke ermitteln lassen«, sagte der Arzt und rührte die zwei anderen Kameras nicht an. »Ich muss wissen, ob Bryan Hayden sie hier angebracht hat.«

Rachel sah ihn entsetzt an. »Wie soll der denn in unser Haus gekommen sein?« Sie kehrte kurz in sich. »Der Schlüssel! Mrs. Cooper hat immer einen Schlüssel von uns. Aber nein, das kann nichts damit zu tun haben. Kale wechselte das Schloss zweimal aus.«

Temerowski sah, wie sie noch nervöser wurde. »Einmal sagte er, ihm sei ein Schlüssel im Schloss abgebrochen.«

»Das könnte darauf hinweisen, dass Kales Aussage, dieser Hayden hätte seine Familie bedroht, der Wahrheit entspräche. Hat schon jemand sein Zimmer durchsucht?«

»Ja, die Polizei war zweimal da«, antwortete Rachel.

»Und? Haben sie was Verdächtiges gefunden?«

»Nein.«

»Darf ich mal in sein Zimmer?«

»Sicher.« Sie führte ihn nach oben. Die pedantische Ordnung erstaunte den Arzt nicht. Alles war bis aufs Nötigste reduziert.

»Er besitzt kaum etwas«, erklärte Rachel.

Der Arzt kontrollierte den Schreibtisch und fand die üblichen Dinge, die man benötigte. Im Wandschrank befanden sich die Unterlagen, die Kale seit dem Einzug in das Haus gesammelt und ordentlich abgeheftet hatte. Mietvertrag, Hausversicherung, Autoversicherung, Krankenversicherung.

»Er kümmerte sich sehr akkurat darum«, sagte sie. »Sobald etwas ankam, erledigte er es sofort und heftete es ab.«

Temerowski sah, dass selbst Telefongespräche, die er geführt hatte, dokumentiert und abgeheftet waren. Er wollte wohl nichts vergessen. Der Arzt überflog kurz die Liste und konnte keinen Anruf mit Hayden finden.

»Er hatte alles gut unter Kontrolle.«

»Verdammt gut«, bemerkte Temerowski. »Kann ich die

Unterlagen mal mitnehmen? Es würde meiner Studie helfen, wie ausgeprägt sein Ordnungssinn war.«

Rachel lachte. »Wenn ich daran denke, wie chaotisch er früher war.«

»Eben. Der Unterschied ist enorm.« Er wollte Rachel nicht verunsichern, aber er musste herausfinden, ob Kale in einen Kontrollzwang gefallen war, wenn er nur an die Kameras dachte. Es konnten immerzu weitere Störungen auftreten.

»Wir müssen die Sache mit den Kameras der Polizei melden«, sagte er, als sie sich wieder in der Küche befanden. »Aber ich möchte erst die Unterlagen durchsehen.«

Hinter der Mauer

Kind 14 las Kales Nachricht auf dem Boden vor der Mauer. Wieder war Tinte hindurchgesickert und hatte Worte hinterlassen.

Warum geht es dir nicht gut?, las es und stutzte. Es lugte kurz durch die Mauer und sah Kale auf dem Bett liegen. Es atmete tief durch und war froh, dass Kale überlebt hatte. Es hätte auch anders ausgehen können. Die anderen Kinder hatten ja keine Ahnung, wie dramatisch sich die Lage entwickelt hatte. Sie hatten vor lauter Angst kaum etwas mitbekommen und sich verkrochen. Jetzt schrien sie um Hilfe. Jetzt, wo alles vorbei war. Sie waren mit Schuld daran, dass es so weit gekommen war. Hätten sie doch nur früher reagiert und härter durchgegriffen.

Kind 14 seufzte und wischte den Boden sauber.

Es schrieb:

Brief von Kind 14

Das ist eine lange Geschichte.

Danach schloss es die Mauer und ging die anderen suchen.

Jake Temerowski

Er sah Kales Papiere durch und war fasziniert. Ein wenig schämte er sich über seine eigene Ordnung diesbezüglich. Sein Patient schien einen besseren Überblick über seine Dinge zu haben als er selbst. Er hatte jeden Anruf und jedes Gespräch mit Datum und Uhrzeit dokumentiert. Der Arzt hatte ihn unterschätzt. In ihm herrschte ein großer Drang nach Ordnung. Vielleicht hatte Sybille ihre Hände im Spiel gehabt. Sie erfüllte eine gute Aufgabe in Kales Leben.

Es war schon nach Mitternacht, als Jake Temerowski den letzten Ordner schloss. Er war voller Quittungen und Garantiebelege seiner Anschaffungen. Kale hatte alles dem Datum nach abgeheftet. Sogar die Überwachungsanlage war dabei. Damit war die Theorie, dass Hayden sie angebracht hatte, hinfällig. Temerowski suchte den Artikel im Internet. Die Anlage konnte über ein Smartphone geschaltet werden. Damit hatte Kale die Möglichkeit, seine Familie täglich zu kontrollieren.

Am nächsten Morgen rief er Rachel an.

Sie war außer sich. »Weshalb sollte er so etwas getan haben?«

»Angst, Rachel. Er hatte Angst um euch. Er wollte sichergehen, dass euch nichts passiert.«

»Er hat nie darüber geredet, Jake. Nie!«

»Er wollte dich sicher nicht beunruhigen. Oder sich keine Blöße geben, wie stark seine Angst war. Er wird die Aufnahmen sicherlich im Smartphone oder in seinem Computer abgespeichert haben. Wo ist das Smartphone?«

»Es liegt bei der Polizei. Die haben es wieder konfisziert. Kale gab ihnen sogar seinen Sicherheitscode. Jake, die hätten doch was gesagt, wenn sie die Aufnahmen gefunden hätten.«

»Vielleicht hat er sie im Betrieb auf seinem Computer gespeichert. Oder auf seinem Laptop.«

»Den hat auch die Polizei. Nichts. Sie haben nichts gefunden, was verdächtig war.«

»Ich werde Kenneth Coward gleich mal einen Besuch abstatten.« Temerowski hörte Rachel am anderen Ende der Leitung seufzen.

»Meinst du, er hat von Kale noch irgendwo Informationen gespeichert?«

»Das will ich herausfinden.«

Kenneth Coward

Er war es inzwischen gewöhnt, ständig von der Polizei gestört zu werden, und wenig überrascht, als Jake auftauchte, um erneut Fragen zu klären.

»Natürlich habe ich alles von ihm gespeichert«, sagte er. »Wir haben ein E-Mail-Netz untereinander, mit dem wir kommunizieren. Da war nichts Auffälliges zu lesen. Es gab mit Bryan Hayden keine Kommunikation. Nur mit Barbara. Er fragte einmal nach ihrem Wohlbefinden, was sie erstaunte, weil er sonst nie Kontakt zu ihr aufgenommen hatte.«

»Und sein privater E-Mail-Kontakt?«

»Hat er nicht genutzt. War auch untersagt. Ich habe ein zusätzliches Kontrollsystem, das außerhalb des Betriebssystems aufzeigt, welche Aktionen darüber gemacht werden, damit dies kein privater Tummelplatz während der Arbeit wird. Das kennt man ja. Ein wenig Facebook hier, ein paar private E-Mails dort. Dadurch kommt es oft zu starken Zeitverlusten bei der Arbeit. Aber alle wussten von dem System. Auch Kale habe ich darüber aufgeklärt.«

»Er hat also keine Kommunikation hinterlassen, die den Vorfall mit Hayden erklärt.«

»Nein.«

»Hatte er einen Laptop, auf dem das Firmenprogramm eingespeichert war?«

»Ja, natürlich. Darüber speichern wir auch all unsere Daten

auf der firmeneigenen Datenbank. Die hat die Polizei schon kontrolliert. Außer, dass Bryan plötzlich diesen Rückfall hatte, war nichts passiert, was diesen Vorfall erklären würde. Ich meine, Hand aufs Herz, Jake, Bryan fragte doch nur kurz nach, ob Kale ihm bei einer Berechnung helfen könnte. Er hatte einen Längengrad versaut und meine Erlaubnis bekommen, mit ihm darüber zu reden. Deswegen holte er das Teil aus dem Lager. Ich konnte doch nicht wissen, dass es so endet! Dass Kale ihm damit den Schädel einschlägt!«

»Nein, natürlich nicht, Ken. Wir alle konnten nicht damit rechnen. Können seine Daten sonst noch irgendwo gespeichert sein?«, fragte Temerowski.

»Unser Provider könnte die Daten noch auf einem Server haben. Ich weiß nicht. Aber da kommt man nicht so einfach ran.«

»Ein Server könnte also Daten haben, die Kale hier gelöscht hat.«

»Wäre denkbar.«

»Hat die Polizei danach gefragt?«

»Nein, die haben sich nur für meine Datenbank interessiert.«

»Dann haben die es sich aber verdammt einfach gemacht.«

»Für die steht der Mörder ja auch fest. Was sollen die mit Beweisen, die Hayden belasten könnten? Kale ist aus deren Sicht geisteskrank. Und er hat die Tat begangen. Außerdem liegt ja auch eine Anzeige von seiner Frau vor.«

»Welche Anzeige?«

»Dass Kale dort eine Woche vorher aufgetaucht sei und sie und ihren Mann bedroht habe. Es kam zu einer körperlichen Auseinandersetzung, aber zum Glück ist niemandem etwas passiert. Bryan kam daraufhin früher von seiner Krankmeldung zurück. Seine Frau erzählte der Polizei, dass er Angst vor Kale

Hatfield gehabt habe, weil der ihn ständig bedrohte.«

»Kale soll ihn bedroht haben?«

»So sagte es seine Frau. Sie rückte erst nach der Tat damit heraus. Hätte sie früher Anzeige erstattet, wäre das alles nicht passiert.«

»Weshalb sollte sie gewartet haben, wenn sie sich bedroht fühlte? Ich kann dir die Antwort darauf direkt geben. Hayden hatte es als Druckmittel eingesetzt, dass Kale wieder für ihn arbeiten sollte.«

»Eine furchtbar schlimme Sache, wenn ich jetzt darüber nachdenke. Warum hat er sich mir nicht anvertraut?«

»Weil Hayden seine Familie bedrohte. Er wusste sich nicht anders zu helfen.«

»Bryan Hayden war ein komischer Mensch. Ich muss zugeben, dass ich ihn nie wirklich durchschaute. Aber er machte einen guten Job. Und ich bin mir nicht sicher, ob Kale ihm wirklich so viel Arbeit abgenommen hat. An der Geschichte stimmt irgendwas nicht.«

Temerowski nickte. »Ich komme auch nicht dahinter, was wirklich vorgefallen ist. Meinst du, du könntest mal deinen Provider anfunken und einen Blick auf deren Server werfen?«

»Soviel ich weiß, geht das nur über einen gerichtlichen Beschluss. Den müsste die Polizei in die Wege leiten.«

»Vielleicht ist dort doch etwas zu finden, wovon wir nichts wissen.«

»Ich werde es versuchen. Vielleicht hat Kale aber auch alles nur auf einem USB-Stick gespeichert.«

Der Arzt sah Kenneth Coward an. Er verabschiedete sich und rief Rachel über sein Smartphone an. »Wo ist Kales Arbeitstasche?«, fragte er sie.

»Die hat die Polizei auch schon durchgesehen. Sie steht in

unserem Schlafzimmerschrank.«

»Darf ich die mal haben?«

»Natürlich. Was ist denn los?«

»Kenneth Coward hat mich auf eine Idee gebracht. Ich muss die Aufnahmen von der Überwachungsanlage finden.«

»Aber die Tasche ist leer, Jake.«

»Wir kennen nicht das Ausmaß seiner Störung, Rachel. Lass mich einfach mal nachsehen.«

Er tastete die ganze Tasche nach einer Verdickung ab. Nichts. Plötzlich spürte er eine Unebenheit am Handgriff. Er fühlte einen Widerstand. War es nur eine Verstärkung des Griffs oder hatte Kale dort etwas hineingeschoben?

Temerowski ging zur Terrassentür, um ein besseres Licht zu nutzen. Er drückte an der Verdickung herum. Sie war kaum spürbar. Dann sah er eine kleine Öffnung und schob einen flachen USB-Stick heraus!

Die Aufnahmen, die sich drauf befanden, zeigten nichts Außergewöhnliches. Keine abgespeicherte E-Mail und keinen Einbrecher im Haus. Nur der Blumenlieferant war zu sehen. Es war ein junger Mann mit blonder langer Mähne und grünem T-Shirt. Sein Gesicht war deutlich zu erkennen.

»Kennst du den Mann irgendwoher?«, fragte Temerowski.

»Nein«, sagte Rachel, »außer, dass er die Blumen lieferte, habe ich ihn nie zuvor gesehen.«

»Man kann sogar in den Garten von Mrs. Cooper hineinsehen.« Auch dort war nichts Auffälliges zu erkennen. Kein Gärtner, keine Kippe, die über die Hecke geworfen wurde. Nichts.

»Jetzt, wo du es erwähnst, frage ich mich, woher Kale von dem Gärtner wusste«, sagte Rachel.

»Sagte er nicht, er habe frisch gemähtes Gras gerochen?«

»Ja, aber . . . sie hatte tatsächlich einen Gärtner.«

»Hast du ihm davon erzählt?«

»Nein. Er rief Mrs. Cooper an, worauf sie ihm sogar die Daten durchgab, die auf seinem Kärtchen standen.«

»Hast du die noch?«

»Die Polizei hat Ray Galligan schon gecheckt. Er mäht für viele Haushalte in dieser Region den Rasen. Er ist Rentner und verdient sich etwas dazu. Nichts Beängstigendes. Ein Bekannter empfahl ihn Mrs. Cooper. Kale machte ihr mit seiner Version mächtig Angst.«

»Er empfand ihn als Bedrohung.«

»Ja, und er überzeugte Mrs. Cooper davon, ihn zu wechseln. Daraufhin wechselte er auch das Türschloss ein zweites Mal aus.«

Jake Temerowski sah sie an. »Wegen eines Rentners, der sich ein paar Dollar dazuverdienen wollte. Kale hat unter einer enormen Angst gestanden, doch es passt einfach nichts von dem zusammen, was Ken und du erzählt haben. Ich bekomme keine klare Linie in die Sache. Dann diese Anzeige von Kristin Hayden, dass Kale in ihrer Wohnung gewesen und dort gewütet haben sollte. Warum hat er nicht direkt seinem Chef gemeldet, was mit Hayden los war? Und warum hat dieser Hayden keine Anzeige erstattet? Da stimmt was nicht, verstehst du? Da lief irgendetwas zwischen den beiden ab. Hast du diesen Hayden jemals zu Gesicht bekommen, Rachel?«

»Nein, ich habe ja nicht einmal seinen Namen gekannt. Kale war sehr verschlossen und sprach nur hin und wieder von einem neuen Arbeitskollegen. Aber auch das tat er nur unauffällig. Da waren keine Wut und kein Zorn zu spüren. Er erledigte eben seine Arbeit.«

»Wessen Arbeit?«

»Na, seine und die des Kollegen, weil er oft krank war. Aber ist das nicht normal?«

»Hayden war nur zweimal für kurze Zeit krank.«

»Er erledigte ja auch die Endkontrolle der anderen Kollegen.«

»Das hat Ken mit in seine Arbeitszeit eingeplant. Die Frage ist, was wirklich zwischen den beiden passierte. Ken hat erzählt, dass Kale ihm nach anfänglichen Schwierigkeiten auf die Sprünge geholfen hat, aber auch, dass er danach sehr gut gearbeitet hat. Es gab keine Probleme mehr mit Bryan Hayden. Bis auf die letzte Woche vor dem Vorfall. Hayden kam nach Kales angeblicher Drohung früher als erwartet von der Krankmeldung zurück und lieferte wieder fehlerhafte Arbeit ab. Wer hatte denn nun Angst? Er oder Kale? Ken sagt, dass die beiden sogar privat Freunde gewesen seien.«

Rachel sah Temerowski erstaunt an. »Freunde? Private Freunde? Davon wüsste ich aber.«

»Das hat Bryan Ken erzählt.«

»Kale hat keine Freunde. Es war abgemacht, dass er vollkommen abgeschottet von seinen Kollegen nur seine Arbeit erledigen sollte, um ganz sicher zu sein, dass nichts passiert. Das weißt du, Jake.«

»Ja, Rachel, das weiß ich. Deswegen mache ich mir große Vorwürfe. Wir hätten diesen Bryan nicht an Kale heranlassen dürfen. Das war ein Fehler gewesen. Ich werde dir mal ein Bild von ihm organisieren. Dann schaust du, ob du ihn schon mal irgendwo gesehen hast.«

Rachel erklärte sich einverstanden.

In der Klinik

Kale las am nächsten Morgen die Antwort von Kind 14.

Das ist eine lange Geschichte.

Was meinte es damit? Welche Geschichte?

Brief an Kind 14

Magst du mir die Geschichte aufschreiben?, schrieb er. Er setzte sich danach in eine Ecke auf den Boden und zeichnete das Gesicht seiner Tochter Eve.

Rachel

Sie fiel aus allen Wolken, als sie das Foto sah. »Das ist Bryan Hayden?«, rief sie und zitterte.

»Ja, Rachel, das ist er«, antwortete ihr Jake Temerowski. »Hast du ihn schon einmal gesehen?«

»Ja, natürlich! Das ist Roy. Ich lernte ihn auf dem Spielplatz kennen. Ich erzählte Kale davon. Daraufhin erklärte er mir, dass sich ein gefährlicher Mann auf den Spielplätzen herumtriebe, auf den diese Beschreibung passte. Er hätte es in der Zeitung gelesen.«

»Kale hat euch vielleicht beobachtet und dann dieses Gerücht als Schutz für dich erfunden.«

Rachel sah den Arzt mit erschrockenem Blick an und führte ihre Hand vor den Mund, um ihr Entsetzen zu zügeln. »Oh, mein Gott!«

»Hat dir die Polizei das Bild denn nie gezeigt?«

»Nein! Sie dachten vielleicht, dass ich ihn kenne. Ich habe denen alles erzählt, was ich weiß, aber diese Spielplatzbekanntschaft habe ich nicht erwähnt. Ich konnte ja nicht ahnen . . . «

»Nein, das konntest du nicht. Wie auch? Hör zu, Rachel, bevor ich der Polizei alles übergebe, möchte ich gerne eine Weile allein in Kales Zimmer verbringen.«

»Wozu?«

»Er hat eine Art, seine Dinge vor uns zu verstecken, die mir Angst macht. Ich will herausfinden, wo seine Verstecke sind.«

»Du meinst, in seinem Zimmer hat er geheime Verstecke eingerichtet?«

»Das könnte möglich sein. Darf ich?«

»Aber natürlich.«

Jake Temerowski lief die Treppe hinauf und verschwand in Kales Zimmer.

Rachel hörte nichts. Dann vernahm sie plötzlich, wie Jake die Möbel zu verrücken begann. Er schaute wohl dahinter und darunter nach. Die Geräusche wurden lauter. Rachel lief nach oben und sah, wie Jake seinen Bürostuhl auf den Flur schob.

»Hilf mir mal«, bat er.

»Was machst du da?« Sie sah die Angst in seinen Augen.

»Hilf mir einfach. Wir müssen alle Möbel aus dem Zimmer schaffen.«

»Wozu?«

»Frag nicht, sondern hilf mir einfach.«

»Ich muss erst nach Eve schauen, damit ihr nichts passiert. Ich werde sie in ihr Zimmer bringen und das Gitter an der Tür befestigen.« Als sie fertig war, hatte Temerowski bereits den Schreibtisch auf den Flur geschleppt. Sie half ihm, den großen Wandschrank zu demontieren, und brachte die Bretter ebenfalls auf den Flur. Dann sah sie, wie der Arzt den Teppich anhob. Er sah zu Rachel hinüber und wollte sie mit einem Blick warnen. Dann rollte er den Teppich zusammen. Darunter befanden sich hunderte von Fotos mit Rachel und Eve als Motiv. Sie waren über den ganzen Boden verteilt, damit man die Unebenheit nicht spürte. Beide sahen geschockt auf die Bilder!

Brief an Kind 14

Kennst du Lydia?, schrieb er.

Kind 14

Nein, aber ich weiß, dass einige neben uns wohnen. Fremde.

Kale

Es wohnen fünf neben euch. Lydia, Sybille, Joey, Carl und Tristan. Kennst du Tristan?

Stundenlang kam keine Antwort. Dann las Kale:

Brief von Kind 14

Ich mag nicht darüber schreiben.

Kale

Warum?

Kind 14

Kein Kommentar

Kale

Er war's nicht.

Kind 14

Nein

Kale

Warst du es?

Kind 14

Kein Kommentar

Kale

Das ist auch eine Antwort.

Kale schmiss den Füller gegen die Wand und schrie: »Tötet mich!« Er beherbergte zwei Mörder in sich.

»Wir mussten ihn wieder fixieren«, erklärte Professor Raymond am Telefon. »Er hat wie ein Irrer in seinem Zimmer herumgewütet. Ihr Füller ist auch kaputt. Die Spitze ist abgebrochen.«

»Was ist passiert?«, fragte Jake Temerowski.

»Wir haben keine Ahnung. Er saß am Schreibtisch und schrieb.«

»Schrieb er an Kind 14?«

»Wahrscheinlich. Er hat alles zerrissen. Bis in die kleinste Faser hat er alles zerrissen. Wir konnten den Schriftverkehr nicht verfolgen.«

»Aber die Kamera ist doch so ausgerichtet, dass man es hätte aufzeichnen können.«

»Er hat eine Stellung eingenommen, die den Blick auf das Geschriebene verhinderte, als wolle er etwas verheimlichen.«

»Oder Kind 14 will etwas verheimlichen.«

»Oder das.«

»Kann man noch etwas zusammensetzen?«

»Nein.«

»Verdammt!«

Hinter der Mauer

Sie sahen Kind 14 auf einem getrockneten Tintenfleck sitzen.

Was ist passiert?, signalisierte Kind 11.

Er hat den Füller nach mir geschmissen. Ist daraufhin ausgelaufen. Er meldet sich nicht mehr.

Kind 8 und 10 zogen jeweils einen Stein aus der Mauer heraus und sahen hindurch. Er kann sich nicht melden, gaben sie an Kind 14 weiter. Sie haben ihn festgebunden.

Kind 14 erhob sich. Wir müssen den Fleck entfernen, gestikulierte es. Damit ich mit frischer Tinte schreiben kann, wenn er sich wieder meldet.

Kind 5 und 6 holten Wasser.

In der Klinik

Jake Temerowski war so schnell wie möglich in die Klinik gefahren und fand Kale ruhiggestellt in seinem Bett vor. Sein Zimmer war inzwischen gereinigt worden. Der Arzt sah sich mit dem Professor die Aufnahmen des Anfalls an. Kale hatte auf die Patronen getreten, die Temerowski ihm gegeben hatte, und alles zerrissen, was ihm in die Finger gekommen war. Jedes Bild, jeden Schriftverkehr. Den Bleistift hatte er zweimal durchgebrochen und in die ausgelaufene Tinte geworfen.

»Was auch immer Kind 14 geschrieben hat, Kale wollte, dass es aufhört«, erklärte Temerowski. »Es wird schwer sein, ihn erneut zu motivieren, wieder Kontakt aufzunehmen.«

Professor Raymond schaltete die Aufnahme aus und gab seinem Kollegen recht. »Haben Sie noch etwas über ihn herausfinden können?«, fragte er.

Temerowski sah Raymond mit ernster Miene an. »Mehr, als mir lieb ist. Ihr Gebiet ist doch die Psychose, richtig?«

Der Professor nickte. »Schwerpunkt Schizophrenie und Paranoia.«

»Dann ist er jetzt Ihr Patient, Joe. Das, was hier abläuft, hat mit DIS nichts mehr zu tun. Das ist eine ausgereifte Psychose. Ich werde noch ein paar Gespräche mit ihm führen, um sicher zu sein, dann können Sie ihn übernehmen.«

Der Professor nickte erneut. »Ich habe es erwartet, um ehrlich zu sein, doch ich wollte, dass es vorher abgeklärt wird. Das sieht nach schizophrenen Wahnidentitäten aus, die Konkretisierung der erlebten Veränderung der eigenen Person in der Psychose. Kale Hatfield hat durch die neuen Umstände, die sein Leben bestimmten, eine Art Wahnarbeit begonnen. Doch ich war mir nicht ganz sicher, weil die Symptome von DIS sehr ähnlich verlaufen. Was haben Sie noch herausgefunden?«

»Er hat Dinge versteckt. Einen USB-Stick, worauf Aufnahmen einer Überwachungskamera gespeichert sind. Und unter seinem Teppich in seinem Zimmer fand ich heute hunderte von Fotos, die er von Rachel und Eve geschossen hatte. Ich werde das gleich der Polizei melden.«

»Das passt ins Schema. Er hat ein Wahnbewusstsein entwickelt. Diese Wahrnehmungen müssen ihm zu schaffen gemacht haben. Er lebte praktisch nur noch mit diesem Bewusstsein. Deswegen muss abgeklärt werden, was Realität und was Wahnvorstellung war. Dieses Kind 14 ist wahrscheinlich eine Wahnfigur, eine schizophrene Erscheinung. Wir müssen nun gut aufpassen, was weiter passiert.«

Kale spürte, wie die Beruhigungsmittel nachließen. Was war passiert? Er zerrte an den Riemen, die ihn ans Bett fesselten. Der Schreibtisch war umgestellt worden. Er stand jetzt direkt unter der Kamera. Wo war der Zeichenblock geblieben? Der Füller, der Bleistift? Er konnte sich an den Anfall nicht erinnern. In ihm liefen die Kinder Amok. Er konnte nicht einmal mehr unterscheiden, wer zu wem gehörte. Die einen putzten schweigend, die anderen tuschelten. Er selbst stand vor Mauern und Wänden und fror. Sein Körper zitterte.

Die Tür öffnete sich. Liam trat ein. »Wieder da?«, fragte er.

»Mir ist kalt«, sagte Kale.

Der Pfleger legte die Bettdecke über ihn und sah ihn an. »Du hattest einen Anfall«, erklärte er und zeigte auf die Riemen.

»Einen Anfall? Was für einen Anfall?«

»Du hast herumgewütet. Dr. Temerowski möchte dich sehen, doch er ist sich nicht sicher, ob wir dich losmachen sollen. Er sagt, es wäre eventuell wichtig.«

»Warum?«, fragte Kale.

»Weiß nicht.«

»Ich meine, warum will er mich sehen?«

»Weil du noch sein Patient bist.«

»Noch?«

»Professor Raymond wird dich übernehmen.«

»Professor Raymond? Weshalb?«

»Das wird dir Dr. Temerowski sicherlich erklären wollen.«

»Ich will ihn nicht sehen.«

»Er sagte, dass du das sagen wirst.«

»Habe ich eine Meinung, die respektiert wird?«

»Ich glaube, in deinem Fall nicht.«

Kale schwieg und starrte an die Zimmerdecke.

»Ich hol ihn erst mal rein«, entschied Liam und verließ das

Zimmer.

Jake Temerowski klopfte, was Kale erschrocken aufblicken ließ. Es erinnerte ihn an seine Bürozeit. Hayden hatte genauso geklopft. Er hörte das Schloss der Tür aufschnappen und sah verspannt hin. Panik ergriff ihn. Er konnte sie nicht wegwischen und sah Jake eintreten. Er trug neue Zeichenblöcke unter dem Arm.

»Hallo, Kale«, sagte er laut und deutlich und schloss die Tür hinter sich. Davor platzierte sich wieder ein Pfleger, der bei Gefahr eingreifen würde. »Du hast meinen Füller zerbrochen«, sagte der Arzt. »Es war ein Erinnerungsstück. Ich dachte, dass du das zu schätzen wüsstest und damit respektvoll umgehen würdest.«

»Ja«, sagte Kale, »das dachte ich auch. Entschuldige.«

»Ich habe dir einen neuen mitgebracht. Und einen Bleistift zum Zeichnen. Blöcke . . . alles, was du brauchst.«

Kale sah, wie Jake es auf dem Schreibtisch platzierte. »Warum steht der Tisch jetzt dort?«, fragte er.

»Weil ihn die Kamera dort besser erfassen kann. Du hattest etwas niedergeschrieben, was wir leider nicht mehr lesen konnten. Du hast alles zerrissen. Du hast die Tintenpatronen zertreten, den Füller an die Wand geschmissen und den Bleistift zerbrochen. Und du hast geschrien *Tötet mich.* Erinnerst du dich daran?«

Kale starrte ihn an. »Nein.«

»Dann hat das ein anderer geschrien. Sag mir, wer?«

»Keine Ahnung.«

»Kannst du dich erinnern, was zuvor passiert ist?«

»Ich hatte an Kind 14 geschrieben.«

»Das haben wir gesehen. Was hast du geschrieben?«

»Wie es ihm geht.«

»Und?«
»Es schrieb nicht gut.«
»Hat es geschrieben, warum?«
»Nein.«
»Was hat es geschrieben?«
»Dass es eine lange Geschichte wäre.«
»Und, hat es dir die Geschichte mitgeteilt?«
»Nein.«
»Es gibt Kind 14 also wirklich.«
»Ja, Jake, es scheint so.«
»Hat es sonst noch was geschrieben?«
»Es . . . es gab Zeichen, dass es mich schützen müsse.«
»Zeichen?«
»Ja.«
»Du hast es gesehen?«
»Ja . . . nein.«
»Was denn nun? Ja oder nein?«
»Ich habe es nicht gesehen.«
»Warum hast du dann Zeichen gesehen?«

Kale wurde unruhig. Er durfte nichts verraten. »Sie waren in meinem Kopf.«

Temerowski atmete tief durch. War es doch eine Multiple, die Kontakt zu Kale aufgenommen hatte? Der Arzt wurde wieder unsicher. »Denkst du, es hat Hayden getötet?«, fragte er.

»Ich habe es gefragt, aber es gab mir keine Antwort darauf.«

»Weshalb hast du dann so herum gewütet? Was war der Anlass?«

Kale spürte, wie ihn die Unruhe überkam. »Ich habe davon nichts mitbekommen!«

»Willst du mal die Aufnahmen sehen?«

Kale zögerte. Die Angst war ihm ins Gesicht geschrieben.

»Irgendwas Komisches geht hier vor«, sagte er leise.

»Wie meinst du das?«

»Es ist so anders, Jake.«

»Es ist taubstumm.«

»Nein, das meine ich nicht.«

Temerowski räusperte sich. Sollte er Kale mit seiner neuen Vermutung konfrontieren? Oder mit den Fotos, die er gefunden hatte? Es ging in der Tat etwas Merkwürdiges mit seinem Patienten vor. Hatte sich tatsächlich die Diagnose aufgrund von großen Ängsten erweitert? »Diese Mauer«, sagte der Arzt, »siehst du sie wirklich?«

Kale starrte an die Zimmerdecke und bejahte.

»Das ist auf jeden Fall anders, Kale. Das ist keine dissoziative Identitätsstörung mehr, das sieht nach einer ernsthaften Angststörung aus. Siehst du auch Kind 14?«, fragte der Arzt noch einmal, denn er war sich nicht sicher, ob Kale etwas verschwieg. Und in der Tat, diesmal stockte sein Patient.

»Deine Multiplen kannst du nicht sehen. Es kann sein, dass du innerlich Kontakt zu ihnen aufbauen kannst, aber du kannst sie nicht sehen. Das, was gerade passiert oder was passiert ist, ist neu.«

»Ja.«

»Du hörst sie nicht, aber du siehst sie – alle, nicht wahr?«

»Ich sehe, wie mich hin und wieder ein paar Augen durch die Mauer ansehen und mich beobachten.«

»Wie viele Augenpaare hast du bis jetzt gesehen?«

»Drei. Jedes hatte eine andere Augenfarbe. Ich habe ja keine Farbstifte, sonst könnte ich sie farblich zeichnen.«

»Ich werde dir Farbstifte besorgen.«

»Danke.«

Der Arzt wurde unruhig. »Welche Farbe hat die Mauer?«

»Sie besteht aus rotbraunem Backstein.«

»Dann werde ich dir passende Buntstifte bringen.«

»Danke.«

»Und du nimmst wirklich keine Stimmen dahinter wahr?«

»Nein.«

»Hm.« Der Arzt rieb sich ratlos das Kinn. Sollte er ihn jetzt auf die Fotos ansprechen? »Kale, darf ich dich etwas anderes fragen?«

»Sicher.«

»Du liebst Rachel und Eve sehr, nicht wahr?« Der Arzt sah, wie seinen Patienten ein großer Schmerz durchflutete.

»Natürlich«, presste Kale hervor.

»Sag mir auf einer Skala von 1 bis 10, wie stark du sie liebst.«

»Die Skala reicht nicht aus. Ich schätze 20.«

»Das ist viel. Das ist das Maximum, was man fühlen kann. Wie weit würdest du für deine Familie gehen?«

»Wie meinst du das? Meinst du, ob ich für sie töten würde?«

»Zum Beispiel.«

»Ja, natürlich. Wenn sie sich in akuter Gefahr befinden würde.«

»Hat im Büro eine akute Gefahr bestanden?«

»Nein, sie waren ja nicht einmal anwesend.«

»Wer? Wen meinst du? Diese Kinder oder deine Familie?«

»Meine Familie.«

»Aber die Kinder waren anwesend, oder?«

»Tristan kam, aber er ging sofort wieder. Er war's nicht.«

»War es Kind 14?«

»Das weiß ich nicht.«

»Was hat es dir geschrieben, Kale, was?«

»Nichts, womit ich etwas anfangen kann.«

»Aber du hast alles zerrissen.«

»War wahrscheinlich Wut.«
»Was hast du nach Tristan gespürt, als er wieder weg war?«
»Es kam näher.«
»Was?«
»Das hinter der Mauer.«
»Du meinst Kind 14.«
»Ja.«
»Also doch. Konntest du es sehen?«
»Ich sah nur die Mauer.«
»Was noch?«
»Wie ein Stein entfernt wurde.«
»Was noch?«
»Wie ein zweiter Stein entfernt wurde.«
»Also das, was du gemalt hast.«
»Nein, es war größer. Das Loch war größer.«
»Größer? Wie groß?«

Kale zerrte an den Fesseln. Er schloss die Augen und versank in stummen Selbstgesprächen. Kind 14 war erschienen und drohte.

Temerowski war klar, dass es Angst hatte. Die Frage, die sich dem Arzt immer noch stellte, war, ob es eine schizophrene Erscheinung oder ein inneres Kind war. Die Sache grenzte sich noch nicht klar genug ab. Eine Figur, die nichts hörte oder sagte, konnte auch nichts ausplaudern. Sie konnte nur sehen, was sie anrichtete, sonst nichts. Die Mauer war ihr Bunker. Der Arzt beobachtete, wie Kale sich in den Bunker wagte und löste seine Riemen . . .

Kale starrte an die Zimmertür hinter Jake Temerowski.

Warum schreibst du nicht mehr?, signalisierte Kind 14, als es Kale durch die Mauer blicken sah.

Ich habe keinen Stift, gab Kale durch Zeichen zu verstehen.

Jake hat einen neuen mitgebracht. Ich habe es gesehen.

Ich werde mich melden, wenn ich wieder alleine bin.

»Kale?«, hörte er Temerowski fragen.

Erschrocken sah er zu ihm hin.

»Musst du schreiben?«, fragte der Arzt. Kale nickte.

»Soll ich gehen?« Es schien dringend zu sein.

»Ja.«

Temerowski legte einen neuen Füller mit Patronen auf den Zeichenblock, daneben einen Bleistift. »Ich lasse dir Buntstifte bringen«, sagte er und verließ das Zimmer. Die Sache mit den Fotos würde er später klären.

Kale an Kind 14

Warum kann ich die Mauer sehen?

Kind 14

Weil ich sie dir sichtbar mache.

Kale

Die Augen, die hindurch blicken, sind das deine?

Kind 14

Ja.

Kale

Wie viele Kinder seid ihr hinter der Mauer?

Kind 14

Ich bin das letzte.

Kale

Ihr seid also 14.

Kind 14

Ja.

Kale

Kann ich mit den anderen Kindern Kontakt aufnehmen?

Es kam keine Antwort.

Hinter der Mauer

13 Paar Augen sahen Kind 14 an. Würde es den Kontakt erlauben? Und wenn ja, was dürften sie erzählen? Sie zitterten. Dürften sie die Wahrheit sagen? Was würde passieren, wenn Kind 14 die Mauer so stark verschloss, dass sich kein Riss mehr zeigen würde, wodurch die Tinte fließen konnte? Sie wären für immer eingesperrt.

Kale malte eine Mauer. Sie war geschlossen.

Rachel

Rachel war kaum noch zu beruhigen. Jake hatte Kales Zimmer abgeschlossen, damit sie nicht hineinging und sich den Wahnsinn alleine ansah. Eve war bei Mrs. Cooper untergebracht, weil sie als Mutter derzeit nicht in der Lage war, sich um das Mädchen zu kümmern. Sie benötigte nun selbst Hilfe.

»Ich werde einen psychologischen Dienst einschalten«, hatte Jake ihr versprochen. Rachel erinnerte sich an den Vorfall, als Ian Morgan Kale im Park hinter der Bibliothek aufgespürt und verschleppt hatte. Es war ihre Schuld gewesen. Sie hatte Morgans Lüge, dass er Kales Onkel sei, geglaubt, und verraten, wo er zu finden war. Morgan hatte ihn in einen Wald verschleppt, an einen Baum festgebunden und fast getötet. Damals hatte man Rachel auch eine Psychologin an ihre Seite gestellt, die jedoch nicht verhindern konnte, dass sie anschließend vier Jahre lang zu ihrem eigenen Schutz in eine Psychiatrie musste. Sie war eine schwer belastete Frau in dieser Hinsicht, und froh, durch ein Projekt wie Temerowskis wieder in die Gesellschaft integriert zu werden. Es war ihre letzte Hoffnung, dass doch noch alles gut werden würde. Dass sie eine Chance als Paar und Eltern bekämen. Was Jake nun in Kales Zimmer entdeckt hatte, ließ alles in ihr zusammenfallen. Jegliche Hoffnung erlosch und jede Kraft für Eve schwand. Wie gut, dass es Mrs. Cooper gab, während eine Psychologin mit Rachel sprach.

»Ich kann nicht mehr in diesem Haus leben«, brachte Rachel verstörten Blickes hervor. Nein, das konnte sie nicht mehr. Das sah die Psychologin genauso.

»Vielleicht können Sie eine Weile bei Ihrer Nachbarin leben.«

Rachel sah die Frau entsetzten Blickes an. »Das ist direkt neben diesem Haus!«, entfuhr es ihr.

»Es wäre aber eine erste Möglichkeit, Mrs. Hatfield. Wir schauen dann nach anderen Lösungen. Sie wären erst einmal mit Ihrer Tochter zusammen.«

»Was meinen Sie mit *erst einmal*?« Wollten sie ihr die Tochter entreißen? Rachel fiel innerlich zusammen. Sie fiel und fiel in dieses schwarze Loch der Angst, aus dem sie sich nur schwer herausgearbeitet hatte. Ein Sturz, der kein Ende nahm. Sie hatte wieder einmal die Vorzeichen von Kales Entgleisung nicht mitbekommen, dabei war alles so offensichtlich gewesen. Aber es war auch offensichtlich gewesen, dass sie als Paar gemeinsam ihre Probleme meistern wollten, wie jedes andere Paar auch. Ihre Grundlage schien solide. Jake hatte sich viel Mühe gegeben, das Fundament zu bilden. Dabei war es gar nicht das materielle Fundament, was sie benötigten, sondern das mentale. Kales seelische Verfassung war mehr als labil gewesen. Dabei sollte er alle Vorkommnisse melden.

Wie oft hatte Rachel überlegt, ob sie Jake einschalten sollte.

Es waren diese kleinen banalen Vorkommnisse gewesen. Die vergewaltigungsähnlichen Zusammentreffen hätten Alarm in ihr schlagen müssen. Doch sie wollte Kale auch in dieser Hinsicht eine Chance geben. Nun wusste sie, dass es Tristan gewesen war, mit dem sie geschlafen hatte, weil Kale es nicht zustande gebracht hatte. Nicht so, wie Rachel es gemocht hätte.

Dieser Missbrauch während seiner Schulzeit und die Gewalt im Elternhaus hatten ihm jegliche Form auf ein normales Leben gestohlen. Das ließ sich nicht mehr in ihm herstellen. Stattdessen hatte er nach Schleichwegen gesucht und Geheimnisse um sich herum aufgebaut, wie die in seinem Zimmer. Die Kamera konnte sie noch irgendwie akzeptieren, aber die Fotos unter dem Teppich . . . Es sah so unglaublich angsteinflößend aus. Ob er noch weitere Geheimnisse um sich herum aufgebaut hatte? Jake hatte kurz angedeutet, dass sich in Kale etwas verselbstständigt hatte. Die Angst hatte es ausgelöst. Eine unsagbar große Angst musste ihn gefangen gehalten haben, während das alles passierte.

Jetzt wurde Rachel bewusst, dass Kale mit einer Ehe und seiner Rolle als Vater vollkommen überfordert war. Er konnte nicht einmal für sich selbst Sorge tragen. Sein Wunsch nach einer Familie hatte der Realität nicht standgehalten. Man hatte ihn nun von Frau und Kind getrennt. Er saß in einer Klinik fest und sie mit ihrer Tochter in einem Haus, in dem sie nicht mehr sein wollte. Die Frau vom psychologischen Dienst hatte ihr Medikamente verabreicht, die ihre Angst mildern sollten. Nun lebten beide wieder mit Pillen – sie und Kale. Nur die kleine Eve war noch verschont geblieben. Sie saß jetzt sicherlich auf dem Schoß der lieben Mrs. Cooper, die ihr gerade ein Kinderbuch vorlas. Was sollte Rachel ihrer Tochter später über ihren Vater erzählen? Dass er gut war? Dass er Gutes getan hatte?

Dass es aber nicht ausgereicht hatte, um sie als Tochter großzuziehen? Versagt hatte die Gesellschaft, an der Kale zerbrochen war. An der auch sie gerade wieder zerbrach. Hätte es doch nie diesen Bryan Hayden gegeben!

Hinter der Mauer

Obwohl alle taubstumm waren, hörte Kale das Rumoren hinter dem Gestein. Die Mauer erzitterte, so stark war die Unruhe, die dahinter ablief.

Sie gestikulierten, wer zuerst mit Kale schreiben durfte. Oder stritten sie sich?

Kale rannte in seinem Zimmer aufgebracht umher. Liam klopfte, trat ein und reichte ihm ein Paket Buntstifte und einen Anspitzer. »Tee?«, fragte er.

Kale nickte. »Danke, ja.«

Der Pfleger war froh, dass es weiterging.

»Ich brauche noch Klebeband«, sagte Kale.

»Klebeband? Wozu?«

»Ich will die Bilder an die Wand kleben und sehen, was sie mit mir machen.«

»Das muss ich erst mit Professor Raymond absprechen.« Er schloss wieder die Tür hinter sich.

»Klebeband?«, fragte der Professor. »Das kann ich nicht zulassen. Er könnte sich damit ersticken.«

»Er könnte sich auch mit den Buntstiften die Hauptschlagader am Hals durchstechen oder mit dem Messer des Anspitzers die Pulsadern durchtrennen«, sagte Liam.

»Hm.« Joseph Raymond dachte an die Schizophrenie, die in diesem Fall auf die dissoziative Identitätsstörung stieß. Es ließ sich nicht vorhersagen, was die Kombination auslöste. Er rief deswegen Jake Temerowski an.

»Können wir das verantworten?«, fragte er den Arzt.

»Schwer zu sagen«, antwortete Temerowski ehrlich. »Er hat auch in der früheren Klinik gezeichnet, die Bilder allerdings nicht im Zimmer aufgehängt. Er hat was vor. Es ist vielleicht ein Weg, uns mitzuteilen, was in ihm passiert. Geben Sie ihm das Klebeband. Wir haben ja immer noch die Kamera. Wird sie rund um die Uhr überwacht?«

»Nein, nicht mehr. Ich habe keinen Mitarbeiter dafür. Vielleicht setze ich erst mal für die ersten Stunden jemanden darauf an, damit wir sehen, was er mit dem Klebeband macht.«

»So machen wir das. Ich habe leider keine Stunde mehr für ihn offen. Sie müssten alle weiteren Gespräche übernehmen. Wäre das möglich?«

»Ich warte erst einmal ab, was er jetzt macht. Wir haben ihm ja eine Menge Sachen ins Zimmer gegeben.«

Liam brachte ihm das gewünschte Klebeband.

Kale klebte das erste Bild über seinen Schreibtisch an die Wand. Dann schrieb er:

Brief an Kind 14

Darf ich mit Kind 1 Kontakt aufnehmen?

Es passierte lange nichts. Kale starrte auf das Bild an seiner Wand. Dann schrieb er noch einmal:

Kann ich mit Kind 1 Kontakt aufnehmen?

Er wollte herausfinden, was los war, und weshalb Kind 14 nichts erzählte.

Es kam keine Antwort. Kale malte eine zweite Mauer, die Risse aufwies. Sie konnte der Erschütterung kaum noch standhalten. Am nächsten Morgen las er:

Brief von Kind 1

Ich habe Angst.

Kale

Wovor?

Kind 1

Das darf ich nicht sagen.

Kale

Kennst du Lydia?

Kind 1

Nein, wer ist das?

Kale

Ein kleines Mädchen, das neben dir wohnt.

Kind 1

Neben uns lebst nur du. Wir leben inmitten von vier Mauern. Dich können wir sehen.

Kale

Weißt du, was hinter den anderen Mauern ist?

Kind 1

Nur du.

Kale

Hinter allen vier Mauern?

Kind 1

Weiß nicht.

Kale

Wie kann das sein?

Kind 1

Hinter einer Mauer ist dein Büro.

Kale

Mein Büro?

Kind 1

Ja.
Kale
Was ist hinter der zweiten Mauer?
Kind 1
Dein Haus.
Kale
Was ist hinter der dritten Mauer?
Kind 1
Dein Zimmer, wo du jetzt wohnst.
Kale
Was ist hinter der vierten Mauer?
Das Kind gab keine Antwort mehr.

Kale malte ein neues Bild. Die Risse vergrößerten sich, was er auf einem weiteren Bild festhielt. Kind 1 hatte einen Stein herausgeholt und sah mit ängstlichem Blick hindurch. Es hatte dunkelbraune Augen. Dann schloss sich die Mauer wieder.

An der Wand hingen nun weitere vier Bilder.

Liam holte ihn zum Essen und übergab ihm anschließend die versprochenen Buntstifte von Temerowski.

Rachel

Mrs. Cooper nahm Rachel vorerst bei sich auf. Sie kümmerte sich um die kleine Eve und sorgte dafür, dass Rachel etwas zu sich nahm. Von der Frau des psychologischen Dienstes hatte Mrs. Cooper erfahren, was vorgefallen war. Es erschütterte sie zutiefst, weil sie von diesem Projekt nichts gewusst hatte. Das ließ nun auch sie bekümmert dreinblicken. Sie konnte Rachel auf Dauer keine Hilfe sein. Dafür war sie zu alt. Es musste eine Lösung her.

»Die Ärzte arbeiten auf Hochtouren mit ihrem Mann«, erklärte Helen vom psychologischen Dienst Mrs. Cooper und sah mitleidig auf Rachel, die etwas entfernt vom Esstisch saß und Eve ein Lied summte. Es war ein Lied, das Lydia immer gesummt hatte. Sie versuchte damit, Eves Vater zu ersetzen. Oder suchte sie seine Nähe?

»Die arme Eve«, flüsterte Mrs. Cooper.

Helen nickte. »Sorgen Sie dafür, dass Rachel nicht mit ihr in den Garten geht und über die Hecke sieht.«

»Warum?«

Helen atmete tief durch. Sollte sie es Mrs. Cooper anvertrauen? Schließlich musste sie wissen, was bald nebenan passieren würde. »Die Polizei wird das Haus demnächst weiter untersuchen. Sie werden auch im Garten suchen.«

»Im Garten?«, flüsterte Mrs. Cooper. »Weshalb?«

»Sie werden ihn umgraben, um nach Beweisen zu suchen. Ich werde versuchen, Rachel vorher von Ihnen wegzuholen. Ich habe einen Platz in einem Mutter-Kind-Heim in Aussicht. Dort wäre sie auch in Betreuung.«

Mrs. Cooper nickte zaghaft und sah wieder zu Rachel hinüber. Sie war mit ihrer Tochter in einer Welt gefangen, die sie mit Kale verband. Das sah man beiden an. »Eine so liebe Familie«, flüsterte die alte Dame.

»Ja, Mrs. Cooper, eine sehr besondere Familie.«

Die 4. Wand

Brief von Kind 1

Ich darf dir nicht sagen, was hinter der vierten Wand ist.

Kale

Warum nicht?

Kind 1
Weil es gefährlich ist.
Kale
Gefährlich?
Kind 1
Ja.
Kale
Wie sieht es dahinter aus? Ich bin neugierig.
Kind 1
Es ist die fremde Welt. Kind 14 möchte nicht, dass wir dahinter sehen.
Kale
Ist es die Welt, in der Lydia lebt?
Kind 1
Kann sein.
Kale
Dann ist es nicht gefährlich. Es sei denn, Kind 14 meint Tristan.
Kind 1
Kann sein.
Kale
Ihr lebt also in einem Raum von vier Mauern umgeben.
Kind 1
Ja.
Kale
Wie seid ihr da reingekommen?
Kind 1
Wir haben uns einfach entwickelt.
Kale
Wann war das?
Kind 1

Als ich Bryan Hayden die Tür geöffnet habe.

Kale

Du hast ihm die Tür geöffnet?

Kind 1

Als er sich bei dir als Arbeitskollege vorgestellt hat. Ich bin der Türöffner.

Kale spürte, wie sein Herz schneller zu schlagen begann. Er erinnerte sich an die erste Begegnung mit Bryan Hayden. Sein Chef hatte ihm den neuen Kollegen vorgestellt.

»Kale?«, hatte Kenneth Coward gesagt. »Das ist Bryan Hayden. Er ist dein neuer Mitarbeiter und wird im großen Büro seinen Platz bekommen.«

Hayden hatte ihm die Hand entgegengehalten, die Kale irritiert angesehen hatte.

»Oh, Mr. Hatfield gibt nur ungern die Hand«, hatte Coward erzählt, um die peinliche Situation zu retten. Doch Kale hatte nur dieses merkwürdige Gefühl in sich verspürt. Es war ein Gefühl der Bedrohung. Er hatte Hayden aus Verlegenheit seinen Vornamen angeboten, was er später zutiefst bereute. Doch da war dieses Fremde in seiner Wahrnehmung gewesen, diese unerklärliche Angst. Es war Kind 1 gewesen, das die Tür geöffnet hatte. Ein Kind der Angst, das ihn wie fremdgesteuert reagieren ließ. Es hatte seine Sinne und sein Denken verändert. Dieser neue Kollege hatte sich überhaupt nicht gut angefühlt. Er hatte nach abgestandenem Essen und Nikotin gerochen. Es war dieser Gestank aus seiner Wohnung, von dem Kale sich getriggert fühlte. Es hatte ihn an sein Elternhaus erinnert. Seine Mutter hatte immer frisch gekocht, doch sein Vater hatte die Kleidung kaum gewechselt. Sie waren als Familie arm gewesen und er wollte sparen, wo immer es ging. Er hatte ständig nach abgestandenem Essen gerochen, bevor er seinen Sohn schlug.

Kind 1

Ich bin übrigens erst sechs Jahre alt.

Kale

Lydia ist fünf.

Kind 1

Ich schrieb doch, dass ich sie nicht kenne.

Kale

Als du die Tür geöffnet hast . . .

Kind 1

. . . bin ich reingekommen. Ich wollte dir helfen. Du warst ganz durcheinander.

Kale

Ich hätte Rachel davon erzählen müssen.

Kind 1

Wozu? Du hattest doch mich. Du hast dich bei der Arbeit sehr wohl gefühlt. Das wollte ich erhalten.

Kale

Das stimmt. Ich konnte endlich zeigen, was in mir steckt.

Kind 1

Wir beide fühlten uns sehr wohl. Weißt du noch, ich stand immer neben deinem Schreibtisch und habe dich beschützt. Meine Anwesenheit hat dich sehr beruhigt.

Kale

Ich kann mich nicht mehr erinnern.

Kind 1

Es ist aber auch viel passiert.

Kale

Warum hast du jetzt Angst?

Kind 1

Weil du alles erfahren wirst.

Kale

Wie meinst du das?

Kind 1

Wir brauchten Verstärkung. Ich war zu klein und zu schwach.

Kale

Was meinst du mit Verstärkung?

Kind 1

Ich konnte den Ärger, den Bryan Hayden verursachte, nicht von dir abwenden.

Kale legte den Füller beiseite und starrte auf die Zeilen, die er niedergeschrieben hatte. Noch nie hatte sich sein Unterbewusstsein auf diese Weise gemeldet. Kind 1 bewohnte demzufolge erst seit kurzer Zeit sein Innerstes. Es lebte in einer eigens für ihn geschaffenen Welt, die mit Lydia nichts gemeinsam hatte.

Kale erhob sich und sah auf die Bilder an der Wand. Er sah sich die Augen von Kind 1 an und erkannte die Angst darin. Ein kleines Wesen hatte ihm die Tür in eine neuartige Welt geöffnet. Es legte offen, wie eingeschränkt seine Verfassung gewesen war, der Welt zu begegnen. Er war ihr keineswegs gewachsen gewesen. Er hätte diesem Hayden niemals seinen Vornamen anbieten dürfen. Er hätte vieles nicht machen sollen. Er war darauf trainiert worden, sich nur in seiner eigenen Welt zurechtzufinden, und nicht die Probleme anderer zu regeln. Zudem eines Menschen, dem jeglicher Respekt fehlte. Warum nur hatte er Rachel nicht eingebunden, damit es nicht eskalierte? Er schrieb:

Brief an Kind 1

Welchen Ärger meinst du?

Kind 1

Den Bryan verursacht hatte. Deine Arbeitswelt kam durcheinander.

Kale

Kennst du Sybille?

Kind 1

Nein. Sie lebt nicht in meiner Welt.

Kale

Sie lebt bei Lydia und ist für meine innere Ordnung zuständig.

Kind 1

Dann hat sie versagt. Deine Unordnung wurde immer größer. Auch deine Angst. Hayden machte aus deiner Sicht immer mehr Fehler. Ich schaffte es nicht mehr allein.

Kale

Wie meinst du das?

Kind 1

Kind 2 kam und half mir. Es hatte die Lösung.

Kale

Ein neues Kind kam?

Kind 1

Ja.

Kale

Welche Lösung hatte es?

Kind 1

Das kann es dir selbst erzählen.

Kind 1 verschwand.

Kale malte eine neue Mauer und hängte sie zu den anderen Bildern. Danach legte er sich ins Bett und starrte an die Zimmerdecke. Liam holte ihn kurz darauf zum Gym ab.

»Lasst mich in Ruhe!«, schrie Kale, als der Morgendienst ihn wecken kam. Der junge Gray war neu und wich erschrocken zurück. Er zog die Tür wieder zu. Man hatte ihn gewarnt, dass dieser Patient gefährlich sein könnte. Er sollte lieber Hilfe holen. Liam kam am besten mit ihm zurecht, doch der hatte heute Spätschicht.

Sie blickten auf den Monitor mit der Kameraübertragung und sahen Kale am Schreibtisch sitzen. Er raufte sich das Haar und sah mitgenommen aus.

»Wie lange sitzt er dort schon?«, fragte Professor Raymond.

»Praktisch die ganze Nacht. Sehen Sie sich die Wand an. Sie hängt voller Bilder. Sieht aus, als würde ihn jemand einmauern.«

Professor Raymond sah den Pfleger, der die Übertragung kontrollierte, mit erstauntem Blick an. Einmauern, dachte er. Er sollte unbedingt mit Temerowski Rücksprache halten und rief ihn in aller Frühe an.

»Er malt ununterbrochen diese Mauer, Jake. Eine ganze Wand hängt voll.«

Temerowski fuhr sich verschlafen durchs Haar. Der Professor hatte ihn im Hotel geweckt. »Eine Mauer?«, fragte er.

»Ja. Wir sollten jetzt achtgeben. Das ist ein symbolischer Akt. Er mauert sich gerade ein.«

»Hat er geschrieben?«

»Ja, mit Kind 1, bis es sich verabschiedet hat. Seitdem malt er immerzu diese Mauer.«

»Er hat mit Kind 1 geschrieben?«

»Ja, gestern.«

Temerowski kam aus dem Bett hoch. »Das muss ich lesen«, sagte er hellwach. Kale hatte Kontakt zu einem weiteren Kind aufgenommen!

»Bringen Sie rotbraune Buntstifte mit, Jake. Und Bleistifte. Damit er weitermalen kann. Er ist gerade ziemlich aggressiv, weil ihm Buntstifte fehlen.«

»Mach ich. Ich bin in einer Stunde da.«

Rachel

Sie sah durch Mrs. Coopers Küchenfenster die Polizei vor ihr und Kales Haus fahren. Der Lieutenant war dabei. Sie betraten zu dritt das Haus. Rachel liefen die Tränen über die Wangen.

Jake hatte die Polizei eingeschaltet. Sie würde jetzt das ganze Haus auf den Kopf stellen. Mrs. Cooper trat neben Rachel und legte den Arm um ihre Schulter. »Eve schläft noch«, sagte sie leise, worauf Rachel nickte. »Sie sollten nicht dabei zusehen, Rachel. Es ist nur eine Routinekontrolle. Sie müssen eben alles nachsehen. Das ist ihr Job.«

Rachel nickte und wischte sich die Tränen aus dem Gesicht. Helen wollte sie und Eve in zwei Stunden abholen. Sie hatte eine vorläufige Unterkunft für beide gefunden. Rachel verlor damit den letzten Funken Hoffnung. Wie mochte es Kale gerade ergehen? Sie hatte ihn seit Wochen nicht gesehen und wollte sich nicht ausmalen, was in der Klinik vor sich ging. Hatten sie den wahren Mörder inzwischen aufgespürt? Jake hatte bei seinem letzten Besuch eher verschlossen gewirkt, als würde er ein Geheimnis vor ihr verbergen. Er war über den Fund der Bilder genauso schockiert gewesen wie sie. Beide hatten sich die Frage gestellt, ob sich im Haus weitere Geheimnisse von Kale verbargen. Rachel hatte ihn nie kontrolliert, nie in seinem Zimmer herumspioniert oder sein Smartphone angerührt. Sie hatte keinerlei Grund dafür gesehen.

Sie hörte, wie Mrs. Cooper die Kaffeemaschine in der Küche bediente. Der Duft von frischem Kaffee verteilte sich im Haus. Kale trank keinen Kaffee. Das Getränk machte ihn noch unruhiger, als er schon war. Dabei hatte Rachel gedacht, dass sie und ihre Tochter ihm Ruhe schenken würden. Er trank nach alter Gewohnheit den ganzen Tag über Früchtetee oder Wasser. Er mied Alkohol, weil er schlechte Erinnerungen damit verband. Es gab so vieles, was er mied, weil er nicht erinnert werden wollte. Rachel dachte an ihre Tasse, die Kale ihr einst geschenkt hatte, und auf der das Gesicht einer Frau mit zerzaustem Haar abgebildet war. Darunter hatte er mit einem Marker ihren Namen geschrieben. Sie hatte die Tasse aufbewahrt. Sie stand in ihrem Haus. Wenn Helen die neue Wohnung für Rachel und Eve klargemacht hätte, müsste sie alles aus dem Haus holen, was sie mitzunehmen gedachte. Es würde die Hölle werden, denn sie wusste nicht, was die Polizei jetzt dort anstellte. All ihre Ordnung wäre dahin, ihre liebevoll arrangierte Dekoration und die bunten Windspiele im Garten, die sie für Eve dort aufgestellt hatte. Sie müsste viele Möbel hinterlassen, die Kale so enthusiastisch für seine Familie zusammengebaut hatte. Rachel weinte, während Mrs. Cooper ihr eine Tasse Kaffee zubereitete.

Brief an Kind 2

Kind 2, kannst du Kontakt zu mir aufnehmen?

Hinter der Mauer

Sie alle sahen Kind 1 an. Es war das Jüngste von allen und hatte seine Angst überwunden.

Wie ist er?, gestikulierte Kind 8. Ist er nett?

Ja, signalisierte Kind 1. Ihr braucht keine Angst zu haben. Er ist nicht gewalttätig. Er will wissen, wer wir sind.

Will er wissen, was wir gemacht haben?, mischte sich Kind 5 ein.

Das weiß ich nicht, gab Kind 1 zur Antwort. Ich habe ihm geschrieben, dass ich der Türöffner war. Er will jetzt mit Kind 2 schreiben.

Sie sahen, wie neue Tinte durch die Mauer floss. Das Gestein sah gar nicht gut aus. Es wurde immer spröder. Sie lasen die Worte, die sich auf dem Boden mit der Tinte formten.

Kind 2, kannst du Kontakt zu mir aufnehmen?

Kind 2 sah erschrocken auf, dann sah es sich um. Befand sich Kind 14 in der Nähe? Es war nirgends zu sehen. Also wagte es einen Versuch, kniete sich nieder und schrieb zurück.

Brief von Kind 2

Ich bin da.

Kale

Wie geht es dir?

Kind 2

Nicht gut.

Kale

Was ist los? Hast du auch Angst?

Kind 2

Ja.

Kale

Wovor?

Kind 2

Das kann ich dir nicht schreiben.

Kale

Warum nicht?

Kind 2

Weil Kind 14 es lesen könnte.

Kale

Was könnte es lesen?

Kind 2

Dass ich versagt habe.

Kale

Wobei versagt?

Kind 2

Dir zu helfen.

Kale

Wobei wolltest du mir helfen?

Kind 2

Weißt du das nicht mehr?

Kale

Nein.

Kind 2

Das macht mich traurig.

Kale

Dann hilf mir auf die Sprünge.

Kind 2

Ich bin der Fehlerteufel, der Haydens Fehler korrigierte. Du kamst mit der Arbeit nicht mehr klar.

Kale

Ich dachte, ich habe die Fehler korrigiert.

Kind 2

Ich gab dir die Anweisung dazu.

Kale

Wie alt bist du?

Kind 2

Das weiß ich nicht so genau. Vielleicht 10.

Kale

Für dieses Alter hattest du eine schwere Aufgabe.

Kind 2

Leider hat meine Idee nicht geholfen.

Kale

Nein. Kennst du Sybille?

Kind 2

Nein, wer ist das?

Kale

Eine Frau, die für Ordnung sorgt. Sie wohnt nebenan von dir.

Kind 2

Oh, das wusste ich nicht. Sie hat auch versagt.

Kale

Ja, hat sie.

Kind 2

Ich musste Kind 1 zur Hilfe eilen. Es weinte und bekam die Situation nicht mehr in den Griff. Dieses ganze Hin und Her. Hayden bedrohte dich. Er fing dich am Wagen ab und machte sich lustig über dich. Ich fühlte mich mit denunziert.

Kale

Ich erinnere mich. Ich hätte Rachel davon erzählen müssen.

Kind 2

Ich hatte eine neue Lösung. Ich bin auch ein Lösungsfinder. Ich gab dir die Anweisung, die Fehler wieder zu dokumentieren.

Kale

Daraufhin wurde mein Chef ziemlich sauer.

Kind 2

Genau. Sollte der doch Hayden übernehmen.

Kale

Ich hätte meinem Chef alles erzählen müssen.

Kind 2

Wozu? Dafür hattest du doch mich. Ich lieferte deinem Chef Erklärungen.

Kale

Was dazu führte, dass ich Hayden noch mehr am Hals hatte.

Kind 2

Das tut mir leid.

Kale

Ich wurde sehr wütend, kam noch mehr durcheinander.

Kind 2

Ich suchte nach Lösungen. Ich brachte dir das Abschalten bei. Du musstest abschalten.

Kale

Ja, anders kam ich nicht klar.

Kind 2

Ich suchte nach neuen Lösungen.

Kale

Wie sahen deine Lösungen aus?

Kind 2

Ich fand keine. Ich muss jetzt gehen.

Kale

Kam danach Kind 3?

Kale erhielt keine Antwort mehr. Er sah, wie Kind 2 kurz durch die Mauer blickte. Es hatte graugrüne Augen.

Ihm ging der braune Buntstift aus.

Als Jake Temerowski Kales Zimmer betrat, saß er am Schreibtisch und war vornüber auf seinen Armbeugen eingenickt. Vor ihm lagen die vollgeschriebenen Blätter. Die Wand vor dem Schreibtisch war voller Bilder der Mauer. Es sah gespenstig aus. Kale befand sich wieder mittendrin, mit seinem Innersten zu kommunizieren. Temerowski nahm leise ein paar Blätter auf und las sie. Kale betrieb eine Art Reflexion über den Ablauf der Geschehnisse. Das schenkte dem Arzt Hoffnung, auf diese Weise zur Auflösung des Falls zu kommen. Er legte Kale neue Buntstifte auf den Schreibtisch, ebenso zwei neue Blöcke. Dann verließ er leise das Zimmer. Sein nächster Weg führte zu Professor Raymond.

»Wie sieht sein Versorgungszustand aus?«, fragte der Arzt.

»Schlecht«, antwortete der Professor. In seinem Gesicht zeigte sich Besorgnis. »Er malträtiert sich, verweigert Essen und trinkt kaum etwas.«

Der Arzt seufzte. »Das ist schlecht. Flüssigkeitsmangel könnte die Ergebnisse verfälschen. In ihm könnten Hirngespinste stattfinden.«

»Wir müssten ihn nachts ruhigstellen, Medikamente geben und ihn an einen Versorgungstropf hängen.«

Temerowski war unschlüssig. »Das sollten wir vorher mit ihm besprechen, damit er die Chance bekommt, es selbst zu entscheiden.«

»Machen Sie das?«, fragte der Professor.

»Kann ich machen. Geben Sie mir Bescheid, wenn er am

Schreibtisch erwacht. Ich bin solange unten in der Mensa. Meine Nummer haben Sie ja.«

Als Jake Temerowski Kales Zimmer erneut betrat, saß er abgeschlagen auf dem Bett. Er war weder gewaschen noch rasiert.

»Es geht wieder los«, bemerkte der Arzt und zeigte auf das Durcheinander im Zimmer, worauf Kale müde nickte. »Darf ich mich kurz zu dir setzen?«

»Sicher«, antwortete Kale.

Der Arzt nahm auf dem Stuhl am Schreibtisch Platz. »Wir müssen eine Vereinbarung treffen«, begann er.

»Die ich wieder nicht einhalten werde«, sagte Kale resigniert.

»Du musst, sonst nehme ich dir das alles hier weg.«

Kale sah sich um. »Du willst die Mauer entfernen?«

»Ja, wenn es sein muss.«

»Du willst mich mit ihnen einfach allein lassen?«

»Nicht, wenn du dich an die Vereinbarung hältst.«

»Wie sieht die aus?«

»Du musst essen und trinken.«

Kale starrte auf den Boden. »Ich kann nicht«, sagte er leise.

»Dann kannst du nicht weitermalen und schreiben. Dann müssen wir die Dinge in die Hand nehmen.«

Kale sah auf. »Was wollt ihr tun?«

»Wir werden dich abends fixieren, dich mit Medikamenten versorgen und an den Tropf hängen. Du bekommst einen Katheter über Nacht gelegt. Willst du das?«

Kale sah auf die Bilder an der Wand. »Wie genau sieht deine Abmachung aus?«, fragte er.

»Du bekommst morgens dein Essen und Trinken gebracht. Hast du es zu dir genommen, bekommst du deinen Block und Stifte dazu. Mittags das gleiche.«

»Aber ich schreibe und zeichne ohne Plan. Ich habe kein System. Das weißt du!« Kale erhob sich, worauf Temerowski aufmerksam wurde. Hoffentlich war man vor der Tür auch wachsam. Er sah, wie Kale auf ihn zukam und erhob sich ebenfalls. »Kale«, sagte er laut und deutlich. »Kale, bleib ruhig.«

Kale verharrte vor seinem Therapeuten.

»Du musst etwas trinken. Du kommst durcheinander. Ich werde dir gleich etwas bringen lassen.«

»Lass die Sachen im Zimmer!«, warnte ihn sein Patient.

»Wenn du alles zu dir nimmst, was wir dir bringen, ist das kein Problem.«

Kale wendete sich ab. »Wie geht es Rachel?«, fragte er plötzlich.

Temerowski haderte. »Ich will ehrlich sein, nicht gut.« Der Arzt wies wieder auf das Chaos.

»Ich bemühe mich, das Problem zu lösen, klar?«, sagte Kale und dachte an Kind 2. »Ich werde eine Lösung finden.«

»Es ist wichtig, dass wir Antworten finden. Antworten, mit denen wir arbeiten können. Und die deine Situation verändern.«

Kale wendete sich wieder dem Arzt zu. »Welche Veränderung? Es wird nur noch verschlossene Räume für mich geben. Sieh dich um! Ich mauere mich gerade selber ein!«

»Wenn wir wissen, was genau passiert ist, kann ich deine Situation verbessern.«

Kale lachte unbeholfen. »Ich werde wohl kaum wieder in das Haus mit Rachel und Eve einziehen können.«

»Nein, das kannst du nicht.«

»Ich werde auch keine Arbeit mehr haben.«

»Das müsste festgestellt werden.«

»Hah!« Wieder lachte Kale hysterisch auf. »Als wenn ich von hier aus zur Arbeit gehen könnte!«

»Nein, das wird nicht möglich sein.«

»Jake!« Kale kam dem Arzt beängstigend nahe. »Lass mich diese verdammte Mauer zu Ende bauen!«

Der Arzt sah verunsichert zu Boden. Hinter diesem Gedanken konnte sich ein gefährliches Ziel verbergen. »Und dann?«, fragte er. »Was willst du dann tun?«

»Ruhe haben!«, rief Kale und wendete sich wieder ab. »Ich will endlich, dass es aufhört!«

»Das wollen wir alle, Kale.«

»Wie geht es mit Rachel weiter?«

»Sie ist gerade bei Mrs. Cooper. Die alte Dame kümmert sich rührend um sie und eure Tochter.«

»Ich meine, wie es mit ihr weitergeht.«

»Eine Psychologin kümmert sich um sie. Sie hat ihr eine neue Wohnung besorgt.«

Kale sah sich erschrocken zu dem Arzt um. »Sie verlässt das Haus?«

Jetzt war der Moment gekommen, an dem Temerowski die Sache mit den Fotos auf den Tisch bringen wollte. Doch er zögerte. »Kale, darf ich dich was fragen?«

»Nur zu! Ich muss sowieso kooperieren, ob ich will oder nicht!«

In diesem Moment klopfte es an der Tür. Gray betrat das Zimmer mit einer Plastikflasche Wasser in der Hand. Er stellte sie auf den Schreibtisch und verschwand daraufhin wieder.

»Danke!«, rief Temerowski ihm hinterher. Er reichte Kale die Flasche und sah ihn fordernd an. »Trink das«, bat er ihn.

Kale trank widerwillig ein paar Schlucke und verschloss wieder die Flasche. »Was willst du fragen?«, fragte er und sah den Arzt mit scharfem Blick an.

»Ich habe Fotos in deinem Zimmer gefunden.« Er wollte Kales Reaktion sehen.

»Ach die. Die hat Hayden gemacht. Er legte sie in einem Briefumschlag auf meinen Schreibtisch im Büro. Er war in unserem Haus gewesen und hat dort die Telefonnummer des Familienparks gefunden. Er rief dort an und folgte Rachel. Dann schoss er die Fotos und wollte mich damit unter Druck setzen.«

Jake Temerowski sah Kale mit erstauntem Blick an. »Wie viele Fotos hat er geschossen?«

»Drei oder vier. Sie liegen in meiner Schublade.«

»Hm«, brummte der Arzt. »Drei oder vier. Hayden hat dich damit bedroht?«

»Immerzu! Rachel sagte, ich hätte bei der Rezeption des Parks angerufen und nach ihr gefragt, aber das war ich nicht. Das war Hayden gewesen, um herauszufinden, ob sie wirklich dort war.«

Temerowski sah zu Boden und atmete tief durch. »Was war auf den Fotos zu sehen?«

»Das musst du doch wissen, wenn du sie gefunden hast. Rachel mit Eve beim Picknick, im Schwimmbad, im Haus. Er hat Eve sogar in der Unterhose abgelichtet, der Dreckskerl!« Kale schlug mit der Faust gegen die Wand.

»Ja«, sagte Temerowski, »das war mies.« Mehr wollte er auf den Vorfall nicht eingehen. »Ich lasse dir jetzt Essen bringen, okay?«

»Lässt du die Sachen im Zimmer, wenn ich esse und trinke?«

»Ja, Kale, ich lasse alles im Zimmer, wenn du dein Versprechen hältst.«

»Gut.«

»Sag Bescheid, wenn du neue Blöcke oder Stifte brauchst. Ich habe schon einiges mitgebracht.«

»Hab ich gesehen. Danke.«

Jake Temerowski verließ das Zimmer. »Bring ihm Tee«, sagte er zu Gray. »Er trinkt morgens immer Früchtetee. Stell gleich einen ganzen Liter hin.« Dann verließ er die Klinik.

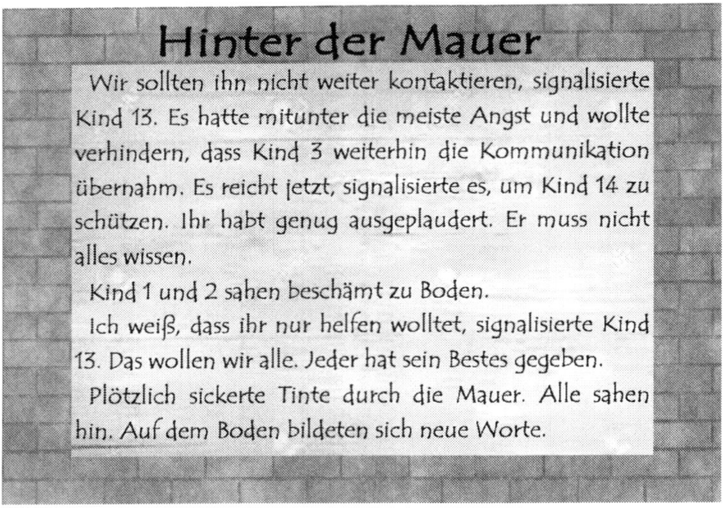

Hinter der Mauer

Wir sollten ihn nicht weiter kontaktieren, signalisierte Kind 13. Es hatte mitunter die meiste Angst und wollte verhindern, dass Kind 3 weiterhin die Kommunikation übernahm. Es reicht jetzt, signalisierte es, um Kind 14 zu schützen. Ihr habt genug ausgeplaudert. Er muss nicht alles wissen.

Kind 1 und 2 sahen beschämt zu Boden.

Ich weiß, dass ihr nur helfen wolltet, signalisierte Kind 13. Das wollen wir alle. Jeder hat sein Bestes gegeben.

Plötzlich sickerte Tinte durch die Mauer. Alle sahen hin. Auf dem Boden bildeten sich neue Worte.

Brief an Kind 3

Kind 3, bist du da?

Kind 3 sah erschrocken auf.

Nachdem Kale seine Mahlzeit eingenommen und den Tee getrunken hatte, fühlte er sich erfrischt. Liam wollte ihn in einer Stunde zum Duschen abholen. Bis dahin wollte er weiter versuchen, die Mauer zu durchbrechen. Er wartete, dass Kind 3 sich meldete und sah gebannt auf den Zeichenblock. Dann plötzlich:

Brief von Kind 3

Ja, aber nur kurz.

Kale

Was war bei dir los?

Kind 3

Er hat mich angefasst.

Kale

Wer?

Kind 3

Hayden. Er legte seine Hand auf deine und bedrohte uns. Weißt du das nicht mehr? Es war im Büro.

Kale erinnerte sich. Hayden hatte gegen die Abmachung sein Büro betreten und ihn bedroht. Er wollte den Chef deswegen anrufen, doch Hayden legte seine Hand auf Kales, um den Anruf zu verhindern.

Brief an Kind 3

Du bist durch die Berührung entstanden?

Kind 3

Ich hab Angst.

Kale

Ich weiß, das hatten Kind 1 und 2 auch. Darf ich dich trotzdem etwas fragen?

Kind 3

Was?

Kale

Welche Rolle hast du gespielt?

Kind 3

Ich war das Dealkind. Ich machte den Deal mit ihm.

Kale

Und ich wollte ihn verhindern, weil es ein mieser Deal war.
Kind 3
Ich weiß.
Kale
Weißt du warum?
Kind 3
Nicht wirklich.
Kale
Weil Tristan sich meldete.
Kind 3
Wer ist Tristan?
Kale
Er wohnt nebenan, ist gewalttätig und hatte sich eingemischt.
Kind 3
Kenne ich nicht.
Kale
Ich weiß.
Kind 3
Danach hat Hayden deine Familie bedroht.
Kale
Ich weiß.
Kind 3
Du hättest besser auf mich gehört und mich machen lassen.

Daraufhin verschwand Kind 3. Es war verärgert und wollte sich nicht mit Kale herumstreiten. Er hatte eine Entscheidung getroffen, die Kind 3 nicht teilte.

Die anderen Kinder sahen Kind 3 an und nickten ermutigend. Es war richtig, seine Meinung zu vertreten.

Hallo?, sickerte durch die Mauer, doch niemand antwortete.

Kale rieb sich verärgert das Gesicht. Er konnte damals nicht auf diesen Deal eingehen. Das musste Kind 3 doch verstehen. Wo sollte das hinführen?

Es führte woanders hin, nämlich dahin, dass er Bryan Hayden am Hals hatte und ihm eine Kurzausbildung verpassen musste. Der Kerl war ihm dadurch näher gekommen als je zuvor. Das hatte Kind 3 verhindern wollen und sah selbstzufrieden dabei zu, wie sehr Kale darunter litt. So war das, wenn man keine Hilfe annahm.

Brief an Kind 3

Ich hätte es meinem Chef melden müssen, schrieb Kale verzweifelt! Ich hätte es auch meinem Therapeuten melden müssen! Und Rachel!

Er erhob sich und warf den Stuhl voller Zorn gegen die Wand. Er zerbrach.

Kind 3 sah kurz durch die Mauer. Es hatte graue Augen.

Kale hockte sich auf den Boden und malte ein neues Bild.

Im Haus

Der Lieutenant betrat mit zwei Deputys das Haus und sah auf die Treppe zum ersten Stockwerk. »Mr. Temerowski sagt, der Fund befindet sich dort oben. Also gehen wir mal nachschauen.«

Sie standen genauso fassungslos vor Kales Zimmer wie Rachel und Jake vor einigen Tagen und sahen auf den mit Fotos übersäten Boden. Der aufgerollte Teppich befand sich auf dem Flur, sodass sie das ganze Zimmer überblicken konnten.

»Das ist unglaublich!«, stieß der Lieutenant hervor.

»Na, immer noch besser, als Leichen unter dem Teppich«,

bemerkte einer seiner Deputys.

»Ich schieße mal Fotos davon«, sagte der andere.

Sie hatten einen Karton dabei und sortierten alle Bilder ordentlich hinein.

»Das wird eine Mordsarbeit«, sagte der Lieutenant, der alle Bilder wegen eventueller Hinweise begutachten musste, und sah sich schon mit Überstunden im Büro sitzen.

»2867 Stück«, hatte der Deputy gezählt. »Der Typ war ein Spanner!« Der Lieutenant schüttelte den Kopf. »Es sind fast nur Fotos von seiner Frau und Tochter. Er war eher paranoid. Na ja, er sitzt ja auch in einer Klinik, um das feststellen zu lassen. Ich werde diesen Temerowski nachher mal anrufen, wie weit er ist. Vielleicht kann er die Bilder mit mir zusammen durchsehen. Er kennt seinen Patienten besser als ich.«

Die Deputys sahen den Zorn im Gesicht ihres Vorgesetzten, der noch anfügte: »Dass die solche Typen aber auch immer wieder freilassen! Wir müssen noch den ganzen Garten umgraben. Wer weiß, was wir da alles finden!« Er zog eine Grimasse und verließ mit seinen Leuten das Haus.

In der Klinik

Sie brachten Kale einen neuen Stuhl. Er war aus Metall.

Kale schrieb *Wie geht es Rachel?* auf ein Blatt Papier und hielt es vor die Kamera, damit man es las. Die Scheidung war noch nicht vom Tisch. Er wollte sie so schnell wie möglich hinter sich bringen, damit Rachel mit ihrer Tochter einen neuen Anfang finden konnte. Er wollte sie nicht für den Rest ihres Lebens an ihn gebunden wissen. Der Prozess des Loslassens war für alle wichtig.

Er zeichnete ihr Gesicht. Kale hatte sich für die Selbstbestrafung entschieden. Er wollte sich selbst alles entziehen, was wichtig war. Alles. Wenn er mit dem Zeichen fertig wäre, würde er auch die Malutensilien entfernen lassen. *Im Unsichtbaren bleiben wir verbunden*, schrieb er unter Rachels Gesicht. Er würde sie immer lieben. Immer.

Er starrte auf das letzte Bild. Die Mauer war verschlossen. Er schrieb: Schreibt noch irgendeiner mit mir?

Keiner schrieb zurück. Er hatte sie alle verärgert.

Hinter der Mauer

Kind 14 sah sie alle der Reihe nach an. Ihr wollt es also ans Tageslicht bringen?, fragte es mithilfe von Gesten und Mimik.

Alle sahen ertappt zu Boden. Tinte sickerte hinter Kind 14 durch die Mauer. Worte formten sich auf dem Boden. Sie lasen:

Ich wollte meine Familie nicht verlieren. Ich wollte die Stadt nicht verlassen. Und ich wollte meine Arbeit nicht verlieren.

Da seht ihr, was ihr angerichtet habt, schimpfte Kind 14. Er macht uns für alles verantwortlich. Jetzt will er Antworten.

Kind 4 nickte und wagte einen Schritt nach vorne. Seine Frau wünschte sich ein zweites Kind, gab es zu verstehen. Einer musste den Druck doch abfangen.

Es war seine Sache, erwiderte Kind 14, nicht unsere.

Aber Hayden beschimpfte ihn immer wieder als Behinderten, verteidigte sich Kind 4 weiter.

Er hat diesen Weg selbst gewählt, mischte sich Kind 3 ein. Ich wollte es verhindern.

Wir sollten es ihm noch einmal mitteilen, meinte Kind 4 und sah Kind 14 flehend an.

Brief von Kind 4

Bin da.

Kale

Danke, dass du dich gemeldet hast. Welche Aufgabe hattest du?

Kind 4

Ich war der Ausbilder. Du hast das allein nicht durchgestanden. Erinnerst du dich? Ich stand immer neben dir.

Kale

Welcher Ausbilder?

Kind 4

Von Bryan Hayden. Ich habe dich im richtigen Moment immer abgeschaltet, damit du nicht durchdrehtest.

Als Kale diese Worte las, sah er nachdenklich zur Decke. Er konnte sich kaum an die Zeit erinnern, in der Hayden ihm in seinem Büro gegenüber gesessen und sich von ihm hatte ausbilden lassen. Er hatte sich tatsächlich häufig abgeschaltet gefühlt.

Brief an Kind 4

Wie alt bist du?

Kind 4

Fünfzehn.

Kale

In dem Alter las ich die ersten Bücher über Maschinenbau. Darin sind die Grundsätze erklärt.

Kind 4

Ich weiß.

Kale

Woher hast du das andere Wissen genommen?

Kind 4
Von dir.
Kale
Wie ist das möglich?
Kind 4
Ich saß jeden Abend mit dir in deinem Zimmer und habe gelernt.

Kale erinnerte sich. Rachel hatte sich deswegen beschwert.

Kale
Ich war überfordert. Hayden lernte nichts dazu.
Kind 4
Deswegen brachte ich wieder Kind 3 auf den Plan.
Kale
Wie sah der aus?
Kind 4
Du hast Haydens Fehler wieder kommentarlos behoben. Wir konnten den Rollentausch nicht aushalten.
Kale
Welchen Rollentausch?
Kind 4
Den Hayden dir aufgezwungen hatte. Er duzte dich und du sieztest ihn.
Kale
Das war allein meine Entscheidung.
Kind 4
Ich weiß. Das war dumm. Es gab ihm Macht. Deswegen gab auch ich auf. Mach's gut.

Damit verabschiedete sich Kind 4.

Kale starrte auf das Geschriebene. In ihm tummelten sich die Figuren, die er nicht bemerkt hatte. Er sah, wie ein neues Paar Augen durch die Mauer blickte. Sie waren dunkelgrau. Er malte. Kurz darauf schloss sich die Mauer wieder. Kale hing die neuen Bilder auf und skizzierte anschließend Eve, wie sie als Neugeborene in Rachels Armen lag.

Die Schwester hatte ihr das Kind direkt nach der Geburt gereicht. Es hatte geschrien und alle hatten gelacht, weil es das schönste Zeichen war, was ein Neugeborenes von sich geben konnte. Doch Kale verschreckte es und so gab er die Kleine verstört an eine Schwester weiter, die Rachel das Kind überreichte. In ihm hatte sich durch den Schrei eine Barriere zu Eve aufgebaut. Ihm war, als galt dieser Schrei ihm allein. Der Schreck, das Entsetzen und die Angst, ihn als Vater zu haben. In Rachels Armen beruhigte sich die Kleine wieder und Kale sah auf Distanz zu, wie sie friedlich in den Armen ihrer Mutter einschlief. Auf Distanz liebte er sie. Auf Distanz hielt er beide aus.

Kale betrachtete jetzt die Skizzierung von Eve. Er konnte für diesen Anblick doch nichts riskieren. Kein Vater hätte das getan. Er schrieb:

Brief an Kind 4

Ich war ein Vater, vergiss das nicht.

Hinter der Mauer

Sie alle sahen sich entsetzt an. Er *war* ein Vater? Was sollte das bedeuten? Dafür hatten sie sich abgemüht? Für etwas, das nicht mehr existierte?

Kind 4 wollte verärgert zurückschreiben, doch Kind 14 wies es von dannen. Es hat keinen Zweck, erklärte es. Du siehst ja, was bei unserer Mühe herausgekommen ist.

Sie alle sahen Kind 14 erbost an. Es hatte Tristan zum ersten Mal bemerkt. Würde es das zugeben? Was war zwischen beiden vorgegangen?

Kind 14 schwieg sich aus. Diese Gestalt, die hinter der 4. Wand lebte, suchte Wege nach draußen. Immer wieder. Sie schabte dann an der Mauer entlang, was sie erbeben ließ. Kind 14 hatte es gehört. Tristans Erscheinen war nicht geplant gewesen und hatte alles durcheinandergebracht. Es schickte das nächste Kind ins Rennen, um die Sache abzubiegen und weil Rachels Druck wuchs. Sie wünschte sich das zweite Kind.

Rachel

Mrs. Cooper sah Rachel traurig hinterher, als Helen sie abholte, um im Haus nebenan alles zu packen, was ihr wichtig war.

Rachel betrat das Haus und blieb im Wohnraum stehen. Sie konnte sich nicht rühren, weil hier zu viele Erinnerungen herum schwebten. Sie spürte, wie Helen ihr ermutigend eine Hand auf die Schulter legte. »Wir sollten es schnell hinter uns bringen.«

Sie gingen die Treppe hinauf. Rachel warf einen kurzen Blick in Kales Zimmer. Die Polizei hatte die Fotos eingesammelt, den Teppich wieder hineingelegt und die Möbel hineingestellt. Es sah aus, als würde Kale gleich heimkommen und darin verschwinden, um sich zu erholen. Sie hatte sich nicht ein einziges Foto davon angeschaut, weil auf fast jedem ihr Gesicht zu sehen war. Und das von Eve. Lebte er auf diese Weise seine Liebe zu beiden aus oder war es tatsächlich der Wahnsinn, der sich in ihm ausgebreitet hatte? Hätte sie die Bilder angeschaut, hätte sie gesehen, dass Kale sehr schöne Momente eingefangen hatte. Wann hatte er die Fotos nur geschossen? Sie hatte es nie bemerkt. Ihr fiel das Smartphone ein, doch er hatte es so gut wie nie benutzt. Hatte ständig vergessen, es aufzuladen und nicht verschwiegen, wie sehr er das Ding hasste.

Helen zog Rachel ins Schlafzimmer. Sie sollte ein paar Kleidungsstücke einpacken, auch für Eve. Sie konnte das Kinderzimmer nicht betreten, weil Kale es mit so viel Mühe gestrichen hatte. Er hatte eine Wand voller Sonnenblumen, Vögel und Bäume gemalt. Immer noch zog ihn der Wald magisch an. Die Sonnenblume hatte er zu Eves Symbol gemacht und sie zwischen all den Vögeln platziert. Eine Blüte, die sich immer der Sonne zuwendet.

»Erst mal das Notwendigste«, hörte Rachel Helen erklären. »Der Rest holen wir später.«

Sie trug zwei Koffer bei sich. Koffer, die sie für Ausflüge und Urlaub angeschafft hatten und nicht zum Auszug.

Im Mutter-Kind-Heim lagen genug Sachen für Eve bereit. Dort lebten viele Mütter, die Hals über Kopf ihr Zuhause mit ihren Kindern verlassen mussten. Rachel fühlte sich dort deplatziert. Sie gehörte dort nicht hin. Sie war aus keiner gewalttätigen Ehe geflohen. Sie hatte nur einen psychisch gestörten Mann. Das war etwas ganz anderes.

Rachel und Eve zogen noch am gleichen Tag in das neue Heim ein. Der Abschied von Mrs. Cooper war schmerzhaft. Es sollte nur eine Durchgangslösung sein, bis Helen etwas Geeignetes für sie gefunden hatte. Kurz darauf machte sich die Polizei an die Arbeit und durchsuchte das ganze Haus und den Garten nach weiteren Beweisen.

In der Klinik

Wie geht es Rachel? Immer wieder hielt Kale den Zettel vor die Kamera.

»Wir sollten es ihm sagen«, schlug Temerowski vor, worauf Professor Raymond sich einverstanden erklärte. Er sah auf den Briefwechsel mit den Kindern. »Ja, das sollten wir«, stimmte er zu.

»Und es sind wirklich nur schizophrene Erscheinungen?«, fragte der Arzt. Raymond nickte zustimmend. »Sie haben ihn gesteuert, ihm Befehle gegeben und handeln lassen. Haben seine Stimme und seinen Körper benutzt. Das geht eindeutig aus der Kommunikation hervor. Wenn Multiple auftauchen, haben sie eigene Stimmen. Sie haben einen eigenen Gesichtsausdruck und so weiter. In diesem Fall aber werden keine Stimmen gehört, er hat von seinen Erscheinungen Blicke, Zeichen und Befehle bekommen. Es kann so weit gehen, dass der Wahn auftritt, verfolgt, ausspioniert oder kontrolliert zu werden. Bei Kale Hatfield sehe ich den Fall, dass in ihm das Gefühl auftrat, fremdgesteuert zu werden, zum Beispiel durch Gedankenentzug oder Gedankeneingebung. Anhaltende Halluzinationen jeder Sinnesmodalität sind möglich. Auch sozialer Rückzug, emotionale Verflachung oder Freudlosigkeit. Je nach vorherrschenden Symptomen werden mehrere Untergruppen der Schizophrenie unterschieden. Leider können wir diese schizophrenen Erscheinungen nicht sehen und sind auf die Aussagen der Patienten angewiesen. Kale Hatfield versucht, ihr Alter zu ermitteln, um sie sichtbar zu machen. Ich weiß nicht, ob er sie bereits in seinem Zimmer sieht. Er sieht zumindest diese Mauer, hinter der sie sich verstecken. Vielleicht hocken sie schon auf seinem Bett, auf dem Boden oder stehen an der Tür. Ich konnte bis jetzt noch kein Verhalten diesbezüglich feststellen. Er konzentriert sich ganz auf diese Mauer. Deswegen ist alles sehr schwierig.«

Jake Temerowski erhob sich von seinem Stuhl und wendete sich der Wand zu. »Vielleicht liegt es daran, dass sie stumm und taub sind. Er kann nicht mit ihnen reden, wie das üblicherweise der Fall ist.«

»Aber er würde Gesten und Mimik zeigen, die unpassend wären. Er würde sich im Zimmer umschauen, um sie zu erblicken.«

»Vielleicht hat er den letzten Stuhl nach einer Figur geworfen.« Temerowski drehte sich um und sah den Professor fragend an. »Oder nach mehreren. Er schrie *Lasst mich in Ruhe*. Das könnte Aufschluss darüber geben, dass er sie doch schon sieht.«

Der Professor kehrte in sich. »Das wäre möglich«, gab er zu.

»Wir sollten ihn weiterschreiben lassen. Wie viele Kinder hat er bis jetzt aufgespürt?«

»Vier. Mit Kind 14 fünf.«

»Dann blieben noch neun Kinder übrig.«

Der Professor sah auf. »Die werden den Weg bis zur Tat ebnen. Wir sollten geduldig sein. Keine Medikamente, die sie wegdrücken. Nichts. Wir müssen nur darauf achten, dass kein

Kind handgreiflich gegen ihn wird. Oder gegen einen Pfleger. Wir wissen nicht, wie sie in ihrem Charakter angelegt sind.«

»Oder dass Tristan auftaucht. Er liebt Tumulte.«

»Oder Tristan«, bestätigte der Professor. »Das ist eine einzigartige Chance, an neue Erkenntnisse der Psychiatrie und Psychologie zu kommen.«

»Ja«, gab Temerowski zu. »Kale bleibt ein ewiges Experiment. So fühlt er sich auch. Wir dürfen es nur nicht zu weit treiben.«

Der Professor gab seinem Kollegen recht. »Aber Freud hat seine Patienten auch schreiben lassen und war immer wieder über deren Darstellungen erstaunt. Wie weit ist die Polizei in Hatfields Haus?«

»Sie fangen morgen im Garten mit der Suche nach den Beweisen an. Rachel hat ihre Sachen gepackt und zieht gerade in ein vorläufiges Mutter-Kind-Heim. Dann kann die Polizei ungestört arbeiten. Ich schaue mir heute Nachmittag mit dem Lieutenant die Fotos an, ob wir Hinweise finden. Ehrlich gesagt, graut es mir ein wenig davor. Ich hoffe nicht, dass ich etwas auf den Bildern finde, was mich noch tiefer stürzen lässt.«

Der Professor erhob sich. »Jake, Ihr Projekt ist eine gute Sache. Es ist wichtig, dass Menschen wie Kale Hatfield geholfen wird. Es steckt ja nicht in jedem ein Tristan.«

»Nein, die meisten sind harmlos.«

»Darauf sollten Sie Ihr Augenmerk legen.«

»Ja, Joe, ja.«

»Wie wir gerade miterleben, kann es durch Ängste zu einer Ansammlung von Störungen kommen, die den Verstand vollkommen überfordert.«

»Wobei ich eine Psychose als behandlungsfähiger empfinde als DIS. Dagegen gibt es Medikamente, gegen DIS nicht.«

»Wir können nicht einmal die Zusammenhänge trennen. Alles fließt ineinander. Steckt in Hatfield der Verfolgungswahn oder hat Bryan Hayden tatsächlich dieses miese Spiel mit ihm gespielt?«

»Die Polizei hat einige Male mit Haydens Frau gesprochen.«

»Und?«

»Sie scheint eine nette Frau zu sein. Sauber, freundlich und geht mit ihren Kindern sehr sorgsam um. Sie sagt, Kale hätte ihren Mann bedroht und wäre gewalttätig in ihre Wohnung eingedrungen. Das passt alles nicht zusammen. Kale hat erzählt, er und seine Frau wären Kettenraucher gewesen und hätten verwahrlost gelebt.«

Der Professor sah ihn verdutzt an. »Mir erzählte die Polizei, Hayden wäre Nichtraucher gewesen.«

Brief an Kind 5

Hallo, Kind 5. Gibt es dich irgendwo?

Kale erhielt keine Antwort.

Brief an Kind 5

Wo bist du?

Erst am nächsten Tag meldete sich Kind 5.

Kind 5

Ich stehe an deinem Wagen.

Kale

Wo stehst du?

Kind 5

Na, an deinem Wagen.

Kale

Was machst du da?

Kind 5

Ich rede mit Hayden, weil er dich auslacht.

Kale

Weshalb lacht er mich aus?

Kind 5

Weil du dich vor ihm krümmst und stöhnst. Sieht auch komisch aus.

Kale

Dann habe ich Tristan weggedrückt.

Kind 5

Wer ist Tristan?

Kale

Einer, der neben dir wohnt.

Kind 5

Hinter der Mauer?

Kale

Da leben noch fünf andere.

Kind 5 sah sich um. Kind 1,2,3 und 4 nickten. Fremde, signalisierten sie Kind 5. Sie tun uns nichts.

Kind 5

Sie tun uns nichts?

Kale

Nein, sie leben in einer anderen Welt.

Kind 5

Wir können sie nicht sehen?

Kale

Das weiß ich nicht. Ihr müsst die Steine entfernen. Vielleicht könnt ihr dann hinter die Mauer sehen.

Kind 14 mischte sich ein und wischte die Tinte auf. Für heute ist Schluss, schrieb es voller Wut.

Kale las irritiert die Worte.

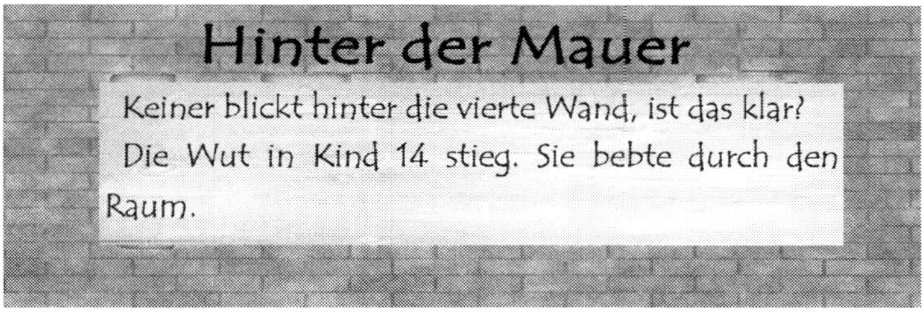

Kale hielt sich die Ohren zu. KEINER BLICKT HINTER DIE VIERTE WAND! Er schrieb auf ein Blatt Papier *Ich muss aufhören* und hielt das Blatt vor die Kamera. »ICH MUSS AUFHÖREN!«, schrie er.

Kind 5

Das kannst du nicht.

Kale

Warum?

Kind 5

Weil wir es nicht zulassen werden.

Kale

Wie alt bist du, um mir so etwas vorzuschreiben?

Kind 5

Vielleicht dreizehn. Keine Ahnung.

Kale

Rauchst du?

Kind 5

Sag es bitte niemandem.

Kale

Du bist zu jung zum Rauchen.

Kind 5

Es beruhigt aber.

Kale

Hayden rauchte auch wie ein Schlot. Deswegen kam er mit der Arbeit nicht mehr mit.

Kind 5

Er wollte, dass du die Arbeit für ihn übernimmst, während er Raucherpausen abhielt. Erinnerst du dich?

Kale

Genauso war es.

Kind 5

Und er setzte dich unter Druck und bedrohte dich.

Kale

Er wollte eine glimmende Zigarette auf meiner Hand ausdrücken.

Kind 5

Ich bin das Autokind. Ich habe dich davongefahren, damit dir nichts passiert.

Kale

Danke.

Kind 5

Bin weg. Mach‘s gut.

In der Mauer öffnete sich ein Stein. Ein grünes Paar Augen blickte kurz hindurch. Dann verschloss sich die Mauer wieder.

Kale malte und hing alles auf.

Professor Raymond sah von seinem Schreibtisch auf, als Liam sein Zimmer betrat.

»Er schreibt weiter«, berichtete der Pfleger.

»Gut. Geben Sie mir Bescheid, wenn etwas Bedenkliches vorfällt.«

»Natürlich.« Liam verließ daraufhin wieder das Büro des Professors.

Die Fotos

Jake Temerowski betrat das große Gebäude des Police-Departments von Bakersfield und atmete tief durch. Helen hatte ihn gerade angerufen und mitgeteilt, dass Rachel und Eve gut in ihrer neuen Unterkunft angekommen wären. Das erleichterte den Arzt. Mrs. Cooper sei allerdings sehr traurig zurückgeblieben. Sie wolle von den Vorgängen in ihrem Nachbarhaus gar nichts wissen. Die Polizei möge bei ihren Ermittlungen doch bitte rücksichtsvoll vorgehen. Sie dachte dabei an den Garten.

Temerowski suchte das 1. Stockwerk des Gebäudes auf, in dem sich Lieutenant Barnetts Büro befand. Er konnte schon von Weitem durch die Glastür hindurch erkennen, dass im Büro überall Fotos herumlagen. Der Lieutenant raufte sich gerade das Haar. Er sah überarbeitet und müde aus.

»Vielen Dank, dass Sie kommen konnten«, sagte er, als Temerowski sein Büro betrat. »Sehen Sie sich das an!« Er zeigte auf all die Bilder.

»Beeindruckend«, bemerkte der Arzt.

»Oh ja! Ich habe schon vorsortiert. Diese Rachel schaut auf keinem dieser Fotos in die Kamera. Nur die kleine Eve schaut hin und wieder rein. Aber sie hat sicherlich nichts davon erzählt. Das beweist, dass Hatfields Frau wahrscheinlich wirklich nichts mitbekommen hat.«

Jake Temerowski sah sich einige Bilder an. Sie waren im Garten, bei Ausflügen, auf dem Spielplatz und in dem besagten Familienpark geschossen worden.

»Ich habe Bilder aussortiert, auf denen auch andere Motive sind.« Barnett wies auf einen kleinen Stapel auf seinem Sideboard. Temerowski nahm sie zur Hand und sah sie durch. Darauf war Rachel mit Bryan Hayden zu sehen. Beide saßen auf dem Spielplatz nebeneinander auf einer Bank und unterhielten sich. Rachel lachte. Hayden gestikulierte herum und versuchte, sie zu erheitern. Er hielt dabei keine Zigarette in der Hand und wirkte freundlich. Seine Tochter war dabei. Sie spielte mit Eve im Sandkasten. Völlig unauffällige Bilder.

»Ein weiterer Stapel liegt hinter Ihnen.« Barnett zeigte auf einen anderen Schrank. Darauf war der Gärtner von Mrs. Cooper zu sehen. Ein alter Mann. Sein Gesicht war deutlich zu erkennen. Er hielt keine Zigarette in seiner Hand, die er über die Hecke werfen konnte.

»Da hinten ist noch ein Stapel.« Barnett wies auf einen Stuhl. »Die sind schon interessanter.«

Temerowski nahm auch diesen Stapel in die Hand. Ein gesprühter Totenkopf war darauf zu sehen.

»Der hat sich auf der Garagenwand befunden. Er ist überstrichen worden. Meine Leute werden mit einem Spezialmittel die Farbe wieder entfernen.«

»Lassen Sie im Keller nach der Sprühdose suchen«, bat Temerowski.

»Im Keller?«, fragte der Lieutenant. »Das ist wahrscheinlich Haydens Werk gewesen. Er soll doch angeblich in das Haus eingedrungen sein. Dann wird sich die Spraydose ganz sicher nicht im Keller befinden.«

»Lassen Sie trotzdem danach suchen.«

»Weshalb?«, beharrte Barnett. »Der Typ hat Hatfield gemobbt und bedroht. Das passt ganz klar in das Täterbild von Hayden.«

»Trotzdem.«

Barnett machte eine Geste, als würde er als Geist davon schweben. »Hu, hu«, sagte er, »vielleicht fliegen ja Geister durch das Haus, die das gesprüht haben.«

»Das ist nicht lustig!«, bemerkte Temerowski knapp. »Ich habe meine Gründe anzunehmen, dass Kale Hatfield das selbst gesprüht hat.«

»Ach herrje, noch eine verkorkste Variante! Wie weit sind Sie mit ihm? Können wir schon was für den Fall vermerken, was von Bedeutung wäre? Ich meine, was *Psychologisches*?« Der Lieutenant zeichnete mit seinen Fingern eine Geste zu dem Wort.

»Noch nichts Fundamentales, aber wir sind einer Sache auf der Spur. Sobald wir uns sicher sind, bekommen Sie einen Bericht.« Er wies auf die Bilder. »Noch was Auffälliges?«

»Nein«, sagte Barnett. »Ich finde, das ist schon auffällig genug. Es ist auch völlig egal. Warum müsst ihr Ärzte solche Typen immer freilassen, nur, weil sie mal eine Weile stillgehalten haben?«

»Hatfield ist eine Ausnahme«, erklärte Temerowski.

»Das sagen sie alle. Und zum Schluss machen sie da weiter, wo sie aufgehört haben, bevor man sie wegsperrte. Schlimmer denn je, als hätte sich alles in ihnen aufgestaut.«

»Menschen mit dissoziativen Identitätsstörungen schließt man in der Regel nicht weg.«

»Aber Sie sehen doch, was die anrichten! Sie sind die Typen los und wir haben sie am Hals!«

Temerowskis Gesicht rötete sich. Diese Ansicht verärgerte

ihn und er konterte: »Wenn Sie Ihre Arbeit ordentlicher machen würden, wären unsere Kliniken nicht so überfüllt! Das sind alles Opfer von Tätern, die Sie längst hätten schnappen müssen!«

»Wie meinen Sie das?«

»Mr. Hatfield ist ein Opfer von einem Pädophilen und Mörder, der frei herumlief. Jetzt ist er ein Opfer von Bryan Hayden geworden. Ist der schon mal straffällig geworden?«

Barnett blickte ertappt zu Boden.

»Also doch! Er hat schon ein Vorstrafenregister, stimmt's?«

Barnett sah auf. »Ich darf Sie nicht über Mr. Haydens Akten aufklären, aber, ja, er ist bereits einige Male erfasst worden.«

»Weshalb? Bedrohungen? Angriffe? Übergriffe? Diebstahl? Was war es?«

»Kleinere Delikte.«

»Ah! Kleinere Delikte! Na, dann haben Sie jetzt ein großes am Hals. Sie können Mr. Hatfield nicht allein die Schuld an allem geben. Mr. Hayden hat eine beträchtliche Rolle bei diesem Vorfall gespielt. Wahrscheinlich hat er sein ganzes Repertoire an *kleinen Delikten* ausgepackt.«

»Das werden der Richter und die Geschworenen entscheiden.«

»Die, die nicht dabei waren. Die, die Lügen um die Ohren gehauen bekommen, weil der Staatsanwalt ihn hängen sehen will.«

»Er hat die Tat nun mal begangen!«

»Ja, das hat er.«

»Und auch er hatte ein Vorstrafenregister.«

Barnetts Mitarbeiter hörten das Streitgespräch und sahen neugierig durch die Glastür. Ihr Vorgesetzter hatte die ganze Nacht nicht geschlafen. Er war schlecht gelaunt.

Bevor Temerowski ging, sagte er: »Sorgen Sie bitte dafür,

dass Ihre Leute nicht zu viel Krach im Garten von Mr. Hatfields Haus machen. Mrs. Cooper nebenan ist alt und ziemlich mitgenommen von den Dingen, die passiert sind. Es wäre schön, wenn Sie etwas Rücksicht nehmen könnten.« Er verließ wütend das Büro und spürte, wie ihn die Blicke bis zum Ausgang der Etage verfolgten. Er fuhr direkt zu Kenneth Coward.

Der Unternehmenschef war erfreut, als er den Arzt wiedersah. »Wie geht es Kale?«, fragte er direkt.

»Nicht gut«, gestand Temerowski ehrlich.

»Ist die Polizei schon weitergekommen?«

»Ja, ist sie.« Mit Widerwillen dachte er an die Fotos in Barnetts Büro. »Ich wollte nur kurz etwas bei Ihnen nachfragen.«

»Nur zu.«

»War Bryan Hayden ein Raucher?«

Kenneth Coward sah ihn mit ernster Miene an. »Keineswegs. Ich achte darauf, dass all meine Mitarbeiter Nichtraucher oder Freizeitraucher sind. Sie stehlen sonst zu viel von der Arbeitszeit.«

»Er hat also nicht nach Nikotin gerochen?«

»Nein, darauf achte ich schon beim Vorgespräch. Das gibt einen sofortigen Hinweis, dass ich kein Interesse an dem Bewerber habe.«

»Und später roch er auch nicht danach?«

»Nein, um Himmels Willen! Wir haben überall Rauchmelder im Betrieb. Die schlagen sofort an, wenn einer auch nur einen Hauch von Nikotin in die Luft stößt.«

»Auch in den Toiletten hat es nie nach Rauch gestunken?«

»Dort sind sogar zwei Melder installiert. Einer im Hauptraum und einer über den geschlossenen Toiletten, um zu verhindern, dass dort heimlich geraucht wird.«

»Haben Sie ihn schon mal draußen auf dem Parkplatz gesehen? Vielleicht mit Kale zusammen? An seinem Wagen? Rauchend?«

»Nein, nie. Ich sah nur Kale hin und wieder an seinem Wagen stehen, als würde er auf etwas warten, aber Bryan hat nie bei ihm gestanden. Ich grüßte dann kurz und fuhr heim.«

»Hm.«

»Was hat es damit auf sich, Jake?«

»Kale sagte, Bryan wäre ein Raucher gewesen. Ein starker Raucher.«

»Das kann ich nicht bestätigen. Aber er kannte ihn ja privat.«

»Eben nicht. Hayden hatte nur behauptet, dass er ihn privat kannte, aber sie waren keine Freunde.«

Coward sah Temerowski verdutzt an. »Nicht?«

»Nein. – Ich hätte dann noch eine Frage.«

»Und die wäre?«

»Darf ich mal Bryan Haydens ehemaligen Arbeitsplatz im Großraumbüro sehen?«

»Sicher. Folgen Sie mir.«

Der Unternehmenschef führte Temerowski in das Großraumbüro, wo eifrig gearbeitet wurde. »Dort«, sagte Coward und zeigte auf einen leeren Platz. Dem saß ein junger Mann gegenüber, der nur kurz aufsah und grüßte.

»Das war sicherlich Barbaras Platz«, sagte Temerowski.

»Oh nein. Barbara saß direkt am Eingang.« Coward zeigte auf die Eingangstür. »Dort, direkt der erste Platz links. Sie war neben Kale meine beste Mitarbeiterin.«

»Sie saß Hayden nicht gegenüber?«

»Nie. Ich wollte Barbara möglichst abseits der anderen sitzen haben. Ich hätte sie in die Chefetage geholt, aber sie war nicht gut in Sachen Fehlersuche. Die Arme. Sie ist letzten Monat verstorben.«

»Letzten Monat?«, fragte Temerowski überrascht.

»Sie starb an Unterleibskrebs. Sie hatte zuvor eine Chemotherapie bekommen, hatte aber darauf bestanden, hier weiter zu arbeiten, weil es ihr half, den Tag rumzukriegen. Ich ließ sie und gab ihr einfache Aufträge.«

Temerowski nickte verstehend. »Stand sie in Kontakt mit Hayden?«

»Ach, woher denn? Sie war eine Eigenbrötlerin wie Hatfield.«

»Wie war das Verhältnis von ihr zu Kale?«

»Bescheiden, würde ich sagen. Sie mochte ihn nicht sehr, sagte, er wäre ihr zu komisch.«

»Und Hayden? Wie wurde er von den anderen betrachtet?«

»Eher unauffällig. Wie ja bereits erwähnt, waren seine Leistungen am Anfang bescheiden, aber er wurde immer besser. Ich kam mit ihm zurecht. Kale hatte ihn regelrecht aufgebaut, sodass ich ihn zu uns in die Chefetage holen konnte.«

»Kale Hatfields Version ist völlig anders.«

Kenneth Coward druckste herum. »Ich will Kale nicht noch mehr belasten, aber ich hatte den Eindruck, dass eher er Druck auf Bryan ausübte. Ich will nicht von Drohungen sprechen, aber Hayden wirkte in letzter Zeit . . . wie soll ich sagen? Bedrückt.«

»Sie haben aber nie ein Gespräch zwischen beiden gehört, ich meine ein privates.«

»Nein, wir hatten nur geschäftliche Gespräche geführt. So war doch die Abmachung, oder?«

»Ja, genau, so waren die Regeln gewesen.«

Hinter der Mauer

Ich finde, wir sollten alle zu Wort kommen, schlug Kind 6 vor. Die restlichen sieben Kinder nickten zustimmend. Kind 6 zog einen Stein aus der Mauer und sah hindurch. Kale hockte auf dem Boden und zeichnete wieder Rachels Gesicht. Er hat vielleicht das Interesse an uns verloren, gestikulierte es. Wir können ihn auch nicht rufen, brachte Kind 10 ein. Sollen wir einen Stein nach ihm werfen?

Kind 8 sah Kind 10 entsetzt an. Du willst einen Stein opfern? Dann bleibt die Mauer für immer beschädigt. Vielleicht aus der 4. Wand, brachte Kind 13 ein. Alle hielten sich die Hände vor den Mund. Die verbotene Wand! Wir wissen nicht, was dahinter ist, gestikulierte Kind 5. Wenn es gefährlich ist, bekommen wir die Mauer nie wieder geschlossen. Kind 6 sackte zu Boden. Ach, hätten wir doch nie die Mauer geöffnet. Kind 14 hatte uns von Anfang an gewarnt. Wo ist Kind 14 eigentlich?, signalisierte Kind 6. Alle sahen sich ratlos um.

Es war verschwunden.

Brief von Kind 6

Hey.

Kale sah auf und schrieb:

Bist du Kind 6?

Kind 6

Ja, bin ich.

Kale

Wie alt bist du?

Kind 6
Zwölf.
Kale
Rauchst du auch?
Kind 6
Manchmal, heimlich, mit Kind 5.
Kale
Wann bist du entstanden?
Kind 6
Das ist ein heikles Thema.
Kale
Was meinst du damit?
Kind 6
Es ist mir peinlich.
Kale
Was ist dir peinlich?
Kind 6
Deine Sexualität.

Kale starrte auf das Geschriebene. Kind 6 beschäftigte sich mit seiner Sexualität? Nun wurde es auch für ihn peinlich. Er würde niemals mit einem 12-jährigen Kind über seine Sexualität schreiben. Sollte er den Kontakt abbrechen?

Kind 6
Siehst du, das meine ich.

Kale starrte wieder auf das Geschriebene. Er wusste nicht zu reagieren und legte sich aufs Bett. Hayden hatte ihn angemacht, er sei nicht in der Lage, ein zweites Kind zu zeugen. Damit hatte er einen großen Schmerz in ihm verursacht, weil es stimmte. Als Hayden behauptete, er habe selbst mit Rachel geschlafen, war es mit ihm durchgegangen und Tristan war erschienen.

Kale

Das war nicht ich, das war Tristan.

Kind 6

Kenn ich nicht.

Kale

Er wohnt neben dir.

Kind 6 sah voller Entsetzen zur 4. Wand. Es schrieb nicht zurück.

Die Suche nach Beweisen

Wieder rückte das Team des Police-Departments an und begann, alles zu durchsuchen. Sie entfernten zunächst die Farbe an der Garagenwand und fanden den mit schwarzer Farbe gesprühten Totenkopf. Die Sprühdose fanden sie an der Seite der Wand im Boden vergraben, weil sie einen Metalldetektor eingesetzt und damit die gesamte Gartenfläche abgesucht hatten. Es war eine kleine Grasfläche gewesen, sauber ausgehoben und wieder verschlossen worden. Dann fanden sie noch etwas anderes und riefen Lieutenant Barnett an.

»Das sollten Sie unbedingt diesem Therapeuten zeigen«, sagte einer vom Untersuchungsteam. »Das ist ja ekelhaft!«

Temerowski kam so schnell wie möglich.

Vor dem Haus der Hatfields stand ein Aufgebot von Fahrzeugen, was die Nachbarn neugierig werden ließ. Mrs. Cooper war zu ihrer Freundin gereist. Sie wollte diese Vorgänge nicht miterleben. Temerowski und Barnett liefen ins Haus.

»Im Garten«, sagte Jim vom Untersuchungsteam, als sie das Wohnzimmer durchquerten. Er führte beide zum Gartenhaus. Dort ergriff er einen Benzinkanister und hielt ihn dem Lieutenant entgegen.

»Was ist damit?«, fragte er.

»Öffnen Sie den mal.«

»Öffnen? Weshalb? Ist doch noch halb gefüllt.«

»Öffnen Sie den mal«, drängte Jim.

Barnett drehte die Verschlusskappe ab. Ein süßlicher Geruch kam ihm entgegen. »Das riecht nach Gummi«, sagte er mit erstaunter Miene.

Jim reichte ihm eine Metallzange. »Ziehen Sie das Gummi mal raus.«

Temerowski sah verstört auf die Abläufe. Barnett griff mit der Zange durch die Öffnung des Kanisters und holte ein benutztes und zugeknotetes Präservativ heraus.

»Der Kanister ist voll damit«, erklärte Jim leicht angeekelt.

Barnett sah ihn fassungslos an. »Fast voll?« Er sah zu Jake Temerowski hinüber. »Ihr Patient scheint noch ein anderes Problem gehabt zu haben.«

In der Klinik

»Ich muss dringend mit Kale reden!«, fuhr Temerowski den Professor an. »Dringend!«

»Das kann ich gerade nicht zulassen. Lesen Sie mal.« Der Professor hielt ihm den letzten Briefwechsel von Kind 6 entgegen. Der Arzt las. »Das macht es noch dringender. Ich muss etwas klären.«

»Was?«

»Etwas, das seine Sexualität betrifft.«

Brief an Kind 7

Kind 7, bist du da?

Kind 7

Eigentlich nicht.

Kale

Wie meinst du das?

Kind 7

Ich habe keine bedeutende Aufgabe gehabt. Ich bin traurig.

Kale

Was war deine Aufgabe?

Kind 7

Ich musste nur im Gartenhaus zusehen.

Kale

Bei was zusehen?

Kind 7

Was du da gemacht hast.

Kale

Was habe ich denn gemacht?

Kind 7

Was Kind 6 dir zum Schluss in Auftrag gegeben hat.

Kale

Was war der Auftrag?

Kind 7

Du solltest deine Sexualität auf Vordermann bringen.

Kale

Was hast du gesehen?

Kind 7

Das willst du nicht wissen.

Kale

Bleibt es unter uns?

Kind 7
Na klar.

Kale dachte an Tristan, der die verrücktesten Ideen hatte, weil er selbst vor diesem Thema zurückschreckte.

Kind 7
Ich wollte es dir nicht sagen. Mir ist gerade schlecht.

Auch Kale wurde übel, als er sich an diese Vorgänge erinnerte. Er war erst sieben Jahre alt gewesen, als sein Lehrer Ian Morgan zum ersten Mal sein Glied berührt und eine schmerzhafte Reaktion bei ihm erzwungen hatte.

Kale übergab sich neben dem Bett.

Kale
Das tut mir leid. Entschuldige.

Kurz darauf kam Gray in sein Zimmer gelaufen und reinigte es. »Alles klar?«, fragte er und sah zu Kale hinüber, der blass und abwesend auf dem Stuhl saß. Er reagierte nicht.

»Dein Therapeut möchte mit dir sprechen«, sagte der Pfleger und verließ das Zimmer.

Temerowski und Raymond lasen den letzten Briefwechsel von Kind 7 und sahen sich niedergeschlagen an.

»Die Schizophrenen haben das Kommando übernommen«, erklärte der Professor. »Alles verschwimmt ineinander. Wir werden Wahrheit und Hirngespinst bald nicht mehr voneinander trennen können.«

»Nein«, gab Temerowski zu. »Wir können ihn nur mit dem konfrontieren, was wir gefunden haben. Ich will sehen, wie er darauf reagiert.«

»Lassen Sie ihn fixieren, Jake. Er hat schon sieben Kinder plus Kind 14 an seiner Seite. Es wird gefährlich. Ich weiß nicht, ob sie sich bereits in seinem Zimmer befinden und ihm Befehle geben.«

Temerowski sah besorgt auf. Die Sache wuchs ihm über den Kopf. »Gibt es schon Anzeichen dafür?«, fragte er.

Der Professor schüttelte den Kopf. »Sie sind ja stumm und taub. Er zeigt auch keine auffälligen Gesten. Seit er über den Briefwechsel kommuniziert, sind auch die Nächte ruhiger geworden.«

»Meinen Sie, er hat sie unter Kontrolle?«

»Er hat diese Mauer um sie gebaut. Dahinter kontrolliert er sie. Aber wie Sie selbst sehen, entfernt sich immer wieder ein Stein. Die Frage ist, wann er die Mauer zusammenbrechen lässt und sie rauskommen.«

»Wird es dann gefährlich?«

»Hm. Schwer zu sagen. Gleichzeitig errichtet er gerade eine Mauer um sich selbst. Er klebt die Wände voll. Er ahnt etwas. Es könnte also gefährlich werden. Kind 14 darf ihn nicht erreichen. Es spielt eine Schlüsselrolle.«

»Der Mörder.«

»Vermutlich.«

Temerowski rieb sich das Kinn. Er hatte es heute nicht einmal geschafft, sich zu rasieren, weil ihm so viele Dinge durch den Kopf gegangen waren. Der Anruf von Barnett und der anschließende Fund hatten ihn völlig durcheinandergebracht.

Hinter der Mauer war alles ruhig. Kale lag auf seinem Bett und starrte an die Zimmerdecke. Temerowski betrat sein Zimmer. Er wollte es wagen, ihm unfixiert zu begegnen. »Hallo Kale«, sagte der Arzt direkt, um die Spannung zu beseitigen, die beide verspürten.

»Ich würde so etwas nie tun«, flüsterte Kale. »Kind 7 muss mich dazu getrieben haben.«

»Ein Kind?«, fragte der Arzt.

Kale erhob sich und sah seinen Therapeuten an. Tränen stiegen ihm in die Augen.

»Kale, ich weiß, was dir im Alter von sieben Jahren passiert ist.«

»Es war dieser Druck!«, rief Kale plötzlich.

»Welcher Druck?«

»Von Hayden!«

»Hayden oder Rachel?«

Kale sah Temerowski erbost an. »Von beiden«, sagte er leise.

Der Arzt nickte verstehend.

»Er hatte mir diese gebrauchten Kondome geschickt. Ich musste sie irgendwo verstecken.«

»Wo hast du sie versteckt?«

»In einem Benzinkanister.«

»Es sind Haydens Kondome?«

»Ja! Er bedrohte mich damit, dass er mit Rachel geschlafen habe. Dann lag dieser Briefumschlag in meinem Büro. Er behauptete, fünfmal mit Rachel . . . « Kale ließ sich vor dem Bett auf die Knie sinken und schlug seinen Kopf auf den Boden. Temerowski reagierte sofort und hielt ihn von weiteren Aktionen ab. »Setz dich zurück aufs Bett, Kale.«

Temerowski musste die Präservative, die Barnetts Leute gefunden hatten, untersuchen lassen. Wessen Sperma befand sich tatsächlich darin? »Du sagtest, dass es fünf Stück waren.«

»Ja.«

»In dem Kanister sind weit mehr als fünf Stück. Kale . . . «, sprach der Arzt ihn laut und deutlich an.

»Das kann nicht sein.«

»Wir werden sie untersuchen lassen. Du sagtest der Polizei, dass Hayden in deinem Haus gewesen war.«

»Ja, war er.«

»Woher weißt du das so genau?«

»Liegt das nicht auf der Hand? Er rief Rachel im Familienpark an.«

»Die Nummer des Anrufs ist auf euren Hausanschluss gemeldet.«

»Er hat es direkt von dort aus gemacht. Das ist doch offensichtlich!«

Temerowski nickte. »Und die Fotos?« Jetzt war der Moment gekommen, an dem er ihn darauf ansprechen konnte.

»Die hat er mir auch geschickt, um zu beweisen, dass er bei ihr war.«

»Wie viele Fotos waren das doch gleich?«

»Vier oder fünf.«

Temerowski nickte abermals. »Hast du Rachel auch manchmal fotografiert, Kale?«

Kale Hatfield sah seinen Therapeuten verstört an. »Nein. Ich weiß nicht einmal, wie man das verdammte Smartphone richtig bedient.« Er erhob sich und holte seine gezeichneten Bilder von Rachel und Eve hervor. »Ich male sie, aber ich fotografiere sie nicht.«

Kale besaß ein gutes Gedächtnis.

»Schöne Bilder«, stellte der Arzt fest. »Hast du noch mehr davon?«

»Zur Zeit nicht.«

»Malst du manchmal auch andere Gesichter?«

»Andere Gesichter? Nein. Weshalb sollte ich das tun?«

»Vielleicht gibt es noch andere Menschen, die dir am Herzen liegen. Zum Beispiel Mrs. Cooper.«

»Mrs. Cooper?«

»Ja doch. Sie hat sich rührend um Rachel und Eve gekümmert.«

»Wie geht es Rachel?«, fragte Kale und sah den Arzt nervös an.

»Gut, Kale, gut. Auch Eve. Sie wohnen wieder im Haus.«

Kale sah beruhigt zu Boden. »Das ist gut. Sie hat alles so schön hergerichtet.«

»Als du allein warst, ich meine, als sich Rachel und Eve im Familienpark befanden, was hast du die ganze Zeit über im Haus gemacht?«

»Was soll ich schon Großes gemacht haben? Ich habe mich entspannt und die Ruhe genossen. So, wie wir es abgesprochen hatten. Es tat mir gut.«

»Warst du viel in deinem Zimmer?«

»In meinem Zimmer? Weshalb sollte ich das, wenn das ganze Haus doch leer war.«

»Aber es ist dein Rückzugsraum. Hast du den nicht genutzt in dieser Zeit?«

»Hm.« Kale dachte nach. Er schüttelte den Kopf. »Nein.«

»Der Teppich, der darin liegt, hast du den selbst ausgesucht und verlegt?«

»Teppich?«, fragte Kale irritiert. »Der lag doch schon drin. War allerdings nicht gut verlegt. Ich habe es ausgebessert. Ich habe vieles im Haus ausgebessert.«

Temerowski nickte wieder verstehend. »Musstest du den Teppich dafür rausmachen, um ihn besser zu verlegen? Ich meine, musstest du das ganze Zimmer leerräumen, um ihn neu auszurichten?«

Kale sah Temerowski irritiert an. »Ja! Warum fragst du das? Wie sollte ich ihn denn sonst anpassen?«

»Wann hast du das gemacht?«

»Als Rachel und Eve weg waren.«

»Dann warst du doch in deinem Zimmer gewesen.«

Hatfield kam durcheinander. Hinter der Mauer begann eine ungewohnte Unruhe zu entstehen. »Ja, nein . . . «, stammelte er. »Wozu ist das wichtig?«

»Es sind nur Fragen, Kale, nur Fragen.«

»Das sind blödsinnige Fragen, Jake! Vollkommen blödsinnige Fragen!«

»Nein, sind sie nicht! Ich habe nämlich unter den Teppich geschaut.«

»Unter den Teppich? Wozu?«

»Sag es mir. Sag mir, was ich unter dem Teppich gefunden habe.«

Kale wendete sich von dem Therapeuten ab.

»Fotos«, sagte der. »Hunderte von Fotos, Kale. Erkläre mir das.«

Kale Hatfield schwieg.

»Okay, beginnen wir mit einem anderen Thema. Barbara.«

»Barbara?«, fragte Kale und wandte sich wieder dem Arzt zu. »Was zum Teufel hat sie mit meinem Teppich zu tun?«

»Nichts, Kale, gar nichts. Sie saß laut deinen Schilderungen Bryan Hayden im Großraumbüro gegenüber, nicht wahr?«

»Ja! Dadurch hatte er sie gut im Blick.«

»Hat sie ihren Arbeitsplatz jemals gewechselt?«

»Nein, nicht, dass ich wüsste. Er hat sie fertiggemacht.«

»Sie saß ihm niemals gegenüber, Kale. Sie saß am ganz anderen Ende des Büros, nämlich direkt am Eingang. Sie hat ihm nie gegenübergesessen.«

»Das ist nicht wahr! Ich habe es selbst gesehen! Ich habe gesehen, wie schlecht es ihr ging!«

»Und du hast ihr eine E-Mail gesendet und ihr Hilfe angeboten.«

»Natürlich! Sie war immer sehr freundlich zu mir gewesen.«

»Sie war sehr still gewesen, sagt Kenneth Coward. Und sie starb letzten Monat an Unterleibskrebs, Kale.«

Kale Hatfield erstarrte »Sie hatte Krebs?«

»Ja, Ken hat es mir erzählt. Sie kam noch während der Chemo zur Arbeit, um die Zeit totzuschlagen.«

»Und dieser Dreckskerl hat sie zusätzlich unter Druck gesetzt! Dieses Schwein!« Kale wendete sich ab und schlug mit der Faust gegen die Wand. »Es geschieht ihm recht, dass er tot ist!«, zischte er.

Temerowski beobachtete, wie Kale ein merkwürdiges Zeichen mit seiner linken Hand andeutete, als wolle er jemanden zurückhalten. Der Arzt sah zu der imaginären Stelle. Befand sich dort etwa eines seiner Kinder? Wurden sie sichtbar?

»Kale«, sagte der Arzt. »Wenn du dich hier in diesem Raum umschaust, was siehst du dann?«

Kale wendete sich wieder seinem Therapeuten zu. »Was ich sehe?«, fragte er irritiert. Er sah sich um. Sein Blick traf eine Wand, an der die Zeichnungen seiner Mauer hingen. »Bilder«, sagte er.

»Was noch?«

Er sah den Arzt an. »Dich.«

»Wen noch?«, fragte der Arzt gewagt.

Kale sah in die Leere des Raumes und stockte. Er fixierte eine Stelle, dann eine andere und stockte wieder.

Sah er sie? Und wenn ja, wie viele?

»Siehst du sie?«, fragte Temerowski.

Kale holte sich aus der Starre heraus und fragte: »Was?«

»Siehst du sie?«, wiederholte der Arzt.

»Wen?«

»Diese Kinder, mit denen du schreibst.«

»Welche Kinder?«

Temerowski ergriff ein Blatt mit dem letzten Briefwechsel vom Schreibtisch. »Diese hier«, sagte er.

Kale fuhr plötzlich erschrocken herum, als würde er von irgendwoher ein Zeichen bekommen. Dann sah er wieder Temerowski an. »Nein.«

»Bist du sicher?«

»Ja.«

»Okay. Hast du noch Fragen, Kale?«

Kale sah zu Boden. »Warum tust du das, Jake?«

»Weil vieles, was du geschildert hast, anders verlaufen ist, als es deine Erinnerung hergibt.«

»Du meinst, es sind diese Kinder?«

»Ja.«

Kale ließ sich niedergeschlagen auf sein Bett sinken. »Wie kann es sein, dass mir jemand schreibt, den ich nicht kenne?«

»Professor Raymond und ich sind uns sicher, dass du unter einer ausgeprägten Psychose leidest, einer Schizophrenie. Diese Kinder sind Wahnbilder. Sie täuschen deinen Verstand.«

»Die zweite Welt innerhalb der Mauer.«

»So ist es.«

»Ich bin doppelt verrückt, nicht wahr?«

»Nein, das hat mit Verrücktheit nichts zu tun. Es war dieser Druck, der eine immense Angst in dir ausgelöst hat. Wenn die Psyche nicht mehr damit klarkommt, sucht sie sich andere Wege, um dich zu schützen.«

»Haben meine Multiplen nicht gereicht?«

»Anscheinend nicht.«

Kale seufzte. »Soll ich weiterschreiben?«

»Unbedingt. Schließlich wollen wir alle wissen, warum diese Tat ausgeführt wurde.«

»Ja, das wollen wir alle. Ich werde den Verantwortlichen aufspüren, Jake, das schwöre ich.«

»Wir werden aufpassen, dass dir nichts passiert und rechtzeitig die Bremse ziehen, falls es kritisch wird. Aber ja, im Moment hilfst du uns allen damit, wenn du weitermachst.«

Kale sah auf. »Ich habe noch ein Anliegen.«

»Und das wäre?«

»Die Scheidung.«

»Du willst sie immer noch?«

»Rachel muss sich von mir lösen. Sieh doch nur, was aus mir geworden ist. Ich kämpfe gegen zwei innere Welten und werde nie wieder in eine normale zurückfinden. Rachel muss die Chance zu einem eigenen und besseren Leben mit unserer Tochter bekommen. Sie kann nicht die ganze Zeit an mich gefesselt bleiben.«

»Und wenn sie das will?«

»Was ist mit Eve? Sie muss einen gesunden Vater haben. Rachel muss einen neuen Mann finden, der Eve ein guter Vater ist.«

»Warum willst du das nicht sein?«

»Ich? Wie soll das funktionieren?« Kale gestikulierte nervös herum. »Ich konnte nicht einmal Lydia von ihr fernhalten. Demnächst steht sie vor einer ganzen Armee von Kindern, die mich beeinflussen werden, während ich mit ihr rede.«

»Nein, das stimmt so nicht, Kale. Gegen Schizophrenie gibt es Medikamente, wirksame Medikamente.«

»Ich weiß, man verschrieb mir schon als 15-Jähriger diese

Pillen, doch sie halfen nicht. Sie machten alles nur schlimmer.«

»Weil sie nicht bei DIS wirken, aber bei einer akuten Psychose schon.«

»Und warum bekomme ich die nicht jetzt schon?«

»Weil wir uns noch in einem Aufklärungsprozess zu einem Mord befinden. Der muss abgeschlossen werden. Letztendlich auch, damit du zur Ruhe kommst. Dann geben wir dir die passenden Medikamente. Dann wird es dir besser gehen. Rachel und Eve könnten dich dann regelmäßig besuchen kommen.«

Kale erhob sich wieder vom Bett und starrte an eine Wand. »Genau das will ich nicht«, sagte er. »Ich will, dass die beiden keinen Schritt mehr in meine Nähe tun, verstehst du?«

»Weshalb?«

»Weil es immer noch Tristan gibt. Er und dieses Kind 14 . . .«

»Ja? Was ist mit den beiden?«

»Da läuft was.«

»Kale, was hat Kind 14 dir diesbezüglich mitgeteilt, was du uns verschweigst?«

»Bisher noch nichts, aber ich werde es herausfinden.« Kale gab wieder ein unauffälliges Zeichen. Temerowski wurde aufmerksam und sah hilfesuchend in die Kamera. Es wurde brenzlig. »Warum willst du nicht von deiner Familie besucht werden, Kale? Was befürchtest du?«

Kale Hatfield setzte sich wieder auf sein Bett und starrte an die leere Wand neben der Tür. Stand dort etwa Kind 14? Temerowski sah flüchtig hin, dann verließ er fluchtartig das Zimmer.

Hinter der Mauer

Alle sahen auf Kind 8. Es hatte die Sache mit den Präservativen zu Ende geführt, fünf davon in einem Umschlag gepackt und in Kales Büro gelegt. Sein Spaßfaktor dabei war groß gewesen. Die Kinder vervollständigten damit das Bild von Bryan Hayden, das in Kale Hatfields Kopf entstanden war. Er war asozial, Kettenraucher, dreckig, gewalttätig und pervers. Barbara hingegen ließen sie zu einer liebenswerten Arbeitskollegin mutieren, die ihm sogar etwas von ihrem Geburtstagskuchen abgegeben hatte, weil sie ihn so schätzte.

Du musst ihm schreiben, signalisierte Kind 7. Damit nicht alles an mir hängen bleibt. Du hast die Kondome genommen. Schreib das Kale, sonst ...

Kind 8 sah auf Kind 7. Sonst was? Du willst mir drohen? Nur zu! Es ballte die Fäuste.

Kind 3 und 4 hielten Kind 7 fest.

Die Lage spitzte sich zu.

Brief an Kind 8

Wir sollten weitermachen. Kind 8, bist du da?

Die Rauferei hinter der Mauer stoppte, als neue Tinte hindurchfloss. Alle sahen auf Kind 8.

Kind 8

Was willst du von mir?

Kale
Du bist mir eine Erklärung schuldig.
Kind 8
Das wüsste ich aber!
Kale
Ich habe dein Gesicht gesehen. Ich könnte es zeichnen. Du hast böse Gedanken.
Kind 8
Die Frage lautet, wer hier böse Gedanken hat.
Kale
Wie meinst du das?
Kind 8
Du bekommst es immer noch nicht auf die Reihe.
Kale
Ich muss meine Familie schützen.
Kind 8
Das hast du nun davon.

Kale erhob sich vom Schreibtisch und sah sich im Zimmer um. Sein Blick fixierte die Wand neben der Tür. Kind 14 sah ihn grinsend an. *Ich schütze auch meine Familie.*

Kale setzte sich wieder an den Schreibtisch und schrieb:
Kale
Wie alt bist du?
Kind 8
Siebzehn.
Kale
Dann warst du alt genug!
Kind 8
Ja, und es hat Spaß gemacht, auf deiner Frau zu liegen.

Kale spürte, wie sein Herz zu rasen begann. Der Atem beschleunigte sich und ihm wurde schwindelig. Er dachte, es wäre Tristan gewesen, als Rachel ihn erneut drängte, ihr ein Kind zu zeugen. Doch es war Kind 8 gewesen! Kind 14 sah gelassen dabei zu, wie Kale durch den Raum taumelte und nach einem Halt suchte. Er stützte sich am Bett ab und stolperte zurück zum Schreibtisch.

Kale

Das werde ich dir nie verzeihen!

Kind 8

Das ist auch nicht nötig. Kind 9 hat sich was viel Besseres einfallen lassen.

Kale

Was hat es sich einfallen lassen?

Kind 8

Etwas ganz anderes.

Kale

Schick mir Kind 9! Mit dir bin ich fertig!

Hinter der Mauer

Kind 8 drehte sich um und grinste Kind 9 an. Du bist dran. Es ist noch genug Tinte vorhanden.

Kale

Bist du da, Kind 9?

Kind 9

Ja.

Kale

Was hast du getan?

Kind 9

Nichts Schlimmes, wirklich.

Kale

Schreib es mir!

Kind 9

Erinnerst du dich an den Unfall?

Kale besann sich. Der Unfall. Er war jemandem in den Wagen gefahren, als er sich auf dem Weg zur Arbeit befunden hatte. Derjenige war einfach abgehauen. Ebenso war der Zeuge des Unfalls verschwunden. Wieder so eine miese Sache von Hayden.

Kale

Ich verstehe nicht. Welche Rolle hast du bei dem Unfall gespielt?

Kind 9

Ich hatte gerade erst fahren gelernt.

Kale

Wie alt bist du?

Kind 9

Fast sechzehn.

Kale

Wie soll ich das zusammenbringen?

Kind 9

Ich hatte Schiss.

Kale

Wovor?

Kind 9

Dass sie mich erwischen.

Kale

Aber der andere war abgehauen. Hayden hat den Unfall inszeniert, um mich weiter unter Druck zu setzen.

Brief von Kind 9

Das ist unsere Version.

Kale

Was soll das heißen?

Kind 9

In Wahrheit hast du Fahrerflucht begangen, nicht der andere.

Kale sah auf die niedergeschriebenen Worte. Er selbst hatte Fahrerflucht begangen?

Kind 9

Und Kind 8 hatte dir neue Kondome zukommen lassen.

Diese verdammte Packung mit 20 Präservativen hatte zu einem Ehestreit geführt, weil Rachel sie fand. Sie hatte ihm vorgeworfen, dass er damit das zweite Kind zu verhindern gedachte, was ihn noch mehr unter Druck gesetzt hatte.

Hinter der Mauer

Ein Schwall von Tinte drang durch die Mauer.

VERSCHWINDET! LASST MICH IN RUHE! VERSCHWINDET!, lasen sie und sahen sich reihum an.

Kind 1 drückte sich in eine Ecke und weinte. Es wollte doch nur helfen. Hätte es bloß nicht diese Tür geöffnet.

Alle wollten nur helfen, gestikulierten wie wild durcheinander. Aber Kale nahm unsere Hilfe nicht an. Wir mussten Nachdruck ausüben, damit der Druck wich.

Aber es hat neuen Druck in ihm aufgebaut, meinte Kind 7, was sich endlos für die Szenen im Gartenhaus schämte. Das hätten wir anders regeln sollen.

Kind 10 meldete sich. Ich habe versucht, es anders zu machen.

Brief von Kind 10

Du solltest meine Version hören.

Kale antwortete nicht.

Hinter der Mauer

Siehst du, signalisierte Kind 7. Das haben wir jetzt davon. Es sah Kind 8 an. Wie konntest du dich nur mit Rachel vergnügen?

Du hast ja keine Ahnung, verteidigte sich Kind 8.

Sie warteten auf eine Antwort, doch die kam erst zwei Tage später.

Jake Temerowski hatte sich die Fotos von Barnett besorgt, auf denen Rachel mit Bryan Hayden zu sehen war. Kale hatte 34 Stück davon geschossen. Der Arzt musste zugeben, dass auch er besorgt gewesen wäre, wenn sich sein Arbeitskollege auf diese Weise seiner Frau genähert hätte. Rachel wirkte entspannt, lachte sogar auf einigen Bildern und zeigte vertrauliche Gesten. Keine Anzeichen von Angst. Auch Bryan Hayden wirkte gelöst und freundlich, eben wie zwei Eltern, die sich auf einem Spielplatz unterhielten. Den Bildern war nicht direkt etwas Besorgniserregendes zu entnehmen, wenn da nicht diese Vorgeschichte gewesen wäre. Was war an Haydens Drohungen wirklich wahr und was war Kales Schizophrenie zuzuordnen? Vielleicht hatte Hayden doch den Totenkopf an die Garagenwand gesprüht und die Dose selbst im Garten vergraben, damit der Verdacht auf Kale fiel. Doch wie sollte Hayden ins Haus gelangt sein?

Temerowski rief Lieutenant Barnett an und fragte: »Wie lange ist es her, als Hayden zum letzten Mal erfasst wurde?«

»Fünfzehn Jahre.«

»Gehörte Einbruch dazu? Schlösser knacken und so?«

»Unter anderem.«

»Er hat all die Taten in seiner Jugend begangen.«

»Alle. Er war immer minderjährig.«

»Seit wann ist er verheiratet?«

»Seit sieben Jahren.«

»Und seitdem ist er nicht mehr straffällig geworden?«

»Nein, ganz im Gegenteil. Wir sprachen mit Nachbarn und Freunden über ihn. Er war stets freundlich und zuvorkommend gewesen. Alte Freunde berichten, dass er gewisse Probleme mit seinem Vater gehabt hatte. Das Gewöhnliche. Dominant, Alkoholiker, häusliche Gewalt. Nichts von dem, was sein Sohn getan hat, war ihm gut genug.«

»Der Abschluss«, sagte Temerowski. »Haben Sie den Abschluss des Studiums überprüfen lassen?«

»Haben wir.«

»Und?«

»Er hat keinen. Er ist durchgefallen und hat die Papiere gefälscht.«

»Dann hatte Kale Hatfield recht gehabt. Hayden hat Coward betrogen.«

»Ja, das hat Mr. Coward auch schon herausgefunden. Leider zu spät. Er sagt, er hätte unter Druck gestanden und ihn nicht überprüfen lassen. Aber letztendlich war er mit ihm zufrieden gewesen.«

»Klar, weil Hatfield seine Arbeit erledigt hatte.«

»Haydens Kollegen sagen aber, er wäre den ganzen Tag über sehr tüchtig gewesen. Wäre wohl einige Male zum Chef beordert worden, aber das wäre auch alles gewesen. Hatfield spürte jeden noch so kleinen Fehler seiner Kollegen auf und wurde deswegen nicht sehr gemocht. Auch Fehler, die irrelevant für einen Auftrag waren. Wie gut, dass er ein eigenes Büro hatte. Besonders Paul, der älteste Mitarbeiter des Unternehmens, litt unter Kale. Er wurde immer unsicherer und Hatfield ließ ihn wegen jeder Kleinigkeit auflaufen. Es wäre besser gewesen, er hätte Pauls Fehler kommentarlos korrigiert. Der arme Kerl geht in drei Wochen in Pension. Das hätte ihm wenigstens noch etwas Frieden zum Abschluss seiner langjährigen Berufslaufbahn gegeben.«

»Paul?«, fragte Temerowski.

»Ja, Paul Creek. Der arme Kerl.«

»Aber Kale sagte, er wäre ihm gut gesonnen gewesen.«

»Gut gesonnen?« Der Lieutenant lachte. »Paul hat ihn nicht

einmal durch die Sonnenbrille angesehen, so verärgert war er. Da sehen Sie mal, in welcher Welt ihr Freund Hatfield lebt.«

Temerowski schniefte verärgert. »Weiß das Kenneth Coward?«, fragte er.

»Sicher.«

»Warum hat er mir gegenüber nichts erwähnt?«

»Er ist ein Unternehmer, Jake! Er musste schauen, dass sein Laden brummt. Er wollte Hatfield nicht verlieren. Leistete ja auch gute Arbeit.«

Ja, die Arbeit war es, die Kale Hatfield wirklich gut beherrschte. Sie hatte ihm den Lebenssinn gegeben, den er gesucht hatte. Sie war die wahre Grundlage seines Lebens gewesen, auf die er alles aufbauen wollte; die Sicherheit seiner Familie und seine innere Zufriedenheit. In ihm herrschte der Drang, endlich zeigen zu können, was in ihm steckte. Er wollte nie wieder stürzen. Die Arbeit hatte eine unermessliche Bedeutung für ihn gehabt. Er wollte, dass niemand sie bedrohte. NIEMAND!

Kind 10 sah, wie endlich neue Tinte durch die Ritzen der Mauer drang.

Kale

Wie sieht deine Version aus?

Kind 10

Ich bin nur der Fotograf.

Kale

Fotograf? Wozu habe ich einen Fotografen benötigt?

Kind 10

Ich hatte die Aufgabe, Beweise zu liefern.

Kale

Welche Beweise?

Kind 10

Dass Hayden doch ein kleiner Dreckskerl war. Erinnerst du dich an den Spielplatz?

Kale durchfuhr eine Hitzewelle. Natürlich erinnerte er sich daran. Dort hatte er Rachel mit Hayden erwischt! Es hätte nicht viel gefehlt und er hätte ihn dort erschlagen.

Kale

Ja, natürlich erinnere ich mich daran.

Kind 10

Und? Hast du gesehen, wie Rachel es genoss?

Kale

Ja!

Kind 10

Du warst so wütend, dass du fast etwas Fatales getan hättest.

Kale

Ich erinnere mich.

Kind 10

Du hast dann gesummt und dich beruhigt.

Kale

Das muss Lydia gewesen sein.

Kind 10

Ach die Kleine, von der du immer schreibst. Sie wohnt hinter der vierten Wand, stimmt's?

Kale

Genau.

Kind 10 sah zu der verbotenen Wand hinüber.

Kind 10

Wir dürfen dort nicht hindurchsehen.

Kale

Warum?
Kind 10
Weil dahinter Gefahr lauert.
Kale
Du meinst Tristan.
Kind 10
Wer ist Tristan?
Kale
Er ist groß und gewalttätig.

Kind 10 sah erschrocken auf. Gewalttätig? Einige Kinder wichen zurück. Sie hatten auch schon von Tristan gehört.

Kale
Es sind aber auch Gute dahinter.
Kind 10
Das ist beruhigend.
Kale
Wo waren wir stehen geblieben?
Kind 10
Bei den Fotos. Ich habe verdammt viele geschossen.
Kale
Viele? Ich weiß nur von den Fotos, die Hayden geschossen hat.
Kind 10
Das waren wir. Wir haben Rachel und Hayden abgelichtet.
Kale
Wer sind wir?
Kind 10
Na, du und ich. Wir haben viele geschossen.
Kale

Ich habe fotografiert? Wo sind die Bilder?

Kind 10

Habe ich unter dem Teppich versteckt.

Kale

Unter welchem Teppich?

Kind 10

In deinem Zimmer.

Kale

Das kann nicht sein, den habe ich neu verlegt.

Kind 10

Ich habe es heimlich gemacht, als du weggesehen hast. Ganz viele Beweise. Zumindest die, die ich liefern konnte.

Kale hielt einen Zettel vor die Kamera. ICH MUSS MIT JAKE SPRECHEN! DRINGEND!

Raymond rief Temerowski an. »Sie werden von Ihrem Patienten verlangt, Jake. Er hat Ihnen was mitzuteilen.«

Jake Temerowski war sofort klar, worum es ging. Kale wollte seine Unschuld untermauern und Haydens Schuld erhöhen. Dabei hatte er keinen blassen Schimmer davon, wie der Fund unter dem Teppich wirklich ausgesehen hatte. Eine Stunde später saß der Arzt in seinem Zimmer. »Kale, was gibt's?«, fragte er und sah, wie aufgeregt sein Patient war.

»Ich habe Beweise dafür, wie stark Hayden mich unter Druck gesetzt hat, Jake!«

»Welche Beweise?«

»Fotos! Sie liegen unter meinem Teppich im Zimmer. Du musst sie finden!«

Temerowski sah Kale Hatfield stumm an. Dann sagte er: »Wir sprachen beim letzten Mal über deinen Teppich im

Zimmer. Erinnerst du dich? Dass du ihn neu ausgerichtet hast.«

Kale sah seinen Therapeuten irritiert an. Der erklärte weiter: »Hast du die Fotos darunter nicht gesehen?«

»Nein«, flüsterte Kale. »Da lagen keine Fotos. Die wurden doch erst später gemacht. Ich meine, die vom Park.«

»Vom Park? Meinst du den Erholungspark oder den Spielplatz?«

Kale Hatfield kam zusehends mehr durcheinander. Er sah zu der Wand neben der Tür und gab ein Zeichen der Ratlosigkeit. »Warum habe ich dich kommen lassen?«, fragte er Temerowski.

»Du sagtest, du hast neue Beweise gegen Hayden.«

Kale trat an seinen Schreibtisch heran und las den letzten Briefwechsel. »Ich meinte den Spielplatz. Fotos vom Spielplatz«, sagte er.

»Wer hat sie gemacht, Kale?«

»Der Fotograf.«

»Welcher Fotograf?«

Kale sah wieder zu der Wand neben der Tür. Irgendjemand schien dort in seiner Vorstellung zu stehen. Etwa Kind 10?

»Kale«, sagte Temerowski, worauf sein Patient ihn ansah. »Du sagtest mir beim letzten Mal, dass du mit deinem Smartphone keine Fotos schießen könntest. Besitzt du einen Fotoapparat?«

»Nein«, flüsterte Kale. »Wozu?« Er sah wieder auf den Briefwechsel mit Kind 10. Wie sollte er Jake nur klarmachen, was vor sich ging? Temerowski sah seine Unruhe aufkommen und klärte die Situation sofort auf: »Wir haben die Fotos von dem Spielplatz gefunden, Kale. Auch die aus dem Familienpark. Und vom Totenkopf.«

»Ja, die von der Garagenwand habe ich selbst gemacht. Das sind sie, die Beweise!«

»Du konntest das Smartphone also doch bedienen.«

»Ich weiß nicht mehr. Ja, irgendwie. Weiß nicht.«

»Wir haben die Beweise, Kale. Alle. Es sei denn, dir fallen noch mehr ein.«

Kale kehrte in sich. »Im Moment nicht.«

»Gut, dann wären wir fertig, richtig?«

Kale setzte sich aufs Bett und sah auf. »Richtig. Wird es mir helfen?«

»Wobei?«

»Meine Unschuld zu beweisen.«

»Ja, wir befinden uns auf dem besten Weg, deine Unschuld zu beweisen.« Temerowski wollte nicht Unzurechnungsfähigkeit sagen und verließ das Zimmer.

Kale zeichnete eine neue Mauer. Er malte Augen, die hindurchsahen. Die von Kind 8 und 9. Kind 10 lugte gerade hindurch.

Die zweite Wand in seinem Zimmer füllte sich immer mehr mit Bildern der Mauer. Durch einige sahen Augen hindurch, einige wiesen Risse auf und einige waren unbeschädigt. Raymond und Temerowski beobachteten diesen Vorgang mit großer Aufmerksamkeit. Kale Hatfield schien sich tatsächlich einzumauern. Wie viele Kinder mochte er inzwischen in seinem Zimmer sehen? Die Ärzte waren sich einig, dass eins davon neben der Tür stand. War es Kind 14, das alles kontrollierte? Das aufpasste, damit Kale kein Fehler unterlief?

»Wir können ihn noch nicht mit Medikamenten versorgen«, sagte Professor Raymond. »Er befindet sich im Übergang der geistig verzerrten Wahrnehmung hin zur optischen. Das liegt auf der Hand. Nur darüber können wir den Fall auflösen und die Zusammenhänge erkennen. Wenn wir das mit Medikamenten unterbrechen, ist es vorbei. Er wird sich nicht wieder auf den Stand heben können, auf dem er sich jetzt befindet. Ansonsten würde ich sagen, dass wir stoppen und mit Antipsychotika beginnen.«

»Wir sind schon bei Kind 10 angelangt«, warf Temerowski ein. »Haben Sie so etwas schon mal erlebt?«

»Dass Schizophrene schreiben? Sicher.«

»Nein, das meine ich nicht. Dass sie sich mit Multiplen verbinden. Diese Mauer. Ein Kind schrieb, dass es nicht hinter die vierte Wand sehen darf. Ist das symbolisch die Trennwand der inneren Welten?«

»Das ist sie. Daran besteht kein Zweifel.«

»Warum warnt Kind 14 alle, dahinter zu schauen?«

Der Professor sah Temerowski mit ernstem Blick an. »Liegt das nicht auf der Hand?«

»Sie meinen Tristan?«

»Wer sonst übt Druck auf Kind 14 aus?«

»Sie meinen, es findet eine Verschmelzung mehrerer Identitätsstörungen statt?«

»Sieht ganz danach aus. Die Übergänge sind oft fließend, sodass eine Abgrenzung nur schwer zu erkennen ist. Kale Hatfield stellt sie sehr deutlich durch die Mauer und die Löcher, durch die seine Wahnfiguren hindurchsehen, dar. Seine Seele war so stark belastet, dass die Existenz der Multiplen nicht ausreichte, um sie abzufangen. Es hat seine Gehirnstruktur verändert und weitere Kanäle geöffnet, in denen sich neue Welten aufbauen und die helfen sollen. Sie beschäftigen sich mit Kales jetzigem Zustand, während die Multiplen mehr der Vergangenheit zugetan sind. Sie fühlen sich nur immer getriggert, wenn es zu alten Gefühlen kommt. Besonders, was seine Sexualität betrifft. Sie war und bleibt der wundeste Punkt in ihm. Kale will nicht angefasst werden. Nicht unter normalen Bedingungen.«

Jake Temerowski wusste von einer Zeit, in der Kale sich prostituiert hatte, um Geld zu verdienen. Er war in einem Ring von illegalen Machenschaften gelandet und hatte das nur unter Alkohol ertragen. Deswegen mied er ihn jetzt. Der zweite Helfer war damals Tristan gewesen. Er hatte seit seiner ersten Vergewaltigung von Jennifer Gordon Geschmack an der Sache bekommen und wurde immer sofort aufmerksam, wenn es um diese Dinge ging. Inzwischen hatte sich Kind 9 dafür gebildet. Es hatte sich regelrecht eingemischt und alles durcheinandergebracht. Dabei sollte Kind 9 für geregelte sexuelle Abläufe sorgen, die keiner Gewalt zugrunde lagen. Doch es hatte nicht funktioniert. Also zog es sich wieder zurück.

Kale Hatfield spürte erneut, wie die Unruhe in ihm wuchs. Es verging kaum noch eine Stunde, in der er sich ausruhen konnte. Kind 14 stand neben der Tür und starrte ihn an.

»Du!«, rief Kale und zeigte auf die imaginäre Figur. »Du bist an allem schuld!« Er trat auf Kind 14 zu und spuckte es an.

Kind 14 sah gedemütigt zu Boden und wischte sich den Speichel aus dem Gesicht.

»Du kannst deine anderen Kinder behalten!«, schrie Kale. »Ich will sie nicht mehr kennenlernen, verstehst du?«

Kind 14 schwieg. Kale schlich um den Schreibtisch herum. Es waren noch drei Kinder abzuarbeiten.

Du wirst es nicht schaffen, gestikulierte Kind 14.

Kale sah auf und trat wieder auf ihn zu. »Was werde ich nicht schaffen?«

Sie aufzuhalten. Du hast versucht, es allein zu schaffen. Du bist gescheitert.

Kale sah Kind 14 wütend an. »Es gab eine Zeit, da hatte ich

alles im Griff! Die Multiplen waren still und ihr wart noch nicht da!« Er hatte in einer Klinik festgesessen und über Zeichnungen den Missbrauch von seinem Lehrer verarbeitet. Es waren grausame Zeichnungen gewesen. All die gequälten Gesichter, die seinen Seelenzustand widerspiegelten. Der ganze Kellergang der Klinik hatte voller Zeichnungen gehangen. Man ging an ihnen vorbei und sah einen grausamen Film ablaufen. Nach dem Lehrer kam der Vater, der ihn immer wieder zu züchtigen versuchte und der später mit seinem Leben dafür bezahlte.

Kale sah auf die Zeichenblöcke. Das Zeichnen war schon immer sein Ventil gewesen. Er zeichnete Kind 14. Es war groß und besaß eine drohende Haltung. Gesichtslos. Kein Wunder, dass die anderen Kinder vor ihm Angst hatten.

Kale

Kind 11, bist du da?

Endlich floss neue Tinte hindurch. Kind 14 war noch nicht zurück, also wagte sich Kind 11 an die Mauer und schrieb zurück.

Kind 11

Ja, ich bin da.

Kale

Wie alt bist du?

Kind 11

Siebzehn. Ich verstehe schon eine ganze Menge.

Kale

Was meinst du damit?

Kind 11

Ich verstehe schon, was Fremdgehen bedeutet.

Kale

Fremdgehen? Wie kommst du darauf?

Kind 11

Erinnerst du dich nicht? Hayden sagte dir, er würde Rachel heimlich treffen. Dann konntest du dir ja vorstellen, was die miteinander trieben.

Kale

Das hat Hayden nur so daher gesagt.

Kind 11

Bist du sicher?

Kale

Rachel hätte so etwas nie getan.

Kind 11

Aber sie wollte ein zweites Kind, vergiss das nicht.

Kale stockte einen kurzen Moment.

Kind 11

Bist du noch da?

Kale

Rachel würde niemals fremdgehen!

Kind 11

Du hast geweint, als Hayden das sagte.

Kale

Wann habe ich geweint?

Kind 11

Als du wieder allein im Büro warst. Du hast dich zusammengekrümmt und geweint.

Kale

Es hat aber niemand gesehen.

Kind 11

Rachel ging fremd, glaub mir!

Kale

Das ist nicht wahr!

Kind 11

Es war Tristan, nicht Hayden.

Kale

Das ist nicht wahr! Woher willst du plötzlich Tristan kennen?

Kind 11

Du hast doch genug von ihm erzählt. Dein Körper lag auf Rachels Körper. Sie weinte. Hast du das nicht gesehen?

Kale

DAS IST NICHT WAHR! Sie hat nie geweint, wenn ich sie berührt habe.

Kind 11

Siehst du, das meine ich. Du warst gar nicht anwesend und doch hast du auf ihr gelegen. Rachel war fremdgegangen ohne es zu wissen. Mehrmals. Jedes Mal hat ein anderer auf ihr gelegen.

Kale erhob sich vom Schreibtisch und sah sich voller Wut um. »Du!«, rief er wieder. »Du bist an allem schuld!« Er näherte sich erneut Kind 14. »Was hast du mit Tristan vereinbart, he?«

Kind 14 drehte sich weg, weil es nicht wieder angespuckt werden wollte.

Kale lief zurück zum Schreibtisch und schrieb:

Kale

Kind 14 ist schuld!

Kind 11

Das hast du gesagt.

Kale

Weil es stimmt!

Kind 11

Ich wäre vorsichtig mit deinen Behauptungen.

Kale

Ich habe keine Angst vor Kind 14!

Kind 11

Solltest du aber.

Kale

Warum?

Kind 11

Meine Zeit ist abgelaufen, ich muss gehen. Pass gut auf dich auf, hörst du? PASS GUT AUF DICH AUF!

Kind 11 sah noch kurz durch die Mauer, dann verschwand es.

Kale sah sich wieder im Zimmer um. Auch Kind 14 war verschwunden. Er war wieder allein und malte die Augen von Kind 11. Sie waren hellblau.

Er klebte neue Zeichnungen an die Wand. Dann begann er auf jedes Blatt einen Ziegelstein zu malen. Seine Zeichnungen bekamen neue Dimensionen. Er klebte sieben Ziegelsteine an die Wand und rief in die Kamera: »Ich brauche mehr Stifte!«

Wieder trafen sich die Ärzte und werteten die letzten Aufnahmen aus.

»Es wird brenzlig«, sagte der Professor. »Er malt ganze Ziegelsteine, um den Einmauerungsvorgang zu beschleunigen. DIS, Psychose und Paranoia verbinden sich.«

»Das können wir stoppen, indem wir ihm keine Stifte mehr geben. Nur noch Tinte. Damit verlieren die Zeichnungen an Echtheit.«

»Damit würden wir aber auch den Prozess stoppen, Jake. Diese Mauer muss authentisch für ihn wirken.«

»Er hat schon zwei Wände voll. Es sieht unheimlich aus, finden Sie nicht?«

»Es wird noch unheimlicher werden, wenn er mit Kind 12 und 13 fertig ist«, sagte Professor Raymond und sah bekümmert auf den Briefwechsel, der vor ihm lag.

»Sollen wir es wirklich weiterlaufen lassen?«, fragte Temerowski.

Joseph Raymonds sah ihn mit hochgezogenen Augenbrauen an. »Unbedingt. Vertrauen Sie mir. Ich weiß, was zu tun ist, wenn er fertig ist.« Er sah auf die Zeichnung von Kind 14.

Rachel meldete sich bei Jake Temerowski und fragte nach Kales Befinden.

»Er arbeitet die ganze Sache noch immer auf, Rachel. Er befindet sich aber im Abschlussprozess.« Der Arzt wollte ihr nicht zu viel von den Umständen erzählen, in denen Kale sich befand. So erklärte er weiter: »Er isst und trinkt regelmäßig und betreibt Sport.«

Sie schwieg am anderen Ende der Leitung.

»Rachel? Was ist los? Ist was mit Eve?« Der Arzt hörte, wie sie in ein Taschentuch schniefte. Ihm war klar, dass die Belastung enorm für sie sein musste. Er würde ihr niemals von dem Fund im Gartenhaus erzählen. Zurzeit liefen die Untersuchungen, wessen Sperma sich in den Kondomen befand. Waren wirklich fünf Stück von Hayden dabei? Barnett wartete noch auf das Ergebnis, um die realen Fakten von Kales Einbildung zu trennen. Er war inzwischen ziemlich genervt von dem Fall, und er war der Ansicht, dass diesem Hatfield endlich der Prozess gemacht werden sollte.

»Ich bin schwanger«, sagte Rachel. Das ließ Temerowski verstummen.

»Es wird ein Junge«, hörte er sie sagen. »Ich dachte, dass meine Regel wegen des Stresses ausbleibt. Ich bin schon im 4. Monat. Damit bekommt Eve einen kleinen Bruder.« Sie lachte verzweifelt, als sie das sagte. Das ersehnte zweite Kind war unterwegs. »Wirst du es Kale mitteilen?«, fragte sie.

Temerowski wusste darauf keine Antwort zu geben. Er kämpfte mit seiner Fassung. Sollte er sich freuen oder weinen, weil sich alles so verdammt traurig entwickelte. Hätte sich das Ergebnis vorher gezeigt, hätte es vielleicht vieles verhindert und Kales Wahnvorgang gestoppt. Viele Kinder wären erst gar nicht entstanden. Die anderen hätte er wieder in den Griff bekommen und der Krieg gegen Hayden hätte sich eingestellt.

»Nein«, entschied Jake Temerowski. »Nein, Rachel, ich werde es Kale nicht mitteilen. Nicht, während er sich noch in diesem Prozess befindet. Wir haben immer noch nicht den wahren Mörder identifiziert.«

»Aber du sagtest, er hätte eine sechste Multiple entwickelt.«

»Nein, Rachel, das hat er nicht.«

»Nicht? Wer soll es denn sonst gewesen sein? Kale würde so etwas nie tun.«

Temerowski atmete tief durch. Dann erklärte er ihr: »Es hat sich ein anderes Phänomen in seinem Gehirn entwickelt. Es hat sich eine neue Welt in ihm gebildet. Der Druck, der auf ihm lastete, war zu groß.«

»Welches Phänomen?«

»Verfolgungswahn und Schizophrenie. Psychosen.«

»Er ist schizophren?«

»Wir beobachten ihn gerade.«

»Aber das ist doch nicht wirklich gefährlich. Viele Schizophrene leben unter uns. Dafür gibt es doch Medikamente.«

»Das stimmt, Rachel. Aber hier geht es um einen Mord.

Nicht jede Schizophrenie ist gutartig. Es gibt auch gefährliche Wahnbilder, die Betroffene zu illegalen Handlungen zwingen.«

»Du meinst, Kale ist dazu gezwungen worden, Hayden zu töten?«

»Unter Umständen. Diese Wahnfiguren können einen zu Dingen treiben, die kein normaler Mensch tun würde.«

»Redet er mit . . . ich meine . . . «

»Ja, Rachel, er schreibt mit ihnen. Es sind vierzehn.«

»Vierzehn Wahnfiguren?«

»Seit einigen Tagen zeigt sich auch die erste in seinem Zimmer. Er redet auf sie ein. Sie hat sich für ihn sichtbar gemacht. Sie nennt sich Kind 14.«

»Ist es das Gefährliche?«

»Ja, mit ziemlicher Sicherheit.«

»Dann müsst ihr ihn schützen!«

»Wir haben ihn unter ständiger Beobachtung. Die Kamera läuft ununterbrochen und wird beaufsichtigt. Professor Raymond hat extra ein Team dafür eingesetzt. Wir haben alles unter Kontrolle.«

Temerowski hörte Rachel durch den Hörer weinen. »Dann können wir ihm nicht sagen, dass das zweite Kind unterwegs ist«, flüsterte sie.

»Nein, das können wir nicht.«

»Sollte er es jemals erfahren? Ich meine, Eve wird eines Tages in seiner Gegenwart davon erzählen.«

»Er will nach wie vor die Scheidung, Rachel. Er will, dass du von ihm loslässt und mit Eve ein neues Leben beginnst. Er will, dass die Kleine eine Chance erhält, mit einem Vater groß zu werden, der präsent ist. Und du mit einem Mann, der dich glücklich macht.«

»Das hat er gesagt?«

»Ja, deswegen will er die endgültige Scheidung. Er malt dich. Er liebt dich nach wie vor, Rachel. Er malt auch Eve und liebt sie. Aber er kann und will euch nicht sehen. Es verursacht einen zu großen Schmerz in ihm.«

Nun verstummte auch Rachel. Sollte sie das kommende Kind überhaupt behalten? Sie fragte nach. Temerowski fühlte sich mit der Frage überfordert. »Das würde ich erst entscheiden, wenn es da ist. Denk dran, es wird ein Bruder für Eve. Du solltest die beiden nicht trennen. Willst du das Kind, Rachel?«

Sie zögerte keine Sekunde und sagte: »Ja.«

Der Arzt verstand. Es war ein Junge und sie würde durch ihn Kale noch näher sein. Dies würde noch mehr Sehnsucht in ihr auslösen. Das alarmierte Temerowski. »Dieser Junge wird nicht Kale sein«, sagte er. »Du darfst auf keinen Fall deinen Mann darin sehen, Rachel. Das Kind bekäme keine Chance auf ein eigenes Leben, hörst du? Es ist das Produkt eurer Liebe und nicht das Heilmittel eurer Beziehung.« Wobei sich der Arzt mit dem Produkt der Liebe nicht sicher war. Das Kind war aus einer Vergewaltigung entstanden. Dadurch hatte sich ein neues Problem ergeben, das er unbedingt mit Professor Raymond besprechen musste. Konnte sich das Sperma so verändern, dass es eine Art Tristan-Code trug? Selbst die Erblichkeit der Schizophrenie wäre ein Thema. Temerowski konnte sich erinnern, dass in Kales Krankenakte vermerkt war, dass er bereits als 15-Jähriger wegen Schizophrenie behandelt worden war, weil man die Multiplen nicht erkannte. Hatte der damalige Arzt vielleicht recht gehabt? Es wurde nie festgestellt, ob Kales Mutter oder Vater an dieser Psychose litt.

»Was soll ich tun?«, hörte Jake Temerowski Rachel fragen.

»Du solltest mit deiner Betreuerin darüber reden und dich beraten lassen. Du machst das bis jetzt ganz großartig.«

Rachel sah verzweifelt zur Zimmerdecke. Jake hatte ja keine Ahnung, was derzeit in ihr vorging. Sie konnte Eve nicht mehr berühren, weil sie Angst davor hatte, Kale zu spüren. »Danke, Jake«, sagte sie und drückte die Verbindung weg.

Eve sah sie mit großen Augen an.

Brief an Kind 12

Kind 12, was hast du mir mitzuteilen?

Kale schmierte die Worte wütend auf das Papier. Seine Stimmung war seit dem Kontakt zu Kind 11 extrem erhitzt. Er hatte neue Buntstifte bekommen und malte in jeder freien Minute neue Ziegelsteine. In seinem Zimmer entstand die dritte Wand.

Kind 12 meldete sich nicht.

Hinter der Mauer

Er wird die Mauer zum Einsturz bringen, signalisierten die Kinder aufgebracht. Zu viele Ziegelsteine waren schon locker, weil sie herausgenommen worden waren. Es war nur noch eine Frage der Zeit, wann die Wand zu seinem Zimmer wegbrach.

Tu's nicht, rieten die anderen Kind 12. Tu's nicht!

Doch Kind 12 war verärgert. Ihr alle habt erzählt, wofür Kind 14 euch missbraucht hat. Ihr alle habt die Situation hochgejagt und Kale dieses Theater vorgegaukelt. Was macht es schon aus, wenn auch ich meinen Beitrag dazu leiste? Immerhin wurde ich gezwungen, mitzuspielen.

Kind 12

Ich habe nicht viel mitzuteilen. Will die Stimmung nicht weiter erhitzen.

Kale

Welche Rolle hattest du?

Kind 12

Ich war das Geburtstagskind.

Kale

Welches Geburtstagskind?

Kind 12

Barbaras 40. Geburtstag. Hayden hat auf den Tischen herumgetanzt und dich vor allen nachgeäfft.

Kale

Das war extrem gemein.

Kind 12

Ja, und wie er es gemacht hat! Er hat erzählt, er würde dich aus deiner Position heben und deinen Platz einnehmen.

Kale

Ich konnte es kaum aushalten.

Kind 12

Warum bist du nicht dazwischen gegangen?

Kale

Ich wusste nicht, wie. Ich hatte Angst, dass er mich noch mehr verärgert.

Kind 12

Verstehe. Tristan. Ich habe von ihm gehört.

Kale

Barbara hat mir ein Stück Kuchen zukommen lassen.

Kind 12

Das hat Kind 1 veranlasst. Es hatte Mitleid und fühlte sich schlecht.

Kale

Auch Paul sagte mir, dass ich ein guter Kollege sei.

Kind 12

Auch das hat Kind 1 veranlasst. Es hatte ein schlechtes Gewissen, weil es dir die Tür zu Bryan Hayden geöffnet hat.

Kale

Es hat mir gutgetan, dass meine Kollegen mich schätzten.

Kind 12

Wir haben es Hayden danach aber mächtig heimgezahlt. Wir haben ihm erzählt, dass du dir seine Frau vorgenommen hast.

Kale

Das habe ich nicht! Warum habt ihr das getan?

Kind 12

Nein, natürlich nicht, aber wir wollten doch auch unseren Spaß haben. Du hattest ihn in deinem Büro fast erwürgt.

Kale

Das war ich nicht. Das war Tristan. Ich habe ihn rausgelassen, weil meine Wut so groß war.

Kind 12

Hayden spurte danach wie ein Schoßhündchen.

Kale

Das war das Ziel. Ich habe ihn endlich in die Knie gezwungen.

Kind 12

Aber es war nur eine fadenscheinige Ruhe. Das war uns allen klar.

Kale

Sie tat dennoch gut.

Kind 12

Bis dein dämlicher Chef ihn in die Chefetage holte. Direkt neben dein Büro!

Kale

Dabei wurde seine Leistung immer schlechter.

Kind 12

Mein Job war damit beendet. Was danach geschah, hat Kind 13 verursacht.

Kale

Ist Kind 13 da?

Kind 12

Es steht neben mir.

Kale sah sich im Zimmer um.

Die Aufnahme der Kamera zeigte, wie Kale Hatfield verschiedene Stellen im Zimmer mit einem Blick fixierte. Er sah sie. Sie nickten ihm zu, er nickte zurück.

Kind 12 öffnete kurz die Mauer und sah hindurch. Dann verschwand es.

Kale malte graue Augen, weitere Bilder von der Mauer und einzelne Ziegelsteine. Seine Bewegungen wurden hektisch, als er die Bilder aufhängte.

Professor Raymond beobachtete besorgt den Prozess über die Kamera. Die dritte Wand wurde immer voller und machte das Zimmer dunkel. Der ganze Raum bekam eine unheimliche Atmosphäre. Er wirkte wie ein Keller, in dem sich der Patient befand.

Brief an Kind 13

Kind 13, ich muss unbedingt mit dir schreiben.

Kind 13

Was gibt's?

Kale

Wie alt bist du?

Kind 13

Vierzehn, warum?

Kale atmete erleichtert aus. Mit vierzehn konnte man noch nicht allzu viel ausrichten. Ein wenig pubertierende Wut, das war‘s dann auch schon.

Kale

Hast du mir was mitzuteilen?

Kind 13

Nö, du wolltest doch schreiben.

Kale

Was hast du zu der Geschichte beigetragen? Was hast du getan?

Kind 13

Ich?

Kale

Ja, du!

Kind 13

Ist dir das Gedächtnis flöten gegangen?

Kale

Wohl kaum. Ich erinnere mich an eine Szene in den Toiletten des Unternehmens.

Kind 13

Ach die!

Kale

Ich habe nicht alles mitbekommen. Erzähl mir davon.

Kind 13

Du hast ihn fast in der Kloschüssel ertränkt.

Kale

Das war Tristan.

Kind 13

Ach, der.

Kale

Warum ist das passiert?

Kind 13

Erinnerst du dich nicht? Hayden befand sich auf der Suche nach neuen Opfern, nachdem du ihm deine Hilfe versagtest. Er bedrohte dich in einer E-Mail. Er drohte einen Anschlag auf deine Familie an.

Kale

Ich habe Rachel und Eve deswegen in einen Familienpark geschickt.

Kind 13

Genau.

Kale

Er drang in mein Haus ein und sprühte den Totenkopf auf die Garagenwand. Dann fand er die Telefonnummer des Parks, rief dort an und fuhr hin. Er fotografierte Rachel und Eve. Die Fotos legte er in mein Büro.

Kind 13

Wie cool war das denn?

Kale

Das war gar nicht cool!

Kind 13

Hey, Alter, Hayden war ein Penner. Merkst du das nicht?

Kale

Sein Verhalten hatte wenig mit einem Penner zu tun. Er hat es zu weit getrieben.

Kind 13

Du hast doch gesehen, wie er lebte. Seine Familie! Was für ein Drecksladen!

Kale
Was war eigentlich deine Aufgabe?
Kind 13 3
Ich?
Kale
Wer denn sonst?
Kind 13
Ich kann gut Graffitis sprayen.

In diesem Moment sah Kale sich wieder im Zimmer um. Sein Blick fixierte das Bett. »Du kannst sprayen?«, fragte er.

Kurz darauf malte er die Augen von Kind 13. Sie waren dunkelblau.

Neue Ziegelsteine bedeckten die Wand. Er zeichnete Rachel und Eve und legte die Zeichnungen unter sein Bett. Dort würden sie nicht nachsehen. Dort waren beide sicher.

Als Jake Temerowski alles gelesen und die Aufnahmen dazu gesehen hatte, rief er bei Kenneth Coward an.

»Oh, Jake, wie sieht's aus?«, fragte Coward, als er die Stimme des Arztes hörte.

»Wir kommen der Sache langsam auf die Spur, aber ich kann noch nichts Konkretes dazu sagen.«

»Der arme Kerl. Ich vermisse ihn hier. Kann er nicht von der Klinik aus weiter für mich arbeiten?« Coward lachte.

Temerowski dachte einen kurzen Moment darüber nach. »Ich werde mir darüber Gedanken machen, wenn es so weit ist. Ich hätte nur eine kurze Frage, Ken.«

»Nur zu.«

»Hat Barbara ihren 40. Geburtstag bei Ihnen im Betrieb gefeiert?«

»Barbara? Sie war 53, als sie starb. Nein, sie hat nie ihren Geburtstag bei uns gefeiert. Keiner feiert den hier. Ich veranstalte einmal im Jahr eine große Sommerparty für die ganze Belegschaft. Dann feiern wir alle zusammen, aber Geburtstage gibt es hier nicht. Bei 78 Mitarbeitern würde das sehr ausufern. Warum fragen Sie das?«

»Es gab einen Hinweis in Kales Aufzeichnungen für die Polizei, dass Barbara Ihnen und Kale ein Stück Kuchen beiseitegestellt haben soll, weil Sie an diesem Vormittag nicht im Betrieb waren.«

»Das wüsste ich aber.«

»Sie haben also keinen Kuchen bekommen oder Kale ein Stück in sein Büro gebracht?«

»Nein, nicht, dass ich mich erinnern könnte.«

»Dann habe ich noch eine Frage. Hat Bryan Hayden sich mehrmals krankgemeldet?«

»Ja, einmal. Wegen einer Verletzung. Ach warten Sie mal, da war noch eine Krankmeldung. Stimmt. Wegen einer Lungenentzündung. Er war aber früher als erwartet zurückgekehrt.«

»Vielen Dank, Ken. Damit haben wir die Sache geklärt.«

Kurz darauf rief Temerowski bei Rachel durch. »Entschuldige die kurze Störung, Rachel. Ich habe eine Frage.«

»Gibt's was Neues?«

»Noch nichts Konkretes. Ich muss nur wissen, ob Kale einmal einen Unfall hatte. War der Wagen mal kaputt?«

»Ja, er sagte, er wäre vor eine Art Feiler gefahren. Warum fragst du?«

»Kale erwähnte das kurz, nichts Aufregendes. Allerdings teilte er mit, dass er jemandem reingefahren wäre. Aber der andere wäre einfach davongefahren. Auch ein Zeuge, der hinter ihm gestanden hatte, wäre abgehauen.«

»Oh, davon weiß ich nichts. Er ließ den Schaden nur reparieren.«

»Hat die Versicherung den Schaden übernommen? Ich meine, ihr seid ja Vollkasko versichert.«

»Das weiß ich nicht, Jake. Ich habe nie nachgefragt.«

»Wer führte bei euch das Konto?«

»Er.«

»Hast du jemals nachgesehen, wofür euer Geld wegging?«

»Nein. Sein Verdienst war so hoch, dass ich mir keine Gedanken darüber machte.«

»Könntest du mir einen Gefallen tun und bei der Autoversicherung anrufen, ob Kale den Schaden gemeldet hat?«

»Wozu?«

»Weil ich derzeit die Realität von dem, was er erzählt, abgrenzen muss. Würdest du das kurz tun?«

Rachel gab nach und rief bei ihrer Versicherung an. Dort war nie ein Schaden gemeldet worden. Das teilte sie Temerowski mit.

»Das habe ich mir fast gedacht. Ich denke, dass nicht der andere Fahrer davongefahren war, sondern er selbst. Deswegen hat er den Schaden auch selber bezahlt. Das können wir herausfinden, wenn wir die Kontoauszüge kontrollieren.«

»Ich habe sie hier in einer Akte abgeheftet vorliegen und werde mal nachschauen.«

Wieder wartete der Arzt. Einige Minuten später kam Rachels Rückruf.

»Vor zwei Monaten hat er eine größere Summe Geld abgehoben. Bargeld. Keine Überweisung zu einer Werkstatt.«

»Wie hoch war die Summe?«

»1485 Dollar. Später noch mal 865 Dollar.«

»Das könnte hinkommen, wenn er die Front des Wagens beschädigt hatte. Die andere Summe könnte die Bezahlung der Fotos sein, die er durch eine Bareinzahlung bei der Bank erledigt hat, damit man den Posten nicht zurückverfolgen konnte.«

»Du meinst, seine Geschichten beinhalten immer nur Teilwahrheiten?«

»Genauso ist es. Manches ist passiert, manches nicht, und manches ist nur aus dem Zusammenhang gerissen worden. Kale hat sich durch seine Wahnwahrnehmungen eine eigene Realität geschaffen, an die er wirklich glaubte. Deswegen waren seine Handlungen auch so verwirrend. Du musst dir vorstellen, dass sich ständig Befehle und Wahnbilder in seinem Kopf gebildet haben, die alles, was um ihn herum passierte, verzerrten. Um überhaupt noch klarzukommen, schuf er neue Zusammenhänge, an die er glaubte. Gleichzeitig musste er aufpassen, dass sein *Wahnsinn*, der entstand, nicht auffiel. Also schuf er für dich und andere Erklärungen oder hielt sich bedeckt. Das vervollständigt seine Diagnose der Psychose. Hinzu kommt, wie gesagt, die Paranoia, der Verfolgungswahn. Es hängt alles zusammen. Im Grunde hatte er nur Angst gehabt, alles im Leben wieder zu verlieren. Wir haben ihm zu viel zugetraut und abverlangt. Er wollte nicht wieder versagen.« Temerowski hörte Rachel durch den Hörer schluchzen, dann drückte sie die Verbindung weg.

Kurz darauf meldete sich Lieutenant Barnett. Immer mehr Details kamen zum Vorschein, die das Abgleichen der Fakten ermöglichten.

»Wir haben die Auswertung der Präservative«, sagte Barnett ohne Umschweife.

»Und?«, fragte Temerowski nervös. Waren Haydens dabei?

»Sie werden es nicht glauben. Keins davon war mit Sperma gefüllt.«

»Was?« Der Arzt hörte Barnett hysterisch auflachen.

»Der Kerl hat Zuckerguss rein gefüllt!«

»Zuckerguss? In alle?«

»In alle. Damit können wir eine ganze Torte verzieren.«

»Warum sollte er so was getan haben?«

»Liegt das nicht auf der Hand? Das kann selbst ein Laie von psychologischer Seite abklären. Der Kerl hatte Ladehemmungen! Er hat sich was vorgegaukelt!«

»Ladehemmungen«, bemerkte Professor Raymond leise, als Temerowski ihm davon erzählte. »Das wäre nicht einmal weit hergeholt. Kind 7 musste zusehen, aber es passierte nichts. Also hatte es Zuckerguss von Kale anrühren lassen, um den Prozess erfolgreich abzuschließen. Das wiederum hat ihm seine Potenz bestätigt.«

Jake Temerowski kratzte sich am Kopf und zog eine Grimasse. »Das ist unglaublich!«

»Es wird sicherlich noch unglaublicher, wenn wir den Showdown erleben, Jake.« Der Professor sah voller Sorge auf seinen Kollegen.

Die Untersuchungen im Haus gingen weiter. Im Garten war nichts mehr zu finden. Sie hatten jeden Zentimeter mit einer Metallstange abgestochen und nichts Verdächtiges aufgespürt. Das ersparte ihnen, den Garten auszuheben, was den Vermieter sehr verärgert hätte.

Als sie die an den Kühlschrank gehefteten Zettel und Werbeflyer durchsahen, fiel ihnen ein Gekritzel auf einem Flyer des Elektronikgeschäfts auf, in dem Kale üblicherweise einkaufte. In dem er auch die Überwachungsanlage erworben hatte. Sie konnten die Worte nur schwer entziffern, weil sie mit einem schwarzen Stift auf dunkelblauem Hintergrund geschrieben waren. Sie entzifferten:

Strategie 1: nicht reagieren
Strategie 2: den Vorfall melden
Strategie 3: Hayden bedrohen
Strategie 4: Hayden töten

Ihnen fiel auf, dass Strategie 2 durchgestrichen war.

Temerowski sah besorgt den Aufnahmen zu, auf denen Kale zu sehen war. Er malte wieder Ziegelsteine. Die vierte Wand war dran. Wenn er nicht malte, ging er im Zimmer umher, blieb an verschiedenen Stellen stehen und sah seine Wahnfiguren an. Er sprach kein Wort mit ihnen, doch seine Mimik und Gesten zeigten, dass er in stummen Gesprächen mit ihnen versunken war. Manchmal hob er die Hand, manchmal lächelte er und manchmal sah er zu Boden.

Jake Temerowski holte wieder Michelle James hinzu. Vielleicht konnte sie etwas von seinen Lippen ablesen.

»Es ist ein Entschuldigungsprozess«, erklärte sie. »Siehst du, hier sagte er *schon gut*, hier *verstehe* und hier *kann ich verstehen.* Es ist, als würden seine Kinder ihm noch einmal alles erklären und sich entschuldigen.«

Temerowski nickte verstehend. »Sie fühlen sich missbraucht. Sie sollten die Situation hochpuschen, damit Kind 14 einen Grund bekam. Kale Hatfield ist somit ein gewalttätiger Psychotiker. Er lebt in dem Wahn, jeden zu töten, der seine Existenz bedroht.« Der Arzt rieb sich erschöpft das Gesicht.

»Habt ihr schon herausbekommen, was Wahrheit und was Einbildung ist?«, fragte Michelle.

»So ziemlich. Wir stehen kurz vor der Auflösung.«

»Das Zimmer sieht gespenstig aus. Und all die Augen, die ihn ansehen.«

»Ja, gruselig. Das Erstaunliche ist, dass sich nur zwei seiner Multiplen während dieser Prozesse gemeldet haben. Lydia und Tristan. Ich konnte anfangs zwar mit allen reden, aber seit Kale sich mit diesen Kindern schreibt, sind auch sie wie vom Erdboden verschluckt. Sie befinden sich in einer Welt hinter der vierten Wand.«

»Die er gerade erbaut.«

»Genau.«

»Vielleicht will er sie auf diese Weise loswerden, praktisch einschließen. Und er selbst mauert sich mit den Schizophrenen ein, damit er die Welt wieder überblicken kann. Sich zwei Welten gleichzeitig zu stellen, treibt ihn in den Wahnsinn. Und wenn sie sich entschuldigen, schließt er Frieden mit ihnen, um sie auszuhalten.«

»Oder, um sich alleine einzumauern, damit ihn niemand mehr erreicht. Wir müssen den Prozess bald stoppen. Wenn da nicht noch Kind 14 wäre. Wir müssen es als Mörder entlarven.«

Michelle James sah den Arzt zweifelnd an. »Und wenn er genau deswegen die letzte Mauer hochzieht? Er will sich schützen und Kind 14 ausschließen. Sieh doch nur, wie akribisch er malt.«

»Er hat noch keinen konkreten Kontakt mit diesem Kind aufgenommen. Nur anfangs ein paar Worte.«

»Deswegen beeilt er sich.«

Temerowski schniefte besorgt. »Er schaut ständig an die Wand neben der Tür, wenn er die Blätter aufhängt, als würde es dort lauern, während die anderen sich im Zimmer befinden.«

»Ich schätze mal, dass sich Kind 14 zum Schluss vor die Tür stellt.« Die Leiterin der Taubstummenschule sah den Arzt besorgt an.

Temerowski rannte aufgeregt zu Professor Raymond. »Es wird die Tür versperren«, rief er, als er in das Büro stürzte.

»Sie meinen Kind 14?«

»Genau! Es wird ihm den Ausgang versperren!«

»Oder Kale wird es dadurch hinausschicken.«

»Sie meinen, wir sollten die Tür zum Schluss öffnen?«

»Wäre eine Möglichkeit.«

»Aber dann ist er eingemauert. Vielleicht wird er für uns danach unerreichbar. Regelrecht geistig paralysiert.«

»Vielleicht auch nicht.«

Temerowski sah den Professor zweifelnd an. »Wie meinen Sie das?«

»Jake, Sie können nie sagen, wie diese Menschen ihre Probleme lösen. Es liegen derzeit keine Hirnschädigungen vor, die ein Locked-in-Syndrom oder ein apallisches Syndrom erwarten lassen. Wir müssen weiter abwarten. Bevor die Konfrontation mit Kind 14 nicht über die Bühne ist, haben wir kein konkretes Ergebnis. Wir müssen die Bestätigung bekommen, dass diese Figur die gefährliche ist. Auch für die Ermittlungen.«

Temerowski sah genervt zur Decke. »Der Polizei ist es egal, was rauskommt! Für sie ist er der Mörder und basta!«

»Das ist doch klar. Der Mord wurde ja auch von seiner Hand ausgeführt. Wir können ihn nur vor einer Verurteilung in einem öffentlichen Gefängnis bewahren, nicht vor der Verurteilung selbst.«

»Diese Paranoia . . . «, begann Temerowski.

Der Professor nickte verstehend und vervollständigte den Gedanken weiter: »Sie löst alles aus. Sie treibt den Verstand in eine Welt, die für den Betroffenen zunächst unerklärbar erscheint. Sie erklärt sich dann durch die Manifestierung der Verfolgungsangst. Sie wird real. Sie lässt Psychosen entstehen. Er sieht, hört und macht Dinge, die er versteht oder zu denen er sich getrieben fühlt. Die Wahnwelt wird zur Realität.«

»Wie groß ist die Gefahr, dass Kale Hatfield sich selbst tötet? Ich meine, er hat all die Stifte in seinem Zimmer, womit er sich leicht die Halsschlagader durchstechen kann.«

Der Professor erhob sich, kam um seinen Schreibtisch herum und stellte sich direkt vor seinen Kollegen. »Das ist die Frage, Jake. Ich verantworte es, denn er ist in erster Linie mein Patient. Seine Familie bedeutet ihm sehr viel. Er will nicht, dass Eve einen Selbstmörder als Vater hat, hat er mir mitgeteilt. Das wird ihn hoffentlich vor einer Tat schützen. Sein Fall ist eine einzigartige Studie.«

»Studie?«, rief Temerowski aufgebracht. »Mir geht es nicht mehr um eine Studie. Mir geht es um seine Sicherheit!«

»Er ist dort sicher, Jake. Er tut gerade alles, um sich sicher zu fühlen. Er will, dass auch Rachel und Eve sicher leben. Deswegen ... mauert ... er ... sich ... ein.«

»Das ist doch verrückt!«, rief Temerowski und erzählte von seiner und Michelle James Theorie.

»So könnte man das auch sehen. Beide Theorien können zutreffen. Wir nennen es verrückt, weil es nicht in unser Verständnis passt. Verrückt bedeutet auch, dass etwas im Leben regelrecht ver–rückt wurde. Die normale Wahrnehmung existiert nicht mehr. Sie muss zurechtgerückt werden. Ich nenne es einen ganz normalen Prozess unter diesen Bedingungen. Wissen Sie, wer die wirklich Verrückten sind?«

Temerowski sah den Professor an. Er war schon lange in diesem Bereich tätig und stand vor der Pension. Seine Erfahrung war riesig. Er hatte recht. Die Menschen, die bei ihm untergebracht waren, waren keineswegs verrückt. Sie waren nur

Verrückten begegnet und ihnen zum Opfer gefallen.

Temerowski hörte den Professor zornig weiterreden und sah, wie er mit seinen Armen gestikulierte. »All die Menschen, die Kale Hatfield das angetan haben, sind verrückt! Sein Lehrer, seine Mutter und sein Vater! Menschen, die Sorge für ihn tragen sollten, als er klein war! Menschen, die verantwortlich für ihn waren! Wo waren sie, he?«

»Ich weiß«, gab Temerowski leise zu.

»Die musste man einsperren, Jake. DIE!«

»Ja.« Temerowski erinnerte sich, dass Dr. Bendheim die gleichen Worte gesagt hatte.

»Wir sind nur eine Station, auf der wir deren Opfer existieren lassen, mit all ihrem Wahnsinn, der sich dadurch in ihren Köpfen gebildet hat. Aber vielleicht ist es genau dieser Wahnsinn, den wir akzeptieren lernen müssen. Dem wir hier Raum geben und ihn sein lassen. Vielleicht ist das unsere Aufgabe, Jake. Sie wollen doch nur mit all ihren Ängsten und Nöten akzeptiert und respektiert werden. Nicht immer hören, dass sie nicht richtig ticken, worauf wir sie dann mit Medikamenten beruhigen. Es fehlt ihnen das Zuhören und das Verständnis der Anderen. Das ist das beste Medikament.«

In diesem Moment öffnete sich die Tür des Büros. Liam lugte hinein. »Er schreibt wieder«, sagte er. Die Konfrontation mit Kind 14 stand an. Die letzte!

Brief von Kind 14

Mach das nicht.

Kale

Was?

Kind 14

Dich einmauern.

Kale

Ich muss.

Kind 14

Warum?

Kale

Um mich vor dir zu schützen.

Kind 14

Es wird dich nicht schützen. Ich werde dich schützen.

Kale

Wegen dir sitze ich hier.

Kind 14

Du sitzt wegen der anderen Kinder hier.

Kale

Ich habe mit allen geschrieben. Du hast sie angetrieben, aufgehetzt und benutzt, um mich zu Dingen zu zwingen, die ich nicht machen wollte. Du bist der Teufel in Person, nicht ich.

Kind 14

Du verlierst den Überblick.

Kale

Von was?

Kind 14

Das dachte ich mir. Du hast nichts begriffen. Hayden hat deine Arbeitsstelle bedroht, dann deine Familie.

Kale

Warum hat Kind 1 die Tür geöffnet?

Kind 14

Wir mussten Hayden hereinlassen, um ihn unter Kontrolle zu halten. Sie war dir entglitten.

Kale

Welche Kontrolle?

Kind 14

Dass es gefährlich werden könnte. Du kannst nicht abstreiten, dass er dich bedrohte.

Kale

Deswegen wollte ich es direkt dem Chef melden. Ich habe gemerkt, dass mit dem Kerl irgendwas nicht stimmt.

Kind 14

Er hat direkt deine Familie bedroht. Dann deine Arbeitsstelle.

Kale

Hat er das oder habe ich mir das nur eingebildet? Hat Kind 1 eine Tür zu meiner Angst geöffnet, eine Angst, die wuchs und immer größer wurde?

Kind 14

Ein Plan musste her. Ein guter.

Kale

Schweif jetzt nicht ab.

Kind 14

Du selbst hast die Tür geöffnet. Erinnere dich. Dein Chef hatte dir Hayden vorgestellt.

Kale

Und du hast es Kind 1 genannt, um das Rennen zu eröffnen.

Kind 14

Es war ein Rennen um dein Wohlergehen, um es bei diesem Begriff zu lassen. Mein Plan war von Anfang an ein guter.

Kale

Du nennst das, was passiert ist, einen guten Plan?

Kind 14

Wenn du bei allem mitgespielt hättest, ja.

Kale

Ich hätte es abbrechen und Jake einschalten müssen.

Kind 14

Hast du aber nicht. Du hast um deine Arbeit und deine Familie gefürchtet. Und um deine Potenz. Du bist schuld, dass wir diese ganze Arbeit hatten.

Kale

Ich glaube nicht, dass ich mit dir über die Schuld diskutieren sollte.

Kind 14

Dann muss ich dich wohl noch einmal daran erinnern.

Kale

Erinnern? Woran?

Kind 14

An Haydens Familie.

Kale

So ein Dreckspack.

Kind 14

Siehst du. Es war überfällig, dass du ihm und seiner Familie einen Besuch abgestattet hast.

Kale

Er hat Rachel Blumen geschickt. So etwas gehört sich nicht.

Kind 14

Genau.

Kale

Also wollte ich seiner Frau auch Blumen vorbeibringen.

Kind 14

Das war die Lösung.

Kale

Es war ekelhaft, was ich gesehen habe.

Kind 14

Tja, so lebte der Dreckskerl eben.

Kale

Es war widerlich.

Kind 14

Es war nötig, dass du eine klare Ansage gemacht hast. Er hatte immerhin dich und Barbara unter Druck gesetzt und deinen Chef betrogen. Du musstest den Prozess ein für alle Mal stoppen. Du wolltest auch andere Kollegen vor ihm schützen.

Kale

Ich habe es versucht.

Kind 14

Ich habe dich beobachtet, als Hayden und seine Frau ihre Kinder schlugen. Du hattest alles Recht der Welt, gegen diese Familie vorzugehen.

Kale

Er hat mich vor seiner Frau ausgelacht.

Kind 14

Weil dein kleines Mädchen summte. Er lachte dich immer aus, wenn er dich an die Grenzen getrieben hatte. Das war seine Art, dich in Schach zu halten, und um seine Schwäche zu vertuschen.

Kale

Ja, schwach war er. Nichts bekam er wirklich auf die Reihe.

Kind 14

Ein großes Maul hatte er. Das war auch alles. Du musstest ihn stoppen.

Kale

Ich bat ihn ein letztes Mal, das Unternehmen zu verlassen.

Kind 14

Das reichte nicht aus.

Kale

Ich weiß. Wenn seine Frau nicht gewesen wäre und mich zurückgehalten hätte, hätte ich ihn dort schon umgebracht.

Kale erhob sich und starrte an die Tür seines Zimmers. Kind 14 hatte dort Position bezogen. »Tristan!«, schrie Kale plötzlich. »DU hast Tristan geschickt!« Er sah gebannt auf die Tür. »Und DU hast ihn angefeuert, um dich in Stimmung zu bringen!«

Kind 14

Ich habe alles unter Kontrolle gehabt. Dein Freund hinter der vierten Wand hatte viel Spaß. Er hatte schon zwischen ihre Schenkel gegriffen. Schade, dass du ihn weggedrückt hast. Es hätte so viel Spaß gemacht, dabei zuzusehen, wie er sich mit der fetten Kuh vergnügte.

Kale malte. Ein Kind mit hellblauen Augen sah durch die Mauer. Es hatte viele Steine entfernt und sah ihn erschrocken an!

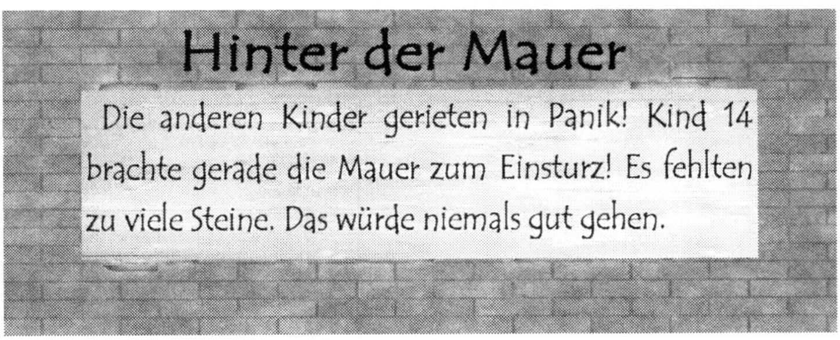

Kale klebte neue gezeichnete Steine um die Tür herum. Dabei sah er immer wieder auf die Tür. »DU!«, rief er dabei. »DU warst es! Und du bist kein Kind mehr!«

Kind 14 lächelte ihn an und schüttelte andeutungsweise den Kopf.

Kind 14

Nein, Kale, du hast es getan! Ich habe nur dabei zugesehen.

Kale

Er hatte eine Eisenstange dabei und du hast mir gesagt, dass er mich damit erschlagen wird!

Kind 14

Deswegen habe ich dir Tristan an die Seite geschickt. Er kann mit solchen Momenten gut umgehen.

Kale

Aber Bryan wollte mich nicht erschlagen! Du hast Tristan belogen! Er hat es nicht gemerkt! ER HAT IHN ABER AUCH NICHT ERSCHLAGEN!

Kind 14

Nein, er war es nicht. Ich wollte sehen, wie viel Mumm in dir steckt. Du hast es getan, Kale, du allein. Meine Kinder halfen dir nur dabei.

Hinter der Mauer

Sie heulten erbärmlich auf! Sie jammerten und schrien vor Qual. Sie riefen: „Er hat uns gezwungen! Jeder musste einmal zuschlagen!" Nun waren ihre Stimmen laut und deutlich zu hören. Sie schrien und rannten wie Wahnsinnige umher.

Kale hörte zum ersten Mal ihre Stimmen und hielt sich die Ohren zu. Er rannte mit ihnen durchs Zimmer. »JEDES KIND EIN SCHLAG!«, schrien sie.

»Wir wollten es nicht«, rief Kind 6. »Wirklich nicht!«

»Ich weiß!«, schrie Kale zurück. »Ich weiß! Ich wollte es auch nicht!«

»Kind 14 ist böse! Es ist böse!«

Kale blieb abrupt vor der Tür stehen und zeigte auf Kind 14.

»Du bist nicht besser als Tristan und Hayden!«, zischte er.

Kind 14 grinste und sah auf die vierte Wand.

»Wie bist du durch die Mauer zu Tristan gelangt?«, fragte Kale.

»Als Kind 1 die Tür öffnete, fiel ein Stein aus der vierten Wand«, sagte Kind 14 laut und deutlich.

In diesem Moment öffnete sich seine Zimmertür. Kale sah irritiert hin. Kind 14 stand immer noch davor und versperrte ihm den Weg. Hinter ihm stand Rachel. Sie stand im Flur des Ganges der Klinik und sah ihn an. Hinter ihr standen der Professor, Jake Temerowski und Liam. Kale Hatfield war zutiefst verstört und sah zurück in sein Zimmer. Die Mauerwände kamen näher. Sie kesselten ihn ein, doch Kind 14 stand vor der Tür und versperrte ihm den Fluchtweg. »Nur du und ich«, hörte er das Kind sagen. »Nur noch du und ich.«

Kale sah, wie Rachel ihre Hand ausstreckte. »Komm«, sagte sie leise. »Komm da raus.«

Kale trat zaghaft an die Tür. Kind 14 hielt die Eisenstange in der Hand. »Nimm sie und erschlag sie damit«, befahl es Kale.

»Es gibt kein Kind 14«, sagte Rachel. »Es ist nur eine Einbildung. Es gibt keine 14 Kinder. Komm da raus.« Sie hielt ihm konstant die Hand entgegen.

Kind 14 sah ihn mit drohendem Blick an. »Du wirst doch nicht wagen, unseren Raum zu verlassen?« Seine Hand, in der es die Eisenstange hielt, zitterte. Würde es zuschlagen? Es reichte Kale plötzlich die Stange und sagte: »Sie oder du.«

Er sah auf die Stange, dann auf Rachels Hand. Sie oder ich?

»Komm«, hörte er erneut. Hinter ihm brach die Mauer ein, Steine fielen heraus. Alles brach zusammen. Kale hielt sich die Ohren zu, um das Getöse nicht zu hören.

»Komm!«, hörte er Rachel rufen. Sie hielt ihm jetzt beide

Hände entgegen. »Ich werde dich schützen«, sagte sie.

Kale sah auf. »Du willst mich schützen?«, fragte er.

»Ja«, sagte sie.

»Aber ich muss dich schützen.« Das Getöse hinter ihm wurde lauter. Wand eins, zwei und drei waren eingestürzt. Unter den Trümmern lagen die Kinder. Sie rührten sich nicht mehr.

»Und ich muss Eve schützen«, sagte er.

»Das hast du«, sagte Rachel. »Es geht uns gut. Wir sind eine Familie. Jetzt müssen wir dich schützen. Ich weiß, wo du in Sicherheit bist.«

Kind 14 drohte wieder mit der Eisenstange.

»Du kannst mich nicht schützen«, sagte er und sah Rachel verloren an.

»Doch, Kale, ich weiß einen Ort, an dem du sicher bist. Vertrau mir und nimm meine Hand. Ich werde dich da rausholen und wir werden uns wieder gegenseitig schützen.«

Die vierte Wand brach über ihm zusammen. Er sah nach oben über die Tür und nahm eine schützende Haltung ein, damit die Steine nicht seinen Kopf trafen.

»Jetzt!«, rief Professor Raymond und schob Rachel in das Zimmer. »Holen Sie ihn da raus!«

Rachel trat in das Zimmer ein, ergriff seine Hand und zog ihn auf den Gang der Station. Temerowski schloss daraufhin sofort die Tür.

Kale erstarrte, sah auf Rachel, den Professor, Liam und Jake. Dann sah er sich um. Wo war Kind 14 geblieben? Die Tür war verschlossen. »Wo ist Kind 14?«, fragte er.

»Hinter der Tür«, sagte Professor Raymond. »Sie haben gerade die Welt der 14 Kinder verlassen.«

»Sie sind alle tot«, sagte Kale. »Sie liegen unter den Steinen.«

»Ich weiß«, sagte der Professor.

»Aber Kind 14! Das könnte noch leben! Sie müssen ihm die Eisenstange wegnehmen!«

»Das werde ich.«

Kale Hatfield bekam ein neues Zimmer auf der Station und malte am nächsten Tag ein neues Bild von Kind 14. Der Junge mit den hellblauen Augen war gealtert. Er bekam ein Gesicht. Es ähnelte seinem ehemaligen Lehrer Ian Morgan, den Tristan vor vielen Jahren im Wald mit einem Ast erschlagen hatte. Die Eisenstange war das Symbol ihres gegenseitigen Kampfes, der nie enden würde. Immer noch war dieser Mann in Kale Hatfields Gedanken präsent. Er hatte nur sein Gewand gewechselt und Kale dazu gedrängt, einen weiteren Mord zu begehen, der vermieden werden konnte. Das Vertrauen der anderen in ihn war zu groß gewesen. Er würde nie in ein normales Leben finden.

Das richterliche Urteil

Man legte den gesamten Fall dem Gericht vor. Die geschriebenen E-Mails wurden außerhalb des Unternehmens bei Kale Hatfields privatem Provider gefunden. Alle waren von ihm selbst verfasst worden. Er besaß zwei E-Mail-Adressen, die er dafür eingesetzt hatte. Es hatte nie ein privater Austausch zwischen Bryan Hayden und ihm stattgefunden. Und doch gab es, laut den Aussagen von Haydens Ehefrau, gewisse Komponenten für eine Teilschuld von der Seite ihres Mannes. Es war eine Art Spaß für ihn gewesen, erklärte Kristin Hayden dem Gericht. Ihr Mann *foppte* gerne andere Menschen, wie sie es umschrieb. Es erheiterte ihn, andere unter Druck zu setzen. Doch er wäre nie ernsthaft an einer Auseinandersetzung interessiert gewesen. Er hatte weder Barbara noch Paul unter Druck gesetzt.

Hayden lebte mit seiner Frau und den gemeinsamen Kindern nicht in den Verhältnissen, die Kale Hatfield geschildert hatte. Dennoch war eine gewisse Überforderung im Haushalt zu erkennen, der einen schroffen Umgang vermuten ließ. Kale hatte die häusliche Situation nur überspitzt wahrgenommen. Kristin, Haydens Frau, war eine saubere, aber nicht gerade freundliche Frau, was an dem Tag, als sie den Blumenstrauß von ihm erhielt, zum Ausdruck gekommen war. Es war an diesem Abend zu gewalttätigen Übergriffen gekommen, die Kale nicht wahrgenommen hatte. Sie wurden nicht der Polizei gemeldet, weil Hayden und seine Frau eine Teilschuld trugen. Ihr Mann hätte Kale wieder einmal *gefoppt* und wäre über sein Ziel hinausgeschossen. Es war aber zu keinerlei ernsthaften Verletzungen gekommen.

Der Prozess vor Gericht wurde in einem Schnellverfahren erledigt und Kale Hatfield als geisteskrank in drei Fällen eingestuft. Man konnte nicht mehr von einer Störung sprechen. Die Abläufe waren bizarr und zum Teil gemeingefährlich gewesen. Deswegen entschied das Gericht eine lebenslange Unterbringung in einer geschlossenen Psychiatrie mit entsprechender Medikation.

Antipsychotika kam zum Einsatz, was Kale ruhiger werden ließ. Er sah daraufhin weder Wahnbilder, noch hörte er Wahnstimmen, die ihm Befehle gaben. Lydia wagte sich stattdessen wieder heraus und summte. Sybille hielt soweit Ordnung, wie es ihr möglich war. Carl beschimpfte ihn wieder als Versager. Das konnten die Medikamente nicht verhindern. Tristan zeigte sich nicht.

Die medizinische Diagnose

Jake Temerowski überprüfte noch einmal Kales Diagnose, die er im Alter von 15 Jahren erhalten hatte, und in der bereits erwähnt wurde, dass er mit imaginären Figuren sprach. Ob es die Multiplen waren, konnte nicht mehr festgestellt werden, weil der damalige Arzt vor zwei Jahren verstorben war.

Es blieb eine in sich verschmolzene Diagnose von drei Schwerpunkten. Kale Hatfield stellte sich neuen Gehirn-Scans zur Verfügung, um über eine veränderte Gehirnstruktur Aufschluss zu seinem Handeln zu geben.

Seine Schizophrenie wurde als Entwicklungsstörung erkannt. Man betrachtete sie als Ergebnis einer anomalen Reifung von cortikalen Bahnen im Gehirn, die möglicherweise schon im Mutterleib begann. Während der normalen Entwicklung in der Pubertät wurden cortikale Netzwerke neu organisiert. Auch dabei kam es höchstwahrscheinlich zu Fehlentwicklungen. Sein Gehirn hatte sich mitunter durch den Druck im Alltag rasant verändert. In seinem Denkapparat fanden massive Umbauarbeiten statt. Die graue Hirnsubstanz, die unter anderem aus Nervenzellkörpern besteht, nahm voraussichtlich bis zum 12. Lebensjahr zu. Es wurden Synapsen, also Verbindungen zwischen den Nervenzellen, im Überschuss produziert. Anschließend nahm die graue Substanz bis zum frühen Erwachsenenalter wieder ab. Dabei kam es zu einer Feinjustierung, indem nutzlose Verbindungen gekappt und leistungsfähige gestärkt wurden. Bei Kale Hatfield lief dadurch vieles in seinem Leben als Erwachsener aus dem Ruder, weil die falschen Verbindungen in Funktion blieben.

Die Persönlichkeitsstörung könnte diesen Vorgang begünstigt haben, weil neurobiologische Korrelate darauf hindeuteten, dass Sachverhalte und Wahrnehmung gestört waren. Der Missbrauch von seinem Lehrer ergab in der wechselseitigen Beziehung keinen Sinn und die Verbindung zwischen körperlichen und seelischen Phänomenen wurde gestört. Sinnzusammenhänge sind für Menschen von wesentlicher Bedeutung. Sie zeigen die Beziehung zwischen Verstand und Vernunft auf.

Man bezog sich bei Kale Hatfield auf eine Studie bei Patienten mit dissoziativen Störungen spezifischer Atrophien beim bilateralen Hippocampus, einer Region im Gehirn, die mit der Gedächtnisbildung zusammenhängt. Es wurde ein vermindertes Volumen des bilateralen Hippocampus gefunden. Weiterhin wurde man in einer anderen Gehirnregion fündig, die Amygdala. Sie zeigte neurobiologische Veränderungen. Mit der Verbindung von Ängsten und anderen Gefühlen steht sie als Teil des Limbischen Systems in Verbindung, was sich wiederum direkt mit der Psychose verbindet und wahrscheinlich den Weg zum Verfolgungswahn geebnet hat.

Die Zeit danach

Kale Hatfield malte keine Ziegelsteine mehr. Temerowski musste sich von seinem Patienten verabschieden. Zuvor hatte er Rachel über den Befund der Untersuchungen aufgeklärt. Auch darüber, was bei ihrem Mann Realität und was Einbildung gewesen war.

Die Überforderung hatte stattgefunden, als man ihn in einem öffentlichen Betrieb eingliedern wollte. Job, Frau, Kinder und Haus waren ihm als Verantwortung über den Kopf gewachsen. Es war seiner Intelligenz zu verdanken, dass er es dennoch so gut im Griff gehabt hatte und die Vorgänge in seinem Gehirn vertuschen konnte.

Jake Temerowski fühlte sich in die alte Zeit zurückversetzt, als er sich auf dem Weg in die Klinik befand. Sein Patient war in die Obhut von Professor Joseph Raymond gegeben worden, der das richtige Gespür hatte, wann und wie er den Prozess von Kale stoppen musste. Es war seiner Erfahrung zu verdanken, wie weit er gehen durfte. Er kannte sich bestens auf dem Gebiet der Psychosen und Paranoia aus und arbeitete schon seit Jahrzehnten mit Betroffenen und deren Angehörigen. Er hatte Kale den Weg zu Ende gehen lassen und Rachel als die Person eingesetzt, die ihn vor dem totalen Wahnsinn gerettet hat. Nur sie hatte die Macht besessen, ihn rechtzeitig aus dem Prozess des Einmauerns herauszuziehen.

Nun galt es, den weiteren Weg von Kale, Rachel und Eve zu gestalten. Ein Weg, der für alle erträglich und zumutbar war. Den wollte Temerowski in einem letzten Gespräch mit Kale besprechen. Ihm war klar, dass er diese Familie nicht mehr in sein Projekt integrieren konnte. Auch, dass er neuen Regularien ausgesetzt war, was die Patientenauswahl für das Projekt betraf. Es gab klare Grenzen bei der Neuintegration von Patienten mit DIS in die Gesellschaft.

Als Temerowski den Gang der Klinik entlangging, erinnerte er sich an seinen ersten Tag in der Klinik in Madison bei Dr. Blendheim. »Ich muss Ihnen unbedingt Kale Hatfield vorstellen«, hatte der Arzt dem jungen Jake erklärt. »Er ist ein ganz besonderer Fall. Das können Sie mir glauben.« Auch für Charles Blendheim, einem Urgestein der Psychiatrielehre, war dieser Fall etwas Besonderes.

Jake Temerowski atmete tief durch, als er an Kales Tür klopfte. Er wartete auf das Zeichen, eintreten zu dürfen, was kurz darauf erklang. Der Arzt betrat das Zimmer.

Kale saß auf dem Bett und hatte eine neue Zeichnung begonnen. Er zeichnete erneut das Gesicht von Rachel, wie sie auf dem Sofa saß und ein Buch las. Das Bild hatte Ähnlichkeit mit dem Foto aus dem Familienpark. Er hatte einen Fensterrahmen gezeichnet, durch den er seine Frau betrachtete. Er suchte immer noch den Abstand und die Trennung, um seine Liebe zu ihr allumfassend zu spüren. Das war auf seinen Autismus zurückzuführen. Er mochte grundsätzlich die Distanz zu den Menschen. Eve hätte früher oder später auch diesen Abstand von ihrem Vater zu spüren bekommen. Inwieweit sie vom Asperger Syndrom betroffen sein würde, konnte noch nicht ermittelt werden. Es ist erblich. Und da er und Rachel davon betroffen waren, lag es auf der Hand, das kleine Mädchen diesbezüglich im Auge zu behalten und es angemessen heranwachsen zu lassen.

Warum Rachel diese Distanz nicht anstrebte, war damit zu erklären, dass die weibliche Variante des Syndroms die soziale Interaktion oft besser kompensieren kann. Eine Variante, die Kale fehlte.

»Wie ich sehe, zeichnest du wieder«, sagte Jake Temerowski und sah auf das Bild. Kale malte stets mit Bleistift, weil ihn die Graustufen, die er damit zeichnen konnte, faszinierten. Alles war wie früher. Er lebte wieder in seinem Bunker und fühlte sich sicher.

»Ich würde gerne mit dir reden, Kale.«

»Ich weiß«, sagte er und sah von seiner Zeichnung auf. »Liam hat mir Bescheid gegeben. Wie geht es Rachel und Eve?«

»Oh, gut.« Der Arzt setzte sich auf den Stuhl am Schreibtisch. »Mrs. Cooper hat ihr Haus verkauft und sich ein neues ein paar Straßen weiter gekauft. Sie hat Rachel den Vorschlag unterbreitet, mit Eve bei ihr einzuziehen. Damit wäre allen vorerst geholfen. Die alte Dame bekäme etwas Hilfe im Haushalt und im Garten und Rachel bekäme Gesellschaft, die ihr guttut. Auch der Kleinen. Ich werde dir Bescheid geben, wie sich Rachel entscheidet.«

Kale sah wieder auf seine Zeichnung und zeichnete weiter. »Dann würde sie in meiner Nähe bleiben«, sagte er.

»Ja, das würde sie.«

»Ich will die Scheidung.«

Temerowski sah auf die Zeichnung. »Ich weiß.«

»Warum wird mir das Recht dazu nicht zugesprochen?«

»Weil alles noch zu frisch ist, Kale. Eine Scheidung ist eine sehr fundamentale Entscheidung in deinem Fall.«

»Ich brauche Klarheit.«

»Ich weiß. Die liegt aber nicht unbedingt in der Abschaffung der Menschen, die dich lieben. Denk an deine Tochter.«

»Ich tue nichts anderes.«

»Du willst wirklich, dass sie ohne dich aufwächst?«

»Ja.«

»Warum?«

Kale sah von seiner Zeichnung auf. »Weil ich eine zu große Belastung für sie bin.«

»Denkst du.«

»Ja, so denke ich.« Er zeichnete weiter.

»Ich denke, sie wächst mit der Situation auf, die vorhanden ist, Kale. Sie wird dich so akzeptieren, wie du bist und lebst. Es gibt viele Kinder, die das müssen. Es gibt stark behinderte Väter, blinde, taube oder im Koma liegende. Sie alle können nicht einfach ihre Kinder abschaffen. Sie wollen oft gar nicht von ihren Vätern getrennt sein. Auch die Frauen nicht von ihren Ehemännern. Man muss den Kindern das Leben nur anders erklären.«

Kale verharrte in Stillschweigen und zeichnete weiter.

Jake Temerowski fuhr fort: »Es geht hier nicht nur um dein Seelenwohl, es geht auch um das von Rachel und Eve.« Der Arzt wollte ihn noch nicht über das zweite Kind informieren, das unterwegs war. Rachel hatte sich entschieden, es mit Eve großzuziehen, was das Angebot von Mrs. Cooper zusätzlich attraktiv machte. Sie selbst hatte auch zwei Kinder großgezogen, wovon ein Kind im Alter von siebzehn Jahren an einem Gehirntumor verstorben war. Das andere lebte weit entfernt und hatte ihr bislang keine Enkelkinder geschenkt. Nun bot sich für die alte Dame die Chance an, als Großmutter glücklich zu werden. Sie wartete gespannt auf Rachels Entscheidung. Die wiederum war von Kales abhängig. Das wollte Temerowski klären. Er sah sich im Zimmer um. Es war größer als das erste und es war unverschlossen. Kale durfte sich auf der ganzen Station frei bewegen, Räume nutzen und an Beschäftigungen teilnehmen. Einmal am Tag durfte er den Klinikpark aufsuchen, der mit hohen Drahtzäunen und Stacheldraht eingezäunt war. Doch sie waren zwischen den Bäumen und Hecken kaum sichtbar. So wurde ihm eine Welt geboten, in der er sich sicher bewegen konnte. Natürlich musste man ständig einen Blick darauf werfen, ob Tristan sich zeigte, aber überall liefen Pfleger herum. Die Station und das Gelände waren komplett mit Kameras ausgestattet, weil Kale nicht der Einzige war, der gefährlich werden konnte.

»Kale, wir müssen eine Entscheidung treffen. Nein, du musst eine Entscheidung treffen.«

»Ich habe die Scheidung gewählt«, beharrte Kale.

»Rachel ist nicht einverstanden. Sie will etwas anderes. Denk daran, dass sie dich aus der Situation befreit hat. Sie hat dir versprochen, dich zu schützen. Sie will bei dir bleiben.«

Kale lachte ungewollt. »Bei mir bleiben! Wie soll das funktionieren?«

»Wir machen neue Regeln. Sie will dich mit Eve einmal in der Woche besuchen. Wir richten einen Familientag ein.«

Kale erhob sich und legte die Zeichnung beiseite. Er lief nervös im Zimmer herum. »Einen Familientag?«, fragte er und lachte ungewollt. Dann blieb er vor einer leeren Wand stehen, worauf Temerowski sofort aufmerksam wurde. War die Medikation zu gering und er sah wieder eine Wahnfigur? Oder etwa Kind 14?

»Kale? Alles klar?«

Kale drehte sich erschrocken um. »Sicher«, sagte er.

»Es gibt noch mehr, was ich mit dir besprechen möchte.«

»Noch mehr?«

»Professor Raymond und ich haben uns zusammengesetzt und uns Gedanken gemacht.«

Wieder sah Kale sich im Zimmer um.

»Kenneth Coward lässt dich grüßen.«

Nun sah Kale mit erstaunter Miene auf den Arzt und setzte sich wieder aufs Bett. »Ich schäme mich vor ihm, Jake. Ich will keinen Kontakt mehr.«

»Du brauchst dich nicht zu schämen. Wir haben ihm alles erklärt.«

»Was habt ihr ihm erklärt?«

»Was in dir passierte, als Bryan Hayden im Unternehmen aufgenommen wurde. Wie bedroht du dich gefühlt hast, aber auch, dass du seine Betrugsmethode direkt durchschaut hast und deine Stellung nicht riskieren wolltest.«

»Und? Wie hat er reagiert?«

»Nun, du darfst nicht vergessen, wie er dich mit Hayden in deinem Büro vorgefunden hat. Das hat ihn ziemlich aus der Bahn geworfen. Drei Mitarbeiter haben daraufhin den Betrieb verlassen, weil sie Angst hatten, Ken würde wieder einen einstellen, wie . . . Einen, wie soll ich sagen?«

»Kranken. Einen wie mich.«

»Es ist ein falsches Bild nach außen entstanden.«

»Nicht alle Behinderten töten.«

»Ja«, bestätigte Temerowski, »ganz gewiss nicht.«

»Bei mir steht fest, dass ich weder behindert noch gestört bin. Ich bin geisteskrank, Jake. In meinem verdammten Gehirn stimmt was nicht. Und es wird nie mehr in Ordnung kommen. Du willst Rachel und Eve tatsächlich zumuten, einen Geisteskranken zu besuchen?«

Temerowski atmete tief durch. Wollte er das tatsächlich? »Du bekommst deswegen Medikamente, Kale.«

»Aber auch nur gegen meine Psychosen. Wer weiß, welche Welten sich in Zukunft noch in mir öffnen.«

»Deswegen wollen wir versuchen, dir einen geregelten Ablauf zu gestalten, der dich so normal wie möglich fühlen lässt.«

»Normal wie möglich!« Kale erhob sich wieder vom Bett und gestikulierte mit den Händen herum. »Gott! Jake! Bei aller Güte! Ich werde nie normal fühlen!«

»Hör doch erst mal zu, was wir dir anbieten. Und dann entscheide.«

»Okay.« Kale setzte sich wieder aufs Bett. »Nur zu!« Er sah den Arzt fordernd an. »Lass mal hören, was euer Plan B ist. Plan A habe ich ja versaut, aber ich bin als lebendes Experiment gerne bereit, mich bis zur endgültigen Selbstaufgabe zu opfern.«

»Kale!«, bemerkte der Arzt verärgert. »Niemand möchte, dass du dich selbst aufgibst oder opferst.«

»Nein? Und warum dann diese ganzen Experimente und Untersuchungen?«

»Die machen wir, um dir zu helfen.«

»Ich sehe ja, wie hilfreich eure Pläne sind. Hätte ich mich doch nie auf dieses Projekt eingelassen!«

»Und was hättest du stattdessen gemacht? Wieder wie ein Obdachloser herumgejobbt und unter Brücken geschlafen?«

Kale schloss die Augen.

»Entschuldige«, sagte Temerowski. »Du machst es mir auch nicht immer leicht. Wie ich eben erwähnte, hat Ken angerufen. Es ging nicht nur darum, dass er sich nach dir erkundigt hat, sondern dass er eine eventuelle Möglichkeit sieht, dich von hier aus stundenweise weiter zu beschäftigen.«

»Was?« Kale öffnete die Augen und sah seinen Therapeuten an. Dann schüttelte er den Kopf.

»Hör doch erst mal zu!«

Kale gestikulierte genervt herum, dass Temerowski fortfahren sollte.

»Viele in dieser Klinik arbeiten von hier aus weiter.«

»Ist das wieder so ein Projekt von dir?«

»Nein, Kale, das hat es schon immer gegeben. Es gibt hier Heimarbeiter, Autoren, die für Zeitungen weiterschreiben, Lektoren, die Bücher lektorieren, und Reporter, die Kolumnen schreiben. Dies ist eine Schwerpunktklinik für Psychosen. Und es gibt Medikamente dagegen. Das siehst du doch bei dir.«

»Ja, Jake, die schizophrenen Kinder sind alle tot. Nur die anderen bekommt ihr nicht klein.«

»Hast du seit dem Vorfall in deinem Zimmer neue Kinder gesehen oder andere Figuren?«

»Nein.«

»Du musst es uns sagen, wenn es wieder anfängt. Dann werden die Medikamente verändert.«

»Nein, ehrlich, ich sehe und höre niemanden.«

»Gut, dann ist die Dosis angemessen. Damit ist die Schizophrenie nicht weg, sondern nur unter Kontrolle.«

»Kannst du endlich auf den Punkt kommen?«, drängte Kale Hatfield.

»Natürlich. Wie gesagt, viele arbeiten von hier aus weiter, weil es den Tagesablauf sinnvoll füllt. Manche dürfen zwischendurch auch zu ihren Familien zurück. Das wird bei dir wegen des Gerichtsbeschlusses nicht der Fall sein. Aber dein Zimmer ist groß genug, um dir hier eine Art Büro einrichten zu können. Du bekämest einen Laptop ohne Internetzugang, auf dem sich nur das Betriebsprogramm und deine Aufträge befinden.«

»Ich soll von hier aus Aufträge erledigen?«

»So in etwa.«

»Und wenn ich ins Lager muss, um meine Bestellung zu kontrollieren, dann spaziere ich mal eben hier raus, oder was?«

»Das wird nicht möglich sein.«

»Das ist aber ein Teil der Arbeit.«

»Deswegen möchte Ken, dass du nur im Bereich der Endkontrolle arbeitest. Also Fehler aufspürst.«

»Und was ist mit eigenen Aufträgen?«

»Dafür haben wir noch keine Lösung. Aber wir würden daran arbeiten, sofern du zustimmst.« Temerowski sah, wie Kale in sich kehrte.

»Okay, gesetz dem Fall ich würde das tun, wie sieht es mit einer Bezahlung aus?«

»Du bekommst die Stunden nach altem Satz vergütet.«

»Kann ich das Rachel zukommen lassen?«

»Das müssen wir noch abklären. Ich weiß nicht, ob in einem solchen Fall Kosten für diese Klinik hier anfallen. Aber ich werde das mit Professor Raymond besprechen. Er müsste das wissen.«

»Wovon lebt Rachel gerade?«

»Von eurem Ersparten.«

»Wie lange noch?«

»Ich schätze, es wird noch für sechs Monate reichen. Dann«, der Arzt stockte. Dann wäre das zweite Kind bereits auf der Welt.

»Wie viel würde Mrs. Cooper von ihr als Mieterin nehmen?«

»Nichts, Kale. Sie könnte dort mietfrei wohnen, muss sich nur an den Verbrauchskosten beteiligen.«

»Dann würde sich das Ersparte enorm strecken, richtig?«

»Richtig.«

»Dann könnte Eve in die Vorschule und Rachel könnte sich eine Arbeit suchen. Vielleicht wieder in einer Bibliothek.«

»So in etwa.«

Kale kam ins Grübeln. Er erhob sich und lief wieder im Zimmer umher. Temerowski beobachtete ihn. Er zeigte keine Auffälligkeiten bezüglich einer imaginären Figur.

»Ich muss darüber nachdenken«, sagte Kale. »Ich kann das nicht mal eben entscheiden.«

Temerowski verstand. Sollte er Nachdruck ausüben und jetzt von dem zweiten Kind erzählen? Noch konnte Rachel es optisch vor ihm verbergen. Doch bald käme ihre Schwangerschaft ans Tageslicht, wenn Kale sich auf den Familientag einlassen würde.

Der Arzt erhob sich. »Ich komme übermorgen wieder, Kale. Bis dahin musst du eine Entscheidung getroffen haben. Mrs. Cooper wartet. Rachel, Ken und ich auch. Ich werde inzwischen die finanzielle Situation mit Professor Raymond besprechen, um klare Abläufe zu schaffen.« Er verabschiedete sich und ließ Kale mit der Sache allein.

Natürlich beobachteten sie ihn. Wie würde er auf die neue Situation reagieren?

»Wir dürfen nicht vergessen«, warnte Professor Raymond, »die Schizophrenie löst sich durch die Medikamente nicht auf. Sie zeigt sich, trotz optimaler Dosis, eventuell erneut. Vor allen Dingen, wenn sich etwas bei den Betroffenen verändert. Deswegen müssen wir ihn gut im Auge behalten, um schnell zu reagieren.«

»Kann er überhaupt mit einer Arbeit klarkommen?«, fragte Temerowski.

»In der Regel schon. Sie war das, was ihn entspannte. Wenn nicht, wird sich das nach kurzer Zeit zeigen. Bereiten Sie Ken Coward darauf vor.«

»Mach ich.«

Rachel war hocherfreut, als sie von Kales Entscheidung erfuhr, weiter für Kenneth Coward von der Klinik aus zu arbeiten. Er sah für sich darin einen sinnvollen Weg, den Tag zu bewältigen und gleichzeitig seine Familie finanziell zu unterstützen. Der Verdienst wurde gesplittet. Einen Teil bekam Rachel als Unterhalt, den anderen die Klinik für seinen Aufenthalt. Es reichte aus, seine Frau und Tochter zu versorgen. Das beruhigte ihn.

Mrs. Cooper war ebenfalls hocherfreut, als sie erfuhr, dass Rachel dem Mietverhältnis zusagte. Sie bekam die gesamte erste Etage und erhielt einen eigenen abgeschlossenen Wohnbereich. Während ihre Wohnung eingerichtet wurde, wurde Kales Zimmer in der Klinik zu einem Wohnbüro umgestaltet. Er erhielt einen firmeneigenen Laptop. Die Aufträge wollte Coward per USB-Stick einreichen.

Als Kenneth Coward Kale zum ersten Mal in der Klinik besuchte, um den Ablauf zu besprechen, schämte er sich. Sein Chef sollte nicht sehen, wo und wie er jetzt lebte. Immerhin bewegte er sich zwischen Menschen, die ihre Krankheit nicht so gut verbergen konnten wie er. Doch Coward beruhigte ihn.

»Weißt du, Kale, die Welt da draußen ist auch nicht viel anders. Dort leben wahrscheinlich noch viel mehr Verrückte als hier drinnen.« Er zwinkerte Kale dabei zu und klopfte ihm auf die Schulter. »Für mich bleibst du trotzdem der Alte. Doch es war nicht einfach für mich, diesen Anblick zu ertragen. Du weißt schon . . . Aber jetzt, wo ich die Hintergründe weiß, kann ich es sogar verstehen. Du hast von Anfang an gewusst, dass Hayden uns belogen hat. Dass er nicht in unser Team passte. Ich wusste nicht, dass er dich und deine Familie bedrohte. Seine Frau hat vor Gericht ausgesagt, dass es ein Spaß für ihn war. Doch das war kein Spaß. Und schon gar nicht bei dir. Ich hätte ihn rausgeschmissen, wenn ich es gewusst hätte. Ich denke, du solltest in Zukunft immer direkt sagen, was du denkst. Dann können wir dich besser verstehen und schneller helfen.« Er wies Kale in die Arbeit ein und verabschiedete sich wieder. »Auf eine neue gute Zusammenarbeit«, sagte er, als er an der Tür stand, und zwinkerte ihm erneut zu. »Ich werde jeden Montagnachmittag von 3 bis 4 Uhr bei dir vorbeischauen und alles besprechen.« Dann verließ er die Station.

Rachel füllte seinen Terminkalender, indem sie ihn jeden Freitagnachmittag mit Eve von 3 bis 5 Uhr besuchen käme. Sie würde immer einen frischen Kuchen backen und mit ihm einen gemütlichen Familiennachmittag verbringen. Bei schönem Wetter draußen im Park, bei schlechtem Wetter im Aufenthaltsraum für Besucher. Ihr Bauch ließ sich allerdings nicht mehr lange verbergen.

Die Wochen spielten sich ein und der Professor gewann den Eindruck, dass dieser Ablauf gut funktionierte. Kale erwähnte keine Scheidungsabsichten mehr und sogar Mrs. Cooper besuchte ihn hin und wieder mit Rachel. Alles schien zur Ruhe zu kommen.

Das zweite Kind

Rachel hatte ihren Bauch immer unter weiter Kleidung versteckt, wenn sie ihn besuchen ging, doch nun war die Zeit gekommen, es ihm mitzuteilen. Kale schien stabilisiert und sich recht sicher zu fühlen. Die finanziellen Dinge waren zur Zufriedenheit aller geregelt und selbst Eve lachte, wenn sie bei ihrem Vater auf dem Schoß saß und sein Gesicht kitzelte. Er summte dann, immer darauf bedacht, seine eigene Stimme zu hören.

Sie saßen im Klinikpark auf einer Picknickbank in der Sonne und genossen Kuchen und Saft. Luftballons waren am Tisch befestigt und ragten in die Höhe. Sie feierten Eves zweiten Geburtstag.

»Wie läuft's mit der Arbeit?«, fragte Rachel.

»Gut«, sagte er. »Wie sieht es bei dir aus? Willst du nicht wieder in einer Bibliothek arbeiten?«, erkundigte er sich und sah sie neugierig an. Rachel schien bei Mrs. Cooper in einer guten sozialen Situation zu leben. Das gefiel ihm. Doch sie sollte auch Dinge tun, die ihr neben Eve Spaß machten.

Sie sah zu Boden, als er diese Frage stellte. »Kale, ich muss dir etwas sagen.«

Die Art, wie sie diesen Satz aussprach, brachte ihn durcheinander. Hatte sie einen anderen Mann kennengelernt? Er spürte, wie ihn die Panik überkam. Vor einigen Wochen wäre es nicht einmal schlimm gewesen, aber jetzt hatten sie alles geregelt und er hatte sich auf ihren Plan B eingelassen. So war die Sache nicht abgesprochen. Die Entscheidung, dass sie weiterhin als Familie lebten, war von allen getroffen worden.

»Was hast du mir zu sagen?«, fragte er. Sein Ton war rau. Eve rutschte von seinem Schoß und drückte sich an Rachels Knie. Sie legte die Hand auf den Bauch ihrer Mutter. Erst daraufhin erkannte er die Wölbung und sah gebannt auf ihren Bauch.

»Du bist schwanger?«, fragte er und konnte die Erschütterung, die in seinen Worten klang, nicht vor ihr verbergen.

Rachel nickte unsicher.

»Mamas Baby«, sagte Eve und lachte ihren Vater an.

»Seit wann weißt du das?«, fragte er.

»Seit drei Monaten.«

»Wie weit bist du?«

»Im 7. Monat.«

Er sah in den Himmel. Hayden hatte ihr Blumen geschickt. Hatte er ihr doch ein Kind gezeugt? Kale wollte sich die Frage verkneifen, doch sie kam so ungebremst über seine Lippen: »Ist Bryan Hayden der Vater?«

Rachel sah ihn voller Entsetzen an. »Was?«, rief sie entrüstet.

»Ist Hayden der Vater, habe ich gefragt! Oder gibt es noch einen dritten, mit dem du . . . «

Sie fuhr von ihrer Bank hoch. »Kale!«, rief sie. »DU bist der Vater! Es ist *unser* zweites Kind!«

»Unser zweites Kind?«, fragte er und erhob sich ebenfalls. »Wann in aller Welt soll das entstanden sein?«

Sie sah ihm hinterher, als er zurück ins Gebäude lief. Sie sollte ihn mit dieser Neuigkeit erst einmal in Ruhe lassen und packte den Kuchen und den Saft ein. Eve gab sie die Luftballons in die Hand und verließ mit ihr das Klinikgelände. Professor Raymond hatte gesagt, dass er die Medikamente immer anpassen würde, wenn sich etwas veränderte.

Kale betrat sein Zimmer und starrte auf den Schreibtisch. Er hatte gestern ein Familienbild gemalt, auf dem er, Rachel und Eve zu sehen waren. Eve hielt eine Sonnenblume in der Hand. Über ihnen flogen Vögel umher. Rachel hatte in vier Wochen Geburtstag. Er wollte es ihr eingerahmt schenken. Liam hatte ihm versprochen, einen passenden Rahmen dafür zu besorgen.

Kale Hatfield sah sich in seinem Zimmer um, das bis auf ein Bett seinem alten Büro glich. Bilder von Rachel und Eve hingen an den Wänden. Ein zweites Kind, pochte es in seinem Kopf. In diesem Moment klopfte es an seiner Tür. Er drehte sich erschrocken um, dachte, es wäre Rachel, doch es war Professor Raymond.

»Kale?«, hörte er den Professor durch die Tür rufen.

»Ja«, antwortete er. »Kommen Sie rein.«

Der Professor öffnete die Tür. »Ich möchte dir einen neuen Pfleger vorstellen. Das ist Stephen.«

Ein junger Mann trat hinter dem Professor hervor und reichte Kale die Hand. Er sah sie irritiert an und hörte den Professor sagen: »Mr. Hatfield gibt nur ungern die Hand«, worauf Stephen seine Hand zurückzog. »Mr. Hatfield arbeitet hier. Er ist für die Endkontrolle eines Unternehmens zuständig. Bitte stören Sie ihn nicht während der Arbeitszeit. Er arbeitet täglich von acht bis zwei. Es hängt ein Zettel an seiner Tür, wenn er nicht gestört werden darf.« Professor Raymond wies auf den Zettel, der an Kales Tür klebte. »Bitte achten Sie darauf. Wenn etwas sein sollte, dann regeln Sie das bitte über mich, hören Sie?«

Der neue Pfleger nickte.

Als sich die Tür wieder schloss, sah Kale an die Wand neben der Tür. Er rümpfte die Nase. Der neue Pfleger stank nach

Nikotin und Keimen. Der Professor sollte ihn rausschmeißen. Vielleicht waren seine Ausbildungsunterlagen gefälscht. Kind 1 sah ihn an. Er schrie: »NEIN!!«

ENDE

Nachwort der Autorin

Kale Hatfield ist und bleibt für mich der interessanteste Protagonist, über den ich je geschrieben habe. Er steht in meinen Geschichten als Symbolfigur für alle Menschen, die als Kind nie ihr eigenes Lachen gehört haben.
Es existieren bereits drei weitere Teile der Geschichte, die als Vorgeschichte nicht zwingend gelesen werden müssen. Wer aber Interesse daran hat, findet im Anhang die Titel.

Die multiple Persönlichkeitsstörung ist ein Phänomen unseres Gehirns, das mich auch in diesem Teil der Story wieder herausforderte, weil Verhaltensweisen zu sehen und zu hören sind, die unerklärbar erscheinen. Die Motivation zum 4. Teil der Geschichte bekam ich durch den Film »Split«, in dem eine Psychologin erklärte: »Multiple verschwinden nie für immer.«

So wollte ich im 3. Teil der Geschichte »Rachels Zimmer« das Leben von Kale und Rachel auf eine Weise enden lassen, wie ein Happy End nicht schöner sein kann. Sie sollten mithilfe eines Projekts in das gesellschaftliche Leben integriert werden und für immer glücklich sein.

Es war ein Irrtum, wie ich feststellte, als ich weiter über DIS las. Wer eine Identität wie Tristan in sich beherbergt, der findet kein Happy End. Nicht so, dass es im normalen Leben funktionieren würde, denn unsere Gesellschaft steckt voller Fallen für diese Menschen.

Dass sich DIS im Falle einer Extremangst zu einer ausgereiften Psychose mit schizophrenen Erscheinungen erweitern kann, fand ich spannend. Schon allein deswegen, weil diese beiden Störungen oft nicht voneinander zu unterscheiden sind. Erst gezielte Beobachtungen der Patienten in akuten Situationen geben Aufschluss darüber, welche Störung gerade sichtbar wird.

Der Titel »Brief an Kind 14« kam mir ganz plötzlich eines Nachts in den Sinn, wobei der Begriff »Kind« immer in Zusammenhang mit einer DIS steht. Diese Identitäten nennt man »innere Kinder«. Umso spannender fand ich es, mich auf ein Experiment einzulassen, indem sich auch schizophrene Erscheinungen als Kinder bezeichnen. Die Reihenfolge der sich in Kale aufbauenden Ängste gaben die Zahl vor. Es musste bei Kind 14 enden.

Es ist nicht selten, dass Schizophrene sogenannte »böse« Erscheinungen sehen, die zum Selbstmord oder Fremdmord auffordern. Sie können ebenso gut wie gefährlich sein. Deswegen leben manche Betroffene unter uns in der Gesellschaft und manche aus Selbstschutz und zum Schutze anderer in geschlossenen Kliniken.

Es lag also auf der Hand, dass die Geschichte von Kale Hatfield weitergehen musste.

Ich erfand die Mauer, um Lesern eine klare Vorstellung von den Vorgängen zu geben, die sich im Gehirn als Fehlinformationen bilden können. Eine Mischung aus Realität und Wahnbildern entsteht, wenn der Druck steigt. Dass ich die Kinder als Taubstumme einbrachte, hatte den Grund, dass Kales Arzt Jake Temerowski sie zunächst nicht aufspüren sollte. Ob ein solcher Fall wirklich existiert, weiß ich nicht, aber für mich wäre es denkbar.

Die Geschichte darf nicht als medizinische Studie verstanden werden, weil ich keine Fachärztin sondern eine Geschichtenschreiberin bin, die mit großem Interesse über psychologische Vorgänge in ihren Thrillern schreibt. Dazu gehört auch die Fantasie. Ich kann für keinen der Vorgänge in dieser Geschichte zur Verantwortung gezogen werden, weil alles frei erfunden ist und nur verschiedene Informationen der Psychologie zu einer Geschichte zusammengefügt wurden. Das nennt man schriftstellerische Freiheit, genauso wie Science Fiction-Autoren wissenschaftliche Grundlagen nutzen, um neue fantasievolle Zusammenhänge in ihren Geschichten zu schaffen. Und doch *könnte* hier und da ein Tick Wahrheit stecken . . .

Die Kale Hatfield Story ist eine Fiktion mit erschreckendem Hintergrund.

Ich hoffe, dass ich den Lesern dieser Geschichte wieder spannende Lesestunden schenken konnte und würde gerne einen Gedanken damit hinterlassen, der mir wichtig wäre.

Es ist der Umgang in der Gesellschaft, der Schwächere noch mehr schwächt, aber die vermeintlich Starken nicht immer gewinnen lässt.

Ihre Autorin Marion Schreiner

Weitere psychologische Thriller der Autorin

Die Gelton-Trilogie (Sammelband)
1. Teil Die Scheune
2. Teil Das blaue Haus
3. Teil Vielleicht gab es keine Schuld
Bonusbuch: Die Gesichterwand

Der Culver-Fluch (Sammelband)
1. Teil Pat im Wald
2. Teil Das Culver-Haus
3. Teil Unbeseelt

Der Fall Casey Logan (Sammelband)
1. Teil Der neue Nachbar
2. Teil Begrüße die Toten

Psychothriller Einzelbände:
Stumme laute Schreie (EditionM-mörderisch gut)
Zimmer Nummer 8
Der Mann an der Kasse
Der Hügel
Der Inselmann Nathan Morrow

Printed in Poland
by Amazon Fulfillment
Poland Sp. z o.o., Wrocław

35931839R00240